中國語言文字研究輯刊

六　編

許錟輝　主編

第1冊

《六編》總目

編輯部編

六書與相關問題研究

方怡哲　著

花木蘭文化出版社

國家圖書館出版品預行編目資料

六書與相關問題研究／方怡哲 著 — 初版 — 新北市：花木蘭
文化出版社，2014〔民 103〕

目 2+246 面；21×29.7 公分

（中國語言文字研究輯刊　六編：第 1 冊）

ISBN：978-986-254-588-1（精裝）

1. 六書　2. 研究考訂

802.08　　　　　　　　　　　　　　　　103001860

ISBN-978-986-322-588-1

中國語言文字研究輯刊

六　編　　第 一 冊　　　　ISBN：978-986-254-588-1

六書與相關問題研究

作　　者　方怡哲

主　　編　許鎞輝

總 編 輯　杜潔祥

副總編輯　楊嘉樂

編　　輯　許郁翎

出　　版　花木蘭文化出版社

社　　長　高小娟

聯絡地址　235 新北市中和區中安街七二號十三樓

　　　　　電話：02-2923-1455／傳眞：02-2923-1452

網　　址　http://www.huamulan.tw 信箱 hml 810518@gmail.com

印　　刷　普羅文化出版廣告事業

初　　版　2014 年 3 月

定　　價　六編 16 冊（精裝）新台幣 36,000 元

《六編》總目

編輯部編

《中國語言文字研究輯刊》六編　書目

《中國語言文字研究輯刊》六編
各書作者簡介・提要・目次

第一冊　六書與相關問題研究

作者簡介

　　方怡哲，祖籍福建省漳州東山縣，1964 年生於臺灣省台東縣。學歷：台東中學、東海大學中國文學系碩士、博士。就讀研究所時師事龍宇純教授，撰寫專書論文《說文重文相關問題研究》、《六書與相關問題研究》。

　　曾任崑山科技大學講師、東海大學兼任講師、國立空中大學兼任講師等職。現任崑山科技大學通識教育中心副教授，教授國文及語言文字相關通識課程。

提　要

　　六書自西漢末開始爲人所知，至今已近二千年，其中傳述六書說影響力最大的是東漢許愼。但許愼並未能將六書都解說爲「造字之本」，以致留下種種千古疑雲與爭議！過去百年來，由於甲骨文的發現，開啓了另一波文字學研究的黃金時代，而時序已進入 21 世紀，那些與六書相關的種種研究成果也應該是到了被整理、評論，進而去蕪存菁的階段！本文從歷史的、宏觀的角度檢討傳統六書說，進而觸及近代相關學說的討論與評價。全文分爲五章，第一章「緒論」。第二章「傳統六書說及其性質」，概述許愼六書說的內容，並檢討其得失與提出尙待解決的問題，又從歷史證據論證漢代六書說的性質應當就是「造字之本」，而經緯、體用說則是對六書的誤解。第三章「漢字分類法新說種種」是介紹、評述與六書相關的近代各種文字分類新說，發現諸說或不能範圍所有的漢字，或實際內涵並無太多新意，甚至因此爲六書說平增了許多的兼職與負擔。第四章「六書四造二化說」。論述龍師宇純對傳統六書說的研究態度及其四造二化說的內容、精義與學術意義及價值。龍師從情理上設想爲語言造字的方法，在爲

瞭解六書說的前提下，得出與漢代六書說名義、內容暗合的六種文字形成法則，雖不能驗證即漢代舊說，但其說確實可以範圍所有古今文字，因此證成了六書說確實可以是一種完美無無瑕的文字構成理論，六書在文字形成的層面上都是「造字之本」。第五章則爲「結論」。

目　次

第二冊　西周金文構形研究

作者簡介

　　陶曲勇，1979 年生，湖南祁陽人，講師。1997 年至 2001 年，就讀於湖南師範大學中文系，獲文學學士學位。2004 年至 2006 年，就讀於中國人民大學文學院，獲文學碩士學位。2006 年至 2009 年，就讀於中國人民大學文學院，獲文學博士學位。主要研究方向爲文字學、出土文獻研究。

提　要

　　金文在古文字研究中有著自己的特殊價值，它不僅歷經時代長，而且是當時的正體文字，代表著當時文字的主流，同時又具有客觀性，甚至唯一性的特

點，是進行漢字構形系統分析，研究漢字發展史的可靠對象，本書在編撰《西周金文分期字形表》的基礎上分析了西周金文構形系統的基本特徵和實踐運用。

西周金文構形系統的基本特徵可以分為構件和結構兩大方面。在構件方面，西周金文具有以下特徵：

一、形體上，西周早期金文的構件形體尚不固定，中晚期則漸趨統一。

在西周金文早期，漢字發展的主導思想基本還停留在象形階段，文字構造是直接以形體反映物象，這種以形表意的構形模式決定了構件形體的不固定。另一方面，西周早期的金文還是金文發展的初級階段，字形上仍不成熟，這也助長了構件形體的不固定。但這種構件的不固定是不符合文字發展規律的，最終必然要導致中晚期金文通過一定的手段對構件形體進行統一與固定。

二、功能上，西周早期金文的構件更多地注重表形，以形表意；而從中期開始，西周金文的構件逐漸分化發展為相對穩定的形符系統和聲符系統，分別承擔表意和表音功能。

西周早期金文繼承了甲骨文以形表意的主要構形模式，但也在積累著新興的形聲構形模式；到了中期，隨著社會的進步，語言的發展，形聲構形模式得到了極大的發展，逐漸分化出了一批相對穩定的形符系統來承擔表意功能。西周金文聲符系統的形成是與形符系統相對而言的。聲符系統由於自身的特殊性，它不需要專門調整出一批構件用於表音，從理論上講，任何一個成字構件都具備表音的條件和可能。

在結構方面，西周金文構形系統具有如下特徵：

一、單字構件數量多少不定，構件間的相互位置和方向也不固定。

西周金文系統的這一結構特徵是由以形表意的構形思想所決定的。西周金文構形的主導思想是通過文字形體直接反映客觀物象，而多種多樣、變動不居的客觀物象決定了直接反映物象的文字不會有一個穩定不變的字形結構。同時，西周沒有經過行政化的正字運動，文字的規範性、統一性都不強，這都導致了西周金文單字構件數量多少不定，構件間的相互位置和方向也不固定。

二、西周金文系統的構形結構從象形的平面組合為主逐步發展到表示音義的層次組合為主。

在文字發展的初級階段，文字構形的重要手段就是以形表意，以構件的形體直接表示物象的意義，這種圖畫式的組合方式自然就成了平面組合。而隨著文字的發展，偏旁意識的增強，尤其是形符系統和聲符系統逐漸形成以後，構字方式發生了重大的改變，不再直接表示客觀物象的形體，而是通過表示詞的音義來構成文字，這種結構上的重大調整就是西周金文構形系統的第二個結構特徵。

在西周金文構形系統的歷時演變方面，主要是單字構件的定形化發展和構形系統的形聲化發展。

單字構件的定形化演變又可以分為兩大類，一是選擇式定形，二是改造式定形。所謂選擇式定形，就是在表示同一文字的眾多異體中，選用其中一個作為代表，用來統一這個文字在獨用或組字時的形體和結構。這是文字定形過程中一種相對簡單的形式。這種同化過程，多是將沒有區別作用的、代表相同意義的不同形體歸整為一個構件形體，其他形體則逐漸淘汰消亡。同化後的這些構件形體，與其說它們仍然表示著某一具體的客觀物象，不如說它們已經同化為一個代表符號，這是西周金文構形系統的一個重大轉變。改造式定形，就是在文字的演變過程中，改變文字的原有形體，以原有字形為基礎改造出新的形體。如果說選擇式定形更多的著眼於選擇單字的形體，那麼改造式定形常常造成文字結構的改變。所謂改造式類化定形，就是指在改變字形的過程中，為表示同一類屬的文字選用構件時的類一化，這是改造式定形最突出的表現。

構形系統的形聲化演變方面，形聲構形方式已經發展為西周時期最重要、最能產的構形方式了。西周金文的形聲化方式有注形式、注聲式、改造式和形聲同取式四種，這其中，形聲同取式是形聲構形方式發展成熟的重要標誌，也是整個漢字構形模式發展成熟的重要標誌。

西周金文構形系統的演變發展是服從整個漢字構形系統發展規律的，漢字構形的發展規律就是由直接以形表意、通過字形直接反映物象向以字記詞、通過記錄詞的音義來記錄語義的方向發展，這是西周金文構形系統發展演變的內在動因。

《西周金文分期字形表》共收集了西周金文已識單字 2584 個，其中異構字 572 個，論文窮盡性地分析了每一個異構字的構意，指出西周金文異構字的產生具有以下六種動機與目的：1、補足字義；2、分擔字義；3、加強系統性；4、優化文字結構；5、標示區別；6、消除訛變。總的來看，它的每一類現象都是有跡可循，每一類異構產生的目的都是符合西周金文文字系統的構形規律和構形思想的。

目　次

第三、四、五、六冊　春秋金文字形全表及構型研究

作者簡介

楊秀恩，女，1968 年 9 月生人，祖籍河北省定州市，現居河北省石家莊市。現爲河北經貿大學人文學院教師。1995 年畢業於河北師範大學，獲學士學位。

2002 年畢業於河北師範大學文學院漢語言文字學專業，獲碩士學位。2010 年畢業於中國人民大學文學院漢語言文字學專業，獲博士學位。先後於《殷都學刊》、《寧夏大學學報》、《吉林師範大學學報》、《寶雞文理學院學報》、《漢字文化》等刊物發表專業論文數篇。

提　要

　　本書以春秋金文爲對象，從文字學角度對其進行斷代研究，描寫春秋金文文字系統的特徵。內容分兩大部分：《春秋金文字形全表》和春秋金文構形研究。

　　《春秋金文字形全表》收錄了《殷周金文集成》、《新收殷周青銅器銘文暨器影彙編》及《商周金文資料通鑑》（收器至 2009 年 12 月底）中收錄的所有春秋銅器銘文的全部字形。字表字形爲計算機剪貼拓片照片而得。字表字頭設爲兩級，一級字頭爲字種，按《說文解字》部次排列。一級字頭的異構以二級字頭的形式分別列於其下，將一字的諸異構形體皆作區分呈現。每一字形下標注所在器物的名稱及出處，分期與國屬明確的器物，則標注分期與國屬。每一字頭下所列字形，按分期先後排列，主要分春秋早、中、晚三期。目前分期不明者則標注爲春秋時期，排列於後。合文與未識字附於字表末。

　　第二部分，以《春秋金文字形全表》爲基礎，考察春秋金文的「反書」、「構件易置」、「異構」和「通假用字」現象。春秋金文中的反書有以下特點：在時間上，貫穿春秋早期到晚期，但數量呈遞減變化；地域上，目前秦國未見反書現象，其餘地域皆見；在功能上，春秋時期的反書仍然無分理別異的功能。春秋金文在構件定形和定位上與西周金文無明顯階段性差異。春秋金文異構字共763 個，352 個產生於春秋時期。其產生方式有：增加形符、義符、聲符、區別符號；減省形符、義符；替換形符、義符、聲符；截除字形一部分；並劃性簡化等。其中增加構件者遠遠多於減省構件者。春秋金文通假用字有以下特點：數量不多；通假對象基本有定；在通假字的選擇上，「形體關係」較之「形體繁簡」顯得更重要。

目　次

第七、八冊　侯馬盟書文字研究

作者簡介

　　張道升（1976～），安徽肥東人，2000 年獲得安徽師範大學文學學士學位，2006 年、2009 年分別獲得安徽大學文學碩士、博士學位（導師：徐在國教授），2011 年 9 月至 2013 年 6 月在北京師範大學民俗典籍文字研究中心做全職博士後（合作導師：李運富教授）；2000 年至 2003 年在肥東縣白龍中學任教，2009 年迄今在合肥師範學院文學院任教；2011 年評為副教授。

　　主要研究方向為文字學、字書學，任教古代漢語、中國文字學、訓詁學等課程，迄今已發表學術論文 30 餘篇，出版專著 2 部，主持省部級項目 2 項、廳級項目 5 項、校級項目 3 項，為中國辭書學會、中國文字學會、安徽省語言學會會員，安徽省辭書學會學術秘書。

提　要

　　侯馬盟書是 1949 年建國以來我國的十大考古發現之一，已成爲國寶級的文物。盟書文字是用朱筆或墨筆寫在圭形或璜形的玉石片上，內容極爲重要，是戰國石器文字最重要的資料之一。

　　論文共分爲三部分。第一章、第二章和附錄。

　　第一章爲侯馬盟書研究綜述。本章概括敘述了侯馬盟書公佈以來的研究成果並分析其存在的問題，說明對侯馬盟書研究仍有其必要性：自侯馬盟書發表以來，半個世紀過去了，有必要對侯馬盟書的文字研究成果加以全面彙集和對侯馬盟書字形考釋成果做一次新的檢討。

　　第二章爲侯馬盟書文字集釋。本章輯錄了目前所能見到的有代表性的研究侯馬盟書的文章，主要摘錄其中對侯馬盟書文字字形的分析、字義的闡釋部分，其他則從略。首列具有代表性的字形原拓，**後**加辭例，接著按時間先後順序排列各家的考釋，各家的觀點一目了然。最後是按語部分，是筆者對各家的觀點進行的評述，或提出自己的新觀點，比如：「●」，舊多未釋，筆者根據最新出土的楚簡材料，認爲應釋爲槙；「囚」，筆者認爲它應是圉的異體；●，侯馬盟書摹本爲●（●），錯誤；此字上從羽，非從魚，下爲●，應嚴格隸定爲●；字待考。

　　另外，按語中還對部分侯馬盟書的文字形體做了梳理，如「●」字可與金文中的形體比較；「●」字可與戰國古璽中的「●」字比較，古璽所從的「●」，當是「●」形之省。

　　附錄。包括七篇學術論文：一、侯馬盟書研究綜述。二、讀侯馬盟書文字劄記三則。三、《侯馬盟書・字表》校訂。四、《古文字詁林》中所收侯馬盟書部分的校補。五、《古文字譜系疏證》中所收侯馬盟書部分的校訂。六、秦代「書同文」的前奏與實現──論先秦幾種重要石器文字在漢語規範化中的作用。七、從神靈世界向現實世界的演變──從出土文獻的盟誓文書中看神靈崇拜的式微與革新。

目　次
上　冊

第九冊　敦煌寫卷《老子》綜合研究

作者簡介

　　杜冰梅　漢族，1976 年 10 月出生於安徽蕭縣。2003 年獲漢語言文字學專業碩士學位；2007 年獲漢語言文字學專業博士學位。2007 年畢業至今在中國藏

學出版社工作。曾發表《李燾本〈說文解字〉考評》（《古籍研究》2001 年第 4 期），《〈孟子〉「仁」與「義」互文考察》（《修辭學習》2006 年第 6 期），《敦煌寫卷〈老子〉研究綜述》（第一作者，《蘭州學刊》2006 年第 9 期），《「有恥且格」之「格」新釋》（《宿州學院學報》2007 年第 2 期 ），《淺析〈左傳〉之「唯」「惟」「維」》（《語言科學》2007 年第 3 期），《〈孟子〉正文中的訓詁與當代詞語釋義》（《瀋陽師範學院學報》，2007 年 5 月增刊）等論文。

提　要

　　1900 年 6 月 22 日（清光緒二十六年庚子五月二十六）在甘肅省敦煌縣鳴沙山千佛洞第 288 號石窟中發現 5 萬餘件完成於公元 5 世紀至 11 世紀的文獻，給科學文化研究提供了極為豐富的古代文化典籍和歷史資料，被稱為中國近代文化史上的四大發現之一。在 5 萬餘件敦煌卷子中有千餘件、百餘種中國傳統典籍，《老子》即其中一種。今存較早、較完整的《老子》多為宋、明刻本，而敦煌寫卷《老子》多抄寫於南北朝、唐代。其中既有出自平民之手的抄本，同時也有出自一般文人及上層文人之手的抄本，能夠真實地顯示當時文字使用的實際情況，為我們揭示六朝至唐代文字的真實面貌提供了豐富的資料。

　　本書主要包括以下三個方面的內容：（1）對目前國內外已公佈的 78 件敦煌寫卷《老子》版本進行全面整理，並對分散異處的各寫卷進行綴合。（2）以法藏敦煌寫卷《老子》P.2329 第一章至第九章、S.6453 第十章至第八十一章經文為底本，與其他 76 件敦煌寫卷、馬王堆帛書《老子》甲本、馬王堆帛書《老子》乙本、郭店楚簡《老子》甲本、郭店楚簡《老子》乙本、郭店楚簡《老子》丙本、唐景龍二年《易州龍興觀道德經碑》、王弼本《老子》及河上公本《老子》經文進行比較，並對敦煌寫卷《老子》異文用字進行分析。（3）敦煌寫卷《老子》用字分析。參考前人研究成果，通過對這一共時階段的文字進行全面測查、整理以及系統的分析與描寫，揭示敦煌寫卷《老子》抄寫時期的漢字實際使用狀況。

目　次

第十、十一冊　　《新譯華嚴經音義私記》俗字研究

作者簡介

　　梁曉虹，日本南山大學綜合政策學部教授，南山宗教文化研究所兼職研究員。長期以來從事佛教與漢語史研究。至今已在中國大陸、香港、臺灣、日本、

韓國、歐美等各類學術雜誌發表學術論文 140 餘篇。出版《佛教詞語的構造與漢語辭彙的發展》（北京語言學院出版社，1994 年）；《日本禪》（浙江人民出版社，1996 年初版，臺灣圓明出版社，2000 年再版）；《佛教與漢語辭彙研究》（臺灣佛光文化，2001 年）；《佛教與漢語史研究——以日本資料為中心》（上海古籍出版社，2008 年）等專著。又與徐時儀、陳五雲等合作研究，出版專著《佛經音義與漢語辭彙研究》（商務印書館，2005 年）；《佛經音義研究通論》（鳳凰出版集團，2009 年）；《佛經音義與漢字研究》（鳳凰出版集團，2010 年）等。編集出版《佛經音義研究——首屆佛經音義研究國際學術研討會論文集》（上海古籍出版社，2006 年）；《佛經音義研究——第二屆佛經音義研究國際學術研討會論文集》（鳳凰出版集團，2011 年）。

提　要

　　《新譯華嚴經音義私記》為日本奈良時代（710～784）華嚴學僧所撰。其原本已佚，現存小川睦之輔氏家藏本為傳世孤本，經學界考證，亦寫於奈良朝末期。小川本《私記》已於 1931 被指定為日本國寶。1939 由日本貴重圖書影本刊行會複製刊行，後日本古典研究會又於 1978 年整理收錄於《古辭書音義集成》（汲古書院出版）第一冊。另外，民國時期羅振玉訪日發現此本，經其手借回中國，1940 年由墨緣堂影印出版，題名為《古寫本華嚴音義》。

　　《私記》主要參考唐釋慧苑《大方廣佛華嚴經音義》與《新華嚴經音義》（撰者不詳，當為奈良時期華嚴學僧所著）以及其他漢籍，收釋八十卷《新譯華嚴經》中字、詞、經句，用反切、直音等法為所釋字詞標音，是漢語音韻研究的重要參考文獻。因其中還載有大量和訓（用万葉假名表示日語音讀），故被日本國語學者奉為至寶。

　　《私記》全書用漢字書寫，字遒勁剛健，彰顯古風。羅振玉曾為墨緣堂版撰序，談及其初見《私記》時，「以為驚人祕笈」，指出此本「書古健，千年前物也！中多引古字書……」。

　　近年來，漢字俗字研究在學界眾賢努力下，呈興旺之勢，資料從敦煌文獻到碑刻碣文，從房山石經到刊本藏經，成果頗豐。然對海外資料，尤其是日本所存文獻之研究，卻重視不夠。《私記》不僅能體現唐人寫本、唐代用字史貌，還傳達出唐寫經到東瀛，漢字到日本後的變化與發展。這是大量國內俗字研究資料所不具備的特色。本書的完成，對漢字俗字研究領域的進一步擴大與深入具有填補空白的作用。

第十二冊 上古漢語同源詞研究

作者簡介

　　姚榮松，台灣雲林縣人，生於 1946 年。自幼喜愛文學。民國 54 年以第一志願考上師大國文系狀元，從此以語言文學爲志業。58 年師大結業，任教北市弘道國中，旋考上師大國研所，62 年獲碩士學位，入國文所任助理研究員。

　　64 年考上本校博士班，志趣轉向語言學，尤有志漢藏語言研究，博三時因緣際會，考上教部公費留學研究生進修類，1977 年赴美國康乃爾大學語言系，從 N.C.Bodman（包擬古）習漢藏語言學，並修習語言學專業，次年返師大，續任講師，並於 1982 年完成博士論文（古代漢語同源詞研究），旋任師大國文系副教授，並開始講授聲韻學、訓詁學、國音學及閩南語概論（通識）。

　　1984～85 年赴哈佛大學燕京學社任訪問學者一年，留心當代語言理論，開始著力於當代閩方言研究。1993 年獲國科會補助，赴法國高等社會科學研究院（EHESS）東亞語言所研究一年，以法國漢學爲研究專題。1995 年在師大華文所開「漢語詞彙學」，並在國文系開設「漢語方言專題」、「詞源學專題」及「中國語言學史」。

　　2000 年以後，陸續擔任過教育部國語推行委員（2000～2006）、中華民國聲韻學會理事長、台灣語文學會會長（2006～2010）等，並曾擔任《教育部台灣閩南語常用詞詞典》總編輯、教育部九年一貫本國語文領域閩南語課綱召集人等職。2003 年起轉任師大台灣文化及語言文學研究所專任教授，並兼任所長（2004～2007），講授台灣語言通論、台灣閩客語比較、台灣閩南語詞彙與構詞、

台語文字表述與漢字專題、漢語音韻史與閩客語言變遷史、閩南語句法學等課程。2012 年 2 月自台灣語文學系退休，目前並致力台灣民間歌謠及台灣閩客語言比較研究。

著有《切韻指掌圖研究》、《上古漢語同源詞研究》（博士論文，花木蘭出版中）、〈文始・成韻圖音轉理論述評〉、〈臺灣語典導讀〉（金楓，經典 35）、《古代漢語詞源研究論衡》等。主編教育部《臺灣閩南語常用詞辭典》，發表過兩岸新詞語比較論述多篇，近刊《厲揭齋學思集》（2012，文史哲）行世。

提要

《上古漢語同源詞研究》係作者 1972 年完成於台灣師範大學國文研究所的博士論文，指導教授為林尹與陳新雄。在同類著作中，具有先驅性與指標性，同年 10 月王了一先生出版《同源字典》〈商務印書館，北京〉，本書主要參考書目中列有王先生《漢語史稿》等五種著作，應加上〈同源字論〉一文(見《中國語文》復刊號)，可以說明本書是在不同學術條件下，與王了一先生進行相同課題的研究，王書側重語料的研究，本書側重研究的方法，除了繼承有清三百年的訓詁源流外，主要是受近儒沈兼士、高本漢、藤堂明保、王力四家的啟發。

全書分五章，首章緒論，提出上古漢語同源詞的形成與實質要件，以為界說。

第二章為文獻回顧，以沈兼士〈右文說在訓詁學上之沿革及其推闡〉(1935)一文為基礎，加上新增第四節，從詞族到同源詞，對高本漢以來的三家科學的同源詞研究，進行分析比較，奠定本書論述的基礎。

第三章以上古語料為依據，論述了諧聲字、聲訓、說文音義同近字及上古方言中的轉語等四類在同源詞構成上的角色、在兼顧音義條件下，進行各單項來源的同源詞舉證，在兼顧古文字的孳乳關係、訓詁文獻的語意證據，作出各類的束取示範。由於篇幅限制，諧聲字為大宗的舉隅，十二類之中僅舉第一類歌月元三部共 24 例，若假以時日，將十二類例證束擇完成，則本書結論應與現有的不同。

第四章討論上古漢語同源詞的詞音關係、詞類關係及形義分析，前者提出章氏《文史》以來所建立的音轉規律之檢討，詞類關係主要參考王力《漢語孳生詞的語法關係》一文，形義關係則考慮古文字的孳乳，可補王氏方法論上的不足。

第五章結論，仍以諧聲字的聲義關係為重點，進行全盤的同源詞整理，並

對清儒「形聲多兼會意」這項假說的真象，加以總結，並提出通過構詞研究及漢藏語言的比較，將可進行前瞻性的漢藏語同源詞探討，本文是作爲漢藏語同源詞研究的奠基工程。

目　次

第十三冊　中國上古涉酒詞語研究

作者簡介

　　林琳，女，1978 年 7 月生於吉林省長春市。2012 年畢業於東北師範大學文學院漢語言文字學專業，獲文學博士學位。其間主修漢語辭彙與訓詁，著有《劉子譯注》（吉林人民出版社，2008 年 8 月），並在《社會科學戰線》、《古代文明》、《勵耘學刊》等刊物發表論文。2012 年 11 月進入吉林大學中國語言文學博士後流動站從事研究工作。現為吉林省教育學院高中教研培訓部語文教研員。

提　要

　　本書的主要研究對象是中國上古涉酒詞語，即源自上古時期文獻、詞符形式上存在一定關聯、意義上與「酒」有關的詞和固定語的總匯，屬於特定語義範疇詞義的斷代研究，主要對上古涉酒詞語的詞義、語義、語用及相關文化現象等進行描寫。

　　本書根據普遍認知規律來確定語義分類的認知框架，將上古涉酒詞語分為十一個語義類別進行描寫和分析，體現它們在上古不同時期的面貌及發展演變。對於各語義類別，主要從共時角度描寫涉酒詞語在上古各階段的語義面貌，從歷時角度描寫其更替、演變的情況。在此基礎上，充分利用「詞項屬性分析表」來認同別異，使語義特徵表述更為具體化。

　　在詞義及語義系統描寫的基礎上，還對其中一些涉酒詞語進行個案研究，描繪其詞義引申脈絡。同時，通過對上古涉酒詞語的隱喻認知分析，可看出其意義之所以演變的原因和規律，亦可從語用的角度看出詞語的發展趨勢。

　　涉酒詞語作為一種主題詞匯，與漢語辭彙系統以及社會經濟文化生活存在著相互聯繫、互動互變的關係。從對某些典型詞語的描寫與考證中，現澱了中國古代酒文化的本質與內涵，體現了語言作為文化載體的重要功能，印證了辭彙與文化共變理論。

目　次

第十四、十五冊　順治朝內閣大庫檔案詞彙研究

作者簡介

魏啓君，男，1970 年生，祖籍湖南東安，現任教於雲南財經大學傳媒學院。2010 年畢業於四川大學文學院，獲文學博士學位。主要研究興趣爲漢語詞彙史，已在《歷史檔案》、《紅樓夢學刊》、《西南民族大學學報》、《雲南師範大學學報》、《寧夏大學學報》、《當代文壇》、《學術探索》、《漢語史研究集刊》、《東亞文獻研究》等刊物上發表學術論文數十篇，其中多篇被 CSSCI 來源期刊收錄。

提　要

《明清檔案》全稱《中央研究院歷史語言研究所現存清代內閣大庫原藏明清檔案》，由臺灣中央研究院歷史語言研究所張偉仁教授主持整理出版。全部共324 冊，包括明朝宣德年間至清代光緒年間的題本、上諭和其它公文。其中第 1 冊到第 37 冊是清代順治年間的檔案（公元 1644 年至 1661 年），計 37 冊。作爲官府正式公文，這些檔案記述了當時地方治安方面發生的大量事件，反映了當時的社會萬象，眞實可靠，在涉及社會下層俚俗人物的陳述稟白的內容中，往往直錄了大量的方俗口語，在社會歷史和語言研究方面具有彌足珍貴的文獻價值。其中出現的不少詞彙成分，對於漢語歷史詞彙的研究具有難以替代的作用。本文以清初順治年間檔案爲基礎，搜集其中使用的十七世紀新詞，並用語義分析的方法對它們展開分析探討，從而管窺該共時段詞彙面貌及其新詞衍生機制。全文共分六章：

第一章爲緒論。介紹順治朝檔案的內容及語料特點，作爲公文語體的順治朝檔案具有材料的原始性、內容的廣泛性、敘述的口語性等特點，是理想的漢語史研究語料。本文引入詞彙層次理論，探索更精確的新詞界定標準。繼承前修時彦的訓詁成就，運用審形察義、類聚顯義、語境尋義、繫聯探義、綜合辨義等語義考辨方法，把詞彙投放在更廣闊的社會文化背景下考察，追溯其產生的原因。借鑒語義類聚的相關成果，將所釋詞語納入詞彙系統當中加以考察，以名物類、行爲類、性狀類爲綱組織詞條。運用語義構成理論，分析構詞語素的語法語義關係，爲驗證釋義的可靠性及探究詞語的語源提供技術支持。

第二章考釋名物類詞語。從統計歸納結果看，檔案新詞中名物類數量最多。可以從有生類、社會類、器物類三個方面梳理。其中有生類涉及文武職官、下層吏役、親人眾、職業階層、罪案人員、身體部位、疾病創傷、其他生物等八

個方面。社會類涉及銀錢貨幣、田土賦稅、勞役工食、制度文書、詞訟案件、處所時令、官衙其他等七個方面。器物類涉及器械刀棒、用具雜物、家具服飾等三個方面。

　　第三章考釋行爲類詞語。主要從審訊訴訟、戰爭軍事、搶奪傷害、欺詐姦淫、口角鬥毆、處置彙報、經濟行爲、其它行爲等八個方面考察順治朝檔案中的新興詞語。

　　第四章考釋性狀類詞語。從色彩狀貌、性格情態和其它詞語等三個方面加以考察。以上三章考釋詞彙的立足點是 1644-1661 年的順治朝檔案材料，但反映的是十七世紀前中期的詞彙面貌。因爲本文在選擇所釋詞條的書證時以順治朝（1644-1661）爲中心共時段，上限向前追溯到 1600 年左右。這種界定方法基於以下因素的考慮：詞彙系統可分爲四個部分：基本層、常用層、局域層、邊緣層，作爲邊緣層的新詞，在文獻中記錄下來需要一段時間；詞彙系統具有開放性，以共時段爲中心適當往前推算年代考察的方法，在一定程度上避免了因時間的局限而漏收新詞的失誤；詞彙顯現具有偶然性，文獻對口語詞的記載總是後時的；詞語演變具有惰性，新詞與舊詞其實並不能斷然劃界，適當前推年代，符合語言連續統的實際。

　　本文的後兩章在前三章詞語釋義的基礎上，對所列的十七世紀前中期的漢語詞彙新質從語法語義的角度加以分析。討論的範圍限於形式和意義都新的詞，新義詞不在討論之列。旨在揭示該時期漢語新詞衍生的內在特點和數量構成，在窮盡性統計的基礎上總結十七世紀前中期漢語新詞的能產模式。基於有些詞語可以轉換爲句結構表達的思路，對所列新詞進行語義構成分析。

　　第五章分析單一結構的語義構成。整個新詞可以劃分爲單一結構和複合結構兩大類。單一結構指由單一形式對應一個意義，不能通過表層形式的分析來分析它的意義。語素的意義和形式，就是詞的意義和形式。單一結構的意義隱含程度高，內部的複合意義沒有在形式上表現出來。因此單一結構的語義關係表現爲形式和意義各自以一個單獨的整體互相對應。單一結構包括單純詞、並列式複合詞和部分附加式詞。其中並列式複合詞的情況相對複雜，一爲加合型並列式，其合成意義是構詞語素意義的加合。一爲疊架型並列式，其合成意義並不是構詞語素意義的簡單相加，構詞語素間的關係或聯立或並立或不等。具體而言，並立式疊架結構的語義關係爲 $AB > A+B$。聯立式疊架結構的語義關係爲 $AB=A=B$。不等式疊架結構的語義關係有三種情況，分別爲包含式疊架 $AB=A$，$B \in A$ 或 $A \in B$；交叉式疊架 $AB=A \cap B$；實虛式疊架 $AB=A$ 或 B，

A、B語義存在具體與抽象之別。

第六章分析複合結構的語義構成。複合結構表達兩個或多個不同類別的概念形式和意義之間的組合關係，分析爲句結構時遵循最簡原則、一致原則和完形原則。複合結構包括偏正式複合詞、述賓式複合詞、述補式複合詞、主謂式複合詞和部分附加式詞。本文把語義關係中反復出現的抽象的概括性語義格式稱爲語義模，語義模中不變的詞語或語法關係爲模槽，往往不顯現在詞語的表層，借用主謂賓狀補等語法術語加以表達。語義模中可以被置換的詞語爲模標，往往顯現在詞語的表層，用該詞的詞性加以表達。複合結構的語義模可概括爲主謂、主謂賓、主狀謂、主狀謂賓、使成兼語、複句構詞等類型。統計分析結果顯示，在十七世紀前中期漢語詞彙數量最多的爲偏正式複合詞，其次是並列式複合詞。偏正式中語義模爲主狀謂賓的最能產，並列式中語義關係爲AB＝A＝B的最能產。

本書以順治朝檔案材料爲中心，全面描寫這一共時段的詞彙新質，旨在更清晰地展現十七世紀前中期的漢語詞彙面貌。全面梳理其中的原始材料，爲漢語詞彙史研究提供切實可用的語料。分析詞語的語義構成，揭示詞語的整體意義與構詞語素意義間的關係，爲預測新詞的發展趨勢提供可資比對的範本。

目　次
上　冊

第十六冊　廣韻「重紐」問題之檢討

作者簡介

　　林英津，研究西夏語・木雅語，希望對藏緬語乃至漢藏語的比較研究有所貢獻。進一步，我嘗試展開一個導向性的研究計畫，希望經由業已深度解讀的西夏語文獻，重建西夏民族對古代中國文化及思想體系的習得。

　　我偶然也操弄古漢語的語料，企圖以常用字為例，結合文字、聲韻、訓詁的方法，詮釋古漢語的若干現象。我也嘗試將傳統聲韻學以文獻為主的研究型態，加入當代方言調查分析、實際語料為本的論述。這樣的研究工作，希望能對中文系小學三科有點用處。

　　我還調查研究南島語，希望對台灣地區語言的認知和了解起點作用，台灣是我生長的地方。《巴則海語》專書出版以後，我對台灣南島語的調查研究重心轉移至社會語言、語言生態的觀察。先加入由「東台灣研究會」主辦的，「戰後東台灣研究的回顧與前瞻」計畫，負責語言學的分支計畫，並開展初鹿卑南語長篇語料的蒐集記錄。現在則參與民族所的主題計畫「台灣原住民社會變遷與政策評估研究計劃」，負責「原住民語言現況與政策」之分支計畫。

　　目前就職於中央研究院語言學研究所。

學歷：台灣大學中國文學研究所博士

經歷：

俄羅斯聖彼得堡大學哲學系訪問講學（2006/10/15～2006/11/15）

國立政治大學中國文學研究所碩士論文指導教授（2006/08～2008/07）

日本東京大學總合文化研究科客員研究員（2006/01/11～2006/02/18）

國立暨南國際大學中國語文學研究所兼任教授（2005/02～2006/07）

國立臺東大學南島文化研究所兼任教授（2004/02～2004/07）

國立中山大學中文研究所博士論文指導教授（2003/09～）

國立清華大學人類學研究所兼任教授（2003/09～）

日本京都大學文學研究科中文研究室客員研究員（2002/11～2003/04）

美國舊金山州立大學中文系兼任副教授（1998/02～1998/06）

本所副研究員（1997/08/13～2000/07/20）

國立暨南國際大學中國語文學研究所兼任副教授（1995/09～1997/07）

本院史語所副研究員（1989/01～1997/08/12）

本院史語所博士後副研究員（1986/01～1988/12）

提　要

「重紐」這個問題，目三、四十年代被提出來討論以後，對於中國音學的研究，一直扮演著很重要的角色。這個問題能否圓滿解決，及處理的方式，每每足以左右中古漢語的成就；甚至上古漢語及近代漢語方言的了解，也往往受其影響。有見於參預該問題討論的學者們，各有不同的看法和解釋，我們覺得有重新檢討的必要。因此本文的寫作，除了說明「重紐」的各種徵象，及表面形態以外，主要在指出「重紐」討論的許多小問題，希望能循邏輯的方法推求合理的答案，如此或有助於觀照該問題的全面。

首先簡單介紹書與圖所呈現的「重紐」現象，及其被發現的經過，這一部分希望一般讀者認識這個問題。然後比較近代學者對此問題所持的看法與解釋，深入去探討問題所含藏的多重矛盾。並且指出因其充滿了矛盾的現象，使得各種解決方案的適用性，受到極大的限制。我們覺得欲突破限制，先決的條件是方法的重新檢討，我們是否能以充分嚴謹的邏輯方法，推論問題的各種現象。其次是觀念的修正，問題的解決並非只有一種模式，我們應能從不同的方向尋求解決的方案，因此本文的重心，在嚐試置「重紐」現象於因果事件的事列中，尋找最適用的解釋。另外，由於傳統的素材不盡然適用科學的處理，對於「重紐」我們就止於分音類，而儘量描寫各自不同的音特徵。

　　本文的寫作，未預擬理想的答案，尤其是關於「重紐」音值的標訂；並且也一再強調問題並未完全解決。事實上正如第一章一開頭所說的，我們所能做的，只是嘗試從不同的角度，觀察每一個可能的詮釋而已。或者可以這麼說，本文的精神在申說一些觀念，對於近代語言學者所建立的中國音學，在觀念上的商榷。我們相信這一門學問發展到現在的情況，我們勢必要在傳統與新潮之間有一些調整，才不致於老是在兩者之間僵持著，而得不到進一步的開展。並且我們相信，我們有權利使問題單純一些，以免使聲學長久的成為中文系學生的負擔。當然我不以為本文的觀點和構想已足夠完善，許多地方實地做起來，恐怕一樣問題重重，但我希望是善意的、建設性的嘗試，並且我也儘力朝這個方向努力。

目　次

六書與相關問題研究

方怡哲　著

作者簡介

方怡哲，祖籍福建省漳州東山縣，1964 年生於臺灣省台東縣。學歷：台東中學、東海大學中國文學系碩士、博士。就讀研究所時師事龍宇純教授，撰寫專書論文《說文重文相關問題研究》、《六書與相關問題研究》。

曾任崑山科技大學講師、東海大學兼任講師、國立空中大學兼任講師等職。現任崑山科技大學通識教育中心副教授，教授國文及語言文字相關通識課程。

提　要

六書自西漢末開始為人所知，至今已近二千年，其中傳述六書說影響力最大的是東漢許慎。但許慎並未能將六書都解說為「造字之本」，以致留下種種千古疑雲與爭議！過去百年來，由於甲骨文的發現，開啟了另一波文字學研究的黃金時代，而時序已進入 21 世紀，那些與六書相關的種種研究成果也應該是到了被整理、評論，進而去蕪存菁的階段！本文從歷史的、宏觀的角度檢討傳統六書說，進而觸及近代相關學說的討論與評價。全文分為五章，第一章「緒論」。第二章「傳統六書說及其性質」，概述許慎六書說的內容，並檢討其得失與提出尚待解決的問題，又從歷史證據論證漢代六書說的性質應當就是「造字之本」，而經緯、體用說則是對六書的誤解。第三章「漢字分類法新說種種」是介紹、評述與六書相關的近代各種文字分類新說，發現諸說或不能範圍所有的漢字，或實際內涵並無太多新意，甚至因此為六書說平增了許多的兼職與負擔。第四章「六書四造二化說」。論述龍師宇純對傳統六書說的研究態度及其四造二化說的內容、精義與學術意義及價值。龍師從情理上設想為語言造字的方法，在為瞭解六書說的前提下，得出與漢代六書說名義、內容暗合的六種文字形成法則，雖不能驗證即漢代舊說，但其說確實可以範圍所有古今文字，因此證成了六書說確實可以是一種完美無無瑕的文字構成理論，六書在文字形成的層面上都是「造字之本」。第五章則為「結論」。

目

次

第一章　緒　論

　　文字是人類爲記錄語言而創製的書寫符號系統。語言具有稍縱即逝與不能及遠的缺陷，當文明發展到一定階段，爲補救語言在時空傳播上之不足，遂有文字的誕生。

　　人類之有文字，未及萬年歷史，在正式的文字產生之前，先民早已知道運用實物、符號、圖畫等，來幫助記憶和交流意見。一般認爲文字起源於圖畫，[註1]由不代表固定意義的原始圖畫，到比較複雜地記事表意的「圖繪記事」，[註2]雖然已經具有一定程度的文字性質，可是由於尚未與語言中的詞固定地結

〔註 1〕 汪寧生認爲「文字起源於圖畫」這種流行的說法是不全面的，在文字發明以前存在著三樣原始記事方法：物件記事、符號記事、圖畫記事。這三類記事方法對文字的發明都有影響，圖畫記事只是其中一類。（參〈從原始記事到文字發明〉）

〔註 2〕 或稱圖形記事、圖畫文字、圖形文字等，「文字畫」（即圖形族徽）亦屬此類。沈兼士云：「余以爲文字之起原，實由於記事之繪畫。……文字畫與六書象形、指事字之區別，前者爲繪畫的，複雜而流動不拘，後者爲符號的，簡單而結構固定。」（〈從古器款識上推尋六書以前之文字畫〉，69～70 頁）孫常敍：「圖畫文字是一種輔助人們交流思想的交際工具，是一種先期的文字性質的東西。但它不是語言的派生物，而是以表達思想意志爲紐帶，使圖畫服務於語言思想的產物。換句話說，圖畫文字是以圖畫方法表達人們的語言思惟，從而使圖畫和語言從概念關係上而不是從語序上相結合而生的產物。」（〈從圖畫文字的性質和發展試論漢字體係的起源和建立—兼評唐蘭、梁東漢、高本漢三位先生的『圖畫文字』〉，436 頁）但唐

合，成爲相對應的關係，因此仍不是嚴謹定義下的「文字」。大約到了西元前
3500 年之前，比較成熟的文字體系誕生在西亞的兩河流域，即蘇美爾人使用的
「釘頭字」（楔形文字）；稍晚之後，北非尼羅河流域的古埃及人也創製了「聖
書字」（碑銘體）。這兩種文字與後來約西元前十三世紀，中國商朝人所使用的
「甲骨文」，被並稱爲世界「三大古典文字」。〔註3〕

　　三大古典文字都已經是相當成熟的文字體系，從造字法則的角度來看，學
者認爲都已是「六書」具備。〔註4〕但中國文字，以上述甲骨文使用時代來看，
相距於釘頭字和聖書字，約落後二千餘年，似乎中國文字的誕生遠遠落後於蘇
美人和古埃及人！直至 1969 年，李孝定師發表〈從幾種史前及有史早期陶文的
觀察蠡測中國文字的起源〉一文，〔註5〕按時代先後，將當時所能見到的五批先
民遺留下的陶器上刻畫符號，〔註6〕置於漢字演變的軌道上，探討中國文字的起
源，認爲漢字的起源可以上溯至距今約六千多年前的陝西西安半坡陶文！〔註7〕
此後隨著大陸考古學的日漸興盛，古代遺跡遺物陸續出土，依史前陶器或龜甲
等器物上的符號以探索文字起源的風氣大盛，〔註8〕甚至有學者已將漢字起源時
代，推進到距今約八千年以前的河南舞陽賈湖遺址的刻符。〔註9〕

蘭所說的「圖畫文字」，則是指用圖畫方式寫出來的文字（《中國文字學》，82 頁）
與此概念並不相同，可參上述孫常敘文之論述。

〔註3〕參見周有光《世界文字發展史》，5〜7 頁。

〔註4〕參見同上註，第七章。

〔註5〕文見《南洋大學學報》第 3 期，1969 年。

〔註6〕包括陝西西安半坡、山東歷城城子崖（下文化層、上文化層）、河南偃師二里頭、
河南小屯殷墟四個遺址的五批陶文。

〔註7〕該文主要的論點是：這些陶文的刻畫都具有一定的習慣（刻畫位置固定、器物種
類集中），它必定代表某些特定的意義，不會是隨便的刻畫；而某些紀數字與甲骨
文相同，「可以證明它們和甲骨文字是屬於完全相同的系統，那麼它們是中國早期
較原始的文字，應是毫無疑義的了。」

〔註8〕相關問題可參見陳昭容〈從陶文探索漢字起源問題的總檢討〉。

〔註9〕「賈湖刻符」共有十六例，分別刻於龜甲、骨器、石器、陶器。饒宗頤認爲龜甲
上的刻符，「一個分明是 ⊙（目）字，一個是日字，與青海柳灣之日相同，另一
個 Ψ，有點像舉手人形。……這三個字，都與殷代甲骨文形構非常接近。」（〈陶
符、圖案與初文〉，24〜25 頁）又在〈論賈湖刻符及相關問題〉一文指出：陶器上
之「十」符號應是「甲」的雛形、「丿」有可能是乙字。又龜腹甲上刻一「八」字

　　那些刻或畫在原始社會時期遺物上的各種符號，依據形體上的特點，大致上可以分成兩類：一類是圖形（象實物之形），如賈湖龜甲上的　🝆、🝄刻符；山東莒縣陵陽河大汶口文化刻符：

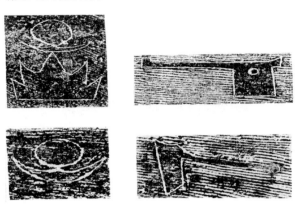

　　一類是線形（幾何形符號），如西安半坡刻符：

　　比較早期的器物上的刻符，由於都是單獨孤立地被刻畫在器物上，因而有些學者認爲它們並未具備紀錄語言的功能，仍然僅止於「符號」的性質（尚未固定地與語言裡的某個詞結合），所以西安半坡甚至更早期的刻符是否是漢字的前身，仍然有著不同的看法。儘管如此，一些稍微晚期的刻符與漢字有或多或

　　記號。《舞陽賈湖》的編者則認爲：「賈湖契刻符號的基本結構與漢字的基本結構是一致的」，「具有原始文字的性質，與商代甲骨文可能具有某種聯係，而且很可能是漢字的濫觴。」

少的聯繫應該是極有可能的，以山東莒縣陵陽河的圖形刻符來看，它們與古漢字相似的程度非常之高，形體結構也相類（有人認爲分別是「象形」、「會意」結構），因而有比較多的學者認同它們已經是文字。至於幾何形的記號，「在文字形成過程剛開始的時候，通常是會有少量流行的記號被吸收成爲文字符號的。」〔註10〕不過由於商代中期以前的陶器或早期龜甲上的刻符數量並不多，與後代漢字可以對照的形體更是罕見，因此儘管對於探索漢字起源的問題有莫大功用，但是對於研究漢字構造、形成的規律（構成法則）則助益並不大！

欲研究漢字，量多而最早的材料，仍屬直到 1899 年才爲世人所認識的商代晚期甲骨文，甲骨文單字根據統計有四千餘字，但音、義比較能夠確定的只有四分之一左右（音、義其中一項若不能肯定，則往往不能準確分析其造字法則），儘管如此，對於研究漢字的發生、來源、構成法則卻是第一手材料。商代晚期，在青銅器鑄上銘文也逐漸成爲風氣，但金文的鼎盛期是在西周、春秋時代，由於青銅器是重要的禮器，所鑄銘文一般較典雅、莊重，相對於屬於實用性質的甲骨文，甚至保留了比較古老的漢字形體，因此早期金文也是確定「原始形構」的重要依據。戰國時期金文逐漸沒落，但大量簡牘的考古發現，卻讓研究者能夠接觸到當時的手寫體字形。然而東方六國的文字，由於簡化、繁化、異化、訛變等情況嚴重，不僅導致各國文字異形，也大肆破壞了漢字原來的結構，因此研究漢字的構成與演變規律，一般還是以比較保守、穩定的秦系文字爲對照對象。秦系文字發展到戰國晚期及秦朝，逐漸演變成「秦篆」與「隸書」，隸書解散篆體，對漢字原來的結構破壞更嚴重了；而由春秋、戰國秦系正體文字逐漸規範化而達於極致的小篆，其結構仍保留比較多而可靠的構字理據，所以成爲漢代人研究漢字構成法則的主要依據，本書中所謂的「古文字」即指小篆及其以前的各類古文字！

人類有史初期，一個成熟的文字體系之形成，絕不可能由一人即可獨力創製，它必然經歷了很長的一段歷程，由不同人在不同時空創製，而後經約定俗成，最後才形成像三大古典文字那樣成熟的體系。當文字在長久的發展過程中，先民們也不是事先就預設好了某幾類方法，而後依據此法則以造字。文字的草創期，先民對於文字的製造是著眼於應用的層次，以實用爲目的；直到文字體

〔註10〕參見裘錫圭《文字學概要》，4 頁。

系已然成熟，新的文字仍會順應語言的需求而不斷產生。此期間，文字的創造者和使用者，雖分享了文字的便利，卻未必已意識到或關注於屬於理論層次的造字方法問題！但凡事物之製造必然有其客觀的方法，文字之製造亦然，文字既經約定俗成，傳播日久漸廣，加以人類知識、文化積累日深，於是漸漸有人對於文字的質素——形、音、義三者有了觀察、研究的興趣，並進而累積成知識！在字形方面諸如字形與字音、字義的聯繫關係、形體結構的分析方法等遂逐漸被挖掘，最終進而歸納出某些文字方面的系統理論！

　　在先秦時期的少數文獻裡，雖然已經可以見到古人對文字構形、造意的分析，但有關文字構成的理論，則遲至西漢才有所謂「造字之本」——「六書」的具體細目名稱被提出。六書由西漢末劉歆所傳授，根據漢代文獻資料，劉氏所授並不只一人（說見下），但體系完成的代表人物卻是東漢時的許慎，在其《說文解字》一書中，不僅有六書的名稱、定義、例字，並且曾具體運用這套理論以作為說解文字形音義的依據，可謂理論、實證兼具，自此便成為漢代六書說的獨門招牌。自「六書」說出現，傳統小學研究、論述「造字之本」時都脫離不了六書的理論！六書是中國最早論述漢字構成原理的理論，從而促使文字學成為一門專門學科，它的提出在漢字研究史上具有劃時代的意義和不可抹滅的貢獻。

　　然而許慎畢竟是東漢時期的人，他所根據用來建構六書說的文字資料，是以秦、漢時期的小篆為主，上距殷商、西周已經相隔一段很漫長的時日了，此期間文字的演變，除了「循化」而外，亦有大量訛變等情況，〔註11〕經過長時期的變化，字形的變異足以對構成法則的分析產生衝擊！許慎的六書說是否適用於分析小篆以前的古文字，將是一個重大考驗！更何況許慎的六書說本身就有一些問題待澄清，例如中國文字的構成法則是否不多不少就此六類？許慎對

〔註11〕「從甲骨文、金文、戰國文字到小篆，古文字的字體和字形都發生了不少改變。字體即書寫風格的變化帶有整體性，因而是一目瞭然的。而字形即組織構造的變化則往往因字而異，但是大致劃分，無非兩種情況，一是到了小篆階段仍然可以從字形分析字義的，這是正常的循例的變化，叫做『循化』（或『循變』）；一是到了小篆或在更早的階段，字形在演變過程中發生訛誤，從而脫離了與字義的聯繫，這樣的變化叫做『訛化』（或『訛變』）。」（參見劉翔等編著《商周古文字讀本》，253 頁）

六書的界說是否正確？六書之間的分野是否明確清晰？六書是否皆屬於同一層次？甚至可以質疑：許慎的六書說是否符合創為此說者的原意？六書說的性質果真是屬於「造字之本」（顏師古注《漢書》所引〈漢志〉之文是「立字之本」，說見下）？若此之類都是學者曾致其疑，而至今仍未有一致定論的課題！

其中最關鍵的當屬六書性質的問題，見於班固《漢書‧藝文志》，而應當即為劉歆所傳的六書說，其性質在該說初見諸文獻時即被定位為「造字之本」，而所謂「造字之本」，傳統的理解一般即指創製文字的方法、法則。其後鄭眾、許慎述說六書時，雖然皆未提及「造字之本」一詞，但也未對班固的說法提出任何辯駁，因此早期文字學界對文字構成法則的知識，其實是建立在班固「造字之本」與許慎「六書」說二者結合的基礎之下，認為六書的性質是「造字之本」、「製字大倫」（徐鍇語），而其具體內容則大抵依據許慎的界說！

不過，隨著六書說的傳播日久，鑽研者漸眾，許慎六書說中的一些問題也逐漸被學者發覺，進而提出各種修正的觀點或新的學說，〔註12〕特別是對「轉注」、「假借」二書的詮釋更密切關係著六書整體性質的定位。六書中象形、指事、會意、形聲四書之性質為「造字法則」，學者之間並無異議！但按照許慎的定義，「轉注」、「假借」二書的性質是否與前四書一樣是造字法則，則自明代的楊慎提出六書「四經二緯」說之後開始有人提出了質疑，其後復經清人戴震推波助瀾，倡議六書應區分為「四體」與「二用」兩種不同的性質，對於六書定位定性的問題由此開始產生了一些不同的看法！

「四經二緯」、「四體二用」說的提出，是因為無法將六書都講成造字法則，才轉而提出前四書為造字法、後二書為用字法的新觀點，但該說仍然是在承認

〔註12〕韓偉說：「當代以前，漢字形體結構及其模式的研究集中於傳統文字學理論—六書中，事實上，由於六書身兼數職，既為造字的六種方法，又為漢字的六種形體結構及其模式（自清代戴震始有「體用」說，此說一出，則前四為形體結構模式）：既為寫詞載義的方法，又為識文別字的六種條例。……當今研究的焦點則在於，傳統六書到底是單純的造字方法還是具有幾種複合的身份，比如說，其中有造字的方法，又有漢字形體結構模式，或者還有寫詞載義的條例。如果如此，那就有將它們作以區分的必要，然後再根據研究的需要，來進行客觀的研究。」（參見韓偉〈漢字形體結構研究論〉，77頁。）哲按：如果就六書說的起源時期來說，古人不可能將「六書」同時定位為數種性質的結合（所謂「身兼數職」、「具有幾種複合的身份」）！

許慎六書說定義的前提下所提出的部分修訂版。而自二十世紀初以來，許多學者繼續研究著六書，其中有主張六書（多指前四書）是分析漢字「形體結構」模式的條例一說產生！如此，自古以來對六書的性質大致上就有幾種看法：「造字法則」、「四體二用」、「結構條例」，以及與造字法則有著密切關係的「文字類型」說等。時至近代，由於新的文字材料——甲骨文的出土，以及受到西方語言學、符號學等學說傳入的影響，促使本國學者在運用新材料、擴大研究方法與視野的雙重優勢下，為舊的學說加入了不少新血，不論是著眼於修訂許慎六書說者，或擺脫六書而自創體系者皆蜂擁輩出，頗有百家爭鳴的氣象。因此後來又產生一些文字歸類理論的相關術語如「基本類型」、「結構類型」等；此外又有學者從文字是記錄語言的書寫符號的角度，認為六書的性質是「記詞法」、「寫詞法」、「表詞法」。這些由傳統六書衍生出來的種種相關新說，也是本文所要著墨加以辨析之處！

　　六書說這種文字構成法則的理論，應該是在長時期的、許多學者的傳承研究下才能產生的，然而若沒有許慎作《說文解字》將它具體記錄下來，則漢代的六書說恐怕是無法傳承下來的！在許慎之前的劉歆、班固、鄭眾並未詳論六書內涵，許慎之後也未有不同來源的六書說出現，換言之，若無許慎，則剛萌芽未久的六書說也許就會因而夭折！〔註13〕以此而言，許慎對於漢字文字學的創立厥功至偉，而由東漢至清代，六書的研究基本上亦即以許慎的界說為主軸。然而近百年來，如前所述，受到新文字材料與新研究觀點的影響，對漢字構成法則產生研究興趣並有論著的學者不可勝數，他們研究的目的主要是想補充、訂正許慎六書說之缺陷，甚至進而企圖重新建構更精密、完整的文字構成論。而在已經進入二十一世紀的今日，那些種種成果也應該是到了被整理、研究、評論，進而去蕪存菁的階段！

　　本論文題目名稱為《六書與相關問題研究》，乃從歷史的角度、從宏觀的角度檢討傳統六書說，因而觸及相關學說的討論。所謂歷史的角度，是將六書說

〔註13〕東漢時籀文逐漸失傳（漢光武帝時亡失六篇），六國古文經書非一般人所能得見，且後來應已轉抄為隸書本，而小篆雖在但也不是日常使用文字，因此一般人甚至學者也多不能識古文字。當時除了曾經校書「東觀」，且「五經無雙」的古文經學家許慎之外，大概很少有人能夠繼承並發揚六書說（即使大儒鄭玄，也未見著作傳世），況且小篆等古文字也是因為有了許慎作《說文解字》才能流傳後代。

視爲歷史上尙未完全解決的問題，由此角度觀察：後來產生的種種新說，與六書說有何淵源、關係？對解決漢代的六書說有何助益？所謂宏觀的角度，是不僅僅侷限於許愼的六書說研究（六書的定義、性質、個別文字如何歸類等等問題），而是將重點放在經由瞭解、檢討傳統六書說後，進而檢視那些依附或受六書說影響而產生的種種相關新說，觀察這些新說研究的範疇與面向，並評述其功能與價值！

全文分爲四章：第一章是「緒論」。第二章「傳統六書說及其性質」。第一節「漢代六書三家」，研究漢字的構成法則不能脫離六書，自漢代至清朝，文字學就等於《說文》之學，《說文》學中六書又居重要地位，甚至有「六書學」之稱號，成爲文字學的一個專門領域，歷代研究論著如汗牛充棟，不可勝睹，不過推其本原，皆源自東漢三家「六書說」，本節概述漢代六書三家之說，特別是班固所說「造字之本」的歷史意義，以及許愼對六書說的重要貢獻，但指出傳統六書之定位——「造字之本」以及許愼在六書說中的地位可能受到的各種質疑。第二節「許愼六書說內容及檢討」，按象形、指事、會意、形聲、轉注、假借的次序分論許愼六書說的內容，並檢討其得失與提出尙待解決的問題。第三節「六書造字立字及經緯體用說」，由於顏師古注《漢書》時引班固之言是：「立字之本」，學者或因此質疑六書「造字之本」的定位問題，本文深入分析，指出兩者意義實則不異；又從歷史證據論證漢代六書說的性質應當確實就是「造字之本」！其次，四經二緯、四體二用說是最早衝擊六書「造字之本」說的理論，其影響力至今不歇，本文說明其說之由來，及此說之問題癥結與解決之道。

第三章「漢字分類法新說種種」是介紹、評述與六書相關的近代各種文字分類新說。第一節「文字類型說」，由造字法則角度爲文字分類，是最早也是最可行的漢字分類法，但現代文字學界流行「結構類型」一詞，本節說明該詞之意義。第二節「三書與相關諸說」，近百年來，許多學者從新的角度、新的材料來研究漢字的造字法則，或爲漢字劃分文字類型（結構類型），本章介紹數家學者的論點及成果。其中「三書說」是最盛行的學說之一，自唐蘭導其源，踵武者眾！三書說也是後來其他各種分類法的主要參考體系，但實質上各種「三書」說都不能範圍所有的漢字！此外亦評述其他異於三書說者數家！第三節「文字結構說」，首先說明「結構」一詞在文字學的應用，次說明文字「外部結構」的分析以及運用傳統六書分析漢字形體結構的盲點所在。第四節「記詞與相關諸

說」，晚近有不少學者兼從語言與文字的角度來看待六書的性質而提出所謂「記詞法」、「寫詞法」、「表詞法」的新說，本文舉三家爲例，述評各家論點，以及此說是否具有存在的價值。

第四章「六書四造二化說」。第一節「四造二化說的緣起與內容」，說明龍師對傳統六書說的研究態度及其六書四造二化說的內容。第二節「四造二化說的精義」，說明該說解決了傳統六書說中的哪些問題，並其說之優點所在。第三節「四造二化說的學術意義」，龍師宇純提出四造二化說，目的是爲了瞭解漢代六書說的歷史意義，本節以六書四造二化說與傳統六書說以及近代各家相關學說互較，說明該說所突顯的學術意義與價值。第五章則爲「結論」。

第二章　傳統六書說及其性質

第一節　漢代六書三家說

　　文字「構成法則」是一種具思辨性、系統性的學術理論，它研究的是早期人類為了記錄語言而創製文字的規律，並不僅止於靜態、平面式地分析文字形體則已足，因而應當是人們對文字已有相當理解或分析能力後才能提出的產物。就漢字歷史而言，雖然自殷商甲骨文已進入相當成熟的文字體系時期，但有關文字構成法則的理論，根據文獻判斷，卻遲至西漢晚年才大約由劉歆所傳出，即所謂「六書」說。在此之前，《周官》（即《周禮》）中也曾出現「六書」之名，其〈地官〉篇載錄「保氏」之職，云：

> 保氏掌諫王惡，養國子以道，乃教之六藝：一曰五禮，二曰六樂，
>
> 三曰五射，四曰五馭，五曰六書，六曰九數。

「保氏」教育貴族子弟以六藝之學，此六藝中雖有「六書」之名，但原文並未具體說明其內容，而自班固《漢書・藝文志》中指出《周禮》六書即「造字之本」的六書之後（班固之說又根據劉歆而來，說見下），歷代亦並無異詞。迨近人張政烺著〈六書古義〉，提出疑問：「夫古今人智能相去疑不甚遠，今之僮也猶古之學僮也。何古之小學所肄習者，今則絕不可施，甚且白首矻矻，終身未能通其義？」因而反對《周禮》六書即是「造字之本」六書的成說，「知象形至

假借等六名，絕不見於新莽以前之書，而恍然其為劉歆一家之言也。」他認為「造字之本」的六書說實為劉歆所創，與《周禮》六書本不相干，進而提出《周禮》六書當為「六甲」，是國子初入小學時，應當學習的天干地支一類的常用文字。《周禮》六書為六甲，龍師已論證其說無以確立，﹝註1﹞而認為當是六種書體之稱！﹝註2﹞按，國子初入小學，應當以識字教育為主，不能無習字之課，因而習字之初教導這些未來的國家棟樑能夠書寫、辨認各種不同用途的書體，以為將來為官任職之用，這樣的推論相當合理，並且與漢初試學僅以「八體」之制相呼應，故而以《周禮》六書為六種書體應該是較為理想而可信的推論！

如若以《周禮》六書即造字之本的六書，則自先秦以迄劉歆之前，卻從未在當時耆老及文獻典籍上透露過絲毫訊息，豈不是相當可怪之事？加以劉歆與周禮關係異常密切，﹝註3﹞且東漢三家六書說之提出者皆與劉氏有所關聯（說見後），因而遂有些學者轉而認定六書說不出自先秦，其說實際上就是劉歆所創！然而文獻資料終究過於缺乏，僅因六書說只能上推至劉歆，便斷定其說為劉氏所創，亦未免憑據不足！綜上所述，大致上可以判斷的是：《周禮》「六書」與造字之本的「六書」同名而異實、劉歆確實曾經傳播過象形等「六書」說，至於該說在何時、為誰所始創，則因文獻不足徵，只能暫時置而不論了！

最早提出六書具體名稱的現存文獻，是出現於東漢初期班固的《漢書·藝

﹝註1﹞ 詳見龍師〈論周官六書〉，及《中國文字學》（定本，以下「定本」二字省略）第二章第一節。〈論周官六書〉中曾言：「六甲之字不過二十二，學習何難。數歲肄業，豈得如此簡單？並《周官》六書不得為六甲之說。」其後勞榦先生在〈六書條例中的幾個問題〉一文中亦反對六書為六甲之說：「如其像張君政烺所說六書即是六甲，亦即以二十二個干支的字組合成一百二十字，只需一日，即可授畢。『書』這個『藝』實在太簡單，是否可算作『藝』，就有問題了。」

﹝註2﹞ 六種書體僅能藉由古文字字體發展情況推測而擬稱為「正篆」、「雅篆」、「鳥蟲書」等類，詳見《中國文字學》第二章第一節。

﹝註3﹞ 賈公彥《周禮疏·序》引馬融言：「秦自孝公以下，用商君之法，其政酷烈，與《周官》相反。故始皇禁挾書，特疾惡，欲絕滅之，搜求焚燒之獨悉，是以隱藏百年。孝武帝始除挾書之律，開獻書之路，既出於山巖屋壁，復入於祕府，五家之儒莫得見焉。至孝成皇帝，達才通人劉向子歆校理祕書，始得序列，著於錄略。」依馬融之言，《周官》自秦始皇禁挾書而隱藏百年，漢武帝時雖出而復入祕府，又迨劉歆校理始得重見天日，在經歷長久的空窗期後，劉歆如何得知《周官》六書乃造字之本的六書？亦不能使人無疑！

文志》，而班氏所述又是依據劉歆的《七略》，〔註4〕〈藝文志〉云：

> 《易》曰：「上古結繩以治，後世聖人易之以書契，百官以治，萬民
> 以察，蓋取諸夬。」言其宣揚於王者朝廷，其用最大也。古者八歲
> 入小學，故周官保氏掌養國子，教之六書，謂象形、象事、象意、
> 象聲、轉注、假借，造字之本也。

在此班固（劉歆）指出《周禮》中的六書即象形等六類（此說非是，已見上文），
而影響後世最大的是，他特別標舉出六書的性質是：「造字之本」（一般認為就
是造字法則之意）！不過班固除了列舉出六書的名目，對於內容則並未加以說
明。

稍後，鄭眾在其《周官解詁》中注云（據鄭玄注《周禮·地官·保氏》所
引）：

> 六書：象形、會意、轉注、處事、假借、諧聲也。

鄭氏所注極為簡略，僅有六書之名目，且名稱、次第均與班固所述有所出入。
再其後，則有許慎於《說文解字·敘》中所云：

> 古者庖犧氏之王天下也，……及神農氏結繩為治而統其事，庶業其
> 繁，飾偽萌生。黃帝之史倉頡，見鳥獸蹏远之迹，知分理之可相別
> 異也，初造書契。「百工以乂，蓋取諸夬。」「夬，揚於王庭。」言
> 文者宣教明化於王者朝廷，君子所以施祿及下，居德則忌也。……
> 《周禮》：八歲入小學，保氏教國子，先以六書。一曰指事。指事者，
> 視而可識，察而可見，〔註5〕二一是也。〔註6〕二曰象形。象形者，
> 畫成其物，隨體詰詘，日月是也。三曰形聲。形聲者，以事為名，
> 取譬相成，江河是也。四曰會意。會意者，比類合誼，以見指撝，
> 武信是也。五曰轉注。轉注者，建類一首，同意相受，考老是也。
> 六曰假借。假借者，本無其字，依聲託事，令長是也。

班固、鄭眾的六書說都僅僅提出名目，並未有任何解釋。而許慎的六書說不僅

〔註4〕班固於〈藝文志〉中云：「（劉）歆於是總群書而奏其《七略》，故有〈輯略〉，有
〈六藝略〉……。今刪其要，以備篇籍。」

〔註5〕段玉裁云：「見意各本作可見，今依顏氏藝文志注正。」（《說文解字注》十五卷上）

〔註6〕段玉裁云：「二一各本作上下，非，今正。」（同上註）

有了定義、例字，並將其六書理論運用於《說文解字》正文說解中，依六書原理以發明文字的形、音、義，因此影響最大，自此，許慎的六書說就成為漢字研究的基本理論和傳統文字學的基礎。大致在二十世紀以前，學者言六書，大都是依據許慎的學說而或加以解釋、闡發、演繹，很少能擺脫許慎影響的，即使是近、現代研究文字構成理論的學者，不論是為了溝通古今學術或發掘造字法則真相，也大都需要引用、尊重許慎的說法或術語！

前輩學者考訂漢代三家六書說的來源，發現三家之說實同出一源。班固《漢書·藝文志》即劉歆《七略》的精簡本；鄭眾之父鄭興，是劉歆的學生；而許慎是賈逵的學生，賈逵之父賈徽也是劉歆的學生，因此在這種漢代所重視的師承關係下，三家六書說實際上都源自於劉歆，至於劉歆何從而有此說，已無法推考！不過三家所言的六書名目、次第不盡相同，〔註7〕究竟是劉歆所傳時即已有別，或鄭眾、許慎依自己的理解而加以修訂、更動，其詳已不得而知！〔註8〕

由於班固、鄭眾對六書細節都未有論述，故現今關於六書的解說可謂是由許慎所獨傳，往昔學者也多視許慎的六書說解即是劉歆的真傳而略無所疑！前人之所以對傳統成說不加懷疑，一方面實因資料有限，捨此無由的情況下只有默然接受一途；另一方面則是基於對許慎地位的無比尊崇而不敢造次！但如果純由發覺文字學史真相的角度來看許慎的六書說，是有幾個基本問題可以提出疑問的：

其一，傳統所謂「造字法則」的理論，實際上是結合班固所言六書為「造字之本」的觀點，與許慎的六書界說而後產生的體系，亦即早先對六書說的基本觀點是：首先肯定六書的性質是「造字之本（造字法則）」，而其內容界說則

〔註7〕清代以來，學者於三家六書說，名稱上多採許慎之說，次第則用班固所述，即：象形、指事、會意、形聲、轉注、假借。本文於論述時亦逕採許慎六書之名稱。

〔註8〕龍師認為班、鄭、許三人所言六書名目不盡相同。創說的劉歆固然不可能造成此現象；依漢人守師承的習慣，鄭、許二人也沒有擅改師說的道理，似乎劉氏於《七略》之外，又曾傳授過兩人所用的名稱。更何況從許慎不能完全正確說明六書的原意推測（如「轉注」之解說非關造字法則），劉氏傳授六書名目之時，是否有過確切的解釋，及其本人對六書說是否徹底瞭解，似乎都不能令人無疑。然則說劉氏為六書的原創者，更覺於理不合。參見《中國文字學》，81頁。

以許慎的六書說爲本。但這樣的觀點也並未成爲歷史上的定論，例如有些學者懷疑所謂「造字之本」四字，可能僅僅是班固自己的理解，並非引用劉歆的原文，而「造字之本」一語也並不是班固在深思熟慮之下所寫出的！〔註9〕可列爲證據之一的是許慎在《說文・敘》中並未提及六書的性質是「造字之本」，並且其「轉注」之界說明顯也並不是指向造字法則（說見下節）。再者，唐代顏師古注《漢書》引用班固六書說，其引文竟是：「立字之本」！「造字」、「立字」一字之差，性質雖然似乎相近，卻仍足以對六書的性質產生不同的解釋（說見下），然則許慎對六書性質的看法究竟是如何呢？六書是否可以一言以蔽之曰：「造字之本」呢？

其次，班固、鄭眾乃至其他漢人皆未對六書有任何解說留世，因而不能據以和許慎的說法相印證，但我們仍然可以質疑：許慎六書說是否符合劉歆甚或六書說始創者的原意呢？如果許慎對六書的解說中有些部分只是代表他個人的觀點，而不是劉歆所傳之原意；或者劉歆所傳原只有六書名目及簡單的、尚未成爲完整系統的造字法則概念，而六書說體系的完成竟是許慎之功，則許慎的六書說至少在某部分當然可以被視爲僅是其一家之言！〔註10〕以此而言，如果許慎對六書的解說摻雜有未能符合「造字之本」的成分，則主張六書皆應屬造字之本的學者是否可以就此加以揚棄或修正其「雜質」成分而提出新說？

由上述疑點可以得知，對許慎六書說性質的認知至關緊要，以往爲了解釋

〔註9〕 勞榦〈六書條例中的幾個問題〉云：「《漢書・藝文志》以劉歆《七略》爲底本，再加上班固自己的意見，這是不錯的，因而說《漢書・藝文志》的六書本於劉歆的意見，當然未爲不可，至於荀悅《漢紀》述劉向及劉歆典校經傳之事（哲按：見卷二十五〈前漢孝成皇帝紀二〉），以下說：『凡書有六本，謂：象形、象事、象意、象聲、轉注、假借也』。那是完全依據《漢書》的。（原注：荀悅《漢紀》全部用班固漢書的材料），其敘六書內容和《漢書》完全相同，自然也不足爲怪。」（320頁）又云：「至於班固『六書爲造字之本』，本來不是在深思熟慮之下寫的……。」（333頁）按：勞氏於六書主四體二用說，故不贊成六書皆是造字法則。

〔註10〕 龍師即認爲：從六書名稱的出現到《說文》中的說解，相距至少一百年，其間班固、鄭眾提到六書時都僅列舉名稱，甚至許慎之後的鄭玄爲《周禮》作注，竟亦對《說文》所言隻字不提。前二者，顯示此說尚未產生，後者表示此說不具歷史性，不過爲許氏一家之言，必且未獲普遍接受（鄭玄在經學上的見解往往與許慎不同，故於許說無所取）。參見《中國文字學》，84頁。

六書說所引發的種種紛紛擾擾，許多都是源於對六書的定性不明所致！由於受班固的影響，「造字之本」在早期就被視爲是六書的定位！「造字法則」或說「文字構成法則」是可以經由學術研究而被客觀地歸納出數種類別的，但許愼的「六書說」究竟是全部或僅有部分是屬於文字構成法則的範疇，也還是歷史上有待解決的問題，問題的眞相或許難以眞正水落石出，也或許無法有一個可以被學術界公認的答案，但後學者理應可以綜合各種資料，儘量客觀地提出自己的看法！在提出筆者的觀點之前，我們仍然有必要再回顧《說文解字》中許愼六書說的內容，這是漢代唯一傳下的具體文獻！作爲六書說的關鍵性傳人與首位提出定義解說者，許愼的地位當然受到無比的尊崇，長期以來，其界說甚至被視爲唯一的標準，不可輕易侵犯！但從學術研究的立場，我們寧可從歷史的角度來看待整個漢代六書說，畢竟許愼並非六書說的始創者，它的說解之中是有可能包含著自己一家之見而並非始創者原意的！因此我們檢討許愼的六書說，其善者從之，其不善者亦不必爲之曲意掩護，總之是以儘量探討歷史事實爲目的！

第二節　許愼六書說內容及檢討

自東漢初六書說見諸於文獻，時至今日，已約二千年的歷史，在這漫長的時光中，六書的研究始終是漢字文字學研究的重點之一。韓偉在《「六書」研究史稿》中將六書的研究分爲四個時期：〔註11〕創立期、中興期、頂峰期、新時期；前三期自東漢至清代，「新時期」則指近代以來。茲依其分期簡述各期研究概況如下。

其一：「六書」研究的創立期（漢代）

六書說是誰所創雖已不能確知，但根據現有資料，西漢末的劉歆應該是重要的傳播者，甚至可以說六書說即劉氏所單傳的一家之學。東漢初年，班固、鄭眾、許愼三家先後將《周禮》的「六書」解釋爲六種造字法則，史稱東漢六書三家說。其中許愼是代表性人物，他爲六書訂定了界說，列舉了例字，使六書成爲漢字「造字之本」的系統理論，並以之分析9353個經典用字，結集而成一部文字學經典著作《說文解字》，標誌了漢字學的正式創立，而且標誌著「六書學」的創立。後人即在漢代六書三家說的基礎上，在六書的名稱、次第、義

〔註11〕參見韓偉《「六書」研究史稿》，9～15頁。

例、性質諸方面展開了研究。

　　其二：「六書」研究的中興期（宋元明）

　　這是承前起後的重要時期，此期研究者的重要特點，是具有創新性的思想，為後人留下了啟發性的成果。六書理論自東漢創立之後，由於諸種原因，經過一段長時期的沈寂，直到南唐才稍見亮光。徐鉉、徐鍇兄弟研究、整理了《說文解字》，為研究「六書」學說奠定了文本的基礎。北宋王安石著《字說》，不問篆法如何，一切以會意說字，流毒甚廣，但也引發了人們的反思，這無疑對六書的研究是有益的。王聖美提出「右文說」，認為形聲字的右旁聲中有義，從而揭開了「右文說」的研究。南宋鄭樵是轉機人物，著有《六書略》，依六書分類，開啟了六書分類探究，影響後世甚鉅；〔註12〕唯其分類時，或歸字頗多可商、自相矛盾，或分類過於繁瑣而無意義，且解釋文字時往往私意自用。

　　自鄭樵開啟六書分類的研究，元、明兩代學者以六書研究漢字遂蔚為風氣。元代戴侗著《六書故》，是一部以六書體例編撰的字典，但編排上以事類（分：數、天文、地理、人等九部）而不以《說文》部首為綱。他首開漢字詞義系統的研究，先解說文字的本義，然後指明其引申義、假借義，並作系統的排列，較清代段玉裁的詞義系統研究早了數百年。戴侗在六書研究上，最值得稱道的是假借的研究，明辨了許慎假借說解的是與非！其他在「因聲求義」的研究、「右文說」的發揮，亦有其相當價值（但論轉注之「形轉」說則無道理可言），唐蘭在《古文字學導論》中稱譽其「是宋以來文字學改革之集大成者」。楊桓作《六書統》，效法鄭樵依六書分類，但子目繁瑣，徒繁其例；釋六書的意見亦少有可取。戴侗、楊桓「二書有一共同傾向，即不以小篆為文字的標準，而思從更古的文字（哲按：

───────────

〔註12〕鄭樵在《六書略・六書圖》中，將象形分為正生、側生、兼生三大類，正生又分象天物、山川等十小類，側生分象貌等六小類，兼生分形兼聲、形兼意二小類；凡象形之類十八。如此類推，凡形聲之類七、指事之類四、會意之類二、轉注之類四、假借之類十三，經過細分，六書變為 48 類。採用類似分類法的，李孝定師稱之為「分析派」（後來學者如朱駿聲的〈說文六書爻列〉、王筠《說文釋例》等均屬之），此種細分的辦法，本在力求精密，但缺點是定名過於瑣屑、歸類頗多困難，而且仍多例外，李師評論這派學者的努力，「往往如治絲益棼，而徒勞少功。」參見李孝定師〈從六書的觀點看甲骨文字〉，8～9頁。

鐘鼎文、古文、籀文）恢復原始字形，此爲兩宋研究古文字風氣所應有的結果。」但「材料不足，於是增損篆文，以濫竽充數，不足爲訓。」〔註13〕元代還有周伯琦的《說文字原》、《六書正訛》，亦無多足述者。

明代實是文字學的衰頹期，《說文》的刊刻既付諸闕如，學者竟亦有未見《說文》原書者。〔註14〕但另一方面，六書之研究者和著述卻甚多。趙撝謙《六書本義》在六書研究的觀點上與鄭樵一脈相承，論六書各書，幾從前人之說。其他如王應電有《同文備考》、吳元滿有《六書正義》、《六書總要》等、趙頤光有《說文長箋》、《六書長箋》等，所述則僅間有可採耳。較值一述者，楊愼《六書索隱·答李仁夫人論轉注書》提出六書「四經二緯」說，影響清代戴震「四體二用」說，對六書的性質論影響甚大！

其三：「六書」研究的頂峰期（清）

清代是文字學的鼎盛期，一方面關注於金文的蒐集考釋，一方面致力於《說文》的董理與發明。後者就研究的性質又可區分爲五類：〔註15〕（1）校勘考訂，期復許書之舊觀。如鈕樹玉的《說文解字校錄》、姚文田、嚴可均的《說文校議》、段玉裁的《汲古閣說文訂》等。（2）以發明許愼之意爲主旨。如段玉裁《說文解字注》、桂馥《說文解字義證》、王筠《說文句讀》，及其餘一切有關說文釋義、釋例之作。（3）補充訂正當代有關《說文》之著述。如嚴章福《說文校議議》、王紹蘭《說文段助訂補》、鈕樹玉《段氏說文注訂》等。（4）據《說文》之言，探頤索隱，發揮一己之見，如一切六書說。（5）利用《說文》成一家之言，如朱駿聲《說文通訓定聲》。

此時期六書的研究依然是文字學研究的主軸之一，並且邁越前修，使傳統六書說更加完備！戴震提出「四體二用」說，主張轉注、假借是用字之法，與造字無關。此說一出，大反六書傳統「造字之本」的性質，分六書爲「造字」和「用字」兩個不同層次，其影響力至今未歇！

六書中各書的研究，經過清代學者的論述，對象形、指事、會意、形聲四書的見解逐漸趨於一致，但轉注、假借二書的意見仍有大相逕庭之處。特別是

〔註13〕參見龍師《中國文字學》，422 頁。

〔註14〕參同上註，422 頁。

〔註15〕參同上註，425～426 頁。

對轉注的研究，在清代頗爲盛行，有的觀點突破前說，有的爲後世的研究提出可貴的啓示。總之，傳統六書理論研究，在清代達到了顚峰。

其四：「六書」研究的新時期（近代以來）

這個時期，六書研究可謂百家爭鳴、百花齊放。不僅有繼續從事傳統六書說的研究者，也有別開生面，企圖擺脫許愼影響而創立新說者。許愼的六書說往往不再被視爲鐵律，學者以新材料、新方法、新視野努力開闢新方向，使文字構成法則與相關問題的研究逐漸多樣化！

學術的進步是學者在前人的基礎上逐漸累積的，創業維艱，初期的學者或囿於材料不足，或受限於學術思潮與研究方法，不可避免地可能會有某些疏失，但其創始之功自不會被後人所率爾遺忘。而即使是後出轉精，能爲前人苴補缺漏或訂正訛誤的學者，亦當是在前人所樹立的基礎下百尺竿頭，才能有以致之，六書之研究更是如此，作爲奠定者的許愼，其影響力至今日猶或多或少散見於各研究者的論述之中！因此，爲了瞭解漢代六書說的意義，探究近代學者對漢字構成理論的研究成果，不可避免地，本文仍然需要回顧許愼乃至往昔學者的研究情況，不過後者相關的研究著作實在可謂是汗牛充棟，且六書中任何一書都可以成爲一本研究專著，本文自不能也無力一一詳述各家說法之異同。因此下文介紹六書，乃以許愼說法爲綱，簡述其六書說，並檢討或提出其中有疑問之處，以爲後文張本。

許愼《說文‧敍》中對於六書的定義均使用兩句四言，共八字的韻語，再附以兩個例字，說解非常簡潔，而往往也因太過簡潔遂有語焉不詳或其中數書之分野難以分辨等缺失，需賴學者爲之補充或訂正。本文所述大體上採用比較被以往學者所接受者爲主！

一、「象形者，畫成其物，隨體詰詘，日月是也。」

「象」是「像」的假借字，「象形」即「像形」；「詰詘」是「屈曲」之意；「其物」是指客觀存在之「物」，因此象形字是代表語言中所指稱的實物；實物有形，故可「象」，有體，故隨其體之屈曲而畫之。依許愼界說，「象形」這種造字法則，是依照實物的外貌形象，用屈曲的線條筆畫，畫出物體的形狀以達成造字的目的。如日字即依日形，月字即依闕月之形畫成其物而造出的字。符合許愼上述界說的茲再舉《說文》中數例如下：

「雨　水从雲下也。一象天，冂像雲，水霝其間也。」

「气　雲气也，象形。」

「山　宣也，謂能宣散气，生萬物也。有石而高，象形。」

「田　陳也，樹穀曰田，象形。口十，千百之制也。」

「女　婦人也，象形。」

「自　鼻也，象鼻形。」

「馬　怒也，武也，象馬頭、髦、尾、四足之形。」

「黽　水蟲也，象形。」

「米　粟實也，象禾實之形。」

「韭　韭菜也。……象形。」

「瓜　蓏也，象形。」

「戶　護也，半門曰戶，象形。」

「缶　土器已燒之總名，象形。」

「豆　古食肉器也，从口，象形。」

「刀　兵也，象形。」

以上諸例分屬天文、地理、人體、動物、植物、宮室、器物等物體之象，都是依「物象」畫而成字，皆符合許慎的界說。

　　根據人類文明發展的歷史判斷，象形字乃是由原始的圖畫演變而成（圖畫與語言相結合），但文字體系逐漸成熟後，文字通常會爲了追求應用簡便而逐漸變得比較不像原始圖畫，從而變成具有約定俗成性質的符號！寫實的圖畫一般盡量畫得和原物相似，追求維妙維肖的藝術表現，因此形體較爲繁複、翔實；而文字乃用以記錄語言，只要達到效果則不妨以簡要爲尚，因此所「畫」（實爲「寫」）的形體一般均加以簡化，僅取其輪廓以表形示義，甚至只擇取原物的局部特徵以達造字目的，而仍不妨礙其爲「象形」，如：月字擇取月形常虧之特徵，羊、牛則皆取其頭部形體以代全體。此外，象形所造之字，除了獨一無二，高懸於天的日、月之外，其餘皆代表某種物類的共象、總象，

如「人」分男、女、老、少，還有各種族之別，但造字時不需一一爲之繪而成字，僅取所有人類之簡單共同特徵，以側面之人形造爲文字，既經約定俗成即足以賅括眾「人」！

傳統文字學家將象形字依照其形體結構特徵，大致分成四類：

1、獨體象形

或稱純體象形、全體象形等。象形字所表語言對象既是各別的具體實物，其字形特色應屬不可分割的整體（「雨」、「瓜」之類字雖有天、雲之形及藤蔓之形界於雨滴、瓜形之間，但只是助其成字的不成文形符，整字仍屬不可切割的整體），上面所列舉的象形字俱屬此類。其他如甲、火、水、宋、川、𦥑、八、孚、目、耳、甘、肉、而、屮、呂、山、𠂤、馬、羊、半、鹿、豸、犬、象、𧰧、羽、夋、勹、中、鼠、牛、禾、朱、米、𥝋、瓦、貝、𦱳、𤳹、電、𤰇、日、穴、巾、网、糸、且、冊、鼎、豆、𡿧、𠦝、夕、弓、己、車、肉、井、匚……等表本義者皆屬象形字（如「申」本電字初文，「而」本義是頰毛等），這類字在象形字中數量佔多數，學者或稱之爲「正例」，以下諸類則爲「變例」。

2、增體象形

或稱合體象形、加體象形等。有些實物單獨畫出不易顯明爲何物，或不易與他字分辨，或形變後不易顯，需加他體或同類字始能成字。如 𦞅 （胃）字若僅畫其表形部件 田 ，則不易識爲何字，因加表意之肉字以助成其字。 果 字木上之 田 本是象熟透而坼裂之果實形，若僅單獨成文，一則不易辨識，一則易與田字相混，故於其下加木字助其成字。此類字未增他體之前的形體雖不能單獨成字，但卻是該字的主體，所加之表意字符則僅是從物，故傳統上仍將之歸屬於象形。段玉裁曾舉例云：

> 有獨體之象形，有合體之象形。獨體如日月水火是也。合體者從某而又象其形，如 眉 從目而以 𠃊 象其形。箕 從竹而以 𠙻 象其形。衰 從衣而以 𠂹 象其形。 𤰛 從田而以 𢎘 象耕田溝詰屈之形是也。獨體之象形則成字可讀。駙於從某者，不成字不可讀。〔註16〕

〔註16〕段玉裁《説文解字注》，755 頁。

所謂「從某而又象其形」應改成「象其形而又從某」為當，又此類字必有一體不成文，與一般所言兩體（或多體）皆成文的「合體」（會意、形聲字）並不相同，故後人多不取段氏「合體象形」之名。其他例字如：象、圓、扇、東、立、罘、巢、弓、良等。

3、加聲象形

或稱兼聲象形、象形兼諧聲等。有些象形字僅畫表形本體則不易顯明其字，或因形變不足顯等原因，遂加聲符於原字之上為之限制、補救。例如：「齒」、「罔」在原先本都只是獨體象形，其聲符「止」、「亡」乃是後來所加（甲骨文中之星、鳳、雞等字亦俱屬此類）。此類字以表形部件為主體，所加音符僅是從物，故傳統學者仍歸之為象形字。

4、省體象形

此類字取原有之象形字而減損其筆畫以狀某物之形。例如：「烏孝鳥也，象形。」烏鳥因身體純黑，不易見其眼睛，故即運用鳥字而省略其睛形以成烏字。「片判木也。從半木。」片乃省木之半以成字。其他如了、孑、孓三字，王筠云：「皆從子省之以見意。」了無兩臂，孑無右臂，孓無左臂。

上述四類中，除了後來有的學者將「加聲象形」歸為形聲字外，就屬「省體象形」最為可議，由本有之象形字而減省筆畫，其造字方法並非「畫成其物」，目的是在減省變化字形以「表意」（王筠云：「省之以見意」），故其字當作象形字本不恰當，然此類字既不當入指事，亦不可入形構屬合體的會意，故傳統學者只好歸之於象形類。

此外有些字按字形結構看似合體的，如「門聞也，從二戶，象形。」說解云「從二戶」，按照許慎一般性的說解，其字應屬會意字，但下文又明言乃「象形」，似乎矛盾，傳統則因其為全體不可分割之形，故多歸為獨體象形之類。相類的情況如絲、艸、卉、竹等字，形體雖皆採複重寫法而仍當屬象形字。

在傳統六書中，學者對象形的說法一般而言最為一致。依許慎界說，象形是隨物形之屈曲而畫成其形象，因此理應有實物可畫者才可謂之象形字，其字即代表語言中該具體實物之名稱，就詞性而言，象形字皆當為普通名詞。但有一類文字，其本義是抽象的概念，並非具體實物之名，但字形卻是象實物之形

的，如大、高、齊等字，許慎亦每以「象形」或「象某之形」說解之，這類字傳統學者或歸為象形，或歸為指事，體例不一，這應該是許慎在說解時用詞過於寬鬆、不夠精確所產生的後遺症，以許慎象形之定義及日月二例字合觀，大、高、齊之類表意字或可按王筠之說歸入指事（參下文）！

二、「指事者，視而可識，察而見意，二二是也。」

依許慎定義，「指事」的意思是：看見了就可以認識，仔細觀察就能發現意義。[註17] 然而這樣的界說並非直接針對造字的方法而言，而是說明指事字由形知意的特徵，如二（上）二（下）兩字，便是以長短二橫畫的不同擺設位置來表示上、下的關係，觀者一看便知其義所指！但這樣的定義仍使人摸不著頭緒，與象形、會意之界線亦難以分別，是以王筠云：「六書之中，指事最少，而又最難辨。以許君所舉上下二字推之，知其例為至嚴。所謂『視而可識』則近於象形；『察而見意』則近於會意。」[註18] 再者《說文》全書中標明「指事」者也僅上、下二字，故亦難以從書中明確認知許慎指事說之原意！因此學者多從「指事」之名稱並參酌上、下兩例字以釐清指事界說，或從「指」字立說，或從「事」字立論，在紛紜的眾說中，贊同許慎六書說的近代學者，逐漸對指事字有比較一致的看法。綜合學者所論，指事字的造字方法與體現字義的方法大致有三種：一是純用符號組成指事字，從符號擺列的方位或造形上寓指字義。二是在現成文字的基礎上，用增筆、損筆、變體等辦法構成指事字，而增筆、損筆、變體處寓有字義。三是借描繪實物的形象寓指抽象概念的字義（字例俱見下文）。

此外需特別辨明的，學者多認為許慎於《說文》說解中標示「象形」或「象某之形」的，是指廣義的「象形」（「形」可包括實形與虛形），其字不皆是象形字，有許多應該是指事字，[註19] 王筠《說文釋例·六書總說》（卷一）解釋云：

〔註17〕 龍師云：「識謂識其字，或謂識其意；識其意，亦即識其字。兩句話的意義蓋初無二致，不過為足句而已；即或有所不同，亦不過辨識上難易程度之差，『察』是仔細的『視』。對於作為『指事』的界說而言，這種不同是不具意義的。」參見《中國文字學》，87頁。

〔註18〕 王筠《說文釋例·六書總說》卷一。

〔註19〕 《說文·敘》中云：「倉頡之初作書，蓋依類象形，故謂之文。」後來學者多主張

「八」下云：「象分別相背之形。」案：指事字而云象形者，避不成
詞也。事必有意，意中有形，此象人意中之形，非象人目中之形也。
凡非物而說解云象形者皆然。

王筠所謂「象人目中之形」是指人眼可視之「物」，是具體實物，依實物畫而成
字的是象形字。所謂「意中之形」，乃其字本非指語言中實物，故無形體可畫，
而其字形乃經人心營構而成。此類字的本義多屬抽象性的概念、意義，本來並
無專門代表它的具體實物之象，而爲了造字表意，遂設想出以一具體的物象或
某種特殊造型的符號來象徵、代表某義。以下是王筠《說文釋例》中指出的幾
個例字：

「ㄐ」下云：「象形」，實指事字也。山有山形，水有水形。惟其爲
物也，ㄐ是何物而有形哉？且其說曰：「相糾繚也。」……凡物之糾
纏者，無不可用ㄐ也。

「齊」下云：「禾麥吐穗上平也，象形。」案：是全體指事。

「㡀」下云：「刻木㡀㡀也，象形。」案：上象其交互之文，下象其
分披之文，要之不定爲何物，不得爲象形也。

上三字均在王氏所列「獨體指事」類中，王氏書中又有「借象形以指事」一類，
情況與上類相同，例如「大」字：

「大」下云：「天大，地大，人亦大，故大象人形，古文大也。」此
謂天地之大，無由象之以作字，故象人之形以作大字，非謂大字即
是人也。

以上所舉諸字雖以「象形」、「象某形」說解，但其所表語言並非具體實物之名，
其義不專滯於一端，僅在借用一種實象造字以顯示語言中某義，而以此象推之
於同類的一切意義（如「ㄐ」可代表凡物之相糾纏者，「大」泛指事物之大，非
僅止於人），故不能歸於「象形」！

傳統文字學家又將指事字依照其形體結構特徵，大致分成四類：

1. 獨體指事

或稱純體指事，是在形體上未經過後來的增、減、變的單純形體。又可分

「依類象形」的包含象形、指事字。

成兩小類：

（1）運用不成文字的線條符號表識抽象的概念。

「二　　高也。此古文上。指事也。」

「二　　底也。指事。」

「一　　惟初太極，道立於一。造分天地，化成萬物。」

「𢆶　　相糾繚也。一曰瓜瓠結丩起。象形。」

「㸚　　辨積物也。象形。」

「㸚　　綴聯也。象形。」

「川　　別也。象分別相背之形。」

「囗　　回也。象帀之形。」

「予　　推予也。像相予之形。」

「人　　內也。象從上俱下也。」

「厶　　奸邪也。韓非曰蒼頡作字自營為厶。」

（2）借描繪實物的形象寓指抽象概念的字義。

「大　　天大，地大，人亦大；故大象人形。」

「高　　崇也，像臺觀高之形。」

「勹　　裹也。象人曲形，有所包裹。」

「永　　長也，象水巠理之長。」

「齊　　禾麥吐穗上平也，象形。」

2. 增體指事

運用已有的文字（多為象形），加上點畫表示事象或指明部位，以表達抽象的概念。

「刃　　刀堅也。像刀有刃之形。」

「亦　　人之臂亦也。從大，象兩亦之形。」

「本　　木下曰本，從木，一在其下。」

「末　　木上曰末。從木，一在其上。」

「朱　　赤心木，松柏屬。從木，一在其中。」

「　　住也。從大，立一之上。」

「　　治也。從又，丿握事者也。」

「　　矩也。家長率教者。從又，舉杖。」

「　　明也。從日見一上，一地也。」

「　　美也。從口含一。」

「　　十分也。人手卻一寸動脈謂之寸口。從又從一。」

3. 變體指事

為了表達抽象的概念意義，運用變更文字形象的位置或筆畫，使人領悟另一層相關概念。

「　　相詐惑也。从反予。」

「　　變也，从到人。」

「　　相與比敘也，从反人。」

「　　陳也，象臥之形。」

「　　周也，从反之而帀也。」

「　　水之衺流別也，从反永。」

「　　傾頭也，从大，象形。」

「　　屈也，从大，象形。」

「　　　　也，曲脛人也，从大，象偏曲之形。」

「　　交脛也，从大，象交形。」

4. 省體指事

運用減省一個成文形象的部分筆畫以顯現抽象意念。

「　　違也，从飛下翄，取其相背也。」

「　　疾飛也，从飛而羽不見。」

「　　張口也，象形。」

有關指事字的研究，令人困擾之處除了在義界、所屬字的釐定外，此外還有指事與象形，指事與會意間的區別問題。象形、指事同樣是獨體之文，劃分指事字與象形字，如果能謹守下列原則，分辨上似乎比較容易：象形字是據語

言中有形的實物畫成其物所造的字，其本義單一而明確；反之，指事則所表的語言多是抽象的概念意義，沒有具體實物之體，僅能藉由人心營構出「虛象」以造字，即使借用實物的形象以寓指某義，其義亦是兼賅眾事，不是一物之名。

至於指事與會意之別，學者大致從兩方面加以辨明：

其一，傳統學者一般以獨體、合體來區別二書。但這樣的劃分並不合理，龍師云：

> 我國文字不皆是獨體或合體的，尚有既非完全獨體又非完全合體的一類，如朩、血、夾、夕、閞、萜等字，並非絕不可再拆。雖然也有學者爲此提出補充意見，如王筠《文字蒙求》所説：「有形者物也，無形者事也。物有形，故可象。事無形，聖人創意以指之。夫既創意，不幾近於會意乎？然會意者，會合數字以成一字之意也。指事，或兩體或三體皆不成字，即有成字者，而仍有不成字者界乎其間以爲之主，斯爲指事也。」廣爲學者所接受。但如閞、萜之字，前者橫爲閉門之閂，後者橫爲荐尸之具，倘使其先僅書作「閞」和「萜」，非不可以成字，便已經是「會意」了，施橫不過爲使其意更易體會，卻因其拆後之「一」不成字，於是非歸屬於「指事」不可，試問這種區分有何意義？豈得爲「指事」、「會意」分立的原意？何況以獨體合體作爲分類標準，加上如王筠所作的補充，都是於文字形式立論，無與於造字的實質。由實質言，如許君所説，兩者都是表意的。指事、會意既與象形、形聲、假借、轉注等平列於六書之中，必其實質有所不同。不然，謂其別在獨體合體，則象形與指事同爲獨體不宜分，形聲與會意同爲合體不可別，轉注與假借亦不能離乎獨體合體之外，所謂六書，不過二類；指事、象形或會意、形聲等只是在獨體或合體之下的對立名號，與獨體合體屬於兩個不同的層次，六書便成了統合實質與形式兩個觀點所作的分類。如此説來，獨體合體的不同，不應爲指事、會意二者分立的原意，便粲然可睹了。〔註20〕

字形中含有標識性質的不成文符號，是一般學者判斷指事字別於象形字

〔註20〕龍師《中國文字學》，91～92 頁。

與會意字的結構特色之一，但是這種分別僅是從文字的形式立論，就造字的實質內涵而言，有時一點一畫之有無是可以毫無意義的，若因此而造成指事、會意類別之分立，無視於兩者都是以形表意的共同特徵，而強由文字形式分割爲二，則六書的分野就不能有一致的標準了！以形式區分指事、會意不僅在小篆是無意義的，即在甲、金文亦然，《說文》中「畕。比田也，从二田。」甲骨文作 <0xF0000>，羅振玉云：「《說文解字》：『畕，比田也』。『畺，界也。从畕，三其界畫也。』……此从畕象二田相比，界畫之義已明。知畕與畺爲一字矣。」李孝定師贊同其說：「羅氏謂畺畕一字，是也。就其田之相接言之則爲比田，就其相接之處言之，則畺畺界，實二而一者也。」〔註21〕金文畕作 <0xF0001>、<0xF0002>；畺作 <0xF0003>，或從弓作 <0xF0004>、<0xF0005>、<0xF0006>、<0xF0007> 等，畺字由畕逐添界畫之跡顯然可見，當其爲畕字，屬「會意」，而添加可有可無之界畫成「畺」後，則變爲「指事」，這樣的區別確實是無意義的！

其二，許多學者試圖從「事」與「意」之別以區分指事、會意，認爲指事字所表語言對象是人或物的動作、狀態或位置等，但是這樣的區分也並無太大意義！指事、會意所表的語言，自其共同特徵而觀之，皆以抽象的概念意義爲主（相對的，象形則是具體的實物之名），試觀許慎定義：「指事者，視而可識，察而見『意』。」「會意者，比類合誼，以見『指』𢰅。」兩者說解之間的「共相」可見！至於例字，上、下何嘗非「意」？武、信何嘗不可爲「事」？龍師洞見這兩種造字法則以事、意區別之誤謬，論曰：

> 班固稱四者爲象形、象事、象意、象聲，是否四者原係依語言所表對象的不同性質分類；象其「形」的爲象形，象其「事」的爲指事，象其「意」的爲會意，象其「聲」的爲形聲，所以平列爲四？然而有形之物，其字不必即用「象形」；表意表事的語言，亦不必造爲「會意」「指事」之字，而俱可用「形聲」。是故通常所見「形聲」之字，其語言不離乎「形」、「事」、「意」三者之外。狀聲的語言並非無有，其字則通常只用「假借」，也有用「會意」創造的，如彭字霍字；雖亦間有專造如鏜、籟之類的「形聲」字，要不得謂形聲字代表的狀聲語言。然則象形、象事、象意、象聲四者，不得如此爲類，顯而

〔註21〕羅氏、李師之說參見《甲骨文字詁林》，2134頁。

易見。更何況六書本言文字之製作，今不於文字製作論六書，而謂
象形、指事、會意、形聲四者係依語言性質分類，基本上便是一種
奇特的想法。因此，希望從「事」與「意」的不同，區別指事、會
意二書，理亦窒礙難行。所以舊日的六書說解，在這裡留下了嚴重
的缺點。〔註22〕

製造文字固然是用來代表語言，但文字的製造方法與語言的內容、性質則應當
是兩回事，不能劃上等號！即以性質最單純的象形而論，其語言所表對象固然
皆是具體實物，但有形的具體實物並不一定僅能用象形法造字，例如人之腋部
是實物，但欲逐畫其形而令人視而可識則並非易事，古人造字，遂先畫一張臂
之人形（大），而於其臂下加示兩點以表腋下之意，而「亦」字傳統歸之於「指
事」；其後又更有「形聲」之「腋」字產生。

　　在這樣以文字形式及事、意之別作為區分指事、會意的標準都有嚴重問題
的情況下，近代以來的學者往往主張取消指事之獨立地位，而將其字併入他書
（如象形或會意），以求解決指事與他書之間的糾葛不清問題！

三、「會意者，比類合誼，以見指撝，武信是也。」

　　比是比附、比合之意。類本言相關事物，此指相關文字。誼與義同，指撝
同指麾，即指向、意向之意。二句是說：「比附相關文字，會合其義，以見命意
所在。」〔註23〕學者多根據許慎的界說，認為會意造字的方式是會合兩個以上
文字以成新字（新義亦由會合兩義產生），故其形體結構必當為合體字，許慎所
舉例字亦正是合二字而成新字，符合界說：古人要造「武」字，想到制止戰爭
才是「武」之真意，於是結合「止」、「戈」二字以成「武」字；〔註24〕要造「信」
字，想到人言必須有信，於是結合「人」、「言」二字以成「信」字。

　　此外，也有學者主張「會意」可以當作「體會、領悟其義」解釋，因為
若從「會意」一詞角度觀察，可以有兩種解釋。〔註25〕一是會字取會合義，

〔註22〕龍師《中國文字學》，92～93頁。

〔註23〕同上註，88頁。

〔註24〕此從許慎的理解而言，《說文》：「武，楚莊王曰：夫武，定功戰兵。故止戈為武。」

〔註25〕龍師云：「會意一詞亦可有二解。一取會字為會合義，一取會字為體會義。依前一
　　　義，會意是會合二字之意以成一字，完全偏於『比類合誼』之上。於是武信二字

會意即是會合二字之意以成一字。一取會字爲體會、領悟義，〔註26〕會意是就其組成分子以體會其意。傳統學者多取前者，對於後者則有異見，如王筠《說文釋例》中云：「會者合也，合誼即會意之正解。會意者合二字三字之義以成一字之義。不作會悟解也。」其實這兩者可以不相衝突，「會意」可視爲雙關語義，「會意字固然有不少可從所合各體的本義去合成新義。也有一些會意字卻須從會合後的新字去領會其義的。如說文茻部莫下云：『𦱤，日且冥也。從日在茻中。』徐鍇《繫傳》說：『平野中望日且莫將落，如在茻中也。』不由合成以後的形去體悟，日且冥的意義是無法由『日』與『茻』單獨之意義中顯現出來的。」〔註27〕這種適於用體會、領悟去理解新義的往往就是接近於圖書的「會意字」，孫海波《古文聲系・自序》云：

> 二形並列之字雖曰會意，猶不外圖畫之法。如莫從茻從日，即繪日在茻中之形；伐從人從戈，即繪一人荷戈之形。男從力從田，即繪一人耕田之形；……集從鳥從木，即繪鳥集於木之形。祭從又從肉從示，即繪以手持肉祭神之形。祝主贊詞者，即繪一人跽而祝於示前之形。休，息止也，即繪一人依木之形。……雖兩形並列，亦即古代之圖繪也。蓋會意雖以意爲主，其會合也，以形不以意。即許書所列會意之字，亦多以形體發明字義者。古文會意一體即象形中複雜之字，故象意出於象形。

孫氏提出會意出於古代圖繪的看法，證以甲骨、金文，確是有見，許多許慎據小篆解釋爲會意的文字，在早期甲、金文中就像是一幅比較複雜的圖畫（相對於象形字而言），而並非會合兩字以成的新字，如甲骨文伐作 𢧵（象戈刃加人頸之圖繪，示擊之義，小篆人形與戈形分離，許慎遂訓爲「从人持戈」），飲作 𩆜，棄作 𢍪，監作 𥁕，耤作 𣏾；金文祝作 𥛚，休作 𠈇，執作 𡊏、𡊏

是分別會合止戈或人言二字之義而成。依後一義，會意是就其組成分子以體會其意，則完全偏於『以見指撝』之上。於是武信二字是分別由止戈或人言二字以領悟其義。班固稱象意，應是『用圖形曉喻心意之意』，與後者接近。」參見《中國文字學》（增訂本），76～77 頁。

〔註26〕如楊桓《六書統》中說：「會意者何？……使人觀之自悟，故謂之會意。」又云：「會意者，寫天地萬物變動之意，使人觀之而自曉自會也。」

〔註27〕參見王初慶《中國文字結構析論》，119 頁。

等皆保留圖繪的特徵，這類字與其說是「比類合誼」，不如說是造字者藉整體的圖形以示意，而觀者亦可據圖形以領會其意。甲、金文中，許多原本象圖畫式的「會意字」，經過形體演變，逐漸規範化，到小篆時形體往往被分割爲數個部件，許愼不知其原始形構，以「比類合誼」方式釋其形，今人既由古文字知其實況，故有學者主張恢復班固「象意」之名！但自甲、金文以下，實亦有「比類合誼」一類的會意字（說見三章第二節），一般而言，越早期的會意字，多合形以明義，其文字構造接近複合的圖繪，故或可稱「象意字」；後期會意字，則多合義以申意，即許愼所謂「比類合誼，以見指撝」者，前後期雖在構形上有一些差異，但其傳承、演變關係明顯可見，因此如同意「會」字有領會之意，則「會意」一詞之概括性比較「象意」爲大，可包含前後期之各類會意字，是以許愼「會意」之名應是相當合適的。

　　傳統學者對於《說文》中的會意字又每再加以細分小類，但分類標準往往不一，今依其構形特點略分三類，各舉數例如下：

　1、同體會意

　　　　「珏　二玉相合爲一珏。」

　　　　「友　同志爲友。从二又相交。」

　　　　「竝　併也，从二立。」

　　　　「品　眾庶也，从三口。」

　　　　「晶　精光也，从三日。」

　　　　「劦　同力也，从三力。」

　　　　「芔　眾艸也，从四屮。」

其他如：从、哥、戔、多、棘、棘、炎、林、赫、步、北、轟、眾、毳、垚、猋、品、森、磊、姦、轟……。

　2、異體會意

　　　　「祭　祭祀也。从示以手持肉。」

　　　　「社　地主也。从示、土。」

　　　　「苗　艸生於田者，从艸、田。」

「公　　平分也。從八、厶，八猶背也，韓非曰：背厶爲公。」

「牧　　養牛人也，從攴、牛。」

「祝　　祭，主讚詞者。從示，從人、口。」

「分　　別也。從八、刀，刀以分別物也。」

「名　　自命也。從口從夕。」

「後　　戍邊也。從殳，從彳。」

「班　　分瑞玉。從玨，從刀。」

「盥　　澡手也。從臼，水臨皿也。」

「杲　　明也。從日在木上。」

其他如：半、扁、取、史、敗、隻、集、初、典、休、安、宗、老、男、陟、祝、析、教、族、好、戎、班、莫、杳、囚、兼、舂、炙、閒、闖、折、右、各、爲、制、及、相、鳴、死、刪、采、昔、明、漁、婦、奴、如、里、看、益……。

3、會意兼形聲

「政　　正也。從攴、正，正亦聲。」

「祏　　宗廟主也。周禮有郊宗石室，一曰大夫以石爲主。從示從石，石亦聲。」

「胖　　半體也。一曰廣肉。從肉半，半亦聲。」

「返　　還也。從辵、反，反亦聲。」

「授　　予也。從手、受，受亦聲。」

「姓　　人所生也，……從女、生，生亦聲。」

「娶　　取婦也，從女從取，取亦聲。」

「婚　　婦家也，禮娶婦以昏時，婦人，陰也，故曰婚。從女、昏，昏亦聲。」

「姻　　婿家也，女之所因，故曰姻。從女、因，因亦聲。」

「婢　　女之卑者也。從女、卑，卑亦聲。」

「仲　中也。从人从中，中亦聲。」

「媄　色好也。从女从美，美亦聲。」

「詔　告也，从言从召，召亦聲。」

「化　教行也。从匕从人，匕亦聲。」

「滉　水涌光也。从水从光，光亦聲。」

「警　戒也。从言从敬，敬亦聲。」

「鉤　曲鉤也。从金、句，句亦聲。」

「笱　曲竹捕魚笱也。从竹从句，句亦聲。」

　　會意與其他五書之間的糾葛，除了指事已見上述之外，在《說文》中會意與象形亦略有糾葛。例如「鬥，兩士相對，兵杖在後，象鬥之形。」鬥字在小篆中兩體皆不成文，若依「比類合誼」之界說則不當入會意字，故傳統學者或依「象鬥之形」的說解而歸之於象形。〔註28〕由古文字來看，「鬥」字構形實即複合之圖畫，甲骨文作鬥，以二人相搏示鬥之意，許慎據訛形爲說，故有所失。比照鬥字，則複雜的圖畫式古文字，如上文飲、棄、監、耤、祝、埶諸字，亦未嘗不可分別釋爲象飲酒、棄子、臨鑒、耤田、祝禱、樹藝之形。由於「形」可兼虛實二者，因此「象形」亦可有廣狹二義，狹義的「象形」是指以實象寫具體之物者，廣義的「象形」則包含以實象寫抽象之意者，但由所表語言是具體之物或抽象之意仍可明辨象形、會意之別，上述鬥、飲等諸字，本義既屬抽象意義，自當歸屬於會意字！

　　此外，最爲學者困擾的是部分會意字與形聲字似乎具有重疊的關係。上述「同體會意」與「異體會意」字，因構形部件中並不包含聲符成分，故與形聲並無絲毫關連；但第三類「會意兼形聲」之類字，在表意的兩個（或三個）部件中，其中一個兼具了表音的作用，因而該字似乎兼具了會意與形聲的性質，〔註29〕那麼其字究竟應歸屬於會意或形聲？學者至今猶有不同觀點！六書本是

〔註28〕如朱駿聲《說文通訓定聲‧說文六書爻列》歸之於象形，但王筠《說文釋例》中卻歸入指事。

〔註29〕此類字自會意角度言是「會意兼形聲」，但未嘗不可由形聲角度而指稱爲「形聲兼會意」，因而從比較中性的角度加以定義，應是：「構成合體字的獨立單元，既取

文字構成法則的分類，會意與形聲在六書中應是對等且互相排斥的兩類，但一個字竟可以兼跨此兩類，本是不合理的現象，此問題所顯現的意義與本質應該是分類法的未盡完善！但古人或震於許慎權威，不敢質疑六書中會意、形聲之分類是否全然合理，因而兩者之界線理之還亂，傳統學者見解各自不同而矛盾遂生，有的堅持此類字屬於會意，有的主張應屬形聲範疇，有的則認為是兩兼皆可的文字！

發現會意字的表意部件兼具聲符作用的或許即是許慎，《說文》中對合體字形體結構的分析若以「從甲從乙」、「從甲、乙」表述者，學者認為其字即屬會意；而使用「從甲，乙聲」表述者，則為形聲字。然而另有一種特殊的形式：「從甲從乙，乙亦聲」或「從甲、乙，乙亦聲」者，這一類字歸屬於會意或形聲或兩兼皆可，許慎並未明言。依照會意字一般說解形式：「從甲從乙」或「從甲、乙」來看，「乙亦聲」似乎僅是前者的補充說明；此外，在《說文》說解中並無「從甲，乙聲，乙亦（兼）意也。」的形式，則似乎許慎是傾向以會意來看待這類字的。然而另有一些條件相同的文字，許慎則僅視之為單純的形聲字，處理的標準因而並不一致，如「敬，肅也。」「警，戒也。從言從敬，敬亦聲。」但「儆，戒也。從人，敬聲。」則逕視為形聲字；「句，曲也。」鉤、笱注明「亦聲」（見上例字），而「跔，輒下曲者。從足，句聲。」「跼，天寒足句也。從足，句聲。」「　，羽曲也。從羽，句聲。」「痀，曲脊也。從广，句聲。」皆當作形聲字。因此許慎對於這類型的文字，在分類時究竟是否有個統一的概念與標準，頗令人感到懷疑！

鄭樵《通志‧六書略》於六書分類有「兼生」之說：「象形而兼諧聲則曰形兼聲」、「指事之別有兼諧聲者則曰事兼聲」、「有諧聲而兼會意者則曰聲兼意」，但獨於會意類中無兼生之說：「會意，二母（皙按：「母」今言意符）之合，有義無聲。」「會意者二體俱主義，合而成字也」。上述例字許慎注明「亦聲」的如禮、返、政、娶、姻、婚、婢、媄等字，鄭樵皆歸為「聲兼意」。鄭氏分類的前提是先設定會意「有義無聲」，而合體字中只要一體具表音的作用，則都歸於

其義，又取其聲，此種現象，學者謂之『亦聲』，或謂之『兼聲』。因文成辭，又有『會意兼聲』、『形聲兼義』、『會意包聲』、『形聲包意』等不同稱謂，其義不異。」（參見龍師《中國文字學》，303～304頁。）

形聲類，若其中一體表音又兼意則又另立「聲兼意」爲子類，但這樣的劃分歸類並未提出合理的論證以見其必然如此！不獨許愼、鄭樵，傳統學者對於何以有「亦聲」的現象也多未加說明或語焉不詳，彷彿此現象是亙古而然，無足爲怪！

　　明代吳元滿分會意爲正生、變生二例，變生中有意兼聲一類，吳氏似乎傾向以兼聲字屬諸會意。段玉裁《說文解字注》中頗注意於發明「亦聲字」的條例，例如：

> 會意合體主義，形聲合體主聲。……有亦聲者，會意而兼形聲也。（《說文·敘》「形聲」注）

> 有似形聲而實會意者，如拘、鉤、笱皆在句部，不在手、金、竹部。茻、草、葬不入犬、日、死部。（《說文·敘》「會意」注）

> 凡言亦聲者，會意兼形聲也。凡字有用六書之一者，有兼六書之二者。（吏字注）

> 聲與義同原，故諧聲之偏旁多與字義相近，此會意形聲兩兼之字致多也。說文或偁其會意，略其形聲；或偁其形聲，略其會意；雖則渻文，實欲互見。（禛字注）

> 夫形聲之字多含會意。（池字注）

> 凡形聲多兼會意。（斖字注）

段氏主張兩書兼用說，認爲亦聲字是造字時兼用會意與形聲二法，至於亦聲現象形成的原因，段氏簡單地以「聲與義同原」說明，而未多加論述。近代學者認爲，未有文字以前，人類早已運用語言以表意，其初某種語音代表某義，其結合方式多係約定俗成，沒有必然關係，但音、義既經結合成爲語詞，語言使用、演變日久，舊的語詞不斷孳生相關的新義，並分化成新的語詞，於是形成一個個「語族」。那些同語族的詞彙，雖經演變，音、義兩者仍都具有某種關連，因而形成語音相同近者，其意義往往也相同近；意義相同近者，語音往往也相同近的現象，學者發明之，謂之「聲與義同原（源）」！其後創造文字，因形以表音義，在文字演變過程中，常以某字代表某語根（字根），經「形聲相益」，文字孳乳寖多，而字根之義也因而呈現在後出的孳乳字之上，

「故龤聲之偏旁多與字義相近」！段氏注意到「音義同原」是亦聲字繁多的原因，但所述僅止於提出同源而義相近的現象，並未具體說明亦聲字孳乳的方式、途徑，不免過於簡略空泛！

此外，朱駿聲《說文通訓定聲・說文六書爻列》中，會意類有「形聲兼會意」（共列舉 337 字），而形聲類下又注明：「兼會意者三百三十七字」，對於亦聲字的歸屬採取兩者皆可的態度。

這種歸類上我此爾彼的情況，迄清末以來仍未改變。廖平《六書舊義》云：

> 象意以意爲主，象聲以聲爲主，象意不兼聲，象聲不兼意，各爲門戶，不相參雜。舊說有意兼聲者，誤也。爲此說者，本許書从某某亦聲。……舊說於象形、指事、會意皆有兼聲之說，非也！凡有聲者皆當入象聲，不得相兼。形、事、意、聲四門各別，無相兼之理。

廖氏完全否定會意字可以有兼聲一類，凡有聲符的都歸屬於形聲，至於傳統所說的會意兼聲字，他認爲都是後起的「晚俗字」。〔註30〕至於主張亦聲字可以兼屬兩書的如蔣伯潛云：

> 「訥」從言從內，內亦聲；「珥」字從玉從耳，耳亦聲；「政」字從攴從正，正亦聲；「化」字從人從七，七亦聲：這一類字很多。說者叫它們「會意兼聲」，都歸在會意一類。那末，何嘗不可反過來說，叫它們「形聲兼意」，把它們都歸入形聲兼意一類呢？我以爲這本是會意形聲二類之間底字。歸入會意、或歸入形聲，都可以的。

〔註31〕

〔註30〕廖氏云：「按許書此類（會意兼聲）皆晚俗字，經典只用其得聲偏旁，無此偏體。如齊只作齊，而許書之齋、齎、劑、齍，皆晚俗誤加偏旁以相別，當歸入俗體重文中。王氏（哲按：王筠）會意兼聲二百五十文皆此例也。此類晚俗所加別爲一類，不可因此混意、聲也。……會意字如齋、齎、瓏、琥之類，舊皆以爲兼聲，其實皆俗體，爲古法所無之字。且實求之，則齋爲會意，而齎、瓏、琥皆爲實物，全爲象聲中之象形字，與會意字實不相干也，故今概不從兼聲之說。」案：廖氏所舉例字，齋、齎、齍在《說文》中實爲形聲字，並非會意兼聲字。又，廖氏言亦聲字「皆晚俗字」、「經典只用其得聲偏旁」本是看見了亦聲字形成的果和因，但說「俗」、「偏體」、「誤加偏旁」云云，則非是，文字爲了適應語言的需要或變化而跟著有所變革，是自然之理。

〔註31〕蔣伯潛《文字學纂要》，67 頁。

「亦聲字」的現象確實是合體字中的一個特色，但其如何產生，性質如何，傳統學者並未有令人信服的論述，段玉裁等人以爲亦聲字是造字者兼用六書中的會意、形聲二法，或認爲歸入會意、形聲皆可，不僅淆亂二書之界線，亦有昧於實情（說見下）。

至於像廖平一般完全否定亦聲字的觀點亦並不可取！我國先秦時語言以單音節詞爲主，是以音同音近之字繁多，當古人爲語詞造爲會意字時，所選用的表意偏旁恰巧與其語音相同或相近，是有可能的；同理，當造爲形聲字時，選用的聲符恰巧與語詞的意義有關連也是有可能的，這樣的字也可以說是廣義的「會意兼聲」、「形聲兼義」，因此完全否定兼聲或兼義的態度本不足取。不過上述那種巧合性質的兼聲或兼意現象，實際上並非「亦聲」字性質之眞相！

論及亦聲字產生的原因，除了上述段玉裁「聲與義同原」點到爲止的說法外，王筠《說文釋例》中有幾段文字亦值得注意。《釋例》之「目錄」卷三：「亦聲」條下自注云：「此形聲、會意之變例」。而於正文中分亦聲字爲三類：「言亦聲者凡三種，會意而兼聲者一也，形聲字而兼意者二也，分別文之在本部者三也。」其「會意而兼聲」之類即《說文》以「从甲从乙，乙亦聲」表述之者，例如：

> 禮下云「從豐，豐亦聲。」豐，行禮之器也。禮之從豐用其正義是謂意兼聲。〔註32〕

> 祏下既云「郊宗石室」矣，而又曰「從石，石亦聲」，此用石字本義，故雖已出石字，而仍云從石。

至於「形聲字而兼意」一類，王氏云：「實亦聲而不言者亦三種：形聲字而形中又兼聲者一也；兩體皆義皆聲者二也；說義已見，即說形不復見者。」前二者王氏俱未舉例，〔註33〕後者乃指《說文》中實爲亦聲而未按「从甲从乙，乙亦

〔註32〕 按：「禮」實非亦聲字，乃累增字。徐灝《說文解字注箋》禮字下云：「豐，古本禮字，相承增示旁，非由會意而造也。」又參見下文。

〔註33〕 龍師以爲王氏此二類是錯誤的：「王筠釋例言亦聲有形中兼聲說，又有兩體皆義皆聲說，以爲凡字只需表意部分與其字讀音有關，即屬亦聲字。兩者王氏俱未舉例，若笛、睦、鵰、憛之字，竹、目、鳥、心分別與其字雙聲疊韻，豈得即謂之竹亦聲、目亦聲、鳥亦聲、心亦聲？」參見《中國文字學》，308頁。

聲」方式表述的「形聲字」，王氏認爲許慎在說解中用「互文相備」的方式間接點明其爲亦聲字，如

> 說祫之義曰「大合祭先祖親疏遠近也」，已見合字，說形即但云合聲也，[註34] 此則互文相備。

> 娶婚姻下，大徐本並云亦聲，誤。小徐本祇云取聲、昏聲、因聲，不復言從取、昏、因，是也。說已云「取婦也，娶婦以昏時，女之所因」，則意已明矣，皆引申之義，非本義也，故下文祇說其聲，大徐本則不知例者所增也。

王氏企圖劃分「會意兼聲」與「形聲兼義」的界線，實則兩類現象本是一體之兩面，故其強分的作法只是徒勞而無功（例如需改大徐原文），而由此也顯示出王筠對於亦聲字的本質並沒有正確認知！不過他指出「婚」娶義本僅是「昏」之引申義，則確實觸及了亦聲字形成的語言因素，可惜未再加以深入發揮！至於將「分別文」歸屬亦聲性質，則是王氏的貢獻，所謂「分別文」是：

> 字有不須偏旁而義已足者，則其偏旁爲後人遞加也。其加偏旁而義遂異者，是爲分別文。其種有二：一則正義爲借義所奪，因加偏旁以別之者也；（原注：冄字之類）一則本字義多，既加偏旁，則祇分其一義也（原注：仫字不足兼公衆義）。其加偏旁而義仍不異者，是謂累增字。（《說文釋例》卷八）

王氏發現在文字發展過程中，某些字有遞加偏旁的現象，增加偏旁之後，意義仍與原字無別的僅是累增字；但增加偏旁後與原字意義不同的（實則僅有小異），就叫做「分別文」，因爲它是從原字分化、區別出來的新字！分別文又有兩種情況，一種是如「冄」字，本義是「毛冄冄也」，因借爲他義所用，後來在其字上遞加「須」字爲「　」以與借義區隔。另一種則是「本字義多」（指引申義眾多），後來在原字遞加偏旁，形成某一引申義的專字，遂與原字「分別」，如語言中由「公」引伸出有「志及眾也」之義，後加「人」字成「仫」，專表引申義，其字雖由「公」分化而出，但已經不能再代表「公」侯字。這兩類的分別文，因爲原本只有表意的原字，偏旁是後加的區別性意符，當其結合成字，

[註34] 按：大徐本作「从示、合」，王氏採小徐本「從示，合聲。」可參《說文句讀》「祫」字。

原先的表意偏旁雖然看似「退爲表音偏旁」，自然仍具表意的作用！但這種「分別文」與「會意兼聲」及「形聲兼意」又有何差別呢？上文王氏曾以娶、婚、姻爲「形聲兼意」字，但王氏又云：「女部娶爲取之分別文」、「婚爲昏之分別字，媄爲美之分別字」（卷八），則這兩大類又無以見其區別了！其實王氏在分類時是採用了兩個層面的觀察角度，說「會意兼聲」、「形聲兼意」是靜態、平面方式的觀察，所看到的是會意字的意符可以兼聲或形聲字的聲符可以兼義的現象；而「分別文」則是由文字發展的動態角度觀察，統合而觀，「會意兼聲」或「形聲兼意」實際上都是基於語言的分化現象而後來才產生的「分別文」（少數象「　」字，是由於假借關係而遞加意符表示本義，以別於借義），不過王氏對於這種現象並未有明確的認知與論述！

　　近代以來，有關亦聲字的研究更加豐富，對於亦聲現象的闡發成果也遠非清人可比，比較早期的學者如蔣伯潛說：

> 又有表聲的部分，不但表聲，而且兼取其義者。因爲上古字少，專名少而通名多，故往往借用音同義近之字。其後，嫌它們籠統，乃以通名之初文爲聲，另加表形之體以別之，遂各成「分別文」。此種分別文，所從之聲同的，其義亦相近而可通。例如「侖」有條理之義，凡從「侖」聲之字，都含有條理的意思，如「綸」、「倫」、「淪」、「論」等；「句」有鉤曲之義，凡從「句」聲之字，都含有鉤曲的意思，如「鉤」、「拘」、「笱」、「　」等又如上文所舉「訥」、「珥」、「政」、「化」諸字，一方面是會意，一方面也可以說是形聲。——諸如此類，也可以說是「形聲變例」。〔註35〕

蔣氏在此段文字中比較具體地指出了兼聲字所以孳乳寖多的重要過程，原來上古時「專名少通名多」，記錄語言時，字不必多，一字可以兼表音同義近之數語，其後爲求專名各有其字以精確記錄語言，於是以原先表通名的文字作爲聲符，另加形符以與原字區別，形成了「分別文」。例如「侖」字有條理之義，上古字少時，可以「借用」以表「綸」、「倫」、「淪」、「論」諸語，其後才分別以「侖」字作爲聲符，分別加上「糸」、「人」、「水」、「言」旁，形成各個分別文。「亦聲字」在未形成前，原本都只有表意之一體，其後所加之形

〔註35〕參見蔣伯潛《文字學纂要》，68頁。

符（意符）只是爲使語義有所專指，因此原字與新字在意義上自然仍是密切相關；而其加上形符後，字形結構上成爲合體字，因而遂被當作會意字或形聲字了，這就是會意字爲何意符會兼聲或者說形聲字聲符爲何會兼義的原因！

蔣氏在此雖然從文字動態發展的角度指出了兼聲字的由來，也點出了「亦聲字」與「右文說」及同源詞之間有所關連，[註36]但仍未眞正觸及到問題的核心！其「專名少而通名多，故往往借用音同義近之字」一語是錯誤的論述，所謂「專名」實際上是緣「通名」而孳生的，兩者並非「借用」的關係！兩語之間若果「音同義近」，即表示兩者可能具有同源的關係，從文字形成的先後關係加以考察，甚至可以認定即是母與子般的孳生關係，而所謂「孳生」實際上即是語義的引申，與「借用」是不同的概念！例如「耳」，本義爲人耳，語言中有種用來充耳的玉瑱叫「珥」，兩者語音相同，意義關係密切，可以判斷，「珥」乃是由「耳」所孳生（引申）的新語言，「耳」是通名，「珥」是專名，「珥」字即是由「耳」加上「玉」字而形成的「分別文」！

亦聲字的研究雖然成果逐漸豐盛，其產生原因也逐漸明朗，但學者多仍在「會意」或「形聲」的範疇內研究它，因而仍然認爲亦聲字的性質是「會意兼聲」或「形聲兼義」，這實際上等於承認亦聲字是造字時兼用兩法以成！然而古人在歸納造字法則時應該是一種方法爲之訂一名，若有此可彼亦可的情況，就應當是歸類仍然不夠健全、明確之故，因而晚近有些學者主張亦聲字應該另成一類與會意、形聲並立的造字法則！亦聲字若從靜態、平面的結構分析，與會意、形聲確實無法分別，然而若從字形演變的動態分析，則亦聲字的構成，實與同時會合兩字成新字的會意字，以及同時結合意符與聲符成新字的形聲字是不同的構成方式（參下「形聲」），古人分析字形偏向靜態的結構，因而泯沒了其間的差異性！

龍師對於亦聲字的本質和形成原因等問題，有更爲具體明確的論述：

> 推源亦聲字之所由形成，其背景爲語言，原不在文字本身。文字現象有與語言全然無關者，如前節所說化同現象。亦有與語言不可分割者，如文字之有引申義；本節所論「亦聲」，正屬此類。由文字與

〔註36〕「右文說」指稱形聲字聲符兼意的現象，就個別文字來看，亦皆屬「亦聲字」。

語言關係而言，任何二字，果眞彼此間具有音義雙重關係，即表示
二者語言上具有血統淵源；果眞甲字从乙旣取其意又取其聲，即表
示甲語由乙語孳生……。是故語言無孳生現象則已，不然文字便自
有形成亦聲的可能。〔註37〕

是以亦聲字形成的背景原在語言，具有音義雙重關係的兩個同源字，如果具有
母與子般的孳生關係，子從母旣取其意又取其聲，則孳生字即是亦聲字。例如
「取」本義是捕取之義，由此而語言孳生，「娶」妻亦可謂之「取」，早期經籍
中如《詩經・伐柯》云：「取妻如何」，《易經・姤卦辭》云：「勿用取女」，都只
書作取，後來才加注女字孳生出「娶」字，因而形成「亦聲字」。如果自「娶」
字觀察，則是旣取「取」之義，又取「取」之聲，按《說文》之意則是：「娶，
取婦也，从女从取，取亦聲。」

　　此外，一般學者言亦聲多採用許愼《說文》的說解，然而今本《說文》並
非盡是許愼當時原貌，大、小徐本《說文》中，一字是形聲或亦聲就常有出入；
況且許愼受限於當時學術觀念（語言觀念在當時並不發達），對於語言上的孳生
關係仍未有充分的瞭解，因而本身即未必有正確的衡量亦聲的標準，是故許愼
文中注明是亦聲的，未必就是眞的亦聲字，未注明亦聲的有些卻應該是亦聲字，
清人如段玉裁注《說文》時，往往爲之補充、訂正，而段氏所言也未必是正確
的！古今學者言亦聲一般多失之於寬泛，主因就是沒有一套明確的理論或規則
可資遵循！

　　應該如何正確判斷亦聲字，龍師提出了一套嚴謹的判斷標準：

亦聲字旣是緣於語言的孳生關係，客觀的語言孳生關係是何情狀？
亦即具有何種關係，然後其字可以視爲亦聲？不能不有一確切概
念。……所謂孳生語言，說穿了便是語義的引申，也就是語義使用
範圍的擴大。不過一般觀念，語義的引申，是一個單位語言的內部
意義變化，而孳生語言則是就兩個單位語言論定其親屬關係，所以
兩者全不相同。實則其本質並無差別，即使有，亦只在語音有無改
變，或文字有無增加，如此而已。……肯定兩個單位語言是否具孳
生關係，倘自其是否爲語言意義引申的觀點著眼，即較易判斷。因

為在這一觀點下容易認清：所謂具孳生關係的語言，既本是語言意
義的引申，兩者便須同音，至少亦須音近，而所謂音同音近，必是
聲母韻母雙方面的，（原注：不言聲調者，因改變聲調正是區別孳生
語與母語的習見現象。）單方面的聲母或韻母同近，絕不得為同一
語言，故亦不得為一語之孳生。兩者間又須意義上密切相關，而不
得相等；關係不密切，不得為義的引申；相等則是語義未有引申，
都不得為孳生語。由此言之，孳生語言的衡量標準，簡單說便是「音
近（自然包括音同）義切」。基於此一認識，說文所說亦聲字得失如
何，便可瞭然於胸次了。〔註38〕

在這樣的判斷標準下，如政、祐、胖、笱、鉤等（《說文》說解見上文），都合
於音近義切的條件，是亦聲字無誤。但如下列諸字，許慎說為亦聲則有問題：

　　「葬　　臧也。从死在茻中。一，其中所以荐之。……茻亦聲。」

　　「莽　　南昌謂犬善逐兔茻中為莽。从犬茻，茻亦聲。」

　　「甫　　男子之美稱也。从用、父，父亦聲。」

　　「禮　　履也，所以事神致福也。《說文》示从豊，豊亦聲。」

　　「春　　推也。从日、艸、屯，屯亦聲。」

其一，葬與茻之間，無論其語義相關程度如何（實際情形極為疏闊），聲母遠
隔不合孳生語條件，許說為亦聲，非是！其二，莽與茻之間，音同音近，合
於孳生語之一條件，但不具語義引申的密切關係，故許說亦不可取。「南昌謂
犬善逐兔茻中」，是否莽字本義，無從確定；即使許說不誤，亦當云从犬茻會
意，不涉語言關係，不得謂茻亦聲。其三，《說文》亦聲字，有衡之音義似合
而實不然者，如甫與父音同，據《說文》所云，兩字間義亦不謂不切，但男
子美稱之「甫」，其字書作「甫」，因甫字本作𤰩，為圃字初文，只是假借為
用，與父並不具孳生語關係，故《說文》之說不可取。其四，禮與豊之間非
有二語，前者是後者的累增字，許說亦不可取。豊字甲骨文从玉从鼓會意，
當為禮字初文，从示只是累增寫法。其五，春下云屯亦聲，因屯字本義如何，
尚無確切認識，無從斷定其與諸字間是否具語義引申關係，故未能判許說之

<hr>

〔註38〕參見龍師《中國文字學》，316～318頁。

然否。〔註39〕

四、形聲：「形聲者，以事爲名，取譬相成，江河是也。」

　　段玉裁云：「事兼指事之事，象形之物，言物亦事也；名即古日名、今日字之名。」故「名」即文字之意，「爲名」即是造字。「譬」是譬況、譬喻、比方，這裡指讀音的譬況，即選用聲符時，其讀音與所造字在語音上必須相同或相近。〔註40〕原文譯成今語：「依事物的類別造字，又取讀音相似的字助其完成。」〔註41〕古人欲造江、河二字，因其皆屬水類，故取水字以造此二字；而兩者語音分別與工、可讀音相近，故配以工字、可字，而江河二字以成。

　　文字學家們雖然對「以事爲名，取譬相成」的解釋不盡相同，〔註42〕對「形聲」之名也有不同意見，〔註43〕但都認爲形聲字是由意符（義符）和聲符（音

〔註39〕　以上參見龍師宇純《中國文字學》，319～325 頁。

〔註40〕　「音近」應包含聲、韻母的雙重關係，任何一方的無關，即無以克盡其表音的功能。古今許多文字學家往往依據片面的聲母或片面的韻母關係即率爾直言兩字「音近」，這是極不嚴謹而危險的處理方式。雖然確實也有少數的例外，但不能因此而推演成僅須聲或韻的片面關係即可言音近！相關論述參見龍師《中國文字學》第三章第八節「論形義的結合與音韻的運用」及〈從兩個層面談漢字的形構〉23 頁。又參注 33。

〔註41〕　參見龍師《中國文字學》，94 頁。

〔註42〕　例如章季濤說：「把名稱的『名』解釋爲文字的『字』，失於不確切。凡名都有義。孔子『正名』，實質上是循名之義以責實。所以『以事爲名』，意猶『以事爲義』，即依據事物的性質確定它的意義範疇，這說的是選定義符的原則。所以段玉裁說：『以事爲名，謂半義也；取譬相成，謂半聲也。』『取譬』一語，除指挑選聲符之外，還關聯著前文，表明義符的表意和聲符的標音，都不一定絕對準確。這樣措辭，使形聲字的定義具有更大的概括性。人們可以悟到：既然由取譬性的義符和聲符相合而成的文字，都叫形聲字，那麼由表意貼切的意符和標音準確的聲符組成的文字，自然更是形聲字了。」（《怎樣學習說文解字》，42 頁。）

〔註43〕　有的學者認爲形聲之「形」應是動詞，如段玉裁云：「形聲即象聲也，得其聲之近似，故曰象聲，曰形聲。」又如黃以周《六書通故》云：「形聲先鄭謂之諧聲，與象形、指事、會意、諧聲，皆上字虛，下字實，文法一律，許謂之形聲者，名之形於聲者也。〈樂記〉云：『感於物而動，故形於聲。』又云：『情動於中，故形於聲。』形聲二字出諸此，與諧聲之義一也。」但仍有學者主張「形」是名詞，戴君仁先生在〈吉氏六書〉中說：「形聲這個名稱，班固叫做象聲，鄭眾叫做諧聲，

符）組合而成，亦即形聲字的構成是以一意符代表事物的大類屬（例如水火人手鳥魚車舟言示等），配合該一事物在語言中之聲音，取現成語音相同或相近的文字爲聲符，加以組合成新字，而這種普遍的看法應該就是許愼界說的意思！

　　一般以爲形聲字是六書中能產性最高的一書，漢字的造字法則發展到形聲已足以應付任何新語言的產生，徐鍇《說文繫傳》中說：「無形可象，無事可指，無意可會，故作形聲。」此言形聲可以補救前三書之不便、不足，徐紹楨於《六書辨》中更闡述形聲造字法之便利：

> 天下之物，同類者實繁。即以水之類言之，江淮河漢無非水也，制
> 此字者將畫江淮河漢之形乎？……蓋未有文字，先有聲音。江河淮
> 漢之名，本爲古昔所先定，制此字者即因其名而取譬於聲與義以成
> 之。於是取水而加工於其旁即可知爲江。……所取之義，水是也；
> 所譬之音，工可佳　是也。自中古以來，事物名義日出不窮，凡象
> 形指事會意之所不能達者，施之於聲，即無不可成之字，其道亦云
> 廣矣。〔註44〕

根據朱駿聲〈六書爻列〉的統計，《說文》中「單純」的形聲字計 7697 字，〔註45〕比率約佔全書的百分之八十一，相較於會意的百分之十二，象形不及百分之四，指事、假借皆不及百分之二，「形聲」似乎確實是最能產、最進步的一種造字法！

　　然而傳統對於「形聲」的闡述或研究卻隱藏著一重大的缺陷，即混淆了造字法則和形體結構的不同性質，形體結構相同的文字是可以由不同的造字法則所製成的，所謂「形聲字」即屬此類！在文字學的材料大體僅止於《說文解字》

都不如許愼形聲之確。因爲原來只是一個圖象─形─，加一個音標，形與聲兩者都是名詞。」龍師則認爲：「製字法中既可有兼表形音一類，而甲骨文 𤴙 字、金文 𨛜 字等正是一形一聲，顧名思義，形聲之名自應指此類文字而言。」（《中國文字學），129 頁。》又可參龍師〈文字學論稿初輯〉，其中云：「故余以爲形聲之名雖自許氏傳之，疑其創立最早，以『象形加聲』或『半形半聲』爲其始義。至其他『半義半聲』之字亦謂之形聲者，則以其『半聲』之法同，遂亦蒙此稱耳。」

〔註44〕徐紹楨《六書辨》，見《說文解字詁林》，596 頁。

〔註45〕形聲字本共有 8057 字，扣除「內兼指事者 6 字，兼象形者 5 字，兼象形、會意者 12 字，兼會意者 337 字」，計 7697 字。

的時代，古人（包含許慎）對文字發展演變的知識有限，因而對於形聲字的認識往往僅是靜態、平面式的觀察，缺乏文字動態演變的觀念，他們認爲除了少數的「象形兼聲」、「指事兼聲」字外，〔註46〕只要是「形」與「聲」結合的形體結構，一般都可以叫「形聲字」（亦聲字則或以爲會意，或以爲形聲，或以爲歸入兩書皆可）！而近代以來，學者一方面逐漸發現「形聲字」的形成來源其實有數種途徑，並非在原始時皆採取如同江、河二字一般，以一形一聲同時配合而成，〔註47〕但另一方面仍受傳統觀念影響，多將有聲符成分的文字統歸爲形聲，形聲字的範圍實際上比古人還更寬泛！

　　如果具有聲符成分的合體字都叫做「形聲字」（或説廣義的形聲字），則從其文字形成的方式與來源觀察，是可以再加以細分的，龍師曾對此類「形聲字」的性質加以分別爲如下四類：〔註48〕

甲、象形加聲

　　此類字或爲其形難於顯著，或以其不易與它字分辨，於是加聲；與象形字加它體（即所謂體象形字）以顯著，用意相同。如：「齒」字加止聲，以與「其」字別；〔註49〕「其」（箕）字甲骨文作 𝌆，金文 𝌇 與 𝌈 參半。字又從丌者，是聲符。蓋箕字或作 𝌉 作 𝌊（並見金文，後者見𧾷字所從），與齒字象形 𝌋 易混，故一加丌聲，一加止聲，以爲之別。「鳳」字，甲骨文作 𝌌，象形，亦或作 𝌍，加凡聲。「辟」字金文作 𝌎，羅振玉以爲璧之本字。○象圓璧形，爲其易曉也，加　爲聲。其他如巋、龜、星、康、豹、罔、旂等字情況皆同。

　　以上象形加聲字皆象形字附庸，與一般半義半聲之形聲字迥不相同。

〔註46〕即使是有象形的古文齒字作 𝌏 爲對照的「齒」字，在古人看來都只是「象形兼聲」，而非「象形加聲」（前者是從靜態角度，後者是從動態角度觀察所得出的不同術語）。

〔註47〕説同時配合是指其字產生是一階段即由意符、聲符組合造成，由此角度，意符、聲符並無主從之別。但就造字時選擇意符、聲符的重要性相比較，事物的意義類別大致上比較固定，故與水有關的意義，造字時大抵即會先想到採用水字以表意，與時間有關的意義大抵就會採用日字以表意等；而聲符既然只要譬況即可，故只要音同音近之字皆可採爲聲符。故這種典型的形聲字（即許慎之定義者，或稱爲普通形聲字、純粹形聲字），形是主，聲是輔，由此角度，則形與聲略有主從關係。

〔註48〕參見龍師〈文字學論稿初輯〉。

〔註49〕甲骨文齒字本即畫口中有齒之形 𝌐、𝌑 是象形字，止聲是後加。

乙、數語同源，加「形」或變「形」以為之別〔註50〕

加形者，如眉字，以其臨目，引伸而爲邊緣義。屋之欂聯謂之「眉」（加引號者，以其字表語音），而字加木作楣。水草交亦謂之「眉」，而字加水作湄。文武二字爲周王之諡，金文或加王作玟斌。昏爲日冥，心之闇昧謂之「昏」，或加心作惛，或加歹作殙。司晨昏者謂之「昏」，或加門作閽。娶婦以昏時，遂謂之「昏」，或加女作婚。此類字至多，爲文字孳乳之大例。變形者，如疏字音稀疏之義，引申爲櫛稀疏者之稱，或改疋爲梳。流字引申稱旌旗之游，或改水爲旒。蟲之浮游寄生於水者謂之浮游，或改水爲蜉蝣。

丙、由假借而加「形」，以與本字區別

如彔字，說文云刻木彔彔也，甲骨、金文無祿字，凡福祿字借彔字爲之，後加示爲祿，以與彔別。不字說文云鳥飛上翔不下來也，金文借不爲「丕」顯字，後下加「一」，強與不字別。甲骨文借鼎爲貞，偶有一二加從卜者，金文悉作　　。甲骨文借戉爲歲，後加二點作 𢧐，以別於戉，又或加二止作𦥙。金文借奠爲「鄭」，或加邑作鄭；借豐爲「酆」，後加邑爲酆。巧言詩「居河之麋」借麋爲水湄字，後加水爲麋。凡此，亦文字孳乳之大端。

此外有由於借字通行，遂於本字加「形」以別於借字者，爲似是而非之形聲字。如其本箕字，因借爲語詞遂加竹作箕，與語詞之其別。康爲秕穅之本字，因借爲安康字，加禾以別於借字康。申本電字，因借爲地支字，遂有加雨之電，而說文誤以爲從雨申聲。無本舞字，因借爲有無字，遂有加舛（即二止）之舞，而說文誤以爲從舛無聲。

丁、從某某聲

如說文云江字從水工聲，河字從水可聲，論字從言侖聲，語字從言吾聲。

以上四類字，由於都具有聲符的成分，晚近學者往往統稱爲「形聲字」。若依其結構形式而統言「形聲字」固無不可（傳統言「形聲結構」），但若求其造字法則，統稱爲「形聲」則大有可商！甲類字原本只有象形之體，其後或因字形不容易畫得準確；或因字形無顯著特徵，不易與它字辨識；或又因求別於其相關之象意字（如星、晶本同形異字，𣕎即星之形象，取其聯想意亦可以爲精

〔註50〕龍師在《中國文字學》（增訂本）中將乙類改稱「因語言孳生而加形」。

光之意；爲求分別，遂於象形之星加「生」聲）等原因，而加上與語音相同相近的聲符以爲之補救、爲之限制，故其聲符是後加或附加的。而其字加上聲符之後，音義與原字無別，仍表該象形字，這種文字與累增字性質相當，而一般對於累增字的六書歸類，往往即依其未增前的原字屬於何書而附於其下。此類象形加聲字，古人亦通常即附之於「象形」之下，作爲象形字之附庸，因而與許愼定義的形聲屬不同的性質。

　　乙類字「所表之語言，原爲另一語言之子語，或爲另一語言之別名、專名。故其初只書代表其母語或共名、通名之字，後爲求其彼此間的顯著區別，即於代表其母語或共名、通名之字上，加一表示類別的義符，於是而形成此類形聲字。」〔註51〕上類象形加聲之後的字因與原字音義不變，故可算是同字的異體；而此類因爲語言孳生、字義引申而加注表意偏旁後的字，則不宜以異體字看待，它與原字在意義上已有共名別名、通名專名之別，可以說是分化出了新字，因此具有「造字」上的意義（起初母語或仍可代表子語，但其後分用之勢漸顯，終至判若兩不相干之字）。又其原字未加偏旁之前，本是表意的文字，加意符後，原字似乎退居爲聲符地位，但由文字形成過程觀察，可知原字（聲符）才是「本」，意符反是從屬。

　　丙類字還可分兩類，但都是因文字假借之後，依其義類添加表意偏旁而形成與本字或借字區別的新字，因此亦具有「造字」上的意義。當其未加偏旁之前本是表音文字，加意符後，原字亦似退居爲聲符，故此類與乙類字就新字的形成過程而言，情況是一樣的；且這兩類字都是以「聲」爲本，以「形」爲從屬，與象形加聲字的以形爲主，以聲爲從不同性質！

　　至於丁類字即是「以事爲名，取譬相成」的典型形聲字，由意符、聲符同時組合成字，與上述三類分兩階段成字情況又不同，而這種形聲造字法的發明，應該是在上述三類文字形成過程的啓發之下（受乙、丙類影響最大），才逐漸領悟而出！傳統以爲「形聲」是能產性最高的造字法，更確切地說，應是乙、丙兩類居其大功，故龍師云其是「文字孳乳之大例」、「文字孳乳之大端」！由此亦從而可知，一般學者依形體結構之相同，將這四類文字統稱爲「形聲字」是籠統而不正確的觀念，自造字法的角度而言，此四類各不相同，自不宜以「形

─────────

〔註51〕龍師《中國文字學》（增訂本），161 頁。

聲」統而稱之！四類中，甲類「象形加聲」仍可附於象形之下；乙、丙宜合為一類，自成一種造字法則，而與丁類（形聲）分立！

此外，傳統對形聲字的分類中，有「形聲兼會意」一類，說已見上文「會意」中；而上述「形聲」性質乙類「數語同源，加形或變形以為之別」所形成的文字實際上也就是亦聲字！

五、「轉注者，建類一首，同意相受，考老是也。」

轉注是六書中被公認為最難解的一書，歷代以來，對「轉注」名義之解釋、許慎界說之闡述、甚至轉注是否屬於造字法則等問題，耗費了學者極大的心力！也正因研究者不斷推陳出新、務求勝人，異說紛陳遂多至數十種，以至後學者面對前人諸說往往如墜五里霧中，不知所以裁之！然追根究柢，皆是由於許慎的界說過於簡略而含糊之故。如「建類一首」四字，並非當時常用之熟語，因此闡釋者可以充分發揮個人的見解，故「類」字有人講為形類或聲類或義類，也有兼取形音、形義或形音義解釋者；「首」字則或講為部首，或講為語基等。由於各人所見不同，於是產生許多彼此互異或同中有異、異中有同的各種觀點！有人以瞎子摸象為喻：「對轉注字的片面理解，得出的結論千奇百怪。摸著耳朵的說轉注是『形轉』；摸著鼻子的說轉注是『義轉』；摸著尾巴的說轉注字是『聲轉』。摸了 1800 年，結論有幾十種之多，各持一端，莫衷一是。」〔註52〕確實道盡了古往今來學者的研究方式與困擾。

不僅界說語義模糊，許慎所舉的兩例字，也有利於讓學者從多方去加以解釋。《說文》：「𠆳，考也。七十曰老。从人、毛、匕，言須髮變白也。」「𠨋，老也。从老省，丂聲。」就字形關係言，老是部首，考是隸屬字；就語音關係言，兩字古音同屬幽部陰聲；聲母雖一見母、一來母，但涉及 kl-複聲母的問題，兩字更古之前應是「一音」的關係。就字義關係而言，許慎以考、老兩字互相訓釋。可知這兩字竟同時具有形音義的三重關係，故學者以例字配合自己主觀認知，往往可以收到無往而不利之功效！不過其中關鍵性的問題所在，歷來學者之解釋卻通常不盡如人意：許慎界說之「同意相受」，似乎講的是兩字或兩詞間意義上的關連問題；再看例字，據許慎的定義，「老」是會意字，「考」是形

聲字，兩字怎會同時列於「轉注」之下呢？六書是造字法則的條例，許慎之意豈是老字會意而兼轉注，考字形聲而兼轉注？然而這當然是不合理的解釋！

由於漢代有關轉注的說法僅有許慎一家，因此過去學者基本上也只能以許慎的轉注界說為研究之本，然而千餘年來卻衍生出了數十種說法，其因除了許慎的定義令人費解外，學者們強作解人也是推波助瀾之故！過去學者往往將歷代解釋轉注的數十種說法大致歸納為三派：「主形轉」、「主聲轉」、「主義轉」，不過其中絕大部分學者的闡釋都並未觸及轉注問題的核心。六書說之性質既然是「造字之本」，因此首要之務，應該是先弄清楚許慎的轉注說是否符合「造字之本」的條例，看許慎能否確實將轉注解釋為一種造字法則，否則其他五書皆是有關文字構成法則的條例，而轉注獨獨不是，卻能平列於六書，將是極不合理的現象！

龍師宇純將過去一切轉注說解，歸納為「建類派」和「非建類派」兩個互相排斥的大類。認為建類派諸說，必需在「建類一首，同意相受」二語為六書說創立時所原有的條件下，才有成立的可能；不然，也必須是許慎的說解能夠合於創立六書說者的原意。而非建類派諸說的可能成立，情況適與上述相反。因此確定二語是否原有或能否合於原意，為認識轉注名義首應認清的問題。龍師認為許慎的六書說解既然只是一家之言，因此當務之急，便是要對許慎所說求得充分瞭解，明其是否有當於六書說者立名的原意。關於這一點，清人陳澧注意到《說文》後序的幾句話，提供了寶貴線索。

> 其建首也，立一為耑，方以類聚，物以群分，同條牽屬，共理相貫，
>
> 雜而不越。據形係聯，引而申之，以究萬原，畢終於亥，知化窮冥。

這是許君用以說明自己作《說文解字》一書，如何建立部首，又如何安排各部首先後順序的一節文字。其中「其建首也，立一為耑，畢終於亥」的話，陳澧以為與「建類一首」句「必非偶然之相涉」，[註53] 核對兩節文字，確然可見陳氏所說並非曲意牽合。部首的創立，本是許君的創舉，在《說文》以前的文獻中，不見有連用類字首字或用建類、建首的話語。今建類一首四字成句，出現在解釋造字法則的界說中，除了引用後序以發明其意外，不能提供其他解釋。再從許君所舉字例看，老字為五百四十部首之一，考字隸屬在

〔註53〕陳澧說見〈書江艮庭徵君六書說後〉，收入《說文解字詁林》，第 1 冊 547 頁。

老部，老下云「考也」，考下云「老也」，亦正分別與「建類一首」及「同意相受」之文若合符節。

> 結合以上兩點，有人主張說文轉注說原意，簡而言之便是「同部互訓」，應該是無可置疑的。進一步根據說文所說，老字……於六書屬「會意」；考字……於六書屬「形聲」。換言之，許慎同部互訓的轉注說，只是從某某等字彼此之間的關係立言，根本沒有當作「造字方法」看待。轉注既與象形、指事、會意、形聲、假借等平列於六書之中，象形、指事、會意、形聲四者固是造字方法；假借「依聲託事」，表面上雖未有增加新字，實具造字功能，等於造了表音文字，不應轉注一項獨與文字之產生無關。則許君所說不得視為與立名原意相合，也便無可爭論。以此而言，一切依傍許君說解而產生的建類派說辭，無論其如何推陳出新，皆無上合轉注說原意之理。欲知轉注原意理當於非建類派中求之。〔註54〕

由《說文》中許慎自己的特殊用語，配合例字的實際情況，以證明許慎轉注說是「同部互訓」之意，相較於其他率以己意立說卻缺乏證據的轉注諸家說，自然是可靠可信的了！

既然許慎轉注說的原意是「同部互訓」，只是從某某字彼此之間的關係立論，並非指一種製字法則，因而不能上合六書是「造字之本」的原旨，故許慎的轉注說僅當視為其一家之言，與該說立名時之原意並不相合！因此轉注說的原意當另假他求，那麼其他非建類派學者的說法，自然就可以被考慮是否可以取代許慎的說法，但新說則必須符合兩條件始可，其一，該轉注說的內容性質必須是一種可與其他五書並列分立的文字構成法則；其二，該說應當要能夠密切配合「轉注」一詞的名義，因為「轉注」一名是漢代六書三家說皆相同的，此造字法的內涵與名稱必須要能互相配稱才可定名為「轉注」（若不能符合此名義，則不妨其為另類造字法）！

從這樣的標準來判斷，一般學者的轉注說確實多不能與造字法則相呼應，大抵仍然只是從字與字之間的關係立論，能夠講成造字法則的十分罕見。以裘錫圭《文字學概要》中所列舉的九種比較有代表性的說法為例，如：以轉變字形方向

〔註54〕參見龍師《中國文字學》，99～102頁。

的造字方法爲轉注（戴侗、周伯琦）、以與形旁可以互訓的形聲字爲轉注字（徐鍇）、以部首與部中之字爲轉注（江聲）、以文字轉音表示他義爲轉注（張有）、以字義引申爲轉注（江永、朱駿聲）、以訓詁爲轉注（戴震、段玉裁）、以反映語言孳乳的造字爲轉注（章炳麟），以上七類皆無法符合上述的條件，雖然其中不乏影響現代學術界甚鉅的說法（如戴震、章炳麟之說），但由於本文所探討的是文字構成法則的問題，故對於不能將「轉注」講爲造字法則的學說不擬再加以介紹與討論！裘氏文中，另有兩類與造新字的方式有關者，以下加以討論：

1、鄭珍轉注說：

以在多義字上加注意符滋生出形聲結構的分化字爲轉注　清代鄭珍、鄭知同父子主張此說。鄭知同《六書淺說》謂「轉注以聲旁爲主，一字分用，但各以形旁注之。轉注與形聲相反而實相成」，如「齊」字滋生出「齋」、「　」、「劑」等字，就是轉注（{齋}、{　}、{劑}等詞，本來都用「齊」字表示）。

哲按：鄭珍（1806～1864）著有《六書淺說》，逝後由其子鄭知同刊行。其文重點：

蓋當文字少時，一字有數字之用，久之，患其無別，於字義主分何事，即以何字注之。試舉《說文》示、玉兩部爲例，如示部，「齋」訓「戒潔也，從示，齊省聲」，「禷」訓「以事類祭天神也，從示，類聲」；玉部「玠」訓「大珪也，從玉，介聲。《周書》曰：稱奉介圭」，「瑁」訓「諸侯執玉朝天子，天子執玉以冒之，似犁冠。《周禮》曰：天子執瑁四寸。從玉、冒，冒亦聲」。此等字，尋常視之，只是「形聲」，推究其原，「齊」、「類」、「介」、「冒」，即其本文。考諸經典，作「齊戒」，止作「類於上帝」，止作「介圭」，止作「同冒」；其加「示」加「玉」爲之偏旁，皆注也。

核諸眞形聲字，如「球」、「琳」、「琅」、「玗」等，成字時爲「形」、「聲」兩旁並作，單舉「求」、「林」、「良」、「干」，非此用矣。可知「形聲」字以形旁爲主，一形可造若干字，但各取聲旁配之；「轉注」大相別，字以聲旁爲主，一字分爲若干用，但各以形旁注之。「轉注」與「形聲」相反而實相成。

鄭珍認識到古代「文字少時，一字有數字之用，久之，患其無別，於字義主分何事，即以何字注之。」這一客觀的事實，並指出這種文字形成的方式與造字時即採一形一聲配合的「眞形聲字」不同。造「形聲」字的過程，是以表意的形旁爲主（先選定了代表事物意義類別的意符），再配以代表事物語音的聲旁而成；而「轉注」字原是以聲旁爲主（其先原即僅書寫其聲旁部分），因一字分爲若干用，遂「於字義主分何事，即以何字注之」。鄭氏所舉《說文》齋、襭、玠、瑁諸字，其在古籍中原僅作齊、類、介、冒，所增偏旁都是後來所加，雖然在文字結構上與「形聲」無異，但從文字形成過程而言則是不同的，鄭珍能夠看出其間區別，從「形聲」中分別出「轉注」，識見自是不凡！

除了齋、襭、玠、瑁四例，「欲明聲旁爲主之說，又即其多者證之」。其所舉例即裘錫圭所言：「齊」字滋生出「齋」、「　」、「劑」等字，這些字在經典中皆僅書作「齊」字，而「示」、「皿」、「刀」等意符乃後世所增。鄭珍又指出：

> 然此諸字，在《說文》皆分列各部，注以形聲，蓋其字造成後，即與「形聲」無異。許君作書，以形爲主，五百四十部首皆立形旁，以統諸字。於「形聲字」應「形聲」說之不待言，即「轉注字」亦不能不統歸之「形聲」，但於注中言「從某，某亦聲」以爲識別，如「瑁」字注是；或止言「某聲」，如「齊」類字注是，其實非形聲，亦非會意也。

他指出《說文》限於體例，說解時一般並未能將形聲字與轉注字區別出來，只有「亦聲字」可以識別爲轉注字，但他仍強調「轉注」：「其實非形聲，亦非會意也。」之後鄭氏又云：

> 今即此義例推之，凡古經典子史所用字多無偏旁而《說文》中偏有偏旁者，不勝指屈其字，皆「轉注」也。其文在古人已多，後世尤多。凡天文、地理、人事種種名物，原來多不爲造專字，漢、魏乃遞加偏旁，如《經典釋文·敘錄》所指：「飛禽即須安『鳥』，水族便應著『魚』，虫屬要作『虫』旁，艸類皆從兩『屮』。」在後世諸字書，如此等字，動計千萬，蓋莫非「轉注」也。顧自先秦以上，「轉注」與「形聲」並行，兩類字各居其半。

鄭氏指出以聲旁爲主而後遞加形旁的「轉注字」在古代是非常普遍的現象，「轉

注字」不僅出現在《說文》成書以前（由古經典子史中原字轉化爲「轉注字」
者，在《說文》中已大量收集），在後代更是不斷大量出現，甚至與「形聲字」
的數量是旗鼓相當的！〔註55〕

　　鄭珍對於「轉注」字形成的原因、與形聲字的區別等問題言簡而意賅，
將以聲符爲主而後加注意符形成新字的方法稱爲「轉注」，且說得如此清楚
的，鄭氏大概是第一人！不過在「轉注」字中應該還可以區分爲兩種類型，
一種是因語言孳生而加注意符，一種是因文字假借而加注意符（即龍師對形
聲字性質分類之乙、丙兩類），這兩類字雖然從表面、靜態上看都是「形聲」
結構，但其字形成的過程有共同之特徵，即原字（母字）因語言孳生新義或
文字假借爲用，而後分別加上意義相關的意符，分化出專字，分化出的新字
與原字在意義上已有區別，因此等於是造出了新字，按鄭氏之意這兩類可以
統稱爲「轉注字」，雖然鄭氏在文中，並未將其所謂「轉注字」區分爲上述二
類，但在他所舉的例字中則其實二類兼有，屬於假借字加注意符類型的，如
「玠」字及由「齊」加注意符示、皿、刀而成的齋、　、劑等字；屬於因意
義引申而加注意符形成類型的，如「瑁」字、「禷」字在《說文》系統中是「亦
聲字」（「禷」字段玉裁云：「此當曰：从示、類，類亦聲。」）。此外，關於「轉
注」一詞的名義，鄭氏也有所解說：

　　「轉注」者，傳注也，古「轉」、「傳」兩字相通。「轉注」與「假借」

　　對文，皆以疊字名之。自《春秋》三《傳》以下，注經家諸謂之「傳」，

　　漢人或謂之「傳」，或謂之「注」，其名即原於造字「傳注」之目。

　　後來「傳注」在字外謂之「訓詁」，古人簡質，「傳注」即在字中。

鄭氏解「轉」爲「傳」，「轉注」即是「傳注」，原是古人在「字中」的訓詁之法，
且是後世「字外」訓詁之源，但這樣的解釋又將原屬於造字之法性質的「轉注」
牽扯上了「同意相受」之類的訓詁性質，這就並非明智之舉了！

_____

〔註55〕《經典釋文・敘錄》所指出的遞加偏旁的現象與例字，可參看簡宗梧〈漢賦瑋字
　　　　源流考〉；黃沛榮〈從漢賦的流傳看漢字的孳乳〉。兩文中舉出許多漢賦原文在流
　　　　傳過程中遞加偏旁的例字，如「盧」後作「壚」、「疏」後作「梳」、「昆吾」後作
　　　　「琨珸」、「庸渠」後作「庸鶋渠」、「武夫」後作「碔砆」、「毒冒」作後「瑇瑁」、「參
　　　　差」後作「嵾嵯」等。

2、饒炯轉注說：

以在已有的文字上加注意符或音符造成繁體或分化字爲轉注清代饒
炯《文字存眞》等主張此說。饒氏說：「轉注本用字後之造字。一因
篆體形晦，義不甚顯，而從本篆加形加聲以明之。是則王氏《釋例》
之累增字也。一因義有推廣，文無分辨，而從本篆加形加聲以別之
（引者按：如上條所舉「齊」加形旁而爲「齋」、「　」、「劑」之類）。
一因方言轉變，音無由判，而從本篆加聲以別之。是即王氏《釋例》
之所謂分別文也。」他認爲「考」字就是由於「方言有變『老』聲
而呼『丂』者」，因而在「老」字上「加『丂』以別之」而造成的。
〔註56〕

哲按：饒炯《文字存眞》中所說的「轉注」雖與鄭珍所言有相同處，但相
較於鄭氏則未免駮雜。他吸收王筠「累增字」、「分別文」的研究成果，以爲兩
者即「轉注字」，但累增字並非因原字滋生新義而後加注意符所形成的分化字，
在原字增加意符後，該累增字與原字仍代表同一語詞，兩者僅是一語而有繁簡
不同之異體字關係，故不當屬造字法則的範疇。

「分別文」依王筠之定義有兩種：「一則正義爲借義所奪，因加偏旁以別之
者也；一則本字義多，既加偏旁，則祇分其一義也」，前者即因文字假借而後加
注意符形成之專字，後者即因語義引申而後加注意符形成的專字。而饒氏所云
「一因方言轉變，音無由判，而從本篆加聲以別之。是即王氏《釋例》之所謂
分別文也。」此項其實並不在王氏分別文兩條例之列，饒氏云：「考從老省，義
即同老，蓋方言有變『老』聲而呼『丂』者，而即加『丂』以別之，是考即老
之轉注也。」「老」即使眞是因方言音變爲「丂」音，而後在老字上加丂，但兩
字的意義並未產生變化，因此也並非因孳生新語而分化出的新字，故不是一種
新的造字法則（「考」即從「老」省，「丂」聲的形聲字）。

因此饒氏所舉的三條例中可以與造字法則有關的僅是「因義有推廣，文無
分辨，而從本篆加形加聲以別之者」一項，而其中又分兩種：「轉注有別義而加
形以明之」、「轉注有別義而加聲以明之者」。後者饒氏所舉例如：「口，帀也。
守者四周似之，因以口爲名，而圍故從口加韋聲以別之。」「箕爲揚器，如以物

〔註56〕以上參見裘錫圭《文字學概要》，123～124頁。

為事，則箕亦有揚義。而簸即從箕加皮聲以別之。」「古借示為祇，見《周禮》，而祇乃從示加氏聲以別之者也。」等字皆不當為「轉注字」：「韋」乃「圍」之初文，從口乃後加；簸字是從箕皮聲的形聲字；「示」字甲骨文、《周禮》又為神祇字，兩者宜為「同形異字」，[註57] 並非「借示為祇」！因此真正可以稱為「轉注」的定義應是：「轉注有別義而加形以明之者」，或者說：「因義有推廣，文無分辨，而從本篆加形以別之者」！而饒氏所謂「義有推廣」，則包含現今一般所說的引申義和假借義兩者（饒氏的「假借」包括了「假借有從義借，不依其聲以託事者」、「假借有從聲借，不取形義以託事者」等範疇。）因此我們為饒氏縮小範圍之後的「轉注字」，實則與鄭知同所述一樣，都可分為兩類型！

裘錫圭為饒氏所代舉之例「齊加形旁而為齋、　、劑之類」（饒氏原文並未有此例），都是為假借義所造的「轉注」專字，此類型在《文字存真》中饒氏曾概括地舉例：「郡邑山水，各類託名標識之字，多是同音假借，而皆加旁為專字。」至於為引申義另造專字一類，書中之例如：「祫為合祭先祖，從合引借（暫按：依饒氏之意為引申型『假借』，下同），名其祭曰合；祰為告祭，從告引借，名其祭曰告，而皆……從合從告而加示為專字。」「瓏琥以刻龍虎紋，借名其玉曰龍虎」，「而皆從龍從虎而加王（玉）為專字」；「仏即公，而加人以分志及眾一義」等。

總合而觀，鄭氏、饒氏指出因為文字引申或假借，而後加注意符形成專字的造字法則就是「轉注」，比起王筠僅將「分別文」視為「形聲變例」，[註58] 不啻是一大進步！可惜二氏之論述均極簡短，對後來學者之啟發、影響亦並不多見。

在一般學者仍不放棄探尋、闡釋「轉注」真相之時，有些學者則根本否定了「轉注」存在的必要，例如裘錫圭曾云：

> 「轉注」究竟是什麼意思？這是爭論了 1000 多年的老問題。對轉注的不同解釋非常多，幾乎所有可能想到的解釋都已經有人提出過了。在今天要想確定許慎或創立六書者的原意，恐怕是不可能的。這些年來講轉注的人，多數把轉注解釋為新字孳生的途徑。不過他們所說的轉注現象的具體範圍則或廣或狹，仍然很不一致。新字如

〔註57〕參見龍師〈說文讀記之一〉「示」字條。

〔註58〕見《說文釋例》，目錄之卷八。

何孳生，當然是很值得研究的問題。然而研究這個問題完全可以拋開轉注問題不管，把二者糾纏在一起，只有壞處沒有好處。我們應該把轉注問題看作文字學史上已經過時的一個問題，完全沒有必要再去爲他發費精力。〔註59〕

又說：

我們認爲，在今天研究漢字，根本不用去管轉注這個術語。不講轉注，完全能夠把漢字的構造講清楚。至於舊有的轉注說中有價值的內容，有的可以放在文字學裏適當的部分去講，有的可以放到語言學裏去講。總之，我們完全沒有必要捲入到無休無止的關於轉注定義的爭論中去。

許慎對「轉注」之界說應當就是「同部互訓」之意，但它的說法既然不符合創爲此說者的原意，後代學者自然可以也應該盡力去探尋「轉注之原意，因爲這關係著文字構成法則體系的完整性，如果在研究之後發現確實可以不必要有「轉注」即能將造字法則說清楚，此時再來拋棄「轉注」猶爲未晚！但經過上文對「形聲」、「轉注」的介紹說明，我們至少已經發現古人所提出的亦聲說、右文說、分別文等現象與「新字滋生的途徑」有密切關係，鄭知同、饒炯且已具體指出了「轉注」的造字方式，雖然上述概念是否與轉注有關或相等可以再加討論，但至少應該可以列爲轉注原意的「候選者」！裘錫圭說：「不講轉注，完全能夠把漢字的構造講清楚」，以王筠的「分別文」爲例，裘氏將它的形成置於形聲字的位置來解說（見後），從平面、靜態的結構分析而論這樣並無不可，但若從造字法則的角度來看，卻是不妥當的，裘氏《文字學概要》第十一章論及「文字的分化」時，曾說「把用來分擔職務的新造字稱爲分化字」，既然分化字是「新造字」，那麼不是應當可以有其專屬的造字法則之名稱嗎？

我們不必對「轉注」的價值看得過於悲觀，在漢字研究史上，它曾促使學者認眞地去思考，在象形、指事、會意、形聲、假借之外，是否還有其它的造字法則？眞正的「轉注」又是什麼形態？而經過近、現代學者的探究、思索，作爲造字法則之一的「轉注」說的原意，或許有可能已經被重新挖掘而出的！

〔註59〕參見裘錫圭〈40年來文字學研究的回顧〉。

六、「假借者，本無其字，依聲託事。令、長是也。」

段玉裁《說文解字注》云：「託者，寄也。謂依傍同聲而寄於此。則凡事物之無字者，皆得有所寄而有字。」語言中有些語詞，並未運用象形、指事、會意等造字方法以製造相應的記錄符號，僅就現成已有的文字中，選擇音同音近者兼代使用，〔註60〕就是「假借」。依照界說，假借只是基於音同音近的關係而借用它字，借義和被借字間不必具有意義上的關係，即或兩者看似有意義上的關連，一般也只需說是偶然、巧合之故，因為漢字同音字多，難免會選用到音義皆有關連的字，但總之意義相關絕非假借的必要條件。假借這種以它字兼代另一語詞的現象，在比較早期的文字體系如蘇美爾文、古埃及文等也都出現過，並非漢字所獨有；而此法之所以產生，蓋因在文字創製的早期階段，利用象形、指事法造出一些「物象之本」的「文」，以及「形與形相益」造出會意字後，很快地即將面臨難以再利用上述三法大量造字以記錄語言中尚未有文字的語詞的窘況！象形、指事、會意都是將語言質素中的「義」，以字形的形象特徵顯示其意的方法，但語言中每個不同意義的語詞，如果都要為它製造出一個形體有別的形象式符號，是不容易也不可能之事。因為語言中仍有許多的表示抽象概念意義的語詞，如「難」、「易」、「新」、「舊」、「東」、「南」等，或人名、地名、祭名、方國名等，特別是表示語氣和語詞相互關係成分的「虛詞」（此類語詞在記錄語言時是不可少的成分），是很難或不必要造為專字來以形表義的，而當欲記錄此類語詞時，卻將面臨造字方法不足的問題！在「轉注」、「形聲」造字法尚未產生或使用尚不普遍的時期，〔註61〕最方便有效的方式，就是借用音同音

〔註60〕所謂「音近」須兼顧聲母與韻母兩方面，不能單方面只管聲母，或者只管韻母。「但在文字尚少的初期，平日經常使用的語彙，有的因為形聲之法未形成不易造字，又適巧沒有聲、韻兩方面同近的字可以借用，於是帶有相當程度的制約性質，以條件並不十分合適的字兼代，也是有的。如千用人字，萬字用蠆，丑字用叉，午字用杵，母字用母等等，都是這樣的例子。……但這種文字有其客觀限制，數量不可以多，又必須為習見。多則不利記憶，習見則不易忘，所以僅見於六書假借中。」（參見龍師〈有關古書假借的幾點淺見〉）

〔註61〕班固、許慎都將假借列在六書之末，傳統學者言六書次第，一般也都以為先有象形、指事、會意、形聲造字法之產生，而後才有假借以補其不足。但現代學者從文字實際形成過程，多認為假借應改列在轉注、形聲之前，在假借字上加注意符形成的新字是「轉注字」或「形聲字」（廣義）的早期類型之一！

近的它字來替代，用以記錄尚未有文字的語詞。因此在人類早期發展的文字體系中，例如殷商甲骨文字，假借法是一種非常重要的記錄語言的方式，可以說如無假借之法，早期古漢語將無法完整、完善地被紀錄！〔註62〕

《說文解字》正文以解釋本義爲主，限於體例，並未明確注明何字假借爲某義，而根據古籍中實際出現的情況，如：

「𩁟　鳥也。」本是鳥名，假借爲困難字。

「𦾓　鴟舊、舊留也。」本是鳥名，假借爲新舊字。

「𧕢　蚚也。」本是蟲名，假借爲強弱字。

「𥄉　焉鳥。」古籍假借爲疑問代詞（《論語・陽貨》：「殺雞焉用牛刀。」）、語氣助詞（〈愚公移山〉：「雖我之死，有子存焉。」）等。

「耳　主聽也。象形。」古籍假借爲語氣助詞（《孟子》：「寡人非能好先王之樂也，直好世俗之樂耳。」）。

「而　頰毛也。」古籍假借爲第二人稱代詞（《左傳》：「夫差，而忘越王之殺而父乎？」）、連詞（《左傳》：「一鼓作氣，再而衰，三而竭。」）。

「莫　日且冥也。从日在茻中。」莫本爲暮之初文，古籍假借爲否定詞（《韓非子・五蠹》：「吾有老父，身死莫之養也。」）

〔註62〕李孝定師〈從六書的觀點看甲骨文字〉將所有形音義可以確知的甲骨文字，用六書的觀點加以分析和歸類，其中假借字佔總數的百分之 10.53 強，不過李師假借字之統計材料僅以實詞、虛詞、天干地支等的假借爲主。鄭振峰〈從甲骨文看上古漢語中的假借現象〉一文，依據《甲骨文合集》所提供的字料篩選出 1481 個不重複的個體字符，經過考察，曾當過假借字的數量高達 1229 字，佔所收總字數的 83 ％（此文對「假借字」的擇取，相較於李孝定師，比較全面地包括了人名假借、地名假借、方國名假借、祭名假借、神祇名假借、其他實詞假借、虛詞假借等）。此外，姚孝遂〈古漢字的形體結構及其發展階段〉曾從一則總字數 23 字的甲骨卜辭中，統計各字用本義、或引申義、或假借義的實際情形，其中假借字佔 17 個，約佔 74％，他認爲「所有甲骨刻辭大體上都是這個比率。青銅器銘文的情況同樣是如此。」鄭、姚二氏的統計方式，其比率數據更加突顯出假借字運用的廣泛性與重要性！

「　」　本是舞字初文，假借爲有無字。

「　」　本爲古兵器名，假借爲第一人稱代詞。

「　」　本是畚箕的箕，古籍假借爲第三人稱代詞、推測語氣副詞
（《孟子》：「王之好樂甚，則齊國其庶幾乎？」）、祈使語氣
副詞（《左傳》：「攻之不克，圍之不繼，吾其還也。」）等。

這些語詞都是語言中常用的，但若要爲之造專字，則既無形可象，又難以會意，古人遂發明了假借之法，以濟其他造字方法之窮！

許慎對假借字的界說以「本無其字，依聲託事」八字概括，說解簡潔而清楚，倘能於上述諸字中選擇二字以爲例字，則定義、舉例配合得當，大概就不會產生後來的一些爭議了。然而，許慎卻以「令」、「長」二字爲例，遂致事端滋蔓。段玉裁於此注云：「漢人謂縣令曰令、長。……令之本義發號也，長之本義久遠也。縣令、縣長本無字，而由發號、久遠之義引申展轉而爲之，是謂叚借。」〔註63〕照段氏之分析，認爲縣令之「令」與縣長之「長」本無其字，其後分別自本義爲發號、久遠的令、長「假借」其字以爲用。但其中的問題是，本義（被借字之義）與借義之間，段玉裁說得很清楚，是具有語義引申關係的，換言之，兩者具同一語言的孳生關係，然而引申義用本義之字以記錄其語在吾國文字本是自然之理，其間根本無所謂文字借用的問題，因此「以其字表其語言引申變化意義，應該說是『本有其字』，而非『依聲託事』。」〔註64〕因此許慎應當是受限於當時語言、文字現象有別之觀念尚不明晰，或竟是誤選了例字，「推源許氏舉例所以產生錯誤，大抵因爲我國文字義與形多少具有關係，在了解字義時，不免受字形所束縛，認爲一字之本義要以字形所能顯現者爲度，過此便是假借。」〔註65〕

由於許慎舉例不當，使得定義和例字上產生落差，影響所及，早期的學者如顏之推對假借的理解也就包含了音借和引申兩類。「陳」字本有陳列、排

〔註63〕此處段氏明指引申關係即「假借」，但又在「所」字註云：「伐木聲乃此字本義，用爲處所者，叚借爲处字也。……皆於本義無涉，是眞叚借矣！」按此則段氏乃以純粹「依聲託事」爲「眞叚借」，至於以引申爲叚借，恐怕是遷就許慎之説而不得不然！

〔註64〕龍師《中國文字學》，96頁。

〔註65〕同上註，97頁。

列之意，引申爲軍伍行列，其後遂強改字形爲「陣」以使兩者有所區別（音亦略改），而《顏氏家訓・書證篇》云：

> 太公《六韜》，有天陳、地陳、人陳、雲鳥之陳。《論語》曰：「衛靈公問陳於孔子。」《左傳》：「爲魚麗陳之陳：」俗本多作阜傍車乘之車，案諸陳隊，並作陳鄭之陳。夫行陳之義，取於陳列耳，此於六書爲假借也。

這是以引申爲假借之例。《書證篇》中又云：「《後漢書》云：『鸛雀銜三鱣魚』，多假借爲鱓之鱣。」這是純音借的假借。〔註66〕至於所云：「古無二字，又多假借；以中爲仲，以說爲悅，以召爲邵，以閒爲閑。」則又間雜了兩類型！〔註67〕顏之推於〈書證篇〉中對許愼《說文》多所推崇，其言「假借」亦沿許愼之誤。

其後，專研《說文》的徐鍇竟亦誤以「據義而借」爲假借之正例，徐鍇《說文解字繫傳》卷39：

> 五者不足，則假借之，古人簡易之意也。出令（去聲）所以使令（平）；或長（平）於德，或長（上聲）於年，皆可爲長，故因而借之，若衣（平）在體爲衣（去），巾（平）車爲巾（去）之類也。此聖人製字之大倫。而中古之後，師有愚智，學有工拙。智者據義而借，令長之類是也；淺者遠而假之，若《山海經》以『俊』爲『舜』，《列子》以『進』爲『盡』也。

文字因孳生引申義的關係，詞性產生變化，古人常用「四聲別義」之法強使其義項有所區別，徐氏據此解釋許愼以令長爲例之意，是以引申爲假借。其他認爲引申關係是或可以是假借的，如：

鄭樵《通志・六書略》：「假借者，本非己有，因他所授，故於己爲無義，然就假借而言之，有有義之假借，有無義之假借，不可不別也。」

戴震〈答江愼修先生論小學書〉：「假借依聲託事，不更制字。或同聲，或

〔註66〕《說文》：「鱣，魚名，皮可爲鼓。」「鱓，鯉也。」

〔註67〕「以中爲仲」、「以閒爲閑」是引申；「以召爲邵」是假借型；至於「以說爲悅」，《說文》無「悅」字，「說」則出以二義：「說釋也。」「一曰談說。」依前者，「悅」是「說」假爲「談說」義後，變換意符成爲「說釋（悅懌）」義之專字（表本義）；依後者，則「悅」是「說」假借爲「說釋」義後，轉換意符成爲假借義之專字。

轉聲，或聲義相倚而俱近，或聲近而義絕遠。……一字具數用者，依于義以引申，依于聲而旁寄，假此以施於彼曰假借。」

章太炎《國故論衡・轉注假借說》：「故有意相引申，音相切合者，義雖少變，則不爲更制一字，此所謂假借也。」

黃季剛：「假借之道，大別有二，一曰有義之假借，二曰無義之假借。」〔註68〕

不過也有不少古代學者主張借字與被借字之間，純粹只有音同音近的關係，完全無涉於詞義。最早將假借的迷雲撥開的應該是戴侗，在《六書故》中他批評許慎以令長爲例之不當，「二者皆由本義而生，所謂引而申之，觸類而長之，非外借也。」他並指出假借的本質：「所謂假借者，義無所因，特借其聲，然後謂之假借；令長二字，皆從本義而生，非外假也。」「至於假借，則不可以形求，不可以事指，不可以意會，不可以類傳。直借彼之聲以爲此之聲而已耳。求諸其聲則得，求諸其文則惑，不可不知也。」戴氏所舉字例，如韋，《說文》言其本義爲「相背也」，〔註69〕借爲韋革之韋；豆，本爲俎豆，借爲豆麥之豆等，皆能與許慎之界說相應。他又分析語言中的虛詞何以多用假借：「凡虛而不可指象者，多假借。人之辭氣抑揚最虛，而無形與事可以指象，故假借者十八九。」凡此所論均極精當，自許慎以來對假借的誤解，戴氏首先加以撥亂反正，進而還假借以本來面目！其他主張假借是純粹音借的學者，如：

嚴章福《說文校議》：「許言依聲託事，知假借之始，未嘗有正字，但就其聲相近，而不問其義，所謂假借也。」

周耜《六書釋》：「假借者，借彼事物之文字，爲此事物之文字也。其術以音爲歸，而弗計意，與轉注別。故文字有音同者，則借音同者；無音同者，則借音近者。」

廖平《六書舊義》：「假借之字，必以借聲者爲準，借聲而義不可通。……既爲同義，便非依聲託事也。……其中唯借音者，乃爲假借。」

許慎舉令長爲例，將引申說爲假借，是誤認了語言現象爲文字現象，他的

〔註68〕參見林尹《文字學概說》185頁引黃季剛說。

〔註69〕韋字據甲、金文，象人足繞城之形，當爲「圍」之初文，《說文》以爲「相背」義，實亦爲假借字。

的思惟自有其時代性的限制；但在語言學觀念日漸昌明的今日，「有義的假借」這一觀念應該可以揚棄了，如果引申就是假借，那麼我們日常書寫文字時，豈非幾乎都是在寫假借字了（文字用本義者實少）！

有關假借的問題，除了上述假借是否有意義關連之外，尚有所謂「本有其字的假借」是否合於六書假借的問題，以及假借為造字或用字的問題。前者，許慎之界說既言「本無其字，依聲託事」，其意顯然，本應不容再有曲解。但後代學者，有不少學者竟認為假借中應設「本有其字的假借」一類，推其源流，蓋受鄭玄的影響，陸德明《經典釋文·序》引鄭玄語：「其始書之也，倉卒無其字，或以音類比方假借為之，趣於近而已。」但此類經典古書中使用的「假借」，乃屬訓詁的範疇，與六書造字法則之假借雖同樣以音同音近而「假借」，但本質並不相同，不應混淆！

六書的性質漢人自言是「造字之本」，假借被列入其中，自然也應被當作是一種造字法則，在明代楊慎以前似乎未有人對此提出異議，但自楊慎提出六書應分「四經二緯」，復經清代大儒戴震倡為「四體二用」之說，假借遂被許多學者視為「用字之法」而非造字之法，然而此說若成立，將動搖漢代以來六書是「造字之本」性質的基本觀點，「四體二用」說的觀點見於下節，此處先言假借是否可以解釋為造字之法。

主張假借非造字之法的學者，不論古今，其主要觀點是，假借既然只是借用它字，因此並未產生新字形，以原字本義分析，其字則皆屬象形、指事、會意、形聲的範疇，既未產生新體，豈得謂之「造字」？針對這樣近乎一針見血的質疑，贊成六書皆造字之本的傳統學者除了重申漢人觀點之外，也很難辯駁出個所以然來，孫詒讓在〈與王子莊論假借書〉中說：

> 天下之事無窮，造字之初，苟無假借一法，則逐事而為之字，而字有不可勝造之數，此必窮之術也，故依聲而托以事焉。視之不必是其字，而言之則其聲也。聞之可以相喻，用可以不盡，是假借可濟造字之窮而通其變。即以為造字之本，亦奚不可乎？

就假借的功用而言，這樣的說理是透徹的，但若欲證明假借是造字之法，則「可濟造字之窮而通其變」之語仍然無法解決反對者的疑惑！因此又有學者設想假借是以「不造字為造字」之法，如汪榮寶〈轉注說〉：

或假固有之文字表後起之事物，被舊名以新義，形體不改而實與創作無殊，是爲假借。……由此言之，象形、指事以獨字爲造字，會意、形聲以合字爲造字，轉注以改字爲造字，假借以不造字爲造字，夫至以不造爲造，而造字之能事畢矣。〔註70〕

汪氏說假借「形體不改而實與創作無殊」雖頗具啓發性，但「以不造字爲造字」、「以不造爲造」在語義邏輯上本有矛盾之處，故其說多不被反對者所接受！以下舉三家反對假借爲造字法的現代學者的說法，以見此類學者的觀點。孔仲溫說：

> 雖然學者視假借爲「不造爲造字」的手段，然而實際上就文字的構形而言，並沒有新生的文字產生，嚴格說來，只是透過語音的條件，使得原本沒有具體符號──形體的詞，因寄託而有形體，這對原有被借的形體而言，只是增加了一個新義項而已，所以戴震說「一字具數用」，就是從這個被借的形體的角度來說的，因此，從整個文字的數量而言，字數沒有增加就是沒有造字，視假借爲一種「用字」的方法，在理論上是說得通的。〔註71〕

反對假借是造字法的學者，其基本的觀點與堅持就是：「就文字的構形而言，沒有新生的文字產生」、「字數沒有增加就是沒有造字」！

張玉金在《漢字學概論》中說：「所謂造字法，就是創造文字的方法；而造字，當然就是指創造文字了。」什麼樣的行爲才叫造字？張氏認爲同時符合下列四個條件的，才能稱之爲造字：

其一，這是一種「造」的活動，這種活動可以是無中生有，也可以是有中生有。前者如「日」是人們通過描繪太陽的形狀造出來的。後者如「刁」，先有「刀」，後來人們在此基礎上分化出「刁」，辦法是把「刀」字中的一撇變成一提。

其二，這種活動是有意識、有目的的，即要爲沒有書寫形式的或雖有而不甚理想的詞配備文字。前者如「象」、「爭」；後者如「惊」，原寫作「驚」，「岳」另造作「嶽」。

其三，任何漢字都是用特定方法創造出來的，對於這樣的方法人們總是能給予理論概括，並能用術語加以命名。

其四，活動的結果使語言中的某詞有了自己專用的或另一書寫形式，而使漢字體系中增加了一個新的字或一個字的新變體（如「岳」和「嶽」。）

依據上述給造字下的定義，張氏指出：

> 假借不是造字，所謂假借，是指一個詞原無書寫形式，借用了一個音同或音近的字，如意義為「往」、「到」的「之」被借為助詞。這種活動，雖然是為沒有書寫形式的詞配備文字，但它不是一種造的活動，無「生」的過程，其結果雖然使一個有待紀錄的詞有了書寫形式，但是在整個漢字大家庭中並沒有增加一個新的成員。像這類活動，要稱之為「用字」。〔註72〕

張氏設定的「造字」四條件，對反對「假借」是造字法而言，前三項並無絕對意義，假借也可以說是「有中生有」的「造字」行為，只是字形不加改變而已（其一），假借正是有意識、有目的地要為沒有書寫形式的詞配備文字（其二），而漢人早已將「假借」列入「造字之本」的六書之中，界說、術語俱全（其三）！因此認定假借不是造字法的關鍵因素還是在第四項：假借並未使語言中的某詞有了自己專用的書寫形式，也未使漢字體系中增加一個新的字！

周良平〈從漢字的發展過程看造字法〉一文則主張從「狹義文字學」的角度來分析造字法，從這個角度，他不承認「假借」是造字法：

> 從狹義文字學角度出發，我贊同不把假借當作造字法，而承認假借只是一種用字法。一些人喜歡用舊瓶換新瓶為喻，認為假借字給舊字形賦予了新含意，就應該把它作為一種造字法。這種說法把字形當作酒瓶，把字義比作酒，以一種字義上的更新為前提來提出假借也是造字法。我們所謂狹義文字學是從漢字的形體和結構出發，進而研究各個構件及其相互關係和功能，因此人們常把狹義文字學稱之為形學。如果我們站在狹義文字學領域卻不從字形出發而從字義出發進行研究，我們就在立足點上偏離了狹義文字學的方向。關於字義研究自有它獨立的領域如訓詁學、詞源學等。我們主張既然要

〔註72〕張玉金《漢字學概論》，154頁。

在文字學領域內研究造字法，就應該把文字學作爲一個獨立的學科看待，從立足點（字形、結構）出發確立我們的研究方向。舊瓶固然可以裝新酒，但我們是從瓶出發去尋求形義關係，而不是從酒出發來爲義求形。因此我們認爲假借並沒有提供一種新的造字法，假借字也應根據字形、結構作具體分析，歸入形聲字或其他造字法中去。〔註73〕

近代以來，有些學者主張「文字學研究的對象，只限於形體」、「文字學本來就是字形學，不應該包括訓詁和聲韻」，〔註74〕周氏大概受到此種觀點的影響，所以有所謂「狹義的文字學」一說：「狹義文字學著眼於漢字的形體和結構」。既然從「狹義文字學」立足於形體和結構的角度，假借並未造出新字形，因而周氏不承認假借是一種造字法！我們在從事學術研究時，對於某些術語的定義和內涵本來是可按學者主觀的意見而或寬或嚴的，閱讀者本來也應該適度尊重作者的立場，但是關於假借是否屬於造字法的問題，則自有其研究的傳統，不能僅憑自己主觀意見設定好框架，而後去限制古人的觀點！從漢代人的角度而言，並沒有「狹義文字學」的觀念，否則「假借」一開始就不會被列入六書的（再如許愼的轉注說是兼從形、義的角度立論的，也並非「狹義的文字學」所能限制）！

由上引三家之說可以知道，沒有造出新字（形）是此類學者否定假借爲造字法的關鍵，這樣的訴求很明確，觀點也很清楚，似乎不容有模糊的空間！然而學術的研究，材料雖是客觀存在的，但研究者切入、觀察的角度若不同，很可能就會產生出不同的見解，假借未造新體怎能說成「造字」？如果學者願意將原來的觀點轉換成某種觀察角度，是否可以另有溝通之道？反對者思考的角度是「從這個被借的形體的角度來說」（上引孔仲溫語）、「從瓶出發」（上引周良平語），但如果換個角度，擴大思考的視野，由借字及其所代表的語言的角度來看待此問題（「從酒出發來爲義求形」），是否可以重新給予合理的解釋呢？

認爲假借非造字法的學者，是由文字形體的角度來思考問題，認爲假借既

〔註73〕周良平〈從漢字的發展過程看造字法〉。

〔註74〕參見唐蘭《中國文字學》，5、6頁。

然未爲漢字家族增加新的文字形體，所以算不得「造字」。但有些學者則強調了另外一種觀察角度，他們認爲文字是記錄語言的書寫符號系統，甚至可以說文字是以記錄語言爲其目的與價值的！當語言需要書寫符號來代表它時，大部分時候固然以「造字」的方式製造出專門代表它的書寫符號，但造新字形卻並不是唯一方式，有時受限於造字方法之不足，就利用假借現成的文字，但取其音不取其義，以兼代記錄某語詞，這時假借字可以看作是一個單純表音作用的「音符」或「音標」，與原字字義已完全無關，如此，雖然看似未製造出新字形，卻已達到了記錄語詞的目的！雖說是借用它字，但確實爲語詞設置了專門代表它的符號！從這個角度看，「假借」未嘗不可說達到了「造字」的目的！龍師即認爲：「假借『依聲託事』，表面上雖未有增加新字，實具造字功能，等於造了表音文字」，〔註75〕又云：

> 造字法中，本有表音之一途：〔註76〕假借之法既是以音寄義，則如上文所說以艸名的「苟」及刀俎的「且」爲「苟且」，以燃燒的「然」及頰毛的「而」爲「然而」，自是表音文字的出現，本無可疑。學者徒以不見新增之字，或又爲「假借」的名義所累，於是執意「假借」只是用字。殊不悟若苟、且、然、而之字，早已久假不歸，人但知其爲「苟且」、「然而」，本義反不爲人所曉，是故刀「且」必作刀俎，「然」燒必作燃燒，是豈不等於製造了語詞的「且」和「然」字，而實際亦已多出了俎、燃二字？苟、且之本義，所以不見產生新字，只緣其語已淘汰不用，不然，未必不可以有新字產生。然則只以假借爲用字，實是一偏之見。〔註77〕

我國文字基於語言的獨特性，一直維持著以形體區別音義的書寫形式，因而未如拼音體系的文字，有表音字母的產生，當然也無從有「音標」的概念。然雖無音標的概念，卻有音標之實，古人對於難以造專字的語詞，運用變通的方式，取音同音近的它字以兼代使用，就其只取其音，等於將被借字當作記錄音節的

〔註75〕龍師《中國文字學》，102 頁。

〔註76〕龍師從理論分析造字的可能方法有八種，其中之一是表音法，相當於「假借」，說詳下文第四章。

〔註77〕龍師《中國文字學》，102 頁。

音標或表音符號使用，因而可以說「等於造了表音文字」，由此角度，「假借」也就「實具造字功能」！證以苟、且、然、而之字，後人只識其爲語詞，以爲即爲該語詞所造專字，更可謂是落實了「造字」之實！即以假借之初，本義、借義並行之時，一字數用的現象，亦未嘗不可以廣義的「同形異字」視之（符合戴君仁先生「凡以一字之形，表示同音異義之兩語者」之義界）！〔註78〕因此只要能夠適度地轉換觀點，學者認爲「假借」實亦可以視爲「造字」的特殊法則之一！

由於假借是否屬於文字構成法則之一類型，關係該法則的完整性至鉅，我們有必要再多加考察晚近學者的觀點，看看在研究的角度或方法上有無值得借鏡之處。贊成假借屬於造字法的現代學者對此問題大多從文字記錄語言或符號學的角度來觀察假借的性質與作用，以下略引數家之說以見此類學者的觀點。

孫雍長〈六書研究中的一些看法〉，指出不承認假借爲「造字之本」的人，其主要理由是：假借並沒有體現爲造字中的構形。作者認爲如果研究漢字的著眼點只是靜止地侷限在漢字的形體結構上，簡單地按照字形結構的框架來歸類，那假借自然不會有它的地位。但是，「如果把我們的著眼點從業已造出的漢字轉移到造字伊始之時語言中需要造字的語詞，轉移到先民們爲語詞謀求書寫符號的思維心理和歷史背景上，那麼，六書中的假借作爲一種造字之本的眞實價值便不難理解和確認。」主張「四體二用」的人認爲假借只是「字之用」，並不是造字，「我們說，這對於那第一個假借某字來代表某詞或某詞的某一意義的人來說，並不是用字，而是一種創造。當然，這種方法，從文字本身來說，它並沒有體現爲一個新增加的文字形體；但是，從語言中需要造字的那個語詞來說，從先民們造字心理來說，它又是確確實實地使一個尚無文字的語詞終於固定地取得了一個能代表它的書寫符號。」孫氏認爲看待假借問題不能侷限在文字形體結構上，他從假借確實爲需要造字的語詞，謀求到了能夠固定地代表它的書寫符號的角度，認同假借是造字法！

〔註78〕裘錫圭認爲範圍最廣的「同形字」，包括所有表示不同的詞的相同字形，按照這種理解，被借字和假借字，也應該算是同形字（但假借是一種很重要的文字現象，講漢字的人一般都要專門加以討論，沒有必要從同形字的角度另外加以說明），參見《文字學概要》，237～238頁。馬恒君〈假借析論〉則直接以爲「假借字與被借字實際上是同形異字」（135頁）。

馬恒君〈假借析論〉一文指出，長期以來，很多人從借字與被借字在形體上是同一字的現象所迷惑，始終不承認假借是一種造字法。「顯然，『沒有創製新字』是指沒有創製出新形體，然而，『沒有創製新的形體』與『沒有創製新字』並不能混爲一談。」「怎樣才算創製了新字呢？是從本質上看，一個字所表示的概念從沒有書面符號到有了書面符號，就算造了字呢？還是從現象上看，創製了新的形體，才算造了字呢？」作者認爲使一個字所表示的概念，從沒有書面符號完成了有書面符號的使命，就是「創製」，而假借字是符合這個條件的，所以它也是創製。「假借起到了創製書面符號的作用，我們有什麼理由不承認假借是造字法呢？」作者又認爲許慎給假借下的定義「本無其字，依聲託事」非常準確地說明了一個概念從沒有書面符號，通過同音假借，到有了書面符號的創製過程，「（許慎）也是把假借看作造字法的。」馬氏又試圖協調假借在「造字法」與「用字法」間的同步性與差異性：

> （假借）這種創製過程往往是與用字過程同時進行的。上古時代，文字不備，當人們想要表示某個文字概念而又無現成的字可用時，就用一個音同或音近的字來代替，從創製新字的角度說，他造了一個過去沒有表達這個概念的字；從用字角度說，他用了一個原有的形體；造字與用字是同步的。但是這個同步不僅是統一的，還有它對立的一面。從造字的一面看，這個過程是「本無其字，依聲託事」，從用字的一面看，這個過程是「以有之形，憑音託義」。古人把假借當成造字法，正是強調前者。戴段諸人在造字與用字的同步統一中，強調了用字，沒有分析與用字還有對立的一面，據此說假借是用字之法，就違背了前人的宗旨。

馬氏認爲假借兼具「造字法」與「用字法」的同步用途，兩者在同步之中是既統一的又有對立的一面，但是由於強調點不同，遂有人把假借視爲造字法，另有人則視之爲用字法，不過作者強調將假借視爲造字法才是前人（許慎等）的宗旨！

丁喜霞在〈古漢語假借字的「造字」解釋〉一文中也認爲若將著眼點放在語言中需要謀求書寫符號的語詞上，則假借顯然也是造字之法：

> 假借雖然沒有新增文字形體，卻使一個原無字形可表達的語詞固定

地有了一個書寫符號。從文字記錄語詞的原則來説，它是一種造字法。……我們把著眼點放在語言中需要謀求書寫符號的語詞上，放在先民們創造文字的思維心理和歷史背景上，假借顯然也是造字之法。因為造字法是指造字構形的客觀規律和基本法則，主要是針對語言中需要造字的語詞而言，不是文字形體結構的分類。

漢字的產生和任何別的文字的產生一樣，都是一種造字標詞的實踐認知過程。所謂造字，就是給表達語言的詞製造存在於書面上的符號形體。不管這個符號形狀如何，也不管它是以語音還是以語義為線索去記錄詞，只要憑借一個符號寄託了某個詞的音和義（指得到社會認可的符號），就應該認為是為某個詞造了字。……這就是假借的造字法。從文字本身來説，他並沒有新增加文字形體。而從語言中需要造字的那個語詞來説，從先民們造字心理的最初事實來説，它又使一個尚無字形可表達的語詞終於固定地有了一個能代表它的書寫符號。嚴格地講，假借所借的不是「字」，而是借其形，用其音。被借用的不再是一個形、音、義的統一體的「字」，而只是一個有音無義的符號。它被用來記錄另外一個還沒有字的詞，於是被注入了一個新的詞的詞義，結果在實際上造出了另一個形、音、義的結合體，即另造了一個字。因此，從本質上説，假借是一種「不造字的造字法」。

丁氏認為所謂造字，就是給表達語言的詞製造存在於書面上的符號形體。造字法則是針對語言中需要造字的語詞而言，而不是文字形體結構的分類，這種觀察角度與以往主張四體二用的學者正是相對的：一方是從「假借」法為某語詞設置了固定的代表符號，因而主張這就是「造字」！另一方則從並無造出新字形的角度否認假借是造字法。若純粹從形體結構的分類言，假借確實並無其獨立地位；但從文字的功用——記錄語詞的角度，「假借」法則必須有其地位，因為它是以語音為線索去記錄詞，憑借一個符號寄託了某個語詞的音和義，「就應該認為是為某個詞造了字。」

　　許征在〈文字學的動態方法〉一文中説：

按許慎的定義，假借是指這樣一種現象：語言中有這個詞，人們沒

有專門給它造字，當需要把這個詞記錄下來的時候，就借用一個音同或音近的字來表示。如：

難　本是一種鳥名，被借用來表示「困難」的意思。

易　本是「蜥蜴」的象形字，被借用來表示「更易」的意思。…………

對於假借，很多人認為它只是一種「用字之法」。我們認為，假借也是一種「造字之法」，它是一種以不造字為造字的方法。說它不造字，是因為它借用了一個現成的字形，漢字的總量沒有增加，在漢字的結構類型裡也不能自成一類。說它造字，是因為原來沒有書寫符號的詞現在有了書寫符號，用字記詞的目的達到了。在為詞謀求到書寫符號這一點上，假借與象形、指事、會意無異。我們認為，造字的根本目的是為了表詞，因此我們的著眼點始終不能偏離寫詞的角度。只要是為詞謀到了書寫符號，就應該認為是造字。即使從漢字的總量是否增加看，假借也不能僅僅看成「用字之法」，試想若不是假借為今義，難、易、豆、東、其、我、而、能、來、笨這些字也早已廢棄了。

許氏認為造字的目的是為了表達語詞，而「假借」使用字記詞的目的達到了，從「只要是為詞謀求到了書寫符號，就應該認為是造字」的角度來看，「假借」也是一種造字法！他還認為判斷假借是否是造字法，不能單純從漢字的總量是否增加來看。難、豆、我、笨等字，隨時代變遷，其本義所屬之名物早已淘汰不用，但幸而這些字被假借為其他常用字，因而字形才被保留下來，漢字的總數因此並沒有減少，本來應該減少的卻沒有減少，換個角度來看，豈不是等於「增加」了漢字的總量嗎？

王永福在〈從六書到三書──漢字類型理論淺說〉中說：

假借是「不造字的造字法」，對此應如何正確加以理解？言其不造字，就是指假借並沒有體現為造字中構形，即就字體結構上說，假借所依存的那個漢字構形的原邏輯框架並沒有改變，依然是表意或形聲；而稱其為造字法，指其獨步一時的功用。創造文字的目的就是求得一種代表語言中詞語的書寫表達符號，而許多抽象的事物難以造像，具體的事物難以刻畫，為表達語詞概念、記錄語言，假借

字便應運而生了，即它給一個詞賦予一個固定的專有的形體，如「而」字原是為表達「鬍鬚」這一形象而造的字，故《說文》言：「而，須也。」後被假借來表示連詞的轉折、承接、並列等關係，於是連詞中有了「而」這一形體，這裡假借就是滿足了詞語表達的需要，其實質即為造字之法。有人對《殷契粹編》統計：在全書20856 個字中，假借字 12000 多個，約佔總數的 61%，由此可見，假借使漢字表詞功能大大加強，使字與詞建立起穩定的關係，使按語句順序記錄話語成為可能。……因為要克服表意字和記號字的侷限性所造成的困難，只有一條出路，採用表音的方法。這就是借用某個字或者某種事物的圖形作為表音符號，來記錄跟這個字或這種事物的名稱同音或相近的詞。這樣，那些難以為它們造表意字的詞，也就可以用文字記錄下來了。這種方法，我國傳統文字學稱為假借，用這種方法為詞配備了字就是假借字。這樣，假借作為一種造字之法就很明顯了。

王氏從造字是為語詞求得書寫符號的角度出發，說明假借為難以造為表意字的語詞賦予一個固定、專有的形體，滿足了語詞表達的需要，所以實質上就是一種造字法。而且「假借使漢字表詞功能大大加強，使字與詞建立起穩定的關係，使按語句順序記錄話語成為可能。」因此就「表詞功能」或文字構成法則的角度來看，若將假借之法排除在外，將是一大缺憾！

根據上面孫雍長、馬恒君、丁喜霞、許征、王永福五君的論文所述，我們可以觀察到他們有一個共同的重要觀點，即認為看待「假借」問題要從文字記錄語言（語詞）的角度，而不能從文字構形的角度！孫氏主要看法是：「假借」確確實實地使一個尚無文字的語詞終於固定地取得了一個能代表它的書寫符號，因此假借是一種「造字之本」。而馬氏反覆地強調了：一個概念從沒有書面符號到有了書面符號就是創製，以此作為「假借」是造字法的理論基礎！丁氏亦主張從文字記錄語詞的原則來說，假借雖然沒有新增文字形體，卻使一個原無字形可表達的語詞固定地有了一個書寫符號，因此它是一種造字法。許氏則主張「在為詞謀求到書寫符號這一點上，假借與象形、指事、會意無異。」「造字的根本目的是為了表詞，因此我們的著眼點始終不能偏離

寫詞的角度。只要是為詞謀到了書寫符號，就應該認為是造字。」王氏則認為「創造文字的目的就是求得一種代表語言中詞語的書寫表達符號」，「給一個詞賦予一個固定的專有的形體」，故假借實質上就是一種造字之法。可見現時一些文字學者論及假借時，徹底地擺脫了文字構形的拘絆，而從文字記錄語言的角度來探討假借的本質。語言有音與義二質素，為語言造字，除了可以從「義」的角度來構形造字外，也可以從「音」的角度來「造字」，這在漢字形成過程中就是「假借」之法了！假借雖然只是借用其它文字的形體，但通過假借之法，原來沒有文字的語詞也因此順利地取得了固定地紀錄它的符號，從這種角度，上述學者遂承認假借就是一種造字法則！

此外，張月明〈假借新論〉則從六書的「符號學」角度來探討假借的性質。由於語言文字都具有符號性質，作者認為把符號學引入漢語漢字的領域應該是順情合理的事。語言從其結構特徵看，是一種音義結合的符號系統。符號必須具備「能指」和「所指」兩個方面，能指是符號的物質形式，所指是符號的意義內容。在語言符號系統中，基本符號是語詞，語詞符號的能指是語音形式，所指是語義內容。文字為語言而設，語言是音義結合的符號系統，文字是記錄語言的，那麼它就是符號的符號了。文字符號的能指是由特定點線組成的字形，所指是語言中的語詞。作者即從符號的角度討論六書，六書是先哲們對漢字的理性認識，「書」為書寫著錄義，「六書」即六種書寫著錄語詞的方法，把語詞著錄書寫下來就是字。「六書」是六種把漢語語詞這種聽覺符號變換為視覺符號漢字的方法。籠統地說它是「造字之本」雖然不錯，但嫌過於簡單。而說它是「四體二用」則實為未安。事實上「六書」並不屬於同一層面，用今天分類學的眼光看，「六書」首先可以分為兩類。象形、指事、會意、形聲、轉注為一類，這是漢字的構形造字法，造出的字叫構形符號。假借自成一類，是漢字的借形造字法，造出的字叫借形符號。通過構形使漢語中許多語詞有了視覺符號，產生了大批漢字，但構形造字法不能將漢語語詞全部視覺化，那麼自然就會有另一種造字法來完成構形造字法沒有完成的任務，這種造字法就是「假借」。「假借」是通過借形方式來造字的，所以稱之為借形造字法。許慎所謂「假借」的要旨是：在漢語中，有些語詞初民沒有為它們專門構形造字，當這些語詞不可避免地要進入書面語時，漢

民族的祖先就選擇音同或音近語詞的字形來作這些語詞的字形。可見這實質上是一種「借屍還魂」法，是借彼字之屍來還此字之魂的。

最後作者論證「假借」是造字之法。《漢志》認為「假借」是「造字之本」，這本是不易之論，缺憾是沒有論證。其後的信從者雖有論證卻顯得單薄。戴段本於楊慎提出的「體用」之說，在漢字學中影響之大，幾成定論。然而，它們撇開漢語就漢字論漢字，而且只著眼漢字的能指——字形，這就決定它們根本不可能得出正確的結論。文字是語言的視覺化，創製文字的根本目的在紀錄語言。這就決定了造字時必須考慮語言中的某一語詞以什麼樣的視覺形象來寄寓，這個語詞和視覺形象之間著眼於哪一種聯繫來紐結並固定。紐結實際上就是掌握同一文化代碼的人們的約定，固定則是同一文化背景中社會群體的認可，即所謂「俗成」，「約定俗成謂之宜。」大體說來，漢字是著眼於語詞之義來構形並將語詞和方塊字形紐結起來並固定下來的。然而為漢語中的每個語詞「據義繪形」造字也實在太困難了，一些意義虛靈而抽象的語詞簡直就無法繪製出形義密合的字形。為濟構形之窮，「假借」產生了，它的出現節制了漢字能指的數量。看「假借」是不是造字之法，首先便不應當拘泥於漢字的能指是否增加的框子，而應當立足於利用「假借」原則是否造出了成批的視覺符號，是否具有造字能力。借形是方式，造字才是假借的根本目的。其結果是通過借形給原來沒有漢字代表的語詞找到了一個物質外殼，並且得到了漢民族的認可，使沒有字代表的語詞變得有字了，誰能說「假借」沒有造出新字呢？

張氏從符號學的角度看假借性質，「符號學」中指出每一個符號都具備「能指」與「所指」兩方面內涵，而文字這種符號，它的「能指」是指其物質形式，即字形部分；「所指」就是指語言中的語詞。兩者間的關係，「能指」是「所指」用以表現的載體，換言之，字形的功用是用以記錄語言的，而製造字形以記錄語言的方式除了「構形造字法」（即假借之外的其他五書），還有「借形造字法」（即假借），「假借」之所以是一種「造字法」，是因「借形是方式，造字才是假借的根本目的。其結果是通過借形給原來沒有漢字代表的語詞找到了一個物質外殼」，由此不難發現，丁氏從「符號學」所發展出來的觀點與結論，實則與上述孫、馬、張三氏的觀點無異！文字這種作為語言符號的符號，其價值與目的就在完整地記錄語言，也因此「假借」作為完整記錄語言的一種重要方式，才會被上

述學者認同就是（或等同於）一種造字法！但是儘管從紀錄、表達語言的功用上，假借與象形、指事、會意等其他造字法則可以等同齊觀，列於同一層面，張氏在文中還是不經意地透露出一些異常訊息：「事實上『六書』並不屬於同一層面。」此時，他又回到「造新字」與「借用字」的角度來看待假借與其他書的性質差異性了，而這正是否定假借爲造字法者所耿耿於懷的關鍵所在！

經由上文正反兩面的論述，我們隱然可以發現，究竟假借是否屬於造字法則，贊成者與反對者往往形成各持己見、難以妥協的態勢，信者恆信，不信者恆不信，以是六書假借之性質至今日猶然爭論不休！

七、小　結

綜上所述，六書說發源於西漢末，但到東漢許慎始有簡單的定義著於書，但因許慎的說解過於簡略，《說文》書中限於體例，也並未明確地一一指明何字屬於何書，因而六書中仍存在著一些令人疑惑的地方。而後以許慎界說爲本的六書說，經歷代學者的闡釋、補充，雖使得其內容逐漸充實而體系漸備，但細究起來，卻也因異說紛出，學者各是其是、各非其非而使某些問題更形複雜，不僅在古代，就算在近、現代，仍有幾個問題在學者之間爭論不休，舉其大者如：

1、象形、指事、會意之間的糾葛

這三書許慎分而爲三，但三者之間，在許慎的界說、例字與《說文》正文的說解之中，並未能有截然明確的劃分。因此近代的學者頗有不隨許慎象形、指事、會意三書分立的觀點而加以重新整合的，至於三書間分合的細節，各家又往往有不同意見。

2、會意、形聲之間的糾葛

《說文》之中，有一類「亦聲」的文字，按許慎說解，似乎偏向屬於會意字，然而因其部件之一兼有表音的功用，因而後來有些學者轉將之歸爲「形聲」。同理，形聲字中有些文字的聲符部分，明顯地亦兼有表示意義的功用。關於這類字的分類，不論古今，學者或歸之於會意，或歸之於形聲，或態度模稜兩可，謂之兩兼皆可。然而謂一字可以兼列兩書，基本上就破壞了六書之間的獨立性！爲文字的造字法則分類，理應使其體系嚴密，一字不得兩兼，若能兩兼，即表示分類尚有問題，應該再給予合理的調整！因此近代以來也有一些學者主張「亦聲字」應該獨立爲另一種造字法則，但如以「亦聲」獨立於形聲、會意之外，

則象形、指事、會意、形聲「四書」加上「亦聲」便成「五書」，再加轉注、假借便成爲「七書」，則不合「六書」之數了！此外，根據現代學者的分析，《說文》中「形聲」字的來源情況不一，就形體結構分析，雖然都屬形符加聲符的組合形式，但依據文字形成方式的不同質性，是否應該從中分出另類的造字法，學者間的處理方式也往往有異！

3、轉注、假借是否為造字法則的問題

按《說文》的說解，轉注是「同部互訓」，講的是兩字之間的關係，則不當爲造字法則，而一些學者認爲假借並未造出新字，只是借用他字形體以代表無字的語詞。明、清時的學者從而發展出「四體二用」的理論，以爲六書中有造字法和用字法之分別。然而體用說卻破壞了六書性質的完整性，違反了六書是「造字之本」的歷史成說！究竟六書是完整的一體，或可以分爲性質不同的兩類？兩種說法各有其支持者，至今仍爭論不休！

4、六書的適用性問題

六書說是漢人在分析以小篆爲主的文字後（包含一部分的古文、籀文），歸納出的造字法則的理論。然而小篆僅是秦系的晚期文字，與甲骨文、金文不僅有時代之隔，其形體經千餘年來的演變，與原始結構相較已經有很大的變化；況且小篆的形體是經過規範化的，已經摻雜後人的造字理據於其中！因此以漢代歸納小篆而成的六書說來分析更古老的甲骨文、金文，是否可以一體適用，則成爲近代學者可以著墨、發揮的地方！唐蘭以研究甲骨、金文名家，即主張：

> 六書說能給我們什麼？第一，他從來就沒有過明確的界說，個人可有個人的說法。其次，每個文字如用六書來分類，常常不能斷定它應屬那一類。單以這兩點說，我們就不能只信仰六書而不去找別的解釋。據我們所知，六書只是秦漢間人對於文字構造的一種看法，那時所看見的古文字材料，最早只是春秋以後，現在所看見的商周文字，卻要早上一千年，而且古器物文字材料的豐富，是過去任何時期所沒有的，爲什麼我們不去自己尋找更合適更精密的理論，而一定要沿襲秦漢時人留下來的舊工具呢？〔註79〕

─────────────

〔註79〕唐蘭《中國文字學》，75頁。

唐氏點出了傳統（實為許慎）六書說的三大缺點：沒有明確界說、以此六書分類文字往往進退失據、所用文字材料不甚古老豐富，因此唐氏以甲骨文、金文等古文字學研究為基礎，自創為「三書說」，企圖解決六書說之不合理，雖然其三書說實亦不能範圍所有漢字，個別文字之歸類亦往往不能相稱其界說（其說見後），然自唐氏首開風氣，勇於突破傳統六書藩籬，其後許多學者響應景從，試圖擺脫傳統窠臼而標新立異，以至於今，「成果」不可謂不豐碩！但平心靜氣而論，「六書」說之所以被批評甚至被揚棄，一方面是許慎以一家之言在為之界說時已言之不清、論之不明，更加上後代學者常以主觀意見強加於六書說解之上，遂導致六書說的負擔越來越重而面貌也越來越模糊了！六書說的實質究竟是如何呢？除非劉歆復生，否則任誰也恐怕無法完全肯定地說明其全貌的，但在未能確知其實質之前，就率爾詆毀、揚棄六書說，終究也不是正確地、忠實地面對這一歷史重要學說的態度！因此我們還是期盼有學者能夠站在漢代人的角度，盡量為六書說辯護，以求得合理的解說！

第三節　六書造字立字及經緯體用說

一、造字立字說

　　根據上節對許慎六書說內容之理解，可知其各書之間可以檢討之處尚多，但更重要且關鍵之處是，許慎的六書說無法將轉注講成與文字構成的法則有關，那麼「六書」就「造字之本」的角度，豈不是該改成為「五書」？或者我們應該選擇相信「造字之本」一語本不甚可靠，也僅是班固的「一家之言」？就筆者的觀點，漢代六書說的性質仍然應該從六者整體都屬於「造字之本」的層面來加以解釋是比較合理的！推論如下：

　　（一）第一節中提及有的學者認為「造字之本」四字是班固自己的說法，未必是劉歆的原文，但這種說法不僅沒有證據，並且違背了班固於〈藝文志〉中所說的意思：「（劉）歆於是總群書而奏其《七略》，故有〈輯略〉，有〈六藝略〉……。今刪其要，以備篇籍。」既然班固只是將《七略》「刪其要」，則「造字之本」一語理當仍將版權歸屬於劉歆為宜！

　　許慎未提到「造字之本」雖是事實，但並不表示許慎並不如此認為，如果將《說文・敘》與〈藝文志〉所引劉歆之說對照來看，兩者在提到「六書」時

文章脈絡如出一轍（都先敘古時結繩爲治，後世聖人創造了文字等事，而後及於《周禮》六書），只是許愼所述稍加詳細罷了，而這代表的意義，恐怕應該是兩家之說均出自於劉歆的傳承！果如此，則許愼對「造字之本」的說法應該是不至於陌生的，至於爲何許愼不逕引「造字之本」一語，則或許因爲許愼認爲其理至明，不需多言；或許因六書說傳至許愼，其中某些說法已經「變質」（如轉注），許愼有所疑慮而不敢多言等等，其詳雖不可得知，但說「造字之本」一語是劉歆所傳，且就是六書的屬性應當是可信的！

（二）自漢字研究史的角度來看，劉歆所處的西漢晚期時代，無論是從文字研究或政治、學術背景上而言，都極有可能就是「造字之本」說的發源時期。

國人對文字開始產生興趣，應當可以上推春秋時期。

《論語·里仁篇》：

　子曰：「不患無位，患所以立。」

「位」字可以分析出人、立兩個偏旁，而立與位在意義上又有關連，孔子並舉二字必非偶然，當時人應該已經具有分析文字偏旁的興趣，並對字形與字義間的關係有了相當的掌握。按：先秦文獻，「立」或當解作「位」，《周禮·春官·小宗伯》：「掌建國之神位。」鄭玄注：「故書『位』作『立』。鄭司農云：立讀爲位。古者立、位同字，古文《春秋經》：『公即位』爲『公即立』。」甲、金文中兩語亦同形，如金文《頌鼎》：「王各（格）大室，即立（位）。」「立」、與「立（位）」實爲「同形異字」關係，〔註80〕古本只有「立」字，本義爲站立之義，而「立」則有其「位」，〔註81〕由此聯想，故亦以「立」爲「位」字，其後增加「人」旁以成「位」之專字（「位」非形聲字）！〔註82〕

又《論語·顏淵篇》：

〔註80〕戴君仁先生云：「（同形異字）義界分三：一曰，凡以一字之形，表示異音異義之兩語者。二曰，凡以一字之形，表示同音異義之兩語者。三曰，凡以一字之形，表示同義異音之兩語者，均得謂之同形異字。」參見戴先生〈同形異字〉，21頁。

〔註81〕《周禮·春官·太僕》：「掌正王之服位。」鄭玄注：「位，立處也。」

〔註82〕另一種可能是，由於出土先秦古文字資料似未見「位」字，則《論語》原文或許本作：「不患無立，患所以立。」前一「立」字後人才改爲「位」。《論語·衛靈公篇》：「臧文仲其竊位者與！知柳下惠之賢而不與立也。」俞樾《群經評議》云：「立當讀爲位。」則猶有改之未盡者。若此，則此例並不恰當。

> 季康子問政於孔子。孔子對曰：「政者，正也。子帥以正，孰敢不
>
> 正？」

在此孔子以「正」解釋「政」之語源，寄託了他的政治思想。推求語源雖不必侷限於字形，但由兩字在字形與音義間的密切關聯，進而推出兩者具語源關係，卻是一種最易觀察與入手的「方便法門」。「政」字可拆解爲「正」與「攴」兩個偏旁，其中「正」與「政」具形、音、義三重關係，據此可得出「政」得名於「正」的結論（《說文》：「政，正也，從攴，從正，正亦聲。」正是用孔子的解釋）。由以上二例，已可略見春秋時人應當已經具備了「合體字」可以拆解成不同部件的概念，從《左傳》、《韓非子》等書中的記載，可以更清楚看到春秋以至戰國時期拆解、分析文字的風氣：

> 楚子曰：夫文，止戈爲武。（《左傳》宣公十二年）
>
> 伯宗曰：故文，反正爲乏。（《左傳》宣公十五年）
>
> 醫和曰：於文，皿蟲爲蠱。（《左傳》昭公元年）

《韓非子・五蠹》：

> 古者倉頡之作書也，自環者謂之厶，背厶謂之公。

當時一些知識份子，不但善於分析或拆解文字形體，並知道運用文字的結構來解釋造字意圖或詞義來源，但是這種「形訓」方法之使用，僅只是爲了闡說自己的哲學、政治思想，實際上並未有文字學研究的意圖。不過儘管在他們的論述中有許多的錯誤，﹝註83﹞卻也爲漢字結構的分析以及造字法則的歸納逐漸奠定基礎。

其後秦始皇擊滅六國，統一天下，實施「書同文，車同軌」的政策，廢棄六國「古文」，以小篆作爲官定文字。迨及漢代，隸書又取代小篆成爲一般書寫字體，而隸書對篆文字形之改造，如：解散篆體、改曲爲直、省併、省略、偏旁變形、偏旁混同等情況，﹝註84﹞對漢字的結構產生很大的衝擊，因而對正確

﹝註83﹞武字從止從戈，由甲骨文而言，從「止」表示有所行動，戈是武器，造字時合止、戈二字是以表示征伐示威之義。而春秋時期，「止」字一般概念已轉爲「停止」之義，當時文化又不認同「以攻伐爲賢」的霸道思想，於是楚莊王遂有「止戈爲武」的新解。又如所謂「背公爲厶」，由古文字實例，公並不從厶。

﹝註84﹞參見裘錫圭《文字學概要》，102～104 頁。

分析漢字的形體結構產生不利的因素。不過古文字並未完全銷聲匿跡，小篆無論，《史籀篇》十五篇亦尚未完全消失（東漢光武帝建武時亡其六篇），而用戰國古文所寫的經書紛自孔壁、民間被發現，終而更促成了古文經學一派的盛行，這一派的學者熟悉古文字，漢代六書說之所以能建構其體系，應歸功於此學派！〔註85〕

導源於先秦的字形結構分析及「形訓」方式，在漢代更有長足發展與應用，西漢的文人學士，特別是辭賦作家，多精通小學，甚至有字書之編輯，如司馬相如有《凡將篇》，楊雄有《訓纂篇》，其見於《說文解字》中所引，如：

> 蔄，芎藭，香草也。芎，司馬相如曰：蔄或从弓。

> 茵，車重席。从艸，因聲。鞇，司馬相如說：茵从革。

> 舛，對臥也。从夊、　相背。踳，楊雄說：舛从足、春。

> 疊，楊雄說以爲古理官決罪，三日得其宜，乃行之。从晶，从宜。亡新以爲疊从三日太盛，改爲三田。

字學家杜林也曾作《倉頡故》，據《說文解字》所引，如：

> 芰，蔆也。从艸，支聲。茤，杜林說：芰从多。

> 耿，耳箸頰也。从耳，烓省聲。杜林說：耿，光也。从光，聖省（據大徐本，小徐本有「聲」字）。

可知西漢人已將字形分析領入比較嚴謹的文字學領域，而杜林省形（省聲）之說，更顯見當時人對形體結構已經有了更深層的理解（儘管許慎大概不同意他的看法），甚至可以說，文字研究的盛況至此，距離「造字之本」的體系被完整提出，僅剩一步之遙而已！

相對於字學家嚴謹的態度，西漢今文經學家「說字解經誼」的誤謬就爲人所詬病。漢代以經學爲官學，前漢時期今文經學獨盛，他們在說解經籍時，也好用分析文字之法以闡釋自己的哲理，但因爲所依據的文字爲隸書，因此所釋多荒謬不堪，劉歆於〈移讓太常博士書〉中痛批今文學派云：

> 往者綴學之士，不思廢絕之闕，苟因陋就寡，分析文字，繁言碎辭，

〔註85〕西漢時期熟悉古文字的並非僅只劉歆一人，故不能認定劉歆即六書說的創始者。參見勞榦〈六書條例中的幾個問題〉，323 頁。

學者罷老且不能究其一藝。

班固亦云：

後世經傳既已乖離，博學者又不思多聞闕疑之義，而務碎義逃難，

便辭巧說，破壞形體，說五字之文，至於二三萬言。〔註86〕

今文經學家認為「秦之隸書為倉頡時書」，〔註87〕他們不承認古文字的地位，以為是好事者「詭更正文，鄉壁虛造不可知之書，變亂常行以燿於世。」〔註88〕因此從隸書的結構出發，妄自離析文字，解釋時望文生訓、隨意解說，故多不符造字原旨。《說文・敘》中也提到這種情況，如「馬頭人為長」、「人持十為斗」、「蟲者屈中」之類。〔註89〕這種分解隸書字形以解釋字義的方式，在兩漢之交的緯書上更可見到不少證據，特別是《春秋緯》，茲舉數例如下：

《春秋說題辭》：

「天之為言顛也。居高理下，為人經也，群陽精也，合為太一，分為殊名，故立字一大為天。」（《太平御覽》卷一引）

「天之言鎮也，居高理下，為人經紀，故其字一大以鎮之。」（《爾雅・釋天》邢昺疏引）

「星之為言精也，榮也，陽之精也，陽精為日，日分為星，故其字日生為星。」（《太平御覽》卷五引）

「地之為言婉也，承天行其義也，居下以山為位，道之經也。山陵之大，非地不制含功以牧生，故其立字土立於一者為地。」（《太平御覽》卷三十六引）

「粟助陽扶性，粟之為言續也。……故其字西米為粟，西者金所立，米者陽精。故西字合米而為粟。」（《太平御覽》卷八百四十引）

「精移火轉生黍，夏出秋改。黍者，緒也。故其立字，禾入米為黍，為酒以扶老。」（《太平御覽》卷八百四十二引）

〔註86〕見《漢書・藝文志・六藝略》。

〔註87〕見許慎《說文・敘》。

〔註88〕同上註。

〔註89〕同上註。

《春秋考異郵》：

> 「風之爲言萌也。其立字虫動於几中者爲風。」（《太平御覽》卷九
> 引）

《春秋元命苞》：

> 「日之爲言實也，節也。含一開度立節，使物含別，故謂之日。言
> 陽布散合如一，故其立字四合其一者爲日。」（《開元占經》卷五引）
>
> 「地者，易也。言養物懷任，交易變化，含吐應節，故其立字土力
> 於一者爲地。」（《太平御覽》卷三十六引）
>
> 「土爲言吐也。言子成父道，吐也，氣精以輔也。陽立於三，故成
> 生。其立字十夾一爲土。」（《太平御覽》卷三十七引）
>
> 「水之爲言演也，陰化淖濡，流施潛行也。故其立字，兩人交一，
> 以中出者爲水。一者數之始，兩人譬男女，言陰陽交物以一起也。」
> （《太平御覽》卷五十八引）
>
> 「木者陽精，生於陰，故水者木之母也。木之爲言觸也，氣動躍也。
> 其字八推十爲木。八者陰合，十者陽數。」（《太平御覽》卷九百五
> 十二引）
>
> 「　字從刀從井，井以飲人，人入井爭水，陷於泉，以刀守之，割
> 其情慾，人有畏慎以全身命也，故字從刀從井。」（慧琳《一切經
> 音義》卷七十引）
>
> 「网言爲罬，刀罬爲罰。罰之言网陷於害。」（《廣韻·月韻》引）

由上引諸例，可見緯書好以拆解隸書字形的方法來闡釋其哲學意涵（自然都是
曲說，不是眞正的「形訓」），〔註90〕如以《說文》解說方式比擬，其中絕大部
分是採用「會意」的形式來據形說義（其中「　字從刀從井」的分析術語與許
慎相同），而從小篆形體分析可以很清楚知道是象形字、形聲字的，也一律說成
了會意結構。再如《說文》中引用孔子對文字的說解，如「推十合一爲士」、「一
貫三爲王」、「牛羊之字以形舉」、「視犬之字如畫狗也」等，實際上也當出於緯

〔註90〕其中數例，在分析文字構形時以「立字」爲啓首詞，似乎與「造字」之意相關甚
或即是同義，說見下文。

書所託，而「牛羊之字以形舉」、「視犬之字如畫狗也」的解說，則相當於《說文》中之「象形」！

當時學者，其實無論是今文或古文學派，其實都好「說字解經誼」，王充云：「失道之意，還反其字。蒼頡作書，與事相連。」（《論衡‧奇怪篇》）說明了當時人以形索義的理論背景，只不過今、古文家分析時所用的文字材料不同而已。今文學家以隸書分析形體的妄誕不經，在古文學家看來，「皆不合孔氏古文，謬於史籍」。然而「文字者，經藝之本，王政之始。」古文經學家認爲文字不僅僅只是一種書寫符號，更是經學的根本、王政的基礎。因此爲了同今文家競爭經學解釋權，就必須整理出「字例之條」，〔註91〕以凸顯今文家之謬論，而「造字之本」的六書說理論，應當就在這種學術背景以及文字構形分析能力已然成熟的環境下被適時地提出甚或建構完成！〔註92〕

（三）班固在〈藝文志〉中注明六書的性質是「造字之本」，而傳統學者的認知，一般即將「造字之本」當作「造字方法」、「造字法則」之意。但「造字之本」是否只能解釋爲「造字法則」之意呢？尤其是唐代顏師古引用班固之文時，是作「立字之本」而非「造字之本」，兩者關係如何？是否在意義上有差別？這些問題對六書的定性至關重要，應當加以考辨、說明！

明、清時代，一些學者依照許慎的六書說定義來理解「造字之本」時，發現遭遇了極大的困難，他們認爲「轉注」、「假借」二書並不是造字法則，因此而衍生出「四經二緯」、「四體二用」之說（說見下）。支持四體二用說的學者，指出班固六書名稱中前四書都有「象」字（「象」形、「象」事、「象」意、「象」聲），與後二書「轉注」、「假借」在名稱上顯然有別，因而認爲六書的性質當分爲體、用兩類！但是將六書分成體、用兩類豈不違反班固所言「造字之本」一語？故而有學者對此提出解釋，例如林尹說：

〔註91〕以上引文具見《說文‧敘》。

〔註92〕勞榦曾略舉《論語》、《左傳》、《韓非子》、《漢書》之例，云：「在劉歆以前，象形，指事，會意，形聲這四種不同結構的觀念，是顯然存在著的。再加上章句訓故時所用的互訓及假借的觀念。那就六書的用法已經形成了。」（〈六書條例中的幾個問題〉）但是由單純的觀念、概念至總結出文字構成法則的完整理論系統，仍應當是熟悉古文字的古文學家的貢獻！此外，西漢平帝時曾徵集「通小學」者百餘人，令說文字於未央廷中（參見〈漢書藝文志〉及《說文‧敘》），因而也有學者認爲劉歆所傳六書說可能即在這樣的學術環境中而產生。

　　六書中象形、指事、會意、形聲，固然是「造」字之法；轉注、假借，卻是「用」字之法。那麼，班固爲什麼卻說「六書」皆「造字之本」呢？這有三種可能：一、是班固誤以轉注假借也是造字之法。……二、是班固用字不愼。班氏「造字」之「造」，和「象事」「象意」「象聲」之「象」一樣，是個用得不妥貼的字。三、是後人妄改班書的結果。據唐代顏師古注班氏此節：「文字之義，總歸六書，故曰：『立字之本』焉。」顏氏在『故曰』下所引班書原文作「立字之本」，似唐代所見《漢書》，並不作「造字之本」，而是「立字之本」。

　　說六書是建立文字構造及運用體系的基本，那就不錯了。〔註93〕

林氏所列舉的三種原因，似乎都有可能性，但其所云之第一、二點，論者也可以用：「班固之說本無誤，他只是忠實地轉述劉歆的觀點，問題應該是許愼的說解有誤，他未能將六書皆說爲造字之本，是違反古訓」以爲回應，因此問題仍無法解決。至於第三項所舉出的重要證據，確實涉及六書屬性這項重要問題，主張六書皆屬「造字之本」的學者本當合理地解釋或溝通兩者之不同處，然而前人於此卻多未加關注！大概因爲班固在漢，顏氏在唐，學者遂自然地以爲顏師古所引文字有誤，或者乃逕以爲「造字」、「立字」二義相同，不需辯駁！然而我們認爲還是應該加以考察、分辨，盡量求得合理的解釋。

　　顏師古注《漢書・藝文志》之原文如下：

　　象形，謂畫成其物，隨體詰屈，日月是也。象事，即指事也，謂視而可識，察而見意，二二是也。象意，即會意也，謂比類合誼，以見指撝，武信是也。象聲，即形聲，謂以事爲名，取譬相成，江河是也。轉注，謂建類一首，同意相受，考老是也。假借，謂本無其字，依聲託事，令長是也。文字之義，總歸六書，故曰立字之本也。

此段文字乃援引許愼之六書說解以注釋〈藝文志〉，而班固所云「造字之本」，顏師古卻引爲「立字之本」。「立字」一詞似乎不如「造字」之意明確，因此頗有可作文章之處！「立」之本義爲站立，在古文獻中，可引申爲成、成立、成就、創立之意，如《廣雅・釋詁三》：「立，成也」。《論語・爲政篇》：「子曰：『吾十有五而志於學，三十而立。』」《左傳・襄公二十四年》：「太上有立德，其次

〔註93〕林尹《文字學概說》，55頁。

有立功，其次有立言。」亦可引申爲設置、設立之意，如《書‧周官》：「立太師、太傅、太保。」以及制訂、訂立之意，如《商君書‧更法》：「及至文、武，各當時而立法，因事而制禮。」因而「立字」雖可以解爲「造字」之意，但未必僅能解爲「造字」，其含意也許可以更爲擴大，如林尹即據「立字」解說爲「六書是建立文字構造及運用體系的基本」，雖說是「增字解經」，但未對「立字」作更深一層認識前，其說也未必不正確。究竟班固原文是「造字」或「立字」？在文獻中其實仍有一些蛛絲馬跡可供判斷！

顏師古注《漢書‧藝文志》所引雖然是「立字之本」，但是我們在與顏師古同時期的孔穎達的《尚書‧序》疏文中，也可以找到如下一段話作爲反證：

> 案班固〈漢志〉及許氏《說文》書本有六體，一曰指事，上下。二曰象形，日月。三曰形聲，江河。四曰會意，武信。五曰轉注，考老。六曰假借，令長。此造字之本也。……以至亡新六書并八體，亦用書之六體以造其字。〔註94〕

孔氏疏文中不但使用的是「造字之本」一詞，而且明確肯定了六書是造字的方法：「用書之六體以造其字」！如此看來，在唐代初期以前，〈漢志〉應該就有了兩種版本，一寫作「造字之本」，一寫作「立字之本」，孰是孰非仍當向上溯源，而這兩種說法在漢代似乎都各有所本！

回溯兩漢之交，六書說被提出的時期，我們發現「立字」似乎是常用詞彙，與劉歆時代相彷彿的《春秋緯》諸篇中就經常出現「立字」一詞，〔註95〕例如（原文詳見上文）：

> 「天之爲言顛也。……故立字一大爲天。」
>
> 「地之爲言婉也，……故其立字土立於一者爲地。」
>
> 「精移火轉生黍，夏出秋改。黍者，緒也。故其立字，禾入米爲黍，爲酒以扶老。」
>
> 「風之爲言萌也。其立字虫動於几中者爲風。」

〔註94〕見《十三經注疏》，241 頁。

〔註95〕李威雄《中國經學發展史論》，推測讖緯之說在西漢末年盛行開來，不過劉向、劉歆編《七略》時，可能還只是一些零散的資料記錄，而真正有系統的經整理成書，應該在光武帝中興漢室以後，所以班固《漢書‧藝文志》中無錄。（137 頁）

「日之爲言實也，節也。……故其**立字**四合其一者爲日。」

「土爲言吐也。……其**立字**十夾一爲土。」

「水之爲言演也，……故其**立字**，兩人交一，以中者爲水。」

詞彙的使用，各時代有各時代的習慣與偏好，以時期約略相同的緯書爲線索加以考量，則班固的原文似乎有可能本是「立字之本」，而孔穎達所引用的本子才是經過改動過的。「造字」一詞的意義明確，說原文是「造字」，後來竟被誤解或抄寫成詞義較不明晰的「立字」，在道理上是比較難以說得通！如果原文是「立字」，後人因其義不明確，遂改爲「造字」，則可能性似乎較高！

上列引文中「立字」的意義，雖然有學者認爲以「立字」爲言，其目的是在解說、分析字形，〔註96〕然而我們認爲「立」在古時並無解析之義，而「立字」之意則明顯與文字的構成有關，甚至應該即相當於「造字」之意！如前所言，西漢學者不分今文或古文派，其實都好「說字解經誼」，不過古文經學者逐漸發展出了漢字構成論（六書）的體系，而今文經學者對於「造字」的方式雖亦有些概念，只是最終並未發展出合理且完整的文字構成法則體系罷了！且看許愼在《說文》中對「王」字的解說：

「王　天下所歸往也。董仲舒曰：『古之造文者，三畫而連其中謂

之王。三者，天地人也，而參通之者王也。』孔子曰：『一貫三爲王。』」

許愼所引孔子之言以證實董氏之說者實出於漢代緯書，而所引董仲舒《春秋繁露》析王字之造字構形，與緯書中爲闡明自己的哲學思想而全然不顧字形本原的方式實無二致！董仲舒學術雖以儒學爲中心，但雜糅道、法、陰陽家的思想，其天人感應說就是後來讖緯神學的主導思想。〔註97〕董氏在漢景帝時爲今文「春秋博士」，對照上引緯書諸文，皆出自《春秋緯》，而兩者一言「造文」（即「造字」之意），一言「立字」，前後相參照，符節相應，則以「造字」解「立字」當亦大致不誤！

因此，筆者認爲班〈志〉原文應作「立字之本」是較爲合理的，其後因有人認爲「立字」不易解釋或意義不明確，遂改爲詞義相當的「造字」一詞！初唐時，顏師古所用文本猶未有誤，而孔穎達所據文本則已改爲「造字」，其

〔註96〕張政烺〈六書古義〉：「此皆以『立字』爲言，似可謂之爲『解字』。」

〔註97〕參見鍾肇鵬《讖緯論略》，第4頁。

後意義明確的「造字之本」說一枝獨秀，流傳後世，如南唐徐鍇言六書為「聖人製字之大倫」，〔註98〕所據應當即是「造字之本」之意，後代學者基本上亦皆沿襲著此方向來闡述、研究六書，因而可以說「造字之本」的觀點也自有其學術傳承上的意義！

　　總之，由西漢時期，董仲舒所用「**造文**」一詞，到西漢末、東漢初「**立字**」一詞之流行，再到與許慎同時的王充所說：「蒼頡**作書**（即造字之意）」，以及許慎《說文・敘》所云：「倉頡……初**造書契**」、「倉頡之初**作書**」等用詞統合而觀，班固〈藝文志〉的原文，不論是「立字之本」或「造字之本」意義應當是一樣的！既然「立字」也就是造字之意，因此無法將六書講成都是「造字之本」的學說，如四體二用說，就無法再利用「立字之本」語義的模糊性以附會其說，而必須再多加考慮是否「轉注」、「假借」真與「造字之本」無關了！

　　（四）按照漢人重師承的傳統，許慎的「六書」應該與班固、鄭眾所提出的「六書」是同一性質的產物（在共性之下，或許各家對各書的解釋可能稍有不同，此觀各家之間對六書並無統一名稱可知），班固既然引用劉歆之說直指六書為「造字之本」，則許慎對六書的說解按理也應能與「造字之本」說密切配合，但根據一些學者的理解，事情並非如此！

　　一般而言，象形、指事、會意、形聲是四種造字法則，在學者之間並無異議，有疑問的集中在「轉注」與「假借」，許多學者認為依照許慎的定義，此二書不應當屬於「造字之本」的範疇。「假借者，本無其字，依聲託事，令長是也。」按許慎的定義，最簡單直接的理解，「假借字」本身原先是「本無其字」的，但經過「依聲託事」之後，豈不是「已有其字」了嗎？如此則與「造字之本」怎會無關呢？而學者不認同假借是造字之法，只因按照此法，並未產生出新字（形），但所謂「造字」一定要指造出新字形嗎？文字是記錄語言的符號，假借字確實達到了這樣的功用，因此姑不論「造字」之意，「假借」之法確實與用來記錄漢語的漢字之形成、構成有關，它確實造成了漢字類型中一個大類屬──「假借字」的形成，這與用象形、指事、會意、形聲之法造成「象形字」、「指事字」、「會意字」、「形聲字」的形成是一樣的道理，從這個角度來看，假借與

〔註98〕徐鍇《說文解字系傳通釋》卷三十九。

前四書理應是可以並列於同一理論層次的！

　　因此，剩下的只有「轉注」的性質問題，而依照許愼的定義，他確實無法將「轉注」解釋爲一種造字法則（說已見上），對於這個疑問，合理的解釋應該是許愼的說解有問題，而不一定是「造字之本」說有問題！古人既將此六者合稱爲「六書」，按理此六個名目應當是平行的，其性質應當是同一的，換句話說，此六書應當皆與漢字的形成有關！如果不能將轉注視爲造字之本中的一書，則如同說六書中摻有了雜質，或者說六書的性質變成了「五體一用」，而這豈應是古人創爲此說者的原意？

　　綜上所論，我們認爲漢代的六書三家說所傳的就是漢代有關文字構成理論的學說，六書的性質應當被視爲一個整體，就是「立（造）字之本」，至於許愼對轉注的定義，由於與其他五書不是同一性質，與文字形成的規律並無關連，因此恐怕應該是需要被修正的！

二、經緯體用說

　　「四經二緯」、「四體二用」說是針對六書爲「造字之本」說所提出的修正。自班固於《漢書・藝文志》中注明六書是「造字之本」，六書性質屬造字法則的說法一直爲後來的學者們所深信，儘管他們一般無法將「轉注」合理地解釋爲造字的一種方法，或許也意識到了「假借」實際上並未造出新字形，但可能是基於遵守傳統的心理等因素，〔註99〕對轉注、假借何以可與其他諸書平列都未提出異議。南唐徐鍇著《說文解字繫傳》，將六書分成「三耦」：象形、指事一組，指事、會意一組，轉注、假借一組，儘管有學者指出戴震的四體二用說是

〔註99〕張玉金認爲許愼所具體闡發的六書理論，雖然存在著種種缺欠，但是在清代以前卻沒有受到應有的挑戰。究其原因，主要有幾點：一是許愼以來沒有發現多少新材料，在宋代雖有不少金文材料出土，卻沒有用於漢字學的研究。二是許愼所撰寫的《說文》，屬於我國小學的經典著作，而小學與經學的地位幾乎同樣崇高，一般人不得妄加非議；三是我國學術的研究傳統缺乏創新意識，人們崇媚古人，古人的學說被奉爲金科玉律，不敢越雷池一步。因此人們對六書學說不發生懷疑，研究漢字學只是在六書的系統裡、圈子內，畫地爲牢。許愼以來，文字學的著作雖汗牛充棟，但眞正有開創意義的成果卻沒有。一直到清代，有些文字學家才發現，六書理論存在著一個大問題，即把造字方法和用字方法混爲一談。參見〈對近百年來漢字學研究的歷史反思〉，134頁。

受了徐鍇的影響而加以發展的結果，〔註100〕但徐鍇自己並未如此表白，他心目中的六書應該還是「聖人製字之大倫」！這種六書皆是「造字之本」的觀點一直延續到明代中葉的楊慎才大膽地提出質疑，楊慎云：

> 六書當分六體，班固云「象形、象事、象意、象聲、假借、轉注」
> 是也。六書以十分計之，象形居其一，象事居其二，象意居其三，
> 象聲居其四。假借，借此四者也；轉注，注此四者也。四象以爲經，
> 假借、轉注以爲緯。四象之書有限，假借、轉注無窮也。〔註101〕

六書雖分六大類，但楊氏將漢字以十分計，而象形、象事、象意、象聲，分佔十之一、二、三、四，合計正是十分，這樣的劃分雖然並不科學，但未將轉注、假借列入是很顯然的，因爲楊慎認爲這兩書只是對前四書的「借」或「注」！但是值得注意的是，由文中所云「四象之書（字）有限」，以及由四書分別計算其比重來看，所謂「四象」並非指四種造字法，而是指四種「書（字）體」，即象形字、象事字、象意字、象聲字，唯此才可以解釋得通：假借、轉注是借、注此四種「書體」，而非借、注此四種造字方法。不過象形字即依象形法所造，象事字即依象事法所造（象意、象聲依此類推），造字法與依其法所造之字，一是因、一是果，本是一體之兩面，故所言實質不異。楊慎不承認轉注、假借屬造字方法，他從六書基本功能上的同異，加以分成「經」、「緯」兩類，前四書是「經」，由前四書所造出之文字形體有限；而轉注、假借爲「緯」，雖然沒有造出新字的功能，卻能無窮地運用前四書！此外明人吳元滿在《六書總要‧六書總論》中說：

> 象形，文之純；指事，文之加也。會意，字之純；諧聲，字之變也。
> 假借、轉注則字之用也。

吳氏也明確地提出了假借、轉注是「字之用」。由這兩則資料可知，明朝學者已逐漸對六書性質的傳統成說加以質疑，並進而提出了修正，其後這樣的觀點更爲清朝人所發揮而成爲影響甚大的理論，甚至動搖了班固以來六書皆是「造字之本」的一般概念。

〔註100〕參見古敬恒〈六書三耦說與漢字的形體分析〉。
〔註101〕轉引自江中柱〈戴震四體二用說研究〉，27 頁。江氏又引自楊慎《轉注古音略》
　　　　附《古音屬語》。

舊說戴震（1723～1777）率先提出四體二用之說，然年長於戴氏，乾隆元年（1736）舉博學鴻詞的萬光泰，在其《轉注緒言》書中已經早一步提出了四體二用說，〔註102〕在該文中，萬氏首先列舉並評論以往諸家轉注說，而後提出自己的見解，他的轉注說比較接近戴侗、周伯琦等「形轉派」的看法，有鄭樵「起一成文」、裴務齊「左回右轉」的痕跡。文中又說：

> 然則考何以別於諧聲，老何以別於會意也？曰：「六書四爲體、二爲
> 用，體不可離乎用，用不可離乎體。昔之論轉注者俱欲於事、形、
> 聲、意外別立一體，故其多謬。不知轉注之意，即隨事、形、聲、
> 意而具。《說文》恐人誤以考專屬諧聲，故錯舉老以足考之下；恐人
> 誤以老專屬會意，故錯舉考以加老之上。苟以余言爲不信，則假借
> 諸字亦將求諸事、形、聲、意外乎？吾知其必不能矣！

萬氏對於考、老二字是從形轉的角度解釋其構形，他認爲轉注並非是一種造字法；假借的字形也不離乎象形、指事、會意、形聲四書之中，故前四書是「體」（指書體，對照「論轉注者俱欲於事、形、聲、意外別立一體」及「假借諸字亦將求諸事、形、聲、意外乎」二語可知），轉注、假借是「用」，其分六書爲「體」、「用」二類與楊愼分「經」、「緯」其實無異（對於轉注、假借的解釋則或異）！但易「經緯」以「體用」之名，意義則較爲明確。萬氏提出四體二用說雖在戴震之前，但由於戴氏名噪有清一代，又有弟子段玉裁等響應於後，因而萬氏首倡之聲遂爲之所掩！

戴震「四體二用」說具見其〈答江愼修論小學書〉一文，戴氏不贊成江愼修所提出的轉注、假借說：「本義外，輾轉引申爲他義，或變音，或不變音，皆爲轉注。其無義而但借其音，或相似之音，則爲假借。」因而提出自己的見解：

> 大致造字之始，無所馮依，宇宙間，事與形兩大端而已。指其事之
> 實曰指事，一二上下是也。象其形之大體曰象形，日月水火是也。
> 文字既立，則聲寄於字，而字有可調之聲；意寄於字，而字有可通
> 之意，是又文字之兩大端也。因而博衍之，取乎聲諧曰諧聲；聲不
> 諧而會合其意曰會意。四者，書之體止此矣。由是之於用，數字其
> 一用者，如初、哉、首、基之皆爲始，卬、吾、台、予之皆爲我，

〔註102〕以下所述略據張其昀《說文學源流考》，231～232 頁。

其義轉相爲注，曰轉注。一字具數用者，依於義以引申，依於聲而

旁寄，假此以施於彼，曰假借。所以用文字者，斯其兩大端也。

此文自「大致造字之始」至「聲不諧而會合其意，曰會意」一段，分敘象形、指事、會意、諧聲四種造字法，接著說「四者，書之體止此矣。」上文云楊慎四經二緯、萬光泰四體二用說，其所謂「體」乃指書體（象形字、指事字、會意字、形聲字），但戴震則不然，戴氏精於哲學思想，知「體」、「用」乃相對觀念，「體」在與「用」相對時是不能解釋作「字體」、「字形」的，因此他的觀點應該是：文字的造字法就只有象形、指事、會意、諧聲這四類！〔註103〕不過如前所言，象形字即依象形造字法所造（其餘類推），因此實際上也可以推衍成：漢字的形體類別就只有這四種——象形字、指事字、會意字、形聲字；說戴氏主張造字方法只有四種，或文字的形體類別只有象形字等四種，意思是一樣的。〔註104〕

〔註103〕 倪渝根〈論漢字的造字法和構字法〉說：「『四體二用』是從『四者，書之體止於此矣……所以用文字者，斯其兩大端也。』中概括出來的。『書之體』的『書』就是『字』，而『體』也只能解釋爲形體的『體』。段玉裁是戴震的學生。段玉裁在《說文解字》中說：『戴先生曰：指事、象形、形聲、會意四者，字之體也。』，明確地將『書之體』解釋爲『字之體』。段玉裁還說：『有指事、象形、形聲、會意，而字形盡於此矣。』可見戴震的『四體二用』應該解釋爲：象形、指事、會意、形聲是漢字的四種形體，轉注、假借是對這四種形體的運用。」按，這是因不解「體」、「用」是相對概念而產生的誤解，段氏云：「字形盡於此矣」，「此」字乃指「體」之意，意謂字形的製造產生，僅用此四種造字法！

〔註104〕 許多學者認爲「四體」之「體」，即形體，是指形體結構，這樣的說法並不適用於戴震。倪渝根〈論漢字的造字法和構字法〉：「戴震一開始說『造字之始』，講的是造字法，緊接著又說『四者，書之體止於此矣』，講的又是構字法。……不過，話又得說回來，戴震認爲漢字的形體結構只有象形、指事、會意、形聲四種，這個論斷還是正確的。」江中柱〈戴震四體二用說研究〉：「（戴震）他把『造字』理解爲構造字的形體，從漢字的形體結構來反推漢字的造字之法。他所說的『書之體止於此矣』，也就說明了他正是通過漢字形體結構的分析，從而發現漢字的形體結構只有指事、象形、諧聲、會意四種，而轉注與假借則游離於漢字形體結構之外，故把『六書』一分爲二，前四者爲『體』，後四者爲『用』。」按：將前四書看作文字形體結構的類型是後來很普遍的看法（說見下文）但說戴震在此處也如此主張則不妥，戴氏於此並未從分析形體結構的角度看待前四書，而是單純指四種造字法或各造字法所結之果—象形字、指事字、會意字、形聲字。

　　戴震所言「轉注」實質上就是古書註釋中、古辭書中的同義詞或近義詞之間的「互訓」，不屬造字法範疇；而「假借，不更制字」（〈答江慎修論小學書〉中語），「所以用文字者，斯其兩大端也。」轉注、假借所運用的文字，其原字不外乎象形、指事、會意、形聲這四體，故其並非獨立的造字法。戴震主張的四體二用說明確地指出六書實應分成「體」與「用」兩種不同層次、不同性質的類型，其後戴震弟子段玉裁在〈說文敘〉注中申其師說，云：

> 六書者，文字、聲音、義理之總匯也。有指事、象形、形聲、會意，而字形盡於此矣。字各有音，而聲音盡於此矣。有轉注、叚借，而字義盡於此矣。異字同義曰轉注，異義同字曰叚借。……趙宋以後，言六書者匈裣陋隘，不知轉注、假借所以包括詁訓之全，謂六書爲倉頡造字六法，說轉注多不可通。戴先生曰：「指事、象形、形聲、會意四者，字之體也；轉注、叚借二者，字之用也。」聖人復起，不易斯言矣！

由段玉裁此段文字，可以充分瞭解「四體二用」說之提出，是因爲不同意六書皆是「倉頡造字六法」，其原因又在「說轉注多不可通。」以及「假借」未造新字，只能視爲「訓詁」之法！其後王筠將楊愼的「經緯」說與戴震的「體用」說合流，他在《說文釋例》中說：

> 《通志》曰：「獨體爲文，合體爲字。」是也。觀乎天文，觀乎人文，而文生焉。天文者，自然而成，有形可象者也。人文者，人之所爲，有事可指者也。故文統象形、指事二體。字者，孳乳而寖多也。合數字以成一字者皆是，即會意、形聲二體也。四者爲經，造字之本也。轉注、假借爲緯，用字之法也。〔註105〕

王氏始明確將四體解釋爲「造字之本」，而後人遂多沿其說！自戴震倡四體二用，段玉裁對其師說推崇備至：「聖人復起，不易斯言！」而後復經王筠、朱駿聲等響應於後，故後代從而信之者頗衆！

　　提出「四經二緯」、「四體二用」說的學者，是有見於難以將許愼的轉注說

〔註105〕參見《說文釋例·（卷一）六書總說》。又按：此段文字前引鄭樵《通志·六書略》之言，其後則皆王筠之語，但有學者誤以爲整段皆鄭樵所言，故將「四體二用」說產生之時代提前至宋代，非是！

定義：「建類一首，同意相受，考、老是也。」解釋爲造字法則，通常只能解釋成字與字之間的關係（互訓）。而「假借」依界說亦僅是借用它字形體，本身並未產生新字形，與前四書必造出新字的方法確然有別，因而也被認爲不當屬造字之法。除了認爲許愼的定義無法將轉注、假借解釋爲造字法則之外，在《說文解字》9353 字的說解中，學者大致上可以依照許愼的說解去判斷何者爲象形字或指事字、會意字、形聲字，但卻無法明確地指出何者爲轉注字，何者爲假借字！〔註106〕因此他們更加有理由相信轉注、假借因爲只是用字之法，所以在以說解本義爲主旨的《說文解字》中無法個別呈現出轉注字、假借字的主體性！

雖然四體二用說似乎很能解釋轉注、假借在許愼的定義及《說文》正文中的各種問題，但六書遂因此也被切割爲兩部分，分別是兩種不同的性質：象形、指事、會意、形聲是四種造字法則；轉注、假借是二種用字法，而所用文字即盡在前四書之中！不過，持平而論，主「體用」說者，其實也是在六書爲「造字之本」的思考前提下，因爲無法解釋清楚轉注和假借是造字法則，才轉而將其解釋爲用字之法，因此僅是對六書說的修正，而並非揚棄！

以往反對四體二用說者，曾提出質疑：前四書是造字之法，而轉注、假借是用字之法，那麼爲什麼兩種性質不同的事物可以並列在一起而稱爲「六書」？他們認爲四體二用說割裂了六書的統一性，不把六書放在同一層面上看待，是曲解了六書提出者的本意，而班固、許愼等人將六書各項並列在一起，應是意味著將它們看作同一類型的東西，況且由鄭衆所傳下的六書次第，也並未看出有體、用分立的情形。孫雄〈六書皆造字之本非有四體二用可分說〉云：

> 班孟堅、許叔重之論六書，初未嘗有體用之說，實由此六者皆造字之本，無先後之可軒輊，故先鄭敍六書之次，一象形、二會意、三轉注、四處事、五假借、六諧聲，可見其次第本無一定。……要之，六書之目，由來甚古，凡所謂轉注、假借，皆指造字之本而言，的然無疑。〔註107〕

〔註106〕除了定義指出考老、令長爲例外，許愼在說解個別文字時，完全未明確指出何者爲轉注字，何者爲假借字。段玉裁則補充說「許書有言以爲者」就是假借字，「如來烏朋子韋西，言以爲者凡六，是本無其字，依聲託事之明證。」不過所舉例中如來、朋、西諸字，按許愼說解是引申關係。

〔註107〕參見《說文解字詁林》，1 冊 562 頁。

又顧千里《思適齋集》卷十五〈書段氏注《說文》後〉云：

> 夫許與班同引保氏而說之，則班略許詳：造字之本一語，是其略也；
> 一曰指事，視而可識以下，是其詳也，惡睹所謂迥異乎？至段氏所
> 易之說，初無當於保氏，何則？保氏六藝餘九數等，未見有分體用
> 者也，何以六書乃獨分乎？其無當固顯然矣。鄭司農之注云：六書
> 象形、會意、轉注、處事、假借、諧聲也。六者平列，轉注、假借
> 二者交錯於四者之間，其不分體用亦已顯然！……東原求轉注不
> 得，指訓詁以當之，而體用之說起。茂堂力主體用，而造字之本一
> 語遂蒙詆而遭易。〔註108〕

然而贊成六書皆造字之本的學者所提出的上述證據，由於說服力不夠，仍無法使主體用說者遂棄其所學。例如，鄭眾之六書次第固然錯亂無章，不足爲訓，但反觀班固、許愼所傳，轉注、假借皆殿於末後，豈非更足資證明六書本有兩分之勢？

至於爲何體、用可以並列六書，則主體用說者，試圖由「造字之本」的「本」字重新加以詮釋以申其不必不可。「本」是根本之意，由是而學者或解之爲「原則」或「基本」等，以爲不必實指造字的「方法」。章炳麟〈轉注假借說〉一文云：「余以轉注、假借，悉爲造字之則。」所謂造字之則即造字的原則；〔註109〕章氏在《國學略說·小學略說》中進一步闡釋：

> 轉注、假借，就字之關聯而言，指事、象形、會意、形聲，就字之
> 個體而言，雖一講個體，一講關聯，要皆與造字有關。

林尹亦主四體二用，他將「本」解爲「基本」：「說六書是建立文字構造及運用體系的基本，那就不錯了。」〔註110〕而陳新雄先生於〈章太炎先生轉注假借說一文之體會〉中更進而詮釋章氏說法：

> 蓋指事、象形、形聲、會意四者爲造字之個別方法；轉注、假借爲

〔註108〕引自鍾肇鵬《漢書·藝文志》釋疑，28～29頁。

〔註109〕龍師云：「照章（炳麟）氏的意思說：『轉注者，繁而不殺，恣文字之孳乳者也；假借者，志而如晦，傑文字之孳乳者也。』兩者也只是造不造字的最高指導原則，並非造字的實際方法。」（參見〈從兩個層面談漢字的形構〉）

〔註110〕《文字學概說》，55頁。

　　造字之平衡原則。造字方法與造字原則，豈非「造字之本」乎？

既然「本」字可有多重意涵，因而學者各自堅持己見，對解決問題亦無所助益！

　　「四體二用」這個動搖六書皆「造字之本」的命題是否能夠成立，解決之道仍須回到六書的原始本質來檢討，六書一開始既然即被稱爲「造（立）字之本」，而其中至少象形、指事、會意、形聲四書屬造字法則，學者間並無異議，剩下的轉注、假借，我們也應先從文字構成的角度盡力去爲漢人辯護，如若果眞無法將轉注、假借解釋爲造字法則，則二者爲「用字」法之說才可考慮其可行。問題的癥結在於，許愼的六書說既然只是其一家之言（說已見前），因而許愼未能將轉注說爲造字之法，並不代表漢代之「轉注」說原意就一定非指造字法則。至於假借，按許愼界說實可列入文字構成法則範疇，唯學者以其未造出新字形，才將其逐出門戶，而今若以其「造」出表音字之實，令其重歸門戶，則所餘問題唯轉注一書。

　　轉注一書，許愼同部互訓之說既然非關造字法則，則吾人理當可以由重新檢討造字法則的實際著手，分析爲語言製字究竟有幾種方法，如此不僅可驗證許愼其他五書的可靠性，亦可研議其中是否有重新找回「轉注」的空間。若分析之結果，所有造字法仍未有越過許愼定義者，則傳統六書說自當易之爲「五書」（捨去許愼講錯的轉注）！若有越出六書範圍者，則其意義乃顯現許愼六書說並不完備！至於轉注問題，可喜的是，近代以來學者，不論是經由對傳統文字構成法則之檢討，或重新由造字理論架構出新的文字構成體系，對於轉注之名義與內涵，頗有一些具啓發性的成果產生，而轉注問題若能由此解決，則「四體二用」之說即可以無庸再議矣！

第三章　漢字分類法新說種種

第一節　文字類型說

一、文字類型與構成法則

　　與六書性質有關的概念，還有學者指出「六書就是六種類型的字」（任學良，說見下），「六書者，乃後人用歸納方法把所有文字畫分為六個範疇。」〔註1〕近代研究漢字類別的學者，又有所謂文字的「基本類型」、「結構類型」之說，都是從文字歸類的角度來詮釋六書（或六書的修正型）！蓋自其始而言，「六書」之名稱與內涵，從文字產生方式的角度看，本是指六種文字構成法則；而若從文字形成後的靜態字形呈現加以分類，則亦可依造字法的類型將漢字分為六種類型，即：象形字、指事字、會意字、形聲字、轉注字、假借字（此處將轉注、假借都視為文字構成法則）。因此文字構成法則和文字類型其實是一體的兩面，也可以說是因與果的關係：由象形造字法所造的字是象形字，由指事造字法所造的字是指事字，由會意造字法所造的字是會意字，其他形聲、轉注、假借皆依此類推。這樣從文字構成類型的角度為文字作分類的方式（而非從分析形體結構的角度），應該就是最早也是最合理的文字類

〔註1〕于省吾〈釋古文字中附劃因聲指事字的一例〉。

型分類法。龍師在〈從我國文字的結體談起〉一文中說：「從文字構造實質上講六書，可以了解我國文字的類別，對整個文字的發生和發展有一個清楚的認識。」任學良《說文解字引論》也說：「六書就是六種類型的字；從造字法的角度看，六書又是六種造字方法。」可知這兩種性質正是一體之兩面！

說文字構成法則和文字構成類型是一體之兩面，還可從「六書」之得名體會其意。「造字之本」的六個類型何以統稱作「六書」？「書」本謂書寫著錄，引申為文字，《說文・敘》云：「初造書契」、「倉頡之初作書」、「鄉壁虛造不可知之書」，「書」皆作文字解。北齊顏之推《顏氏家訓・書證篇》云：「許慎檢以『六文』，貫以部分，使不得誤。」徐鍇《說文繫傳》卷一：「『六文』之中，象形者，倉頡所本起。」（上字條）「六文」即「六書」，可知「書」即文字！因而「六書」之得名可能就是因為它包含了六種類型的文字而來，也就是依照六種造字法所造出之文字類型！

提到「象形」、「指事」、「會意」、「形聲」、「轉注」、假借」這六個名詞時，一般會以為是指各種造字法則，實際上古人對詞彙名稱往往為求其簡潔或為修辭之故，同一事物相關之兩面往往亦仍其名而不變，故有時言「象形」、「指事」等，其實乃指「象形字」、「指事字」等文字類型。一般以為《說文》提及六書中各書名稱時，包括解說文字時和〈說文敘〉中所云，都是指造字法則而言；但也有學者認為應該是指文字的類型，如「上，高也，……指事也。」可以翻譯成：「上，高。……是一個指事字。」〔註2〕又如曹國安說：

> 「書」就是文字。然則「六書」不就是六種文字嗎？這六種文字，按許慎的說法，一種指事，一種象形，一種形聲，一種會意，一種轉注，一種假借。「指事者（意為『指事的字』——筆者。餘仿此），視而可識，察而見意，上下是也。」……指事字、象形字、形聲字、會意字、轉注字、假借字，即為「六書」。「書」並無「法」的意思，也無「造字法」的意思，那麼，「六書」怎能事六種造字法呢？……
>
> 既然「六書」的本義是六種文字，那麼後人為什麼會把「六書」說成六種造字法，或四種造字法和兩種用字法呢？究其原因，是漢儒

〔註2〕湯可敬《說文解字今釋》，4頁。

解説「六書」時使用簡稱，從而混淆了象形字與象形，指事字與指事，會意字與會意，形聲字與形聲，轉注字與轉注，假借字與假借的區別，而使人們把後者當作前者，然後又對後者作進一步的理解，最後把對後者的進一步理解強加於「六書」。

本來六書是六種字，一種字象形，一種字指事，一種字會意，一種字形聲，一種字轉注，一種字假借。若用繁稱，這六種字應分別稱爲象形字、指事字、會意字、形聲字、轉注字、假借字。而用簡稱，則分別稱爲象形、指事、會意、形聲、轉注、假借。據説，漢代三家（鄭衆、班固、許愼）「六書」說均傳自劉歆，故簡稱大概始於劉氏。漢人重師承，簡稱得以流傳。雖然如此，但許愼在《說文敘》中敢於繁簡並用，其繁稱「指事者」、「象形者」、「會意者」、「形聲者」、「轉注者」、「假借者」，使「六書」的本義昭然若揭。〔註3〕

曹氏所謂「簡稱」的說法未必可取，六書是六種字，字必有所造出之法則，故象形等六書之名，從整體可言其法則，從個別字亦可稱其文字類別！但要判別是稱說造字法則或文字類別則僅能就上下文或表述方式加以判別。以下試看數例：

梁朝劉勰《文心雕龍・練字篇》旨在談論寫作時，遣辭用字應當注意之原則。文章先敘文字之始創過程、文字之作用及後世之整理統一，在述及「周禮保氏，掌教六書」之後，又歷數秦代篆、隸之興，並漢初重視文字之情況，其文又云：

> 至孝武之世，則相如撰篇。及宣成二帝，徵集小學，楊雄以奇字纂訓，並貫練雅頌，〔註4〕總閲音義，鴻筆之徒，莫不洞曉。且多賦京苑，假借、形聲；是以前漢小學，率多瑋字，非獨制異，乃共曉難也。

此段文字說明前漢辭賦作家如司馬相如、楊雄之徒因精通小學，故其賦篇率多奇麗之「瑋字」；他們創作許多描寫京城、宮苑之賦篇，賦中多是用「假借」和「形聲」。此處所謂「假借」、「形聲」實指「假借字」、「形聲字」，並非指在賦中運用了「假借」、「形聲」之類的造字法則，其意甚明！

〔註 3〕參見曹國安〈論六書的本義〉。

〔註 4〕「雅頌」之「頌」，當爲「頡」之誤！「雅」指《爾雅》，「頡」指《倉頡篇》。

唐初，賈公彥在《周禮疏・保氏・六書》中云：

> 云六書象形之等，皆依許氏《說文》。象形者，日、月之類是也；象
> 日、月形體而爲之。云會意者，武、信之類是也；人言爲信、止戈
> 爲武，會合人意，故云會意也。云轉注者，考、老之類是也；類一
> 首，文意相受，左右相注，故名轉注。云處事者，上下之類是也；
> 人在一上爲上，人在一下爲下，各有其處，事得其宜，故名處事也。
> 名假借者，令長之類是也；一字兩用，故名假借也。六曰云諧聲者
> 即形聲一也，江河之類是也；皆以水爲形，以工、可爲聲。但書有
> 六體，形聲實多。

賈氏云「六書」之名，實兼「造字法則」與「文字類型」二者而言。其云：「象
形者，日、月之類是也。」蓋云日、月之類，乃屬「象形字」；其云：「象日、
月形體而爲之」，則示造字之法（會意以下各書，儘管所述或有不實，仍當比照
視之）。而所云：「書有六體，形聲實多。」，「形聲」自是指形聲字，故「六體」
亦當以六種文字類型解釋！

又如唐人張懷瓘《書斷・古文》云：

> 夫文字者，總而爲言，包意以名事也，分而爲義，則文者祖父，字
> 者子孫。得之自然，備其文理，象形之屬，則謂之文。因而滋蔓，
> 母子相生，形聲、會意之屬，則謂之字，字者言孳乳寖多也。

此段文字明顯是根據《說文解字・敘》首段：「倉頡之初作書，蓋依類象形，
故謂之文。其後形聲相益，即謂之字，字者言孳乳而浸多也。」而來，但《說
文》所云「依類象形」、「形聲相益」是從造字角度而論，《書斷》中之「象形」、
「會意」、「形聲」則實指「象形字」、「會意字」、「形聲字」而言。

徐鍇《說文繫傳》卷 36：「六者之內，形聲居多。其會意之字，學者不
了，鄙近傳寫，多妄加聲字。」「形聲」、「會意」指形聲字、會意字意思尤其
顯明。而《說文》：「畢，田罔也，從華象畢形微也。或曰由聲。」徐鍇《說
文解字繫傳》：「臣鍇曰：有柄网，所以掩兔。張衡《西京賦》曰：『華蓋承辰，
天畢前驅』，此也。亦象形字。」則有了「象形字」的稱呼！不過「象形字」、
「指事字」等名稱一直到近代才廣爲流行。

爲文字分類所獲致的文字諸類型，其始乃從文字構成法則之分類而來，故

此種文字類型的性質可稱作漢字「構成類型」或「造字類型」等；反過來說，一位文字學者若將漢字分析爲若干類（如六書、四書、三書等），其所代表的意義本亦當是指該學者所認知的文字構成法則有若干類！但晚近學者間爲漢字分類時又有「基本類型」、「結構類型」之說（兩者性質相同，但後者之稱呼有後來居上之勢），而各家的文字類型分類大都不同於傳統六書說，彼此之間的分類亦或同或異，甚至其內涵是否指稱「構成類型」亦有不同觀點，「文字類型」的意義因而也擴大了！

二、結構類型說

藉由各種造字法（因）所造之字（果）即爲某種文字類型，如象形造字法所造字即「象形字」，會意造字法所造字即「會意字」等，故而「象形字」、「指事字」「會意字」、「形聲字」、「轉注字」、「假借字」應該即是最早的漢字類型的分類（主四體二用者，其「文字類型」即前四者），這幾種分類是否健全姑且不論，但從造字法的角度爲所造的文字分類，應該是最理所當然而不產生困擾的分類法。晚近則有不少學者將藉由各種角度（不一定是造字法）所歸納出來的文字類型統稱爲「結構類型」！

其實從造字法的角度看，傳統的象形字、指事字、會意字、形聲字、轉注字、假借字就是漢字的六種不同「結構類型」（主四體二用者，則爲前四書），不過此處所謂之「結構類型」，其指稱對象主要是自唐蘭擺脫傳統六書說而提出文字構成的「三書」說，及自此以下的諸家所提出的文字類型說，至於爲何將「文字類型」稱作「結構類型」？

裘錫圭在〈40 年來文字學研究的發展〉（1989）一文「六書的研究」中說：「40 年來，講漢字結構的人大多數仍然沿用六書說。」下文又說：「與多數人沿用六書說的同時，也有人想打破六書說的框框。早在 30 年代，唐蘭就提出過把古漢字的結構分爲象形、象意、形聲三書的主張。50 年代有人提出了新的三書說，主張把古漢字分爲象形、假借、形聲三種基本類型（按：指陳夢家）。」此處裘氏說唐蘭「把古漢字的結構分爲象形、象意、形聲三書」，所謂「結構」是指形式結構嗎？唐蘭的「象意文字有時是單體的（如大、尸等字），有時是複體的。」[註5]他已打破了傳統六書體系中獨體文與合體字兩分的形體結構的界

[註 5] 唐蘭《中國文字學》，77 頁。

限，因此唐蘭的三書並非從形式結構的角度來爲文字分類的，乃是著眼於「造字結構」的角度！〔註6〕

對照由裘錫圭、沈培執筆的〈二十世紀的漢語文字學〉一文，〔註7〕該文簡單介紹了二十世紀中國的「漢字的結構類型的研究」，除了提到唐蘭、陳夢家、裘錫圭的三書說之外，又說：「還有人提出了關於漢字結構類型的別的說法。例如張世祿的『寫實法』、『象徵法』、『標音法』（《中國文字學概要》），林澐的『以形表義』、『以形記音』、『兼及音義』（《古文字研究簡論》第一章）。龍宇純也提出了新的分類，有純粹表形、純粹表意、純粹表音、兼表形意、兼表形音、兼表音義、純粹約定等七種（《中國文字學》）。詹鄞鑫《漢字說略》把假借排除，又把表意字加以細分，得出象形、指示、象事、會意、形聲、變體六類。」此處除了提出數家的文字類型的分類外，還摻雜了造字法在其中，這是因爲由某種造字法所造之字即屬於某種文字類型，只是換個角度表述而已。該文並說：「對漢字結構類型的研究是一個理論性的問題，從不同角度可以得出不同的結論。」

一般學者對文字「結構類型」的分類多屬於靜態的分析方式。張玉金對「結構類型」的解釋是：

> 如同詞的構詞法和結構類型是兩回事一樣，字的造字法和結構類型也要區別開來。造字法是指使用字符構成新字的方法，而結構類型是指對文字靜態的結構進行分析後歸納出的類別；造字法只管它的初起，即最初造字的方法，而不管它的流變，結構類型是既管源也管流，一個字的結構往往帶有時代性。〔註8〕

張氏歸納的現代漢字「結構類型」有六大類：意符字、音符字、意音字、意音記字、記號字以及半記號字。由於「結構類型」是由靜態的分析方式所得出，與動態的造字法研究自有不同，甚至隱藏了部分真相，例如採用一形一聲組合而成的字，經靜態分析，只能是「形聲字」類型，但經由動態的造字法角度分

〔註6〕 「所謂造字結構，就是造字之時，爲了體現某一語意，而使該字具有的形體構造。」參見李思維、王昌茂《漢字形音學》，22 頁。

〔註7〕 該文收在《二十世紀的中國語言學》一書中。

〔註8〕 張玉金《漢字學概論》，171 頁。

析，卻可能是六書中的另一種文字：如江河等字是取意符配以聲符，同時間造成的「形聲字」，而娶祐等字則是先以「取」、「右」爲母字存在，其後才於母字加注意符而形成「形聲字」形式的另一種文字！

由上述張玉金分現代漢字六種「結構類型」，可知學者對字符的分類往往與六書體系的分析者有所出入，例如最基本的「三書」類型（陳夢家、裘錫圭等），是將基本字符（偏旁）依其功用歸納爲「意符」與「音符」，其中傳統的象形字、指事字、會意字被統合歸納爲以字形表意的「意符」，這樣就打破了獨體字、合體字的界限！而由於文字乃是由字符「結構」（組合）而成的，因此組合之後可以有「表意字」、「表音字（假借字）」、「半表意半表音字（形聲字、意音字）」三種文字的「結構」！由此，所謂「結構類型」之意若由「字符組合的類型」去理解，才能讓人比較得以意會，若執著於字形外貌的「結構」，恐將無法理解何以「三書」是一種「結構類型」！李思維說：

> 分析漢字的造字結構，借助什麼工具？基礎工具是傳統的六書說。所以說「基礎工具」，是因現代有的學者對「六書說」有所批評，並由此提出自己的漢字類型說。如唐蘭……，陳夢家……，裘錫圭……。不過，這裡又要注意兩個方面的情況。其一，這些新說都是在「六書」說的基礎上發展出來的。其二，這些新說主要是從漢字、語義一般關係的角度對漢字類型的歸納（表意的，表音的，半表意半表音的，但唐說不是這樣），而不是或不完全是從「字原」（一個字具有特定形體的由來）角度（唐說未忘記字原角度）對造字結構方式的概括，可「六書」說的側重點實際上正在這一角度上。〔註9〕

這裡概括性地說明了六書學說側重的是「造字結構」的分析，而近人的「結構類型」側重的則往往是字符的結構功能的分析及其組合模式！

此外，這種「結構類型」還有一項重要特色，即是「假借字」（表音字）在文字類型中往往佔有一份地位（但並非每家的看法都相同），它是以表音法的角度參與「造字」，或是以「音符字」的身份成爲文字基本類型中的一類！若論其「結構」則是「表音結構」！而傳統六書說研究，由於學者們所重視的是形體的不同特徵，「假借字」既然只是借用它字，因此在形體結構類型上

〔註9〕參見李思維、王昌茂《漢字形音學》，22頁。

就沒有廁身之處了！

下節「三書與相關諸說」，各家提出的文字類型分類，其實也就是各家「結構類型」的分類！

第二節　三書與相關諸說

一、三書說

自班固記載了「造字之本」的「六書」，許慎獨家闡述其義界，爾後，講造字法則者言必稱六書，一直到了二十世紀初，在甲骨文、金文的研究成果逐漸豐盛之後，才有學者對六書說提出強烈的質疑與修訂，其中最早、影響力最大的首推唐蘭，自他首先提出「三書說」（象形文字、象意文字、形聲文字），〔註10〕經陳夢家等人在他的基礎上加以修訂，而後，以「三書」來類別中國文字或造字法則，大概是最盛行的理論之一。採用「三書」說而論述比較清楚或具有特色的的學者及其著述略舉如下：

唐　蘭：《古文字學導論》（1935）、《中國文字學》（1949）

陳夢家：《殷虛卜辭綜述》（1955）

劉又辛：〈從漢字演變的歷史看文字改革〉（1957）

林　澐：《古文字研究簡論》（1986）

裘錫圭：《文字學概要》（1988）

王韻智：〈試論商代文字的造字方式〉（1988）

趙　誠：《甲骨文字學綱要》（1993）

何九盈：《漢字文化學》（2000）

各家三書說的名稱及與傳統六書的關係對照如下圖。以下略述各家說法，以探討三書說形成的過程，及演變的情況，並期能對三書說予以較客觀的評價。自

〔註10〕沈兼士於二十世紀二十年代初在北京大學授課時留下一部未寫完的《文字形義學》講義（據《沈兼士學術論文集》之「出版說明」），文中他將中國文字的源流變遷分為四級：一、文字畫；二、象形文字；三、義字；四、表音字。由於「文字畫」尚非真正文字，因此沈氏的文字體系似乎也是「三書」，不過其「表音字」實際上包含傳統的「形聲字」（又有聲符兼義與不兼義之分）與「假借字」，所以實際上仍與後來的「三書」基本概念不同！參見《沈兼士學術論文集‧文字形義學》，386～395頁。

唐蘭首創三書說，其後各家大多立足於對唐氏觀點及分類是否適當進行批評及修訂，其中陳夢家實際上是現代三書說的完成者，後來的三書說大都以它的三書說為藍本，而在內容或名稱上稍加補充或修訂，因此論述時採詳前略後方式。各家三書說名稱及內涵對照下表即可見微知著！

傳統六書	象形	指事	會意	形聲	假借
唐　蘭	象形＼象意			形聲	
陳夢家	象形			形聲	假借
劉又辛	表形			形聲	假借
林　澐	表義			形聲	記音
裘錫圭	表意			形聲	假借
王蘊智	表意			形聲	假借
趙　誠	形義			形聲	音義
何九盈	表意			形聲	假借

（一）唐蘭三書說

唐蘭「三書說」的理論見於其《古文字學導論》（1935）、《中國文字學》（1949）二書中。〔註 11〕他之所以捨棄傳統六書而創建三書說，是因為看到了六書說的缺陷。

在《古文字學導論》裡，他指出六書說發源於應用六國文字和小篆的時代，是依據當時文字所做的解釋，內容其實是很粗疏的。而這樣粗疏的解釋竟支配了二千年的文字學，而且大部分學者都還不懂得六書的真義，後來甚至發展出許多象形兼指事、會意兼指事、形聲兼指事一類瑣碎的條目，或更巧立別的名稱，「關於文字的怎樣構成，還是講不明白。」〔註 12〕

在《中國文字學》中，他更指出了六書說的缺點：第一，六書從來就沒有過明確的界說，個人可有個人的說法。其次，每個文字如用六書來分類，常常不能斷定它應屬那一類。因此他主張不能只信仰六書而不去找別的解釋，況且六書只是秦漢間人對於文字構造的一種看法，那時所看見的古文字材料，最早只是春秋以後，而現在所看見的商周文字，卻要早上一千年，而且古器物文字

〔註11〕兩書中之「三書」說大抵相同，僅少部分內容有差異，以下綜合兩書概述，而以《中國文字學》為主。

〔註12〕唐蘭《古文字學導論》83～84 頁。

材料的豐富,是過去任何時期所沒有的,「爲什麼我們不去自己尋找更合適更精密的理論,而一定要沿襲秦漢時人留下來的舊工具呢?」〔註13〕

在批判六書的基礎下,唐蘭建立了「三書說」。他的三書說以甲骨文、金文爲基本材料,名稱採用班固的「象形」、「象意」以及許慎的「形聲」,各書的內容及界限,大致上就是從六書的象形、指事、會意、形聲四書加以歸併、修訂而來:「我修正了傳統的說法,建立了新的文字構成論」!〔註14〕由於他對「六書」的性質採取「四體二用」的觀點,認爲轉注和假借只在運用文字來表達無窮的語言,並非產生新字的方法,因此他的三書中也沒有轉注、假借。〔註15〕至於其他四書的分類,他的意見如下:

關於六書的「指事」。「象形、象意、象聲,三種,本已包括了一個字的形、音、義三方面,不過它們把圖畫實物的文字,和少數記號文字分開,所以多出了一種象事。」什麼叫記號文字?「首先是指事,許氏舉的例是『上下』,它的本意是很清楚的。指事文字原來是記號,是抽象的,不是實物的圖畫」。但他又說:「由我們現在看來,這種記號引用到文字裏,它們所取的也是圖畫文字的形式,所以依然是圖畫文字的一類,也就是象形文字。我們看見『一』字,就讀出數目的『一』,和看見虎字就讀出虎字是一樣的。所以我們無須單爲抽象的象形文字獨立一類。」〔註16〕因此他反對「指事」獨立爲一類!〔註17〕

哲按:一般觀念,一、二、上、下是抽象的概念意義,其字形並非直接取象於自然界的某具體實物(自然界中沒有某物叫做「一」、「上」、「下」等),唐氏卻將它們歸入象形,這種觀念似乎難以讓人理解!不過由他所說:「這種記號引用到文字裏,它們所取的也是圖畫文字的形式」,對照《古文字學導論》

〔註13〕唐蘭《中國文字學》,75 頁。

〔註14〕唐蘭《中國文字學》,8 頁。

〔註15〕唐蘭:「分化、引申、假借、孳乳、轉注、緟益,我把它們叫做『六技』,是說明古今文字構成的過程的。」(《中國文字學》,102 頁)

〔註16〕唐蘭《中國文字學》,70～71 頁。

〔註17〕在《古文字學導論》中,唐氏云:「指事這個名目,只是前人因一部分文字無法解釋而立的。其實這種文字大都是象形或象意,在文字在上根本就沒有發生過指事文字。」(85 頁)

裡在象形字所分小類「象工」中的例字「一」：「像數目之形。上古時或用刻契，或用數籌，此即象其形。舊時以為指事字，其實非是。」（99 頁）原來「一」之所以為「象形」，乃是「象一之形（指如契刻時所刻之一畫或象一畫之數籌形）」，這種解釋當然不足為訓的！契刻時所刻之一畫只是代表抽象的「一」這個數目，並非代表實物之形，唐氏的意思是古人造「一」字時，即依契刻的「一」形而「畫成其物」，所以是「象形」！［註18］至於唐氏以看見「一」字，就可以讀出數目的「一」，和看見虎字就讀出虎字是一樣的，來說明兩類字性質一樣，所以無須單為這類抽象的「象形文字」獨立一類，這也是似是而非的觀念。見甲骨文「虎」字而讀「虎」，是因為其字形即如實物的虎，三歲不識字的小孩不必細想亦可得到如此結果。但三歲不識字的小孩見「一」則未必能讀出「一」，因為他們所認識的自然界中沒有一物叫做「一」（實際上任何圖畫或符號在配合語言成為文字時，都需要經過約定俗成的過程）！「一」是種概念是抽象的（猶如二、三、囗、〇），造字時並沒有指稱某種固定的實物，與虎之為「象形」，性質大為有別！見「一」讀「一」，實際上是該「一」形經約定俗成代表數字之「一」後之事，否則為何不見「｜」（甲骨文十字）而念「一」呢？

　　關於六書中的「會意」。唐蘭認為許慎舉「武、信」為例（所謂「止戈為武」、「人言為信」），以現在眼光看是錯誤的。「古文字只有象意，沒有會意。象意字是從圖畫裡可以看出它的意義的。」「武」字在古文字裡本是表示有人荷戈行走，從戈行的圖畫，可以生出「威武」的意義，從足形的圖畫裡，又可以看出「步武」的意義，可是總不會有「止戈」的意義。「『比類合誼，以見指撝』，這種會意字，在秦以前的古文字裡，簡直就沒有看見過。」但是戰國末年以後，就當時所見錯誤的字形而作的杜撰的解釋，漸漸的多起來，如「自營為私，背私為公。」「推十合一為士」等，從古文字學來看，沒有一條是對的。什麼才是真正的會意字？唐氏認為「追來為歸」、「小大為尖」、「大長為套」等利用兩個字義的會合造成的新字才是「會意字」，他們和圖畫文字

［註18］同書 72 頁也說：「『一二』和『方圓』雖沒有實物，但在文字發生時，人們早已有這種觀念，而且有代表這種觀念的實物。例如計數的算子，方形的匡，圓形的環。所以這些文字，還是圖形，而並不是代表抽象的意義。」（72 頁）其實一、二、方、圓既是「兼賅眾物」而非專表一物，所以代表的確實是「抽象的意義」！

不一樣，只能算是「象意字的一種變型。」因此，唐蘭並不是否定有會意字的存在，只是認為它們出現的晚，「說文裡的會意字，也還不很多」，在古文字時期的先秦，是以圖畫式的「象意字」為主體，戰國末年以後，由於率意分解字形的曲說逐漸盛行，「理論有時也會影響到事實」，其後新的會意字才陸續被製造出來！

哲按：唐蘭認為古文字中的「象意字」（不論是單體或複體）都是由部件構成整體的圖畫形式去表現意義的，即使如甲骨文「武」字，雖可分析為上「戈」下「止」（字形並未連結為一體），仍須從圖畫文字的角度來看出它的意義，並非是藉由兩個獨立的字會合而成新字新義，他認為「比類合誼，以見指撝」的「會意」是由「象意」發展而出的「變型」，在古文字之中幾乎沒有見過！唐氏這種主張頗受後人批評，說見下！

關於六書的「形聲」。唐蘭認為「其實說文裡有清晰的界限的，只有形聲一類，可是有一部分亦聲的例子，依舊和會意有些牽纏。」他並批評自鄭樵以來為文字歸類時採用的「兼生」分類，「凡是分類，需要精密而無例外，要是分為四類（哲按，指前四書），而每一類依舊得牽纏其餘三類，這種類就大可以不必分。」

根據上面所述的原則，〔註19〕唐蘭將六書（實為前四書）重新歸併、修訂分類為「三書」，他的「三書」是指「象形文字」、「象意文字」和「形聲文字」。象形、象意是上古時期的圖畫文字（唐蘭云：「我們說圖畫文字，是用圖畫方式寫出來的文字」），形聲文字是近古期的聲符文字，他認為形、意、聲是文字的三方面，三書足以範圍一切中國文字，不歸於形，必歸於意，不歸於意，必歸於聲，這樣可以避免按「六書」分析所造成的混淆不清。以下分述「三書」：

1、象形文字

唐氏的「象形文字」，包括了傳統「六書」中的獨體象形字和少數指事字（抽象符號式指事字），他說：

> 象形文字畫出一個物體或是一些慣用的記號，叫人一見就能認識這是什麼。畫出一隻虎的形象，就是「虎」字，象的形狀，就是「象」字，一畫二畫就是「一二」，方形圓形就是「□○」。凡是象形文字：
>
> 一、一定是獨體字

〔註19〕參見唐蘭《中國文字學》，70～75頁。

二、一定是名字

三、一定在本名以外，不含別的意義。

例如古「人」字像側面的人形，一望而知它所代表的就是語言裡的
「人」，所以是象形字。古「大」字雖則象正面的人形，但語言裡的
「大」和人形無關，……由大人的「大」又引申做一般的「大」，這
個字已經包含了人形以外的意義，那就只是象意字。凡是象形文字，
名和實一定符合，所以我又把它們叫做「名」。〔註20〕

他又說：「在三書說裡，象形的界限是最謹嚴的，我們所謂象形文字，只限
於段玉裁所講獨體象形一類，這就是王筠把它叫做象形正例，朱宗萊所謂純象
形的一類。這裡既沒有什麼合體跟變體，也不取什麼兼聲和兼意……」。〔註21〕

哲按：唐氏對獨體字的定義：1、一定是獨體字2、一定是名字3、一定在
本名以外，不含別的意義。因有第一點的觀念，唐蘭將「合體象形字」歸入「象
意」，但將「眉」、「胃」等「合體象形」歸入象意是沒道理的，「合體象形」也
合乎上述的三定義，因其眉形、胃形的構件是全字主體，所從目、肉之意符是
為使其義顯明，只是附加成分，因此古今學者多將其字歸於象形！至於第2點
是正確的，第3點也基本正確，不過陳夢家對此有不同看法（說見下）。唐氏以
「人」和「大」為例，頗能說明象形、象意之別，但將「一二」、「□○」（方、
圓）歸入象形，不僅不符合一般傳統六書的慣例（除了少數如鄭樵《六書略》），
且與他自己界定的「一定是名字、一定在本名以外，不含別的意義」相抵觸，
因為「一」可指一個人，也可指一本書、一件衣、一匹馬等，□（方）也可泛
指書之方、桌之方、豆腐之方等，皆是抽象之「意」，而非具體地指稱某種物體！
段玉裁云：「指事之別於象形者，形謂一物，事賅眾物。」而將一二等歸入「指
事」就是這個道理（人雖也可指男人、女人、老人、小孩等眾人，但總是同一
性質之物，與一之可為一本書、一件衣、一匹馬不可同日而語）。「□○」也是
藉由抽象之方形、圓形以「兼賅眾物」，道理一樣！將一、二、□、○歸為象形，
並不是唐蘭一時的疏忽，他是根據這些字也屬「圖畫文字形式」的原則而做出
的分類，不過這種「創見」卻是錯誤的，頗受後人批評！

〔註20〕唐蘭《中國文字學》，76～77 頁。

〔註21〕唐蘭《中國文字學》，87 頁。

唐蘭將象形分爲四類，並作了具體的說明：

一象身：就是鄭樵所講「人物之形」，〈繫辭〉說：「近取諸身，遠取諸物。」畫圖的人對於自己這一類描寫得很多，所以五官四肢等幾乎每一部分都有象形字。

二象物：包括鄭樵所謂「天物之形」、「山川之形」、「草木之形」、「鳥獸之形」、「蟲魚之形」等類。凡是自然界的一切，只要能畫出來的象形字，都屬於這一類。

三象工：人類的文明，是建立在發明工具上的，……所以我把一切在人類文明裡利用自然界萬物所製成的器物都列入「象工」，這裡包括了鄭樵的「井邑之形」、「器用之形」、「服飾之用」等。

四象事：這一類就是班固的象事，也就是許慎的指事。因爲這一類文字所畫的都是抽象的形態、數目等，沒有實物，所以前人要在象形外另列一類。……我們認爲玄名實名同是象形，其間界限，不容易分析。方形的□是虛象，井字和田字是實象，如但就圖畫的技術說，方形和井形、田形，有什麼不同呢？〔註22〕

哲按：前三類爲象形字沒有疑義，但以第四類（□○）爲象形字，其誤已略如上述。就圖畫的技術來說，方形和井形、田形，誠然沒有什麼不同，但前者是無實物可繪而藉由「人心營構之形」，後者則有實物可據以畫成其物，其字形即是「象人目中之形」。〔註23〕此外，語言中的「玄名」（「抽象的是『玄名』」）、「實名」（「實體的是『實名』」）實際上是可以區分的，象形字所代表的語言必是具體實物之名，而一二□○上下所表語言則不專屬於某有形物名，兩者分別極爲清楚，因此諸字當歸入其「象意」爲是！不過需說明，唐蘭認爲應併入象形的指事字其實數量應不多，按其字例，總計《古文字導論》、《中國文字學》二書，明確指出應併入象形的「象事字」僅此六字：一二□○上下，且均屬抽象的符號，故而傳統當作指事字的，在唐蘭的三書系統裡，大部分應該還是要

〔註22〕參見唐蘭《中國文字學》88 頁。在《古文字學導論》中無「象事」一類，但「象工」中有「一」字，大概後來即由此分出「象事」。

〔註23〕在《古文字學導論》中唐氏也曾說：「象形文字的所象，是實物的形。」（91 頁）

歸入「象意」文字。〔註24〕

2、象意文字

唐蘭的「象意文字」包括六書中的合體象形字和會意字及大部分指事字。他說：

> 象意文字是圖畫文字的主要部分。……象意文字有時是單體的，有時是複體的，單體象意文字有些近似象形文字，不過象意文字注重的是一個圖形裡的特點，例如古「尸」字象人蹲踞，就只注重蹲踞的一點，「身」字像人大腹，就只注重大腹的一點，此外可以不管，這是象形字和單體意字的分別，複體象意文字有些近似形聲文字，不過象意字的特點是圖畫，只要認得它原是圖畫文字，從字面就可以想出意義來，就是象意文字。……象形和象意同是上古期的圖畫文字，不過象意文字，不能一見就明瞭，而是要人去想的。〔註25〕……
>
> 象意文字是這樣被創造出來的，由於記錄語言的需要，在可以畫出來的名字（即象形字）之外，每個表示動作跟表示區別的字，都盡量在圖畫中找出一個單位來做代表。這些單位，有時是單體的，如：爬在地下的人是「七」字，跪在地下的人是「卩」字。有長頭髮的人是「長」字，有大肚子的人是「身」字。有時是複體的，如：人荷戈是「戍」字，用刀斫人是「伐」字，把孩子盛在箕裡扔出去是「棄」字，把孩子留養在家裡是「字」字。單體的是單體象意字，複體的是複體象意字。兩個以上的同樣形體，如其是一個不可分的單位，例如：「晶」（古星字）便還是象形字，要是用獨體字累積起來的，如：「艸卉」的單體是「中」，「林森」的單體是木，「从乑」的單體是人，那便是重體象意字。
>
> 在聲符文字未發生以前，圖畫文字只有極少數的象形，此外，就完全是象意字了。象意字往往就是一幅小畫，像：「璞」字本畫出一座

〔註24〕唐蘭：「象意文字的範圍，包括舊時所謂『合體象形字』、『會意字』、『指事字』的大部分。……只要把象單體物形的『象形字』和注有聲符的『形聲字』區別出來，所剩下的就都是『象意』。」《古文字學導論》100～101頁。

〔註25〕唐蘭《中國文字學》，77頁。

大山的腰裡，有人舉了木棍把玉敲下來放在筐子裡；「鑄」字本畫出兩首捧一個鬲在鑪火裡烘烤。但是，文字跟圖畫究竟有時不同，所以有些畫法是極簡單的，畫一個眼睛就可以代表有人在瞧（如相字），畫一張嘴，就可以代表有人在說話，（如「問」字），畫一個腳印，就可以代表有人在走路。〔註26〕

至於象形、象意的區別，唐氏則說：

有許多人也許要懷疑，象形文字和象意文字，既然同是圖畫文字，為什麼一定要分兩類呢？我們的主要目的，當然在用象形文字來統攝一切的文字。但從圖畫的發展來看，象形字的起源，也該比象意字早。〔註27〕

哲按：唐蘭認為「六書」只是戰國末年人根據當時文字所歸納出來的條例，而甲骨、金文年代要早上一千年，因此我們應該「自己尋找更合適更精密的理論」，不必沿襲秦漢人留下的舊理論！由於甲骨、金文年代遠比戰國古文、小篆久遠（小篆且是經過整齊化、規範化的文字），經由分析甲金文所得出的條例，是否會和經由分析後者字形所得出的「六書」條例有所差異呢？自唐蘭的三書與傳統六書比較，最明顯的就是「象意」與「會意」之別！

唐蘭認為先秦以前的象形字和象意文字都屬於圖畫文字，因此他的三書不採「會意」的名稱，認為「比類合誼」的「會意字」在古文字中幾乎沒有看到。陳夢家批評唐蘭說：「他說『比類合誼，以見指撝這種會意字，在秦以前的古文字裡簡直就沒有看見過』，則是我們所不能同意的。甲骨文字中一棵樹為木，兩棵樹是林，是會意；明字是日和月相合，……表示光明。這些都是會意。」〔註28〕裘錫圭也批評唐蘭「沒有給非圖畫文字類型的表意字留下位置」，「大概唐先生認為那些字都是後起的，而且數量也不多，可以不去管他們。但是作為關於漢字構造的一種基本理論，不考慮這些字，總不免是一個缺陷。唐先生曾把這些字稱為『變體象意字』。這當然不是認真解決問題的辦法。」裘氏也舉出明、鳴、宦、去作為先秦已有會意字之證。〔註29〕

〔註26〕唐蘭《中國文字學》，92頁。

〔註27〕唐蘭《中國文字學》，88頁。

〔註28〕陳夢家《殷虛卜辭綜述》，75頁。

〔註29〕裘錫圭《文字學概要》，128頁。

　　唐蘭是站在古文字（甲、金文）的立場上提出三書說的，在他看來，甲骨文、金文幾乎沒有「會意字」，〔註30〕不過本來的圖畫文字「傳的久遠一些，寫得更簡單一些，人們把原來的意義也忘了，就有『止戈爲武』一類的新說出來，時代越久，新說愈多，又有許多新字是依據這種新說的原則推演出來的，本來用圖畫表達的象意字，現在變做用兩個或更多的文字來拼合，這種變體象意字，便是前人所謂『比類合誼』的會意字了。」〔註31〕因此早期產生的「會意字」是由象意字「變」出來的，更以後才有依照「比類合誼」而造出的會意字產生！

　　先秦時期固然已有少數如陳、裘二氏所指出的「會意字」，但以文字整體發展的歷史來看，大部分在甲骨或金文以及《說文》中都出現的「會意字」，極有可能確實如唐蘭所言，是因字形演變或意義轉變後「變」出來的！既然甲骨、金文時期以圖畫文字性質的象意字佔絕大多數，而後來的「會意字」（指唐氏之定義）也是在象意字演變之後，得到啓發而產生的造字法，因此稱「象意」而不名「會意」是可以被理解的。況且唐氏也將「會意」字稱爲「變體象意字」，並非沒有處理這個問題，裘氏《文字學概要》所提出的「漢字基本類型」乃立足於古今漢字，當然是必須要重視、處理「會意」字的問題，由於所處的立足點是不同的（唐蘭只研究古文字部分），裘氏所批評：「這當然不是認眞解決問題的辦法。」似乎未見公允（當然兩人對「會意字」的認定標準不一也是關鍵所在）！

3、形聲文字

唐蘭說：

> 　　形聲字的特點是有了聲符，比較容易區別。不過有些聲化的象意字，雖然也併在形聲字的範圍裡，就它原是圖畫文字的一點，我們依舊把它列入象意字。……眞正的形聲字都是近古期的新文字，是用聲符的方法大批產生的。《說文》說：「形聲相益，即謂之字，字者言孳乳而寖多也。」所以我們就把形聲叫做「字」。〔註32〕

〔註30〕此處應該指一個字初被造出之時是「象意字」，春秋時期人們對「武」字本義已不知，衍生出「止戈爲武」的新觀念，此時「武」字形構說是「會意字」亦未嘗不可！

〔註31〕唐蘭《中國文字學》，92～93頁。

〔註32〕唐蘭《中國文字學》，78頁。

所謂「象意字聲化」，他解釋：

> 中國語言裏的動字、區別字，大都和名字的聲音相同，而只有小差
> 別。名字是「食」，動字是「飤」；名字是「子」，區別字是「字」；……
> 因之，寫爲文字時，有許多象意字，可以只讀半邊，我們稱爲象意
> 字聲化。〔註33〕

哲按：依唐氏所舉「象意字聲化」的例字「　」、「字」等來看，實際上就
是「亦聲字」，其字之所以形成，乃因「母字」由於語意引申，形成了語言的分
化，後爲求其字形有別，遂於「母字」加注意符化成「區別字」。因化成後之字
即以母字爲聲，遂形成「會意兼形聲」的現象，這種字古人名之「亦聲字」（唐
氏仍將它們歸入象意字）。唐氏可能對「亦聲」的含義不盡理解，所以別創名號
曰「象意字聲化」，且在研究古文字時，憑藉其「象意字聲化的概念」，動輒說
「以象意字聲化例推之」，便能識得不認識的古字音義，這其實是不存在的考釋
文字法！

唐蘭也看到了「形聲字」的來源不一問題，他認爲由舊的圖畫文字轉變到
新的形聲文字，經過的途徑有三種：

一是「孳乳」，這是造成形聲字的主要方式，大部分形聲字是這樣產生的。
假如有一條河叫做「羊」，一個部落的姓也叫「羊」，一種蟲子也叫做「羊」，古
人就造出了從水羊聲的「洋」，從女羊聲的「姜」，從虫羊聲的「蛘」。吉象是吉
羊，可以寫成「祥」，又如，水少是「淺」，貝少是「賤」。無論是引申出來的意
義，或假借得來的語言，都可以孳乳出很多的新文字。

二是「轉注」，這是六書裡原有的。許慎說「建類一首」，顯然指同部的字，
不但同部，也還要同意。我們由此可想到轉注和普通孳乳來的形聲字正相反。
因爲孳乳的方法，是由一個語根作聲符，而加上一個形符來作分別的，主要的
意義在聲符，從文字的形體上看雖有差別，在語言裡是完全一樣的。由轉注來
的文字，主要的意義卻在形符，「老」字和「丂」字、「句」字、「至」字等，本
來不是一個語言，只因意義相同，造新文字的人就把「丂」、「句」、「至」等字，
都加上一個「老」字的偏旁，做成「考」、「耇」、「耆」等字，所以轉注是以形
符爲主體的。在語言裡一語數義，到文字裡別之以形，內涵的意義太多了，各

〔註33〕唐蘭《中國文字學》，97 頁

各添上形符來作區別，這是孳乳字。反之，數語一義，寫成文字時統之以形，同意語太多了，找一個最通用的語言作形符來統一它們，所謂「建類一首」，就是轉注字。

　　三是「緟益」。就是說這總是不需要的複重跟增益。緟益字的造字者，總是覺得原來文字不夠表達這個字音或字義，要特別加上一個符號。有三種情況：1、在圖畫文字裡增加上聲符（如甲骨文鳳、雞）；2、在圖畫文字裡，加上形符（如采字作採、章字作彰等）；3、後起的形聲字，大都增加了不需要的形，「梁」字已從木，還要寫作「樑」，「鳳皇」寫作「凰」等。

　　哲按：唐氏分析形聲字的來源主要經由六技中的「三技」（唐氏說：「由孳乳、轉注、緟益三種方法產生的形聲文字，纔是純粹形聲字。」），由於對「孳乳」、「轉注」的定義各家或有不同，此處暫不討論，但具體歸納，其「形聲字」的來源，不外乎龍師宇純將形聲字性質分爲四類中之「象形加聲」、「數語同源，加形以爲之別」、「由假借而加形」三類。至於《說文》中「從某某聲」的典型「形聲字」，唐蘭似乎並沒有給予其地位，這由他討論關於形聲字的聲符是否兼義的問題可得知其觀點：

> 我們由理論上說，每一個形聲字的聲符，原來總是有意義的。有人認爲專名像「江」、「河」之類的聲符，就沒有意義，其實工聲如杠之直，可聲如柯之曲，古人命名時不會沒有意義的。……總之，形聲字的聲符所代表的是語言，每一個語言不論是擬聲的、述意的、抒情的，在當時總是有意義的，所以每一個形聲字的聲符，在原則上，總有它的意義，不過有些語言，因年代久遠，意義已茫昧，所以，有些形聲字的聲符也不好解釋了。〔註34〕

唐氏認爲形聲字的聲符在原則上原來都應當是兼義的（而「從某某聲」的形聲字聲符是不兼義的），只因年代久遠，意義失傳，因而變成似乎不兼義。然此說僅是想當然爾之論，年代既遠，終究無法驗證，可唐蘭也忘卻了自己所言：「除非後人在這個假借字上加上偏旁，才可以變爲新文字，可是只要一加偏旁，又是形聲字。」〔註35〕這種假借字加偏旁而成的「形聲字」，聲符豈非無義嗎？

〔註34〕唐蘭《中國文字學》，106～107頁。

〔註35〕唐蘭《中國文字學》，78頁。

　　對於唐蘭的「三書說」後人並不是很滿意，除了上述的一些問題外，後來其他主三書說的學者，認為「象形、象意的劃分意義不大」（參見下文各家之說），因此大多將唐蘭的象形、象意合併為一類！但我們認為，除了將少數抽象符號字列入象形是唐氏之誤解外，將象形獨立為一類是合理且可行的，漢朝人正是如此作！雖然象形字也是表語言之「義」的，但考慮它的特殊性：都是表語言中有形之物、是其他類型文字的創造基礎等原因，還是依照傳統文字學的分類讓它獨立為宜！

　　此外，「把假借字排除在漢字基本類型之外」也是唐蘭三書說被批評的重點之一。雖然我們也不贊成將假借排除在外，但仍須指出，這種觀點的分歧，依然是立足點不同之故。唐蘭立足於四體二用說，他的漢字歸類法可謂是「構成類型（造字類型）」（唐氏說：「我們對於文字的構成，可以建立新的完善的理論，用以代替陳舊的六書說。」），但因為他認為假借是用字之法，故將假借排除！而如陳夢家等人，立足於文字的功用是記錄語言的觀點，此時假借的性質是「音符」，是「表音字」，故必須是文字的基本類型之一（陳氏等人未必將假借視為造字法），因此兩者並不是站在同一觀察角度看待假借字！

　　總之，唐蘭的三書說雖然有意解決六書說的老問題，但他基本上仍然沿襲四體二用說，因此對漢代六書說實質的瞭解並無助益，反而製造出新問題，如：將抽象符號字歸入象形字、先秦有無「會意字」、有無聲符無義的形聲字等都是有爭議的問題。不過唐蘭是第一位大膽地對六書進行改造的學者，開風氣之先，並因而促進相關領域的蓬勃發展！

（二）陳夢家三書說

　　唐蘭首創三書說，地位重要，但真正確立三書說文字類型的則應屬陳夢家，他在《殷墟卜辭綜述》第二章「文字」裡闡述了他的「三書說」。他首先評述唐蘭的「三書說」，陳氏認為唐氏的「三書說」有其獨到的見地，但也提出幾個不同的觀點：

　　（1）形聲字的構式，形符與聲符居於同等地位，所以不能稱形聲字為聲符文字。

　　（2）可以說象形、象意是象形文字，但稱之為圖畫文字是不妥當的。

　　哲按：「圖畫文字」名稱一般被認為是指「圖繪記事」，與「文字畫」都屬

原始期文字，陳氏故有此言。但唐蘭的「圖畫文字」定義不一樣，唐蘭云：「我們說圖畫文字，是用圖畫方式寫出來的文字，……文字畫則只是近似文字的圖畫。」

（3）假借字必須是文字的基本類型之一。「在以文字爲語言的符號的意義來說，從象形過渡到形聲以及形聲本身的發展過程中，象形（後來又有形聲）爲語言的代音字或注音字（即所謂假借）是極重要的。在這裡，被假借的象形（或形聲）事實上是音符。假借字必須是文字的基本類型之一，它是文字與語言聯繫的重要環節；脫離了語言，文字就不存在了。」

哲按：爲文字歸類，可以由不同角度，唐蘭從造字類型角度（說見上），且因贊成四體二用說，故不將假借列入其文字類型架構中。而陳夢家則從「文字爲語言符號」、「文字是與語言聯繫的重要環節」的角度來看待假借字，在甲骨文中的假借字，既然被當作「音符」（表音字）使用，因而應當列入文字「基本類型」之一！因此假借是否應當是文字類型之一的問題，因學者觀點、角度不同，分類法有異，自然可能會有出入！至於哪種分類較好？以周全性而言，就唐氏與陳氏擇一，似乎以後者爲佳！甲骨文中各類型文字，在作爲記錄書面語的符號時，以其使用的頻率而言，假借字竟高達七、八成（參見第二章第二節）。因此假借字是一種非常重要的記錄漢語的符號，可以說如無假借字，古漢語將無法被完整、完善地紀錄！故而爲文字分類，若不使假借有適當地位，則該文字系統不可謂之周全矣！

（4）對於唐蘭所定的關於「象形字」的三個標準，陳氏均不同意。第一，事與物都是我們象形的對象，這些事物有處於靜態的，有處於動態的，因此象形字不僅是名字而且可以是動字。卜辭的「雨」字像掉下雨點之形，就其爲雨點而言是名字，就其爲雨點落下而言是動字，所以卜辭「不雨」、「其雨」的雨是動詞；「又大雨」、「邁雨」之雨是名詞。第二，他認爲象形字分爲獨體複體是人工的分析，如「有」字爲從又從肉，然而它依然象手持肉之形；古「企」字從人足下有「止」（趾，腳）像人墊起腳來望遠之形，後來分寫成「人」、「止」，它原來是象形。第三，一切象形字可以有形的分合（如企），義的引申（如「日」像太陽，引申爲每日），聲的假借（如羽像羽毛，假借爲翌日），但「企」、「日」、「羽」原來都是象形，所以象形字不能認爲在本名之外，不含別的意義。

哲按：唐蘭對象形字的定義：1、一定是獨體字　2、一定是名字　3、一定

在本名以外，不含別的意義。就陳氏批評唐蘭象形字定義的第（2）點「一定是名字」而論，陳氏取「雨」在甲骨文兼有動、名二用為例以反駁唐蘭。但是同一語詞而有時當名詞，有時當動詞，這是語言本身之變化，乃是詞義本身有了引申。語言先於文字而存在，未有文字之先，一個語詞本就可能已經擁有了名詞、動詞等各式「本義」、「引申義」諸義項，當要為語詞造字時，要選取那個義項作為造字的依據（當時古人大概還不會有「本義」、「引申義」的概念）？時代渺茫，字聖之心難測！但按一般情況，造字時苟某詞有動、名詞二類，字形通常是為名詞而造的，因為可視之物較為人所熟悉，直觀即可得義，「衣服」、「魚兒」之意總較「穿衣」、「打魚」來得直接，造字的時機也比後者來得迫切，同理，先民造雨字時，應是為名詞之「雨」而造，並非取「下雨」之意而造雨字！故而陳氏的批評並無道理！

至於批評唐說象形「一定是獨體字」之非是，更是陳氏自說自話，「有」、「企」二字在唐蘭並非象形字，而是象意字，象形字在唐蘭自然是沒有單複體之別的！

關於批評的第三點，恐怕也是誤解了唐氏之意，或者說受了唐氏所誤導，因為唐氏在說了「一定在本名以外，不含別的意義」之後，舉「人」與「大」字為例，「人」除了為「人」之外，當然不含別的意義。但唐氏並舉「大」字為例，則易讓人誤解，他說：「由大人的大，又引申做一般的大，這個字已包含了人形以外的意義，那就只是象意字。」問題是，「大」字本就非象形字，唐蘭的說法是沒有意義的！雖然陳氏所批評的似乎也並非沒有道理，但果如所言，也僅可視為唐氏的定義並不周延，仍無損於唐氏將象形、象意兩分的觀點！其實陳氏說引申義、假借義都可能會使象形字增加義項而無法「不含別的意義」，仍然是有問題的，「日」字引申為每日，還是在「日」的意義範疇內，並未跑去當人、石、馬等不相干之義；假借義則本非自求而得，天降斯「禮」，與本字本義何干？而「企」則是象意字，不可以為例！因此象形字雖然除了本義之外，儘管可能有引申義、假借義，但這本是正常現象，不能因此否定象形字獨立的地位！

（5）不同意唐蘭所說「比類合誼，以見指撝」這種會意字，在秦以前的古文字裡，簡直沒有看見過的說法，比如甲骨文中一顆樹為「木」，二顆樹為「林」，是會意；「明」字是「日」和「月」相合，是會意字。

陳夢家在檢討唐蘭三書說的基礎上，提出了他自己的「三書說」，即象形、假借和形聲。這三書的順序也代表了他對文字形成與演進的觀點，「客觀的事物是有形象的，凡有形象的都可以造出象形字」；但語詞中還有些詞是難以或不能描繪出來的，如人稱代名詞、否定詞和方向等，就借用已有的象形字作爲音符，把象形字當作一個代音的注音的符號來記錄某些語詞。因此象形字的「羽」字和第二天的「翌」或「昱」在語言中同一個音，就借用「羽」爲第二天，這就是假借字。但假借字有其缺陷，爲了防止混淆、明確字義，於假借字加上事物同類的形符，如「羽」假借爲次日，加上「日」的形符，成爲「　」。這便是形聲所以產生的原因。〔註36〕

哲按：班固、許愼六書的次第都將假借列於最末，但由文字動態演進的觀點來看假借，由假借字加注意符，是「形聲字」形成的重要方式，陳氏將假借位列形聲之前，可謂有見！

陳夢家稱象形、假借和形聲字這三書爲「漢字的基本類型」：

> 象形、假借和形聲字是從以象形爲構造原則下逐漸產生的三種基本類型，是漢字的基本類型。

他的三書就是由「象形字」、「假借字（音符字）」、「形聲字」所組合起來的「結構類型」，現代一般學者所採用的三書說實際上就是在陳夢家三書說的基礎上修訂而成的（主要是在名稱上修訂及內容的補充）。而三書的音義特點及其表達語言內容（即意義）的方式如下：

> 象形字以它自己形象表示意義，如「月」、「虎」一看就是月亮和老虎；假借字把象形字或形聲字當作一個音符，讀出來的音相當於我們語言中的某個詞，如「羽」字的聲音同於第二天的「翌」；女子的「女」字的聲音同於第二人稱「汝」；形聲字的形符表示事物的類別，音符乃是事物在語詞中的發音，如「河」字的水旁表示「河」是一

〔註36〕按：此段所謂「羽」與第二天的「翌」或「昱」同音，遂借用爲第二天，後加上「日」成爲「明」，是錯誤的論述。陳氏所說的「羽」字在甲骨文作「𦏻」，義謂明日，相當於《尚書・召誥》：「若翼日乙卯」等的翼字。但唐蘭誤釋爲「羽」（實當爲翼），而陳夢家同其誤。羽、翌二字古音聲母有喻三喻四，韻部有魚部之部的不同，翼翌則同音。（參見龍師〈有關古書假借的幾點淺見〉16頁。

條水而這條水的名字近於「可」的聲音。此三者同樣達到文字的目地，即表達出語言的某一內容（即意義），但用的方式是不同的。……三者之「形與義」的關係是不同的：象形是由形而得義，形聲是由形與音而得義，假借是由音而得義。由此可知假借字的「字形」和形聲字的「音符」在形象上都與義沒有直接的關係，然而他們都原先是象形字而後作爲注音符號的。

以下他分述三書：

1、象形字

我們所說的象形，大約包括了許慎說所的象形、指事、會意，也就是班固所謂的象形、象事、象意。不管它所象的是物是事是意都是用形像（即形符）表達出語言的內容。我們知道，事物的形像不一定是靜止的，因此象形字所象者，不限於事物在靜態中是什麼東西（名字）也象它在動態中是怎樣的活動（動字）也像它在動態和靜態中是怎麼樣式的東西和活動（狀字或形容字）。

哲按：陳氏的三書含括傳統六書的象形、指事、會意，三者都是由形而得義，故合併爲一類，雖然有學者批評這樣的分類不夠精密，但卻也不容否認其概括性最強，文字歸類時比較不會遭遇左右爲難的情況！但站在學術精密化的立場，傳統的「象形字」應該是可以讓它獨立的，因爲語言中的「義」基本上可以分成具體實物之名與比較抽象的概念意義！

2、假借字

我們所說的假借，就是〈說文序〉所說的「本無其字，依聲託事」。甲骨文的假借字，嚴格來說應該叫做「聲假字」，以別於後來本有其字的「通假字」。字的意義有三種：一是本義，如牛之爲牛，河之爲河；二是引申義，如象太陽之形的「日」引申爲今日明日之日，象人下山坡的「降」引申爲降雨之降；三是假義，如「羽」像羽毛，借爲明天之昱。凡假借字只能有假義，象形和形聲有本義與引申義。甲骨文字有此三義。

哲按：〈說文序〉所說的「本無其字，依聲託事」是從造字法則上來講的，故可以排除「通假字」；而主四體二用說者，其造字法和「結構類型」（四書）

當然都是排除假借字的，我們雖不同意，但可以理解（如唐蘭三書說）！至於陳氏這般，從文字記錄語言的觀點來看待假借字（應該未將假借視爲造字法），但又將「通假字」（指狹義的「通假字」，即「本有本字的假借」）〔註37〕排除在外，是否適當呢？就記錄語言的觀點而言，「假借」和「通假」不是性質一樣的嗎（皆由音得義以記錄語言）？

第三章第四節評介王鳳陽的「寫詞法」時，曾提到王氏將「通假」也納入「假借」之中，在其「寫詞法」系統中如此處理是合理的（不過應修訂爲「狹義的通假」），因爲它不是處理造字法則的問題！再看裘錫圭，他的三書說基本上是繼承陳夢家的，但對於「假借」，也認爲狹義的「通假」應該包含在內！雖然這樣的作法，對於傳統文字學者可能是無法接受之事，但如果僅從文字記錄語言的功用來看，通假確實和假借的作用是一樣的！因此，如果採造字必須造出新字形的觀點，則「假借」勢不能參與六書之中，但若從記錄、表達語言的觀點，則假借又必須擴大範圍，納入「通假」，與「造字法」又相衝突！如此，「假借」豈非動輒得咎，無有寧日？但問題如何解決？且待下文說明（第四章）。

3、形聲字

> 我們所說的形聲，是把〈說文序〉「形聲相益謂之字」解釋爲（1）形與聲之相益（2）形與形之相益（3）聲與聲之相益。我們認爲象形、假借、形聲並不是三種預設的造字法則，只是文字發展的三個過程。

陳氏認爲甲骨文中有六種不同的方式來增加形與音成爲形聲字：

1. 加聲於形：　是鳳的象形，引申爲風，加音符「凡」爲鳳。
2. 加形於聲：「羽」是羽毛的象形，假借爲明日之「昱」，加形符「日」爲「　」。
3. 加聲於聲：「羽」假借爲昱，加音符「立」爲「翊」。

〔註37〕裘錫圭認爲此時之「通假」應限定爲「狹義的通假」，即「本有本字的假借」。大概因爲所謂的「通假」，有一部分其先只是無本字的假借，後來造出了「本字」，而兩者在後來雖繼續「假借」，但實際上因爲已經造出專字了，所以不適合再用「通假」稱之。

4. 加形於形：「　　」是以手開戶的象形，引申爲天晴之「啓」，加形符「日」
爲　　。

5. 加「指標」的：夕加一點爲月。

6. 「百」是「一百」的合文，「千」是「一人」的合文。

哲按：此六類「形聲字」，其實皆與「江」、「河」之類典型形聲字的性質不
同！其中「翊」從結構而言是兩體皆聲字，與形聲字之結合意符、聲符成字者
實不相同，這類字在古今都爲數不多，古今學者大多也未注意到有此類型字，
陳氏將之歸爲形聲字雖大有可議，但究竟應歸爲三書或六書中何類？下文將再
說明！

其他類雖然在文字形成後的表象皆可視爲「形聲結構」（第 5 類非是），但
第 1 類在傳統上習慣歸爲「象形」（「象形兼聲」）；2、3、4 類都是在假借字或
引申字的基礎上加注意符而成的專字（「羽」當爲「翼」之誤，說已見上）；「百」、
「千」字的形成更是特殊，因此從造字法的角度似乎將上述 2、3、4、6 類與典
型形聲字分爲不同類型爲佳！

至於第 5 類，夕與月語音無涉，更皆非形聲字，兩者原是同形異字，以一
字形表二語（說已見前），後來才在字形上加以區別，但陳氏云「夕加一點爲月」
則有語病，其先二字同形，而後爲區別二語，遂約定俗成以不加畫者爲「夕」，
加畫者表「月」！

總之，陳夢家的「三書說」是把唐蘭「三書說」中的象形、象意合併爲「象
形」，納入「假借」，而「形聲」是相當的。後來諸家的三書說即多以陳氏爲藍
本，或略加修改，故而唐蘭雖首創三書說，但影響力最大的卻是陳夢家！

（三）劉又辛三書說

稍後於陳夢家，劉又辛也在檢討唐蘭三書說後，提出其三書說，在〈從漢
字演變的歷史看文字改革〉（1957）一文中，他說：「唐（蘭）先生的說法，破
壞傳統說法之功居多，而解釋漢字演化歷史的規律還嫌不足。」劉氏認爲漢字
演化史大致可以分作三個階段，過去的六書，可以歸併爲「三書」：表形、假借、
形聲。

第一階段：可以叫做表形時期，包括象形字、指事字、會意字。

第二階段：可以叫做假借時期，即六書中的假借。

　　第三階段：可以叫做形聲時期，包括六書中的形聲字、轉注字。

這三個階段的劃分，不可能標出嚴格的年代，只能認爲是一個歷史演變的趨勢。
〔註38〕

　　第一階段的特點是因形見義。所謂「形」是跟表音對舉的，所以除象形字外，連會意字、指事字也包括在內。三者的共同點都是用圖形或指示性的圖形來表意的。這種字不是用耳聽的，是用眼看的。不過，大約從甲骨文以後，用表形方法造字的階段已成過去，就只剩下假借和形聲兩條「路線」的鬥爭。

　　第二階段的特點，是文字開始走上標音文字的道路，其主要標誌是大量使用假借字。假借字是表形文字走上表音文字的第一步。從甲骨文到秦以前，假借字在漢字中一直佔統治地位，「甲骨文中常用字的假借字佔百分之八十以上」。〔註39〕這樣的文字，使記錄漢語的能力大大加強了；凡是用表形法不能造的文字，只要借用一個同音字就行了。這種以不造字爲造字的方法，可以使書面語言更忠實地記錄口語，這當然是一個巨大的進步。從文獻上看，甲骨文就已經開始大量使用假借字；同時，也出現了少數形聲字，以後逐漸增多，和假借字形成兩種傾向；最後決定性地進入了形聲字階段。甲骨文中有許多假借字後來加上形旁成爲了形聲字。

　　第三階段，形聲字階段的情況，甲骨卜辭中的形聲字只佔約百分之十左右。春秋戰國時代的金文，形聲字上升到百分之四十以上。許慎《說文解字》中形聲字則佔百分之八十以上。以後漢字就只有量的發展，沒有質的改變了。至於究竟在什麼時代假借字和形聲字的鬥爭才發生了變化？換句話說，漢字究竟在什麼時候進入形聲字階段的？劉氏認爲，在春秋戰國期間，形聲字已經大量增加。在這時期，假借字仍然是個主要因素。假借和形聲的鬥爭達到最高點，到秦始皇統一六國，李斯實施「書同文字」的政策，決定了漢字形聲字這條路子的勝利，於是大批假借字逐漸轉化爲形聲字。這就形成了以形聲字爲主要成分的漢字。所以，漢字的形聲字階段應該從秦代開始。

　　哲按：劉又辛從漢字演變的歷史將漢字劃分爲三個發展階段，每一階段以

〔註38〕在〈論假借〉一文中，劉氏指出第一階段的時間下限在商代甲骨文字以前；第二
　　　　階段時間從甲骨文開始到秦朝統一；第三階段從秦漢到現代，漢字以形聲字爲主
　　　　體成爲定型。（41頁）

〔註39〕參見劉又辛〈論假借〉，42頁。

某書爲代表性文字，並著重描述三階段中三書彼此消長的情況。他的三書說內容與陳夢家相當，六書中的象形、指事、會意兩人都將之併爲一類，只不過陳氏名之「象形」，劉氏名之「表形」。劉氏說：「歸根到底，六書中的象形、指事、會意這三書本來就只是一類，這一類字是從遠古的記事圖畫演變而成的，其共同點是用表形法（描繪事物的形狀、形態、特點）記錄詞語。在造字方法上當歸爲一類，不必分成三『書』。這三書合而爲一，同假借、形聲兩『書』並列，才屬於一個層次。假借字只用其音，不用其形，是表音字，形聲字兼表形和音。漢字的造字法也只有這三類。」〔註40〕

劉氏將假借與其他二書同列於一個層次，因爲他認同假借是一種造字方法，他批評唐蘭將假借字排除在外：「在漢字中除掉表音的假借字，是個很大的缺失。假借字不但在古漢字中佔有極重要的位置，在現代漢字中也還保留了兩三百個。不承認假借字是漢字造字法的一種，就不可能對漢字的性質做出科學的說明，也不可能對漢字體系做出全面的分析。」〔註41〕劉氏非常看重假借字在記錄漢語時的重要性，這是正確的視野，不過他以「不造字爲造字的辦法」來說明假借是一種造字法則失之簡略，陳夢家對此則比較保留些，從未明說假借是一種造字法，他是從文字類型的角度將「音符字」（假借字）與象形字、形聲字並列於同一層次。

劉又辛曾自己比較他的三書說與陳夢家的三書說：「陳先生從甲骨文字的發展得出了這個結論，我是從比較文字學的角度得出了相同的結論。但是，我的看法又有同陳先生大不相同的地方。我的三書說同漢字發展三階段的假說相聯繫，陳先生則認爲，甲骨文字已經定型，三千年來的漢字沒有本質的變化，這是二者的大不相同處。」〔註42〕這是針對陳夢家所說：「我們若是把今天的漢字和甲骨文作比較，儘管經過了三千年的演變，然而基本上是相同的。也就是說，漢字在武丁時代已經大致定型了。……武丁以後三千多年，和字在上述的基礎上向前發展，只有數變而無質變。〔註43〕」陳氏認爲「三書」在武丁時代都已經具備，從此以後漢字的基本類型就是此三書，在這個角度

〔註40〕參見劉又辛〈關於漢字發展史的幾個問題〉（上），125 頁。

〔註41〕參見同上註。

〔註42〕參見同上註。

〔註43〕參見陳夢家《殷虛卜辭綜述》，83 頁。

下，陳氏所說並沒有什麼不對！但劉氏著重於漢字演變的歷史，看到的是表形、假借、形聲三書消長的情況，因此認為直到第三階段，形聲字佔了主導地位，漢字才只有量的發展，而沒有質的改變！兩位先生只是在觀察角度有所不同罷了！

此外，劉又辛在〈關於漢字發展史的幾個問題〉一文中，在重申其三書說後，又云：「人類創造文字，也只有這三種方式：或表形、或表音、或兼表形音。除此以外，還有少數既不表形也不表音的約定俗成的符號。例如，數學上的＋（加）、－（減）、×（乘）、÷（除）等符號，使用漢語的人讀作加、減、乘、除，使用英語、俄語、日語的人，各有不同的讀法。這類符號不是文字，只是約定俗成的書寫符號。」劉氏所舉「＋－×÷」並不是中國本有的符號，事實上以往學者都未注意到漢字之中確實有一種既不表形也不表音的「純粹約定字」（說見下章），他們以為三書說就足以範圍所有漢字，其實是不盡然的！

（四）林澐三書說

林澐的三書說載於其《古文字研究簡論》第一章「漢字記錄語言的方式」中。他說：「我們不論識讀哪一種文字，首先要弄清這種文字是以何種方式來記錄語言。」要記錄語言當然必須要「造字」，為此，林氏為「造字」下一註解：「孤立的符號，即便具有確定的含義，並不能構成文字。每一種文字都是記錄某種特定語言的符號體系。所謂『造字』，就是規定用某種符號來記錄語言中的某一成份。」

漢字這種符號體系是用什麼方法創立和發展的？相傳是「六書」。林氏認為過去對「六書」的討論中，不少人對於班固所說的「造字之本」的理解是片面的，他們把文字和語言割裂開來，認為只有創造新形體的字才算「造字」，而把「六書」單純當作分析漢字形體結構的原則。林氏認為研究六書應該擴大為研究漢字是用哪些辦法來記錄語言這樣一個廣泛的課題。「今天我們要對漢字紀錄語言辦法作盡可能全面而科學的總結，固然應該充分重視歷史上存在過的『六書』之說，並吸收過去對『六書』討論中各家見解的精華部分，但不宜繼續囿於『六書』的框框，而應該對我們今天所能見到的古文字現象進行更符合實際的具體分析。」

文字是有形的符號，語詞則以一定的音表示一定的意義。文字之記錄語

詞，就是以一定的形來代表和區別一定的音與義。從這個觀點來看，文字符號和所記錄語詞的關係可分爲三大類，即：以形表義、以形記音、兼及音義。漢字在形成文字體系時，是同時使用這三種方法來記錄語詞的。以下分別簡述之：

1、以形表義（表義字）

許愼『六書』中的象形、指事、會意都是屬於這種方法的。它們的共同特點是從所記錄之語詞的含義出發，來規定文字符號的形狀，因而字形是和詞義有關的。林氏又具體舉了許多例證以說明用傳統六書中象形、指事、會意三書去爲古文字（主要是甲骨文、金文）分類的困難，「用根據詞義確定字形的方法所造的字，內涵是很複雜的」，至少可以看出這樣一些主要的差別：

(1) 從構成字的諸成分來看，有的符號是實物的簡略圖形，有的符號是純抽象記號，還有的是由實物圖形而演化成的表示抽象概念的記號。

(2) 從字的總體結構來說，有的是一個圖形符號構成的「獨體字」，有的是二個以上圖形符號構成的「合體字」，在這二者之間，還有構造複雜而實際不可分割的「假合體字」，以及在獨立符號上附加不能獨立存在的抽象附加成分的「半合體字」。

(3) 從字形和所要表達的語義的關係來看，有的是直接的「畫成其物」，有的則是借喻、象徵、暗示等間接而曲折的表現方法。

(4) 從字所記錄的語詞的詞性看，有名詞、動詞、形容詞等不同，這些詞又各有具體和抽象的差別。

這些不同角度的種種差別，顯然不是舊有的「指事」、「象形」、「會意」三分法所能夠妥善分劃的。因此，我們把凡是字形與所記錄語詞的意義有關連而不包含其他標音成分的字，統稱爲「表義字」。表義字的進一步分類，可從不同的角度作多方面的分析，如囿於舊的三分法，只能導致無謂的爭論。

哲按：傳統六書說中象形、指事、會意三書的區別，從前學者往往從形式結構上來加以輔助區分（獨體、合體、有無區別符號等），但將這套模式套用於甲骨文、金文則漏洞百出，無法運用，因此三書說學者遂主張將六書之象形、指事、會意依其以形表義的特點合併爲一書，這樣就打破了傳統獨體、合體截然兩分的界限，不囿於形體結構來分析造字法則，這是學術上的一種進步！但

「以形表義」的方式若要加以細分，如前所述，是可以區分爲「象形」與「表意」具有較明顯語言所表內容差異性的兩類的！

2、以形記音（記音字）

在「六書」的分類法中，這種方法叫做「假借」。按許慎的說法是「本無其字，依聲托事」。也就是說，對於某一語詞來說，原來沒有相應的記錄符號，規定用記錄另一同音詞的符號來記錄這個詞。至於此種造字方法之所以必要，有以下三原因：

（1）每個不同意義的語詞都要規定一個形體有別的記錄符號，勢必使整個文字體系中的字數增加到使人無法學習和掌握的地步。

（2）單用以形表義的方法，無法合理解決區別語言中豐富的同義詞和近義詞等問題；

（3）大量表示較抽象概念的語詞，很難一一以形表義，特別是語言中表示語氣和語詞相互關係的成分，即所謂「虛詞」孤立地看是沒有確定含義的，用以形表義法來記錄實在無法勝任，但要構成能基本逐詞記錄語言的文字體系，記錄「虛詞」的符號又是必不可少的。從這種意義上說，當漢字這一文字體系形成之時，借形記音的方法是應該已經有了的。

「造字」的實質就是使語詞有一定的紀錄符號，通過借形記音法使語詞可記錄者增加了許多，當然也可以看作一種造字方法。用借形記音法規定的語詞記錄符號，稱之爲「記音字」。

哲按：假借是記錄語言的重要方法，假借使所要記錄的語詞有了固定代表它的書寫符號，從這種角度，林氏肯定假借也是一種「造字方法」，這與現代一些從記錄語言角度看待假借性質爲造字法的學者觀點是一致的！

3、兼及音義（形聲字）

在「六書」的分類法中，這種方法稱爲「形聲」。用這種方法所造的字稱爲「形聲字」。林氏以爲以往分析形聲字偏旁爲形符和聲符兩部分，不如改稱「義符」和「音符」爲恰當。一個字只要是兼有義符和音符就可以劃歸形聲字，歷來很少有爭議。但是這類字的形成途徑是各不相同的，林氏舉出三種情況。

（1）在原有的表義字上加注音符而形成的形聲字。例如「雞」字，原作

雞形，後又加上記音符號「奚」而成爲形聲字。

（2）在原有的記音字上加注區別詞義的義符而形成的形聲字。而這類字所附加的義符，一般不是直接表明詞義的，只是表明詞義的類屬。例如借鳥形以記錄虛詞的「隹」字，後來加上心形符號或口形符號成爲「惟」或「唯」，以確指並非記錄「短尾鳥」的那個詞。

（3）一開始就採用半音半義法所造的形聲字。這種方法在記錄較抽象概念的語詞和區別近義異音詞方面有突出的優越性，所以應用廣泛。例如記錄有關樹名的語詞，不必一一用圖形符號表現各種樹在形態上的差別，只要用一個木形符號指明是樹木一類，再分別加上不同音符，就可以造成松、柏、桐等字。

哲按：林氏所舉出形聲字形成途徑僅三種，缺少另一類因語言孳生（引申）而加注意符的「形聲字」（實爲轉注字）！

綜合而言，林澐三書說的特色是將文字與語詞的關係緊密地聯繫在一起，他由記錄語詞的觀點，歸納文字記錄語言的方法有三：以形表義、以形記音、兼及音義。他又說：「所謂『造字』，就是規定用某種符號來記錄語言中的某一成份。」因此只要達到記錄語言的目的，林氏認爲不管這符號是新造的或借來的，都可謂是「造字」。由於他將假借視爲造字法，因此它的三書不僅是「記詞類型」也是「造字類型」！

此外，林氏在探討漢字記錄漢語的三種基本方法之後，又指出在實際使用文字時還有權宜之計的「代用法」，例如「同音代用」（即「通假」）。他說表面上「同音代用」和「借形記音」的造字法似乎是一回事，其實不然。「借形記音」之所以是一種造字方法，是因爲某一語詞尚無對應的符號去記錄，當人們規定用一個同音字去記錄它時，文字所能記錄的語詞就增加了一個。「同音代用」則不同，是在語詞已經各有不同的專用字的情況下，把同音字互相換用，文字所能記錄的語詞數量也並不因此而增加。所謂通假，就是不按約定俗成的限制而用同音代用的方法來記錄語言。

由於林氏主張「假借」也是造字法，從造字法的角度看，他上面的說法也就是一般學者的觀念！但有些學者純粹從記錄語言的角度來看假借問題，因此認爲「通假」在記錄語言的功用上與「假借」其實無異，而這兩種觀點之歧異端在如何解釋假借字之性質（是否爲造字法）！

（五）裘錫圭三書說

裘錫圭的三書說見於《文字學概要》第 6 單元「漢字基本類型的劃分」。他在檢討傳統六書說後，並對唐蘭的三書說提出幾項批評：

1. 把三書跟文字的形意聲三方面相比附。
2. 沒有給非圖畫文字類型的表意字留下位置。
3. 象形、象意的劃分意義不大。
4. 把假借字排除在漢字基本類型之外。

第一項其實只是抓住了唐蘭的一點語病而大作文章，無庸再予細究。二、三兩項上文已屢言及之，第四項才是裘氏與唐蘭三書說差異最大之處。裘氏說唐蘭三書不包括假借，是因為唐氏認為假借不是造字方法。說假借不是造字方法，是可以的。但是因此就不把假借字看作漢字的一種基本類型，卻是不妥當的。一個表意字或形聲字在假借來表示一個同音或音近的詞的時候，是作為音符來起作用的。所以，假借字（如花錢的「花」）跟被借字（花草的「花」），在文字外形上雖然完全相同，在文字構造上卻是不同性質的。（花草的「花」是由意符和音符構成的形聲字，花錢的「花」是完全使用音符的假借字。）過去有人說假借是不造字的造字，也就是這個意思。假借字不但在構造上有自己的特性，而且數量很大，作用很重要。在建立關於漢字構造的理論的時候，必須把假借字看作一種基本類型，不然就不能真正反映出漢字的本質。

哲按：裘氏在此處將其對假借的處理態度清楚地加以說明，他認為假借可以不是一種造字方法，但基於它在記錄漢語時地位重要、數量龐大，因此不能不是漢字的一種基本類型！假借字在記錄漢語時是作為音符來起作用的，這點他同陳夢家的看法一樣，他們兩位並不是從造字法的角度來將假借字與象形字（表意字）、形聲字置於同一層面上，而是從文字類型（音符字）的角度來處理的！不過陳、裘兩氏對「假借」的定義卻不完全相同，陳氏只關注到「本無其字，依聲託事」的假借，裘氏卻認為狹義的「通假」（指借用一個同音或音近的字來表示一個本有其字的詞）應該包括在「假借」裡。在通假和本無其字的假借現象中，被借的字都是當作音符來使用的。所以裘氏認為三書中的假借不應該限制在本無其字的假借的範圍裡，應該把通假也包括進去。如前所言，如果將假借看作造字法的一種，則一般是將「通假」排除，但如果純從記錄語言的角度來看，那麼「通假」是不應排除在外的，由於兩氏都不是從造字法的角度

來看假借，因此裘氏的作法是比較正確的（雖然這違反了文字學上對「假借」的一般看法）！

裘錫圭批評唐蘭說：「唐先生批判六書說，對文字學的發展起了促進作用，但是它的三書說卻沒有多少價值。」他認爲陳夢家修正後所提出的三書說則基本上是合理的，只是「象形」應該改爲「表意」（指用意符造字），「這樣才能使漢字裡所有的表意字在三書說裡都有它們的位置。」經此修訂，裘氏說：「三書說把漢字分成表意字、假借字、形聲字三類。表意字使用意符，也可以稱爲意符字。假借字使用音符，也可以稱爲表音字或音符字。形聲字同時使用意符和音符，也可以稱爲半表意半表音字或意符音符字。這樣分類，眉目清楚，合乎邏輯，比六書說要好得多。在對三書分別進行研究的時候，當然還可以分小類。如果有必要，還可以根據不同的標準分出幾種類來。」以下分別論述裘氏的三書說：

1、表意字

表意字的構造方法多種多樣，情況很複雜。裘氏大致分別爲六類：抽象字、象物字、指示字、象物字式的象事字、會意字和變體字。

（1）抽象字

這類字用抽象的形符所造成，數量不多。如：一、二、三、二（上）、二（下）、□（方）、○（圓）、　等字屬之。此類抽象字大都出現得很早，秦漢以後出現的，大概只有凹、凸、丫（象分杈形）等很少幾個。

（2）象物字

字形象某種實物，它們所代表的詞就是所象之物的名稱，象物字相當於傳統六書中的象形字。象物字按其字形特徵可有三種情況：

甲、象實物的全形：如：山、水、火、木、艸、龍、鳥、萬、耳等字。

乙、象實物的部分之形：如：牛，羊等字。

丙、複雜象物字：又有一些象物字的字形比較複雜。這些字所象的東西很難孤立的畫出來，或者孤立地畫出來容易跟其他東西相混。所以爲他們造象物字的時候，需要把某種有相關的事物，如周圍環境、所附著的主體或所包含的東西等一起表示出來，或者另加一個用來明確字義的意符。如：州、果、瓜、身、眉、牢、胃等字。

（3）指示字

這類字在象物字或象實物的形符上加指示符號以示意，數量很少。指示符號可以看作一種特殊的意符，因此指示字可以看作準合體字。

如：本、末、刃、亦等。

（4）象物字式的象事字

這類字從外形上看很像象物字，二者不同之處在於象物字所代表的詞是「物」的名稱，這類字所代表的則是「事」（如屬性、狀態、行爲等）。這類字數量不多，出現的時代大都很早。如：又、矢、屰、大等。

（5）會意字

在抽象字、指示字之外，凡是會合兩個以上意符來表示一個跟這些意符本身的意義都不相同的意義的字，我們都看作會意字。構成會意字的意符可以是形符，也可以是義符。會意字的數量既多，情況也很複雜。裘錫圭大致上將之分爲六類：

甲、圖形式會意字

這類會意字是「隨體畫物，其會合也不以意而以形」（林義光語），它與止戈爲武、人言爲信一類詞義連屬成文的會意字有別。這類會意字大都出現得早。如：

宿，表示人睡在屋裡的簟席上。

从，表示一個人跟從另一人。

藝，表示在土上種植物。

乙、利用偏旁間的位置關係的會意字

這類會意字亦按照以圖形表示字義的原則造出，因此其偏旁之間的位置關係在表示字義上有重要的作用。但是造字時或者明顯地用了象徵手法（例如以「止」形表示人在前進的「步」、「涉」等字），或者把義符硬當作形符用（例如以「臣」字代表在主人家中服役的臣僕的「宦」字），因此字形的圖畫意味就淡薄了，這是把它們跟圖形式會意字區分開來的原因，不過兩類字之間並沒有十分明確的界線。如：

出，字形以趾離坎穴表示外出

祭，表示用肉祭祀鬼神

杲，《說文》：「杲，明也，從日在木上。」

丙、主體和器官的會意字

這類字把象人或動物的字或形符，跟像某種器官的字或形符配合起來（有時還加上其他有關事物的偏旁），以表示跟這種器官的某種行為或情狀。這類會意字一般也是在古文字階段造出來的，其中，象主體和器官的字或形符連成一體者，如「見」、「既」、「飲」、「監」等字，字形有相當濃厚的圖畫意味，出現時間較早。如：

見，見是目的功能，所以字形在「人」上加目以示意。

監，表示俯首在盛水的器皿裡照臉。

既，表示飲食完畢，所以人形上端的豎「口」不向食物而向身後。

丁、重覆同一偏旁而成的會意字

重複同一偏旁而成的表意字，大部分都是會意字，但也有例外，如「艸」與「絲」，跟它們的偏旁是繁簡體的關係，應視為象物字；又即使是會意字，也不一定是屬於此類，如象一人跟從另一人之形的「从」字，就是圖形式會意字；而「棘」、「棗」二字皆從二束，但二字以位置區別，因此應歸入偏旁之間位置關係的會意字。如：

玨。《說文》：「二玉相合為一玨。」

猋，《說文》：「猋，犬走貌。從三犬」。

森，《說文》：「森，木多貌。」從三「木」。

戊、偏旁連讀成語的會意字

由二個以上（絕大多數是二個）可以連讀成語的字構成，連讀而成之語能說明以暗示字義。此類會意字絕大多數是漢字變得完全不象形之後才造出來的，在古文字裡很少見。如：

凭，《說文》：「凭，依几也。從几從任。」

劣，《說文》：「劣，弱也。從力、少。」

尟，《說文》：「尟，是少也。……從是，少。」

己、其　他

在會意字中不能歸入以上各類的字屬之。如：

删，古代在竹木簡冊上寫字，删改時用刀將字削去，因此「删」字從刀、從冊會意。

笔，「筆」的或體，見《集韻》，爲簡化字所採用。毛筆的桿用竹做，筆頭用毛做，故其字從「竹」從「毛」會意。

（6）變體字

用改變某一個字的字形的方法來表意，爲數不多。改變字形的方法主要有兩種情況：增減筆畫（一般是減筆畫）和改變方向。

甲、增減筆畫。如：

片，《說文》：「片，判木也。從半木」。木片是剖析樹木而成，所以「片」的字形取木字的一半。

其他如子、孑，可看作減少「子」字筆劃的變體字。

乙、改變方向。如「叵」由「可」反寫而成。

哲按：裘錫圭認爲「按照六書說，用意符造成的字，分成象形、指事、會意三類，但是這三類之間的界線實際上並不明確。」因此將傳統六書中的前三書合併爲「表意字」（這是大部分三書說論者共同的看法）。但爲了具體分析、說明表意字的表意方式，因此其下又必須再細分爲數小類。他說：「表意字的構造方法多種多樣，情況很複雜。給表意字分類是很麻煩的一件事。我們曾經批評六書說分表意字爲象形、指事、會意三類不夠合理。這並不意味著我們自己能夠給表意字分出很合理的類來。」在先合後分的情況下，他姑且將表意字分爲六類，並指出：「這六類可能還不能把全部表意字都包括在內。此外還應指出，有些表意字的歸類實際上是兩可的。」最後並且承認：「在表意字分類問題上不必過於拘泥。我們講表意字的主要目的，是提高理解、分析表意字字形的能力。斤斤計較哪一個表意字應該歸入哪一類，是沒有多大意義的。」

的確，古往今來已不知有多少文字學者窮其精力，爲文字的分類絞盡腦汁，而其成果仍然無法得到學界一致性的認同。三書說的優點之一是將表意性質的

文字歸爲一類，如此一來，其概括性既強，就不必再爲某字該歸入「象形」或「指事」或「會意」而傷透腦力！當然也有人批評：「雖說可以泯除許多義界上的混淆，卻也不免把日趨精密的學說變得更籠統化了。過去許多六書上備受爭論的問題只被抹殺了，而不曾得到眞正解決。」〔註44〕因此在「表意字」的大類別之下再加以細分小類，大概也是學術日趨精密後所必須作的工作！以往唐蘭、陳夢家等人並未著力於此，至裘錫圭始予表意字以詳盡的分類！

表意字範圍非常廣泛，所分小類的類別與界線當然可能見仁見智，裘氏也承認某些字的歸類其實是兩可的，且分類未必完全。就我們之見，在其所分六類之中，「象物字」以其語言所表爲有形之物，且文字即根據該實物「畫成其物」，因此實可與其他五類劃分開來，獨自成爲一類（象形）！

2、形聲字

裘錫圭在《文字學概要》第8單元中探討形聲字時是以問題爲綱的方式，關於「形聲字產生的途徑」問題，他認爲最早的形聲字並不是直接用意符和音符組成，而是通過在假借字上加注意符或在表意字上加注音符而產生的。大部分形聲字是從已有的表意字和形聲字分化出來的，或是由表意字改造而成的。改造和分化的方法主要有以下四種：

（1）在表意字上加注音符

例如：甲骨文的鳳、雞、裘、齒、耤等字，原是表意字，後來分別加注上凡生、奚聲、又聲、止聲、昔聲。

加注音符而成的形聲字跟原來的表意字，一般是一字異體的關係，而且加注音符的形式通行之後，原來的表意字通常就廢棄了。但是也有二者分成兩個字的情況，如「晶」、「星」二字，晶在甲骨文中作 ✧、❀，本是「星」的象物字，後來在文字演變中，加「生」旁爲聲符，又簡化爲星字。「晶」字後來專用來表示「星」的一個同源詞——形容星光的「晶」，跟加注音符的「星」分化爲二字。

（2）把表意字字形的一部分改換成音符

例如：「▨」，是古代供田獵用的大園子，園內保留大量草木供鳥獸棲身；後來改變字形爲從口、有聲的形聲字。

〔註44〕參見常宗豪〈唐蘭三書說的反思〉，229 頁。原文本在批評唐蘭，但應可適用於所有「三書說」！

又如：當捕兔網講的「罝」，甲骨文上從网、下從兔，是表意字，後來兔旁換成「且」旁，成爲從「网」「且」聲的形聲字。應該著重指出的一點，是古人爲了使新舊字形比較明顯的聯繫，往往把表意字字形的一部分改成形狀跟這部分字形相近的一個聲旁。如「」（昃）字本作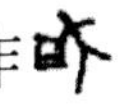、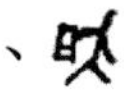等形，用人跟太陽之間的位置關係來表示日已西斜的意思，後來通過把傾斜的人形改爲形近的音符「夨」而變成形聲字。又如「聝」（馘）字，表意初文從「戈」從「耳」會意，後來「戈」改成形近的「或」字（或亦從戈）爲聲符。

（3）在已有的文字上加注意符

有大量形聲字是由於在已有的文字上加注意符而形成的。加注意符通常是爲了明確字義。按照所要明確的字義的性質，加注意符的現象可以分爲三類：

甲、爲明確假借義而加意符

例如：「師」本當師眾講，漢代人假借它來表示是獅子的「獅」，後來加注「犬」旁分化出從「犬」「師」聲的「獅」字來專門表示這個假借義。

乙、爲明確引申義而加意符

例如：「取」字本義爲割取人耳，引申有娶妻的意思，後來在取字上加「女」旁分化出「娶」字來專門表示這個引申義。這樣產生的自一般都是形聲兼會意字。

丙、爲明確本義而加意符

例如：蛇、趾、洲、鬚等字都是爲了明確它、止、州、須（此四字爲前者之初文）等字的本義，在這些字上加注意符而成的後起字。需要加注意符以明確本義的字，多數有比較通行的引申義或假借義，加注意符的後起字出現以後，初文通常就逐漸不再用來表示本義，只用來表示引申義或假借義了，例如加注意符的「蛇」字出現後，「它」字就逐漸只用來表示指示代詞等假借義了，這種後起字實際上起了分化字的作用。此外，有些注意符的後起字，跟初文沒有分化爲二個字。例如加注水旁的「洲」和本字「州」字。清代學者王筠把加注意符而成的分化字稱爲分別文，把加注意符而成的後起字裡，不起分化作用的那部分字，稱爲累增字。

（4）改換形聲字偏旁

即用改換某個形聲字的一個偏旁，分化出一個新的形聲字來專門表示它

的某種意義的現象。例如「振」字引申有賑濟之意，於是後來將「手」形改為「貝」旁的「賑」字，以成為「賑濟」之意的專字。其他如由「倚」而「椅」，由「赴」而「訃」，由「張」而「脹」、「帳」（以上改換意符而成的分化字，是表示母字的引申義的）。由「畔」而「叛」，由「說」而「悅」等（以上是表示母字的假借義的）。

　　哲按：依照《說文·敘》對「形聲」的定義：「以事為名，取譬相成，江河是也。」比較適用於起始即以一形一聲配合而成的「形聲字」。但近代因古文字學日益發達，藉著甲骨、金文等材料，學者對字形演變的來龍去脈更能清楚掌握，因而發現所謂「形聲字」其實來源不一，如上文所舉的唐蘭、陳夢家等學者都有此發覺，龍師宇純亦曾將形聲字依其性質分別為四類（說已見二章第二節）。裘錫圭認為大部分的形聲字是從已有的表意字和形聲字分化出來，或是由表意字改造而成的，現象都看得十分真切，問題是在六書的認知上，這究竟代表什麼意義，可惜裘氏未進一步探究！而改造和分化的方法主要有上述四種，其中一、三、四種學者多已言之，但第二種「把表意字字形的一部分改換成音符」則較少有學者發明為條例，是其獨到處！

　　裘氏所舉的第一種，古代的學者多歸為「象形（兼聲）」類，現代學者以其具有聲符，則多歸為「形聲類」，不過其字終究與江、河之類字性質有所差異！至於第三、四種：「在已有的文字上加注意符」、「改換形聲字偏旁」，此類經加注或改換意符後產生的「新字」已有分別母字的作用，亦即產生了「分別文」、「分化字」！以往學者習於從平面、靜態的角度觀察、分析「形聲字」，只要是一形一聲組合成的都叫做「形聲字」，其實這只是指出了哪些字是「形聲結構」字，而自造字法則的分析，實宜區分出不同的文字形成規律，而分別予以「正名」！裘氏在《文字學概要》第 11 單元中論及「文字的分化」，〔註45〕他說：「分散多義字職務的主要方法，是把一個字分化成兩個或幾個字，使原來由一個字承擔的職務，由兩個或幾個字來分擔。我們把用來分擔職務的新造字稱為分化

〔註45〕裘氏指出文字分化的方法大體可以分為四類：1.異體字分工。如猶—猷、亨—享。2.造跟母字僅有筆畫上上的細微差別的分化字。如母—毋、巳—已、刀—刁、茶—荼。3.通過加注或改換偏旁造分化字。它—蛇、然—燃、原—源、氣—餼、午—牾、食—飼、綠耳—騄駬。4.造跟母字在字形上沒有聯繫的分化字。鮮—尟、蘇—甦。其中前三類所造的分化字皆為龍師所說的「轉注字」。

字。」「有些字通過加注意符分化出新字來表示引申義。」「有些字通過加注意符分化出新字來表示假借義。」裘氏雖然正確地說明了分化字是「新造字」、「新字」，〔註46〕是一種「造字現象」，但仍將此類分化字歸入「形聲」範疇，而不另立爲一種新的造字法則，這是因爲他爲文字分類是採用靜態的「結構類型」分類法，因此一形一聲的字從平面結構看都被歸屬於「形聲字」了！

3、假借字

裘氏對假借的基本概念是：假借就是借用同音或音近的字來表示一個詞，引申跟假借應該區分開來；狹義的通借（通假）應該包括在假借裡。假借可以按照所表示的詞是否有本字，區分爲無本字、本字後起和本有本字三類：

（1）無本字的假借

有的詞始終只用假借字表示，這是無本字的假借。例如作虛詞用的「其」（本義爲畚箕）、「之」（本義爲「往」）、和雙音節詞「猶豫」等。

（2）本字後造的假借

有的詞本來用假借字表示，但是後來又爲它造了本字，稱爲本字後造的假借。例如：憂感的「感」字本來假借本義爲斧類器的「戚」表示，而後又在假借的戚字上加「心」旁，造出後起本字「慼」，《說文》作「慽」。其他如栗—慄（戰慄）、胃—謂（云謂）、毒冒—瑇（玳）瑁。一般稱後造的本字爲後起本字。

（3）本有本字的假借

很多本有本字的詞亦使用假借字。這種假借字，有些後來完全或基本上取代本字（指假借字在它所表示的意義範圍裡取代作爲它的本字的那個字）。而對這個字來說，假借字所取代的也許是它全部的職務（如糾字取代丩字）；也許只是它的部分職務（如荷字取代何字，閑取代閒）。其他如：「艸」是草木之「草」的本字；「草」字從「艸」「早」聲，《說文》：「草，草斗，櫟實。」傳世古書大都假借「草」爲艸木之艸。

哲按：三書說自唐蘭、陳夢家而至裘錫圭，體例已趨於完密而明確，由於陳、裘等先生立足於文字記錄語言的觀點，從語言的質素（音與義）來推

〔註46〕裘氏在《文字學概要》240頁指出：「群眾爲『分』字的引申義創造的分化字『份』，跟古代作爲『彬』字異體的『份』是同形字。」「有的學者把上面所說的那種造字現象解釋爲『說文本字俗借爲它用』」。

求漢字的文字類型，得出表意、表音、音義兼表三種結構類型，在邏輯上是比較合理的推論！三書說乍看之下似乎名目比六書說來得少，但如裘氏將表意字分為六類，則顯然比六書更加細密。許多用六書說不好分類的漢字，在三書說中都可以比較明確地找到歸屬。不過文字「基本類型」的分類畢竟與「造字法則」的分析是不同的面向，前者偏向於靜態的分析，但造字法則的歸納，除了靜態的分析，有時也要從動態的文字變化的角度來觀察，因為在分類時關注的角度不同，因此所得類別可能也會不一樣，例如三書說的「形聲字」，從造字法則的研究，就可能可以區分為數類，由此而言，三書說也不會是個盡善盡美的理論！

　　「三書」說在唐蘭、陳夢家等人的心目中應該是一種能夠範圍所有漢字構成的學說（儘管他們兩人的「三書」的內容並不相同），而裘錫圭雖繼承三書說，但是卻認為「表意字」、形聲字、「假借字」只是漢字的三種「基本類型」，此外還有「不能納入三書的文字」（記號字、半記號字、變體表音字、合音字、兩聲字，說見下），換言之，裘氏承認「三書說」並不能範圍所有的漢字！他說：「總的看來，在那些由於形體演變等原因而形成的記號字和半記號字之外，不能包括在三書裏的字是為數不多的。如果只是想說明一般漢字的本來構造，三書說基本上是適用的。」〔註47〕然而這樣的觀點與自漢代（或說許慎）以來看待六書說的心態是不同的，歸納文字構成的法則理當求其全，畢竟所有的法則對漢字的形成過程都有過貢獻，不可以因為某些類型的文字稀少就忽視它們！但是，幾乎可以說是集「三書說」大成的裘氏也認為三書說有所不足，於是也等於間接宣告了所有三書說的不可避免的缺陷，更徑直地說：「三書」說並無法取代「六書」說！

（六）王蘊智三書說

　　王蘊智〈試論商代文字的造字方式〉以商代文字作為探討造字方式的對象，他指出「商代文字是具有完整體系的文字，這不僅表現在文字的數量多、材料豐富，還突出地表現在文字的造字方式，已經形成了自己的特點和規律。關於漢字的字式（按：指造字方式），漢代學者闡明了六書的原則，認為漢字是象形、指事、會意、形聲、轉注和假借六種方式創造出來的。然而六書畢

〔註47〕參見裘錫圭《文字學概要》，132 頁。

竟是隨著漢字的不斷發展而歸納出來的理論，發凡六書定義的許慎也並沒有把他所看到的周秦文字用六書原則徹底解釋清楚，更未親眼目睹商代的文字。」因此，王氏「通過對殷商文字資料的實際考察，吸取六書說中的合理成份，把商代文字的字式歸納爲表意、假借和形聲三種。」以下分別簡述之：

1、表意字

王氏所謂的表意字，「主要是指六書中的象形、指事和會意字，但我們沒有採用舊有的提法，而是把它們看作一種字式（造字方式）。因爲這些字都產生的比較早，流傳較廣，有的字直接從原始圖畫或實物記事符號中直接蛻變而來，具有明顯的文字演化的痕跡；另一方面，它們的形體都受語言中一定的詞義所代表的物象的制約，具有以形表義的功能。」

王氏進一步分析表意字的造字方式，他依照六書中的象形、會意、指事三者分述之。但他說的象形字除了表示具體的物像者之外，還包括「借助物象之形表示某種行爲動作或抽象的意念，需要識字者根據字形有所聯想和判斷才能識別」者，如束、卜、束等字。

此外，他「根據對商代文字的認識，將指事字歸到了象形字裡」，理由有三：其一，那些利用一定的象形字加注象形或抽象符號來表意的文字，實際上也是一種圖象，與獨體象形字的表現方式本質上無別，即使拿「上」、「下」以及數目字等例字而言，雖說它們是用一定的抽象符號表示某種意義，但仍是從早期圖示性符號中提煉出來，並經過約定俗成的文字。其二，它們沒有比類的特點，不屬於合體字。其三，這樣的字，即使在商代，數量也不很多，沒有必要再單獨給它們立作一類。因此他把五、小、丹、至等字均看作是象形字。

總合而言，王氏將商代的表意字分爲「獨體的象形」和「合體的會意」兩類，而把指事字合併到象形字中。他指出象形和會意二者的共性是基本上皆通過一個圖象來表示它們的意義，至於個性則是獨體與合體之分。而它們的共性顯然起著主導作用。會意字的各組成部分雖然可以分解，但其相互關係卻是十分密切的，因爲它是通過整體性的以形圖示而體現自身的意義，從這一點來說，會意字不過是複雜了的象形字而已，因此沒有必要把象形與會意看成兩種造字方式。「作爲造字方式，用表意字這樣的術語會更科學一些，象形和會意指事會意字的兩種形式。」

哲按：王氏在「表意字」之下又區分爲「象形」、「會意」兩小類，而六書之「指事」則併入「象形」，很明顯地是受到唐蘭的影響！但他又主張依兩者「皆通過一個圖象來表示它們的意義」的共性而合併爲「表意字」！不過六書的指事字有哪些類型，在傳統學者之間就有一些不同的看法，王氏比較籠統地說將「指事」歸併於「象形」，與唐蘭的說法（見上文）同樣沒有說服力！而且他將表意字分爲「獨體的象形」和「合體的會意」兩類，這又走上以形體結構區分造字方式的回頭路！總之，王氏將「象形」、「會意」兩分雖然是正確的概念，但由於他對「象形」的本質不盡了然，因此產生了不具說服力的細部分類！

2、假借字

漢字發展到商代，其中不少文字符號，雖在形體上與表意字無大區別，但在一定的書面語中起著純粹標音的作用，這便是「本無其字，依聲托事」的假借字。「廣泛利用有形可象的記詞符號來代表那些無形可象、無從著筆的同音詞，成爲我國古文字資料中極爲常見的現象。當然，在原有文字表意性的基礎上合理地進行內部調節，造成一字多用，這也是再生文字的好方法。」王氏並指出，就商代的文字資料來看，表意字大部分都被假用過，假借字的比率約佔當時總字數的百分之八十五。有些本不太常用的字一經假借便永假不歸，成了永久的記音符號。王氏並指出商代文字的假借現象之所以盛行，是在形聲字尚不發達的情況下，爲了使文字和語言配套，達到記錄語言的目的，因此就必須借助表意字產生出一定量的記音符號。由此看來，商代大量使用假借字，應是文字進步的一個標誌。

哲按：王氏在上段敘述中，凸顯了假借字在商代文字中的重要性（比率約佔當時總字數的百分之八十五），假借法的運用，使漢字在數量有限的情況下也能夠達到記錄語言的目的！而假借字的性質，他說是在書面語中起著純粹標音的作用，是一種記音符號，是一種「再生文字的好方法」！假借之所以能和表意、形聲並列於同一層次，如果採用的是將假借作爲一種「文字（基本）類型」來處理（如陳夢家、裘錫圭），則上述王氏之言雖簡略而亦可行！但王氏是將「假借」作爲一種「造字方式」來處理的，則他上述的理論基礎就顯得太過薄弱了，恐不能取信於主張假借爲文字之「用」的學者！

3、形聲字

「商代的假借字雖說很多，然而也孕育了代表漢字發展趨勢和主流，一種

比較優越的造字方式－形聲字。」這種意音兼備的形聲字在商代異軍突起，武丁時期形聲字的比率約佔當時文字總數的百分之十以下。到了商代末期比率已經上升到百分之二十以上，不少早期的表意字逐漸被新起的形聲字所取代。造字者也開始運用形、聲契合的方法增添新字，使商代的文字體系不斷成熟和完善，文字規模也有所擴大。形聲字在商代尚處於初步發展的階段，它的產生是多途徑的，產生的途徑大致有四種：

（1）在表意字的基礎上追加聲符而成。

王氏舉例：武丁時期有一個象形的「災」字（哲按：〰〰），表示大水橫流之狀，因其與「川」、「水」等字有形近之處，於是其後便又加上聲符「才」，成了「形聲字」。

（2）在表意字的基礎上追加形符，成為兼有會意特點的「形聲字」。

例如「魚」字在增添了形符「水」之後寫作「漁」，表示動詞的性質，即打魚之意（魚的引申義）。

（3）本義為假借義所奪，追加形符以示區別

此種途徑產生的形聲字有二種情況：一是本義被假借義所取代後，再增加一個形符表示原來的意義。而原字成為永假不歸的假借字，另一則是原字追加形符表示後起的假借義。

（4）專門用形聲兼顧的方法添置新字

這是一種用來適應語言日益發展需要而多產文字的良好途徑，由其字形，既可以瞭解大概的音讀，又可了解其所代表的事物屬性，後來產生的形聲字多屬此類，此即許慎所謂的「以事為名，取譬相成」的形聲字。

哲按：王氏所論「形聲字」的產生途徑與龍師宇純所論形聲字的四種性質大致上相當！

王氏此文雖在表意字的細部分類上有其缺陷，而全文特色則是對甲骨文中的各書有可供參考的統計比率，如「象形字」約佔當時文字總數的百分之三十；會意字約佔當時文字總數的百分之四十多；假借字約佔當時文字總數的百分之八十五；形聲字在武丁時期不及文字總數的百分之十，到商末則提升到百分之二十以上。雖不見得全然準確，仍可作為觀察各書比重及消長的大略依據！

（七）趙誠三書說

趙誠的三書見於其《甲骨文字學綱要》第六章「甲骨文字構成的類型」，他的三書說是以甲骨文爲分析材料。在說明自己的三書說前，他先批評唐蘭的三書說最大的問題有二：一是象形和象意的區分，界限不易明確。二是本無其字的假借是造字之法，把假借排除在三書說外顯然不合理。至於陳夢家的三書說，他認爲象形字、形聲字、假借字三類的區分較爲合理，但也有某些不足之處，主要是在三書的名稱及少部分內容上，因此趙誠的三書說是立足在修訂陳夢家三書說的基礎上而進行論述：

1、形義字

陳夢家所說的象形，大約包括了許慎所說的象形、會意、指事三書，實即包括了所有以形表義的文字。因此趙誠認爲陳氏仍採用傳統的術語叫象形字起碼有兩個比較明顯的缺點。「一、名實不符。所有以形表義的字並非都是象形字。二、與傳統所說的象形字在內容上有所不同，用了同一個名稱，容易引起誤會。」從甲骨文字的性質來看，甲骨文有著以形表義的特徵，因此他認爲陳夢家的「象形字」宜稱爲「形義字」。「這樣一改稱，不僅名實相符，名正言順，而且充分突出了甲骨文字的特徵，也不會引起誤會。」

哲按：三書說是奠基於修訂六書說之下而提出的，早期學者儘管對六書之象形、指事（象事）、會意（象意）加以歸併爲一或二書，但名稱仍沿用舊有名稱，如「象形」、「象意」等，特別是將六書之前三書合稱「象形」（陳夢家），備受學者批評，因此後來學者往往加以改名，或曰表形，或曰表意、表義。名稱雖然只是一個代稱，但如能使其名實相符、見名知義，當然是最理想的！趙誠不贊成「象形」之名，而將之改名「形義」，單從這名稱來看，應該是頗能符合「以形表義」的該族群字的特徵！但如果吹毛求疵一些，一般命名時，名稱的設定不能只顧及單一個體，全體中的其他「書」也要能彼此配合！以趙氏三書之命名而言，「形義」之名能釋以「以形表義」，「音義」之名也能解作「以音表義」（但另有其他問題，說見下），而「形聲」之名也將解作「以形表聲」乎？三書說其實是注重文字與語詞之聯繫的，文字表達、記錄的是語詞的質素，語詞之質素有音、義兩項，因此表達方式基本上有表意、表音、兼表意音三種，因而所謂「三書」何不即以表意字、表音字、意音字分別命名呢？

2、音義字

趙氏又針對陳夢家的「假借字」一名，認爲宜改名爲「音義字」。可從兩方面來討論：「從理論上來講，文字在本質上都是表音的，漢字、甲骨文也不例外，所以有相當一批古漢字是通過形體所表之音來表義的，實質上就是以音表意。……古人沒有認識到古漢字有表音這一本質，誤以爲漢字本是圖畫字、象形字、表意字，用『依聲托事』的辦法來表示與形體無關的意義只是假借，所以把這一類字稱之爲『本無其字』的假借字。我們如果仍用假借字這一名稱，無異於同意古人那不科學的觀點而自己在理論上陷入困境。」自實質而言，趙誠的「音義字」包含假借字與「聲聲字」兩類。

哲按：假借字是「以音表意」的表音字，但用「音義字」來取代，違反一般習慣，且名稱中有「義」字，易讓人誤解其字形與詞義是有聯繫的（形聲字豈非兼表「音義」？），因此「音義」之名並不適當！至於「聲聲字」之提出是否有必要，詳見下章三節！

3、形聲字

趙誠並未修正陳夢家之說，亦即因襲傳統六書說中的「形聲」之名。

（八）何九盈三書說

何九盈在《漢字文化學》一書中比較唐蘭的三書說（象形、象意、形聲）與陳夢家的三書說（象形、假借、形聲），云：

> 陳與唐的分歧反映了分類標準的不同。唐蘭講的是結構方式，「假借」不是結構問題，當然不在考慮之列。陳夢家講的是漢字的基本類型，不單是漢字構造方式的問題，也包括用字規則（哲按：陳夢家並非將假借視爲用字法），「假借」這一類就必須要考慮到。有人認爲假借是「不造字的造字」，這就把假借的本質特點給抹掉了。無論是「本無其字」的假借還是「本有其字」的假借（或曰「通假」），被借字在構造上並未發生什麼變化，只表意功能發生了轉換，這是用字過程中產生的問題。其實，若以結構爲原則分類，假借與表意、形聲根本不屬於同一層面，只有以漢字類型、表達方式分類時，表意、形聲、假借三者才可以相提並論。很顯然，我們說的「類型」不是結構類型或創造類型，即根據漢字的表達方式所劃分出來的類型。

因此，我也主張把漢字劃分爲表意、形聲、假借三個類型，但理論
根據和劃分層面與唐蘭、陳夢家都不同。

我所謂的「三書」是建立在二元化的表達機制之上的。即造字表達
與借字表達。造字表達又分爲表意類、形聲類。

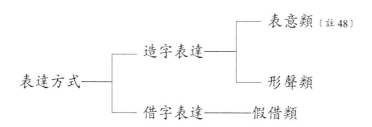

由二元化表達機制構成的「三書」說，既吸收了傳統六書說的優點，
也區別了造字表達機制與與借字表達機制的不同。

造字表達屬於結構機制，借字表達屬於轉換機制。這兩種機制上的
特點構成了漢字的系統性、完整性、靈活性。〔註49〕

何氏顯然地受了體、用說的影響，因此將假借排除在造字法則之列。但如果將
假借視爲用字之法，則與造字法則性質不同，兩類將不能置於同一層面上，他
認爲只有以「漢字類型」、「表達方式」分類時，表意、形聲、假借三書才可以
相提並論，列在一個層面之下，而他採取的是「表達方式」。所謂「表達方式」，
應該是指表達語詞的方式，語言有義、音兩質素，文字表達語詞因而有三種基
本方式：表達語詞中的義、表達語詞中的音、同時表達語詞中的義與音；三者
即分別是何氏上表中最下一層的「表意類」、「假借類」、「形聲類」。運用文字以
表達語言時，可以用造字的方式：「表意造字法」與「形聲造字法」，因而「表
意類」、「形聲類」屬於「造字表達」；也可以用音同音近而借用的方式，因而「假
借類」屬於「借字表達」。雖然「借字」和「造字」的性質不同，但因爲同是表
達語詞的方式，所以可以同列於一個層面！

何氏的三書說在內容上雖然沒有特殊之處，但融合造字法則與表詞（表達）
方式，建構爲二元化表達機制，試圖爲「造字法」與「體用說」間之鴻溝架設
一座橋樑，這是其說之特色！

〔註48〕何氏在下文又云：「表意類，根據傳統六書說的分類，我們把象形、指事、會意三
類均作爲表意類的子系統。」參見《漢字文化學》185頁。

〔註49〕同上註，180～181頁。

二、其他諸家說

（一）二書說〔註50〕

由王力主編的《古代漢語》〔註51〕一書介紹「漢字的構造」時（主要指造字方法），認爲漢字形體的構造，傳統有六書的說法，六書只是後人根據漢字的實際情況，加以客觀分析所得出的結論，但「這種分析是合乎漢字實際情況的，它是漢字創造和運用的邏輯結果」。對於六書，該書採取「四體二用」之說：象形、指事、會意、形聲是造字之法，轉注和假借則是用字之法。並且又進而說：

> 今天我們對於漢字的構造可以作更科學的說明。首先應該認爲轉
> 注、假借和漢字的構造無關；其次，對於象形、指事、會意、形聲
> 還可以作更合理的分類：一類是沒有表音成分的純粹表意字（包括
> 象形、指事、會意）；一類是有表音成分的形聲字。

該書將文字類型劃分爲表意字、形聲字兩大類，兩大分類的依據則是字符有無表音的成分。乍看之下似乎由「三書說」排除掉「假借」而成，但陳夢家、裘錫圭等人的三書說有「假借」正是「記詞類型」的特色！此種「二書」說因爲是從文字的構造法出發，所以其文字類型可以謂之「造字類型」。

其他採用「二書」說的學者不多，就所見，班吉慶〈研究甲骨文字形體構造的幾點意見〉一文，贊同陳夢家、裘錫圭的三書說「眉目清楚，合乎邏輯，比六書說要好得多。」但他主張用自三書說去除假借（用字之法）的辦法來研究甲骨文形體結構（二書的名稱是：象意、形聲），由此可見他也未認清「假借」在陳、裘二氏是重要的文字「基本類型」，怎可隨意丟棄？該文極爲簡短，僅在發凡起例！

（二）詹鄞鑫六書說

詹鄞鑫在《漢字說略》第三章「漢字的結構」中從「造字結構」的角度爲漢字結構作分類，提出「新六書」說，他對傳統的六書說有所批判，也不採用

〔註50〕「二書」指王力提出的依文字有無表音成分可分爲兩類的說法，但王氏並無「二書」之稱呼，此姑依某些學者的權稱。

〔註51〕第一版是在 1962 年出版，1980 年有「修訂本」，此處所引見於 1998 年「校訂重排本」之〈古漢語通論（五）・漢字的構造〉。

三書說的分類。他的「新六書」說是以裘錫圭所建構的三書系統作爲基礎而作一些局部的調整：首先，仍按文字學界的一般處理法，把假借視爲用字法，不列入結構類型之中；其次，將裘氏的表意字一類作更詳細的分類。經過調整，漢字結構類型分爲六類：象形、指示、象事、會意、形聲、變體。以下分別論述其六書說：

1、象形字

這類字特點是字形跟它所表示的物體的外形相象（所謂外形相象只是象徵性的）。象形字的一個重要標誌是，它所記錄的詞本來是名詞，它所代表的物體通常有一定的外形。又分爲四小類：

（1）象物體的全形。例如：山、木、人、斤、自、行、皿等字。

（2）象對象的部分形體。例如：牛、羊等字。

（3）象形字所表示的物是一個群體，則所像的形也是由群體所構成。例如：艸、茻、玨、林等字。

（4）爲了使所象的形更加明確，附加相關物體的形象。例如：眉、州、舌、血等字。

哲按：此類字即是傳統六書說中的「象形」。

2、指示字

指示字是在象形符號（極少數可能是抽象符號）

上加比較抽象的指示符號來表現字義的文字。詹氏認爲傳統六書中的「指事」由於定義不明確，闡釋者的理解或偏於「指」或偏於「事」，他將偏於「指」者歸入指示字；而將偏於「事」者歸入象事字中。例如：本、末、朱、寸、上、下等字。

3、象事字

有些獨體字，從表面上看似乎是象形字，但從它所表示的意義看，它所代表的不是有形的物，而是無形的事。這類字具有象形字的外表形式，而其表意性質則與會意字相近，但不能歸入會意類，因爲它不存在「會合」成意的條件，因此他將之歸入「象事字」。例如：大、屰、矢、高、又、交、卜、力、臣等字。

此外，有些獨體字只是像某種狀態，說不出具體象某種實物，這類自裘錫圭稱爲抽象字，其數量較少，就其表意功能而言，與象事字沒有本質的區別，

因此詹氏仍將之歸入象事字中，例如：小、囗、○、凹、凸等字。

哲按：二、三兩類合起來即相當於傳統六書說中的「指事」字（個別學者觀點不盡相同）。詹氏從形式結構角度將其分爲兩類，但兩者都是表抽象之意者！

4、會意字

凡是會合兩個或以上的構字符號（即意符）來表示一個跟這些意符本身的意義都不相同的意義，即屬於會意。而從會意意符的性質來看，會意的方式可分爲二類：

（1）以形會意

這類會意字的意符是通過其形象來表意的。西周春秋以前產生的會意字，絕大多數是以形會意的，例如：「出」字甲文作 ，止是腳趾，凵是洞穴，二者以形會意，表示人自坎穴中走出。其他如甲骨文舞、毓、企、步、棄等字。以形會意中，又有重複同一意符而成者，如「森」字，三木重疊表示林木茂盛貌。

（2）以義會意

這類會意字的意符是通過其獨立成字時的字義來表義。戰國秦漢以後所產生的會意字，大抵是以義會意的。例如：嵩、劣、甦、尖、歪、掰等字。

會意字由以形表意發展爲以義表意，反映了漢字象形性逐漸消失，記號性逐漸加強的趨勢。

哲按：唐蘭近乎不承認古文字有「以義會意」一類，但根據陳夢家、裘錫圭等的看法，先秦實已有之。就早期的古文字而言，欲截然劃分「以形會意」與「以義會意」之別是很爲難之事，因此不必刻意劃分兩者，使其歸爲一大類，下分小類即可，詹氏正是如此處理。

此外，詹氏在「會意」中，又提出「會意兼聲」的類型：「會意字的意符如果兼表讀音，就會成爲會意兼聲字」，他認爲意符兼聲包含三種情形：

（1）意符同源兼聲

有些會意字的意符，其獨立成字時所具有的詞義和該會意字的字義具有同源關係，而同源字之間具有音同音近的關係，因此該意符在會意中也具有兼表音讀的功能。例如：友，從兩又，「又」兼表音。《說文》：「友，同志爲友。」字形由兩隻右手朝同一方向構成。志趣目標相同則兩人必然互相幫助，

可見「友」與「右」（佑）具有同源關係。而「又」與「右」既有同源關係，當然也與「友」具有同源關係了。又如「字」，本義是孳生孩子，「字」、「孳」、「子」同源，所以讀音相近。

（2）意符異源兼聲

上舉同源兼聲的會意字，由於其意符與會意字有同源關係而具有兼表音讀的功能，這種表音功能很可能是無意中造成的。還有一些會意字，則是有意識的選取具有表音作用的符號作為構字意符的，其表音符號獨立成字時，不必然與該會意字具有同源關係。例如：受，從　從舟，舟兼表音。兩手相授受的物品為何從「舟」，蓋欲使其字兼表音。

（3）意符聲化兼聲

有些會意字初始並無表音符號，後來人們故意將其中的某一個意符略加改造，使它兼有表音功能。例如：聖，甲文從耳、從人，或從耳、從人、從口；至金文在人之腳下加一橫畫，象徵站立的土地，成為「壬」字，兼有表音的作用。

哲按：文字學上講「會意兼聲」字即是「亦聲」字，但何字屬亦聲字有非常嚴格的規範（說見上文），詹氏所舉三類，僅第一類可以成立，至於「意符異源兼聲」、「意符聲化兼聲」都非真正的「會義兼聲」！

5、形聲字

形聲字通常由一個形符和一個聲符構成。形符大體上反映了該字本義所屬的類別或範圍；聲符則大體上（有時是完全）反映了該字在造字時代的讀音，也有相當一部分形聲字的聲符還從不同的角度具有表意的功能。

詹氏從表層和深層結構兩種角度探討形聲字的形符和聲符之間的關係，深層關係揭示形符或聲符的性質及其組合的原理，表層關係則揭示形符與聲符的布局狀態及其在演變過程中的變化狀況。此處介紹詹氏所言的深層結構。

形聲字形符和聲符的深層結構，是由於形聲字產生的不同途徑而造成的，大致可分為六類：

（1）表意字附加表音符號構成的形聲字

包括「象形字附加表音符號構成形聲字」、「指示字附加表音符號構成形聲字」、「象事字附加表音符號構成形聲字」、「會意字附加表音符號構成形聲字」等。

例如：自，甲文的「自」是鼻子的形象，也用於表示鼻子，其後，自字假借爲介詞，因此又加表音的「畀」聲，成爲從自、畀聲的形聲字「鼻」，以表示其本義。又如：「野」，甲文作埜，從林、從土會意，本義指郊外的土地。其後，附加表音的「予」字，成爲從埜、予聲的「壄」字。篆文中是從田、從土、從予聲，本是異體字，後來取代「壄」成爲正字。此種會意字意符聲化卻不失其表意功能。

（2）會意字意符聲化形成的形聲字

此種會意字意符聲化，喪失其表意功能，形成形聲字。

甲、會意字意符改造爲聲符形成的形聲字

> 例如：奔，甲文從夭，從龇，「夭」象雙手擺動而奔跑的人形，三「止」象徵激烈奔跑，篆文把「龇」形改造成爲表音的「卉」字，失去表意的性質。

乙、會意字意符替換爲聲符形成的形聲字

> 例如：望，甲文從臣、從壬，本指望遠之意。篆文加「月」形以望月表示望遠之意。其後，又將「臣」字改爲表音的「亡」而成爲今之「望」字，失去表意的性質。

（3）表音性文字附加表音符號構成的形聲字

「表音性文字」意指無本字的假借字和形聲字。

甲、假借字附加表音符號構成形聲字

> 例如：午，甲文象杵之形，是「杵」之初文，假借爲「忤逆」之意，此意後來又加表音的「吾」字而形成從午、吾聲的「牾」字。

乙、形聲字附加表音符號構成新形聲字

此類形聲字較爲罕見，詹氏以裘錫圭所舉之例言之。

> 例如：金文中從示、畐聲的「福」字有時又加注表音的「北」而寫作「禣」字。

（4）已有文字附加類化符號構成的形聲字

此種形聲字的產生蓋由一字表多詞的原因產生，爲避免閱讀的困難，於是往往爲其中某個義項創造新字，方法之一即是在原字上增加類化符號。而凡附加類化符號以後，類化符號轉化爲形符，而原先的字則轉化爲聲符。

甲、象形字附加類化符號形成形聲字

例如：它，甲文象蛇之形，其後因它字假借爲代詞，於是遂加類化符號「虫」，形成「蛇」字，以表示本義。

乙、指示字附加類化符號形成形聲字

例如：肘，甲文從又，而在曲肘的部位加指示符號以標示肘的位置，其後又加類化符號「肉」，形成「肘」字，以表示本義。

丙、象事字附加類化符號形成形聲字

例如：爪，甲文象朝下抓的覆手之形，其後又加類化符號「手」，形成「抓」字，以表示本義。

丁、會意字附加類化符號形成形聲字

例如：各，甲文從夂、從凵，本義是來到；其後，各字假爲他用，於是又加類化符號「彳」，形成「　」字，以表示本義。

戊、形聲字附加類化符號形成形聲字

例如：戚，甲文象斧鉞之形。其後戚字假爲悲戚之意，於是又加類化符號「心」，形成「慼」字，以表示假借義。

（5）改變形聲字形符形成新的形聲字

有些形聲字，字義經過引申或假借，造成原有的形符或喪失表意功能，於是以新的形符取代原有的形符，以適應引申義或假借義。例如：斂字，本指收斂之意，而古書常以之表示將死人入於棺槨之中，於是後來將「攴」形改爲「歹」旁。

（6）改變形聲字聲符形成新的形聲字

形聲字改變聲符的原因不一，或以原聲符表音功能不理想；例如：胜字，從肉、從生聲，意指動物的腥氣，《說文注》之反切爲「桑經切」，而聲符「生」字則是「所庚切」，表音性不足，於是後又將聲符「生」改爲「星」，遂成「腥」字。

或因方言讀音不同而改變，例如：廁字，從广、則聲。廣州方言讀如「次」，俗寫作「厠」，改則聲爲次聲。

或爲形體簡化而改變。例如：讓字，從言、襄聲，大陸簡體字作「让」，簡爲「從言、上聲」，就表音功能言，「上」不如「襄」；就書寫角度言，則較便易。

哲按：此處所言形聲字形成的途徑，類例繁瑣，不如龍師、裘錫圭等學者所述之能提綱挈領！

6、變體字

「變體字」概念是裘錫圭提出來的，裘氏說：「這類字用改變某一個字形的方法來表意」，把它歸入表意字的範疇內。「其實，裘氏認爲不能納入三書的變體表音字和半記號字也是變體字。這些變體字既不能歸入表意範疇圍，也就有理由把變體作爲獨特的漢字結構方式與其他五種方式並列爲新的六書」！在把「變體」的範圍擴大以後，可將變體字分爲三類：

（1）取形變體字

這類變體字的字義與原字的字形有某種聯系。例如：「片」字，依據《說文》片字本義是判木，字形從半木。「孑」字，依據《說文》，本義爲無右臂，字形從「子」，而缺其右臂之形。

（2）取義變體字

此類變體字的字義與原字的字義有某種聯係，但與原字或變體字的形體形象，似乎沒有聯係。如「叵」，義爲不可。是將「可」字反書而成的。

（3）取音變體字

這類變體字的讀音與原字讀音相近，字義是新賦予的（有可能是原字的假借義），與原字本義和字形都沒有聯係。例如：「乒」、「乓」二字，由兵字改造而成，讀音亦與之相近，用作擬聲詞。「毋」字用作否定副詞，其字本假借「母」字，甲文、金文皆如此。其後，爲了區別否定詞與父母二義，於是改造「母」字爲「毋」，以做爲否定詞的專用字。

哲按：將「變體字」與象形、會意、形聲等同列於漢字結構類型之中，是詹氏的「創舉」，但「變體」只是對文字形體的改變、改造，其目的仍是藉此以「表意」或「表音」，若將之獨立爲一類，只是文字形式上的類聚，但卻將表意、表音的實質混淆在一起了，試看諸「書」，何者之隸屬字，是有些屬表意，而有些屬表音的？因此仍當按其性質，或歸表意字，或歸表音字爲宜！

綜合而言，詹氏之「新六書」大抵建構在裘錫圭的三書說上，只是將裘氏「表意字」的細目加以重整，並排除假借。在「表意類」的文字中，他按照形體結構的特徵而分出：象形、指示、象事、會意四書，實際上後三者皆表抽象之意，是否必須分爲三類值得商榷！他在論述「形聲」時，沒有特別注意到因語言引申或文字假借而加注意符的分化字。此外，「變體字」實不能與其他諸書同列一層面，應予取消！至於取消「假借」的地位，是因爲他的文字類型理論

是要分析漢字的「造字結構」，而依照四體二用說，假借字與文字形體結構類型無關，因此被排除掉了！

（三）張玉金（由三書到四書）

張玉金是裘錫圭的學生，他在文字學的理論體系方面既受有其師的影響而又有所變革。裘氏在其《文字學概要》中對傳統六書說及唐蘭三書說加以檢討後，稍加修訂陳夢家的三書說而提出漢字主要有三種「基本類型」（表意字、形聲字、假借字），因而在理論架構上擺脫傳統「造字法則」的歸類法而導向文字類型的分類（但裘錫圭的三書不全是造字類型，因為他不認為假借是造字法）。

張玉金在其著作中則仍然採用造字法分類的研究，在《當代中國文字學》（2000）一書中他提出三種造字法：繪形表義法、形體分化法、表義擬聲法。〔註52〕但在《漢字學概論》（2001）中，他重新提出四種造字法：表義法、表音法、音義法、記號法。兩相對照，頗有出入，先言前者。

1、三書——繪形表義法、形體分化法、表義擬聲法

張氏沿襲傳統「體」、「用」說的觀點，認為「造字方法」、「用字方法」應是並立的理論子課題：

> 所謂「造字方法」是指創造新漢字的方法，造字是一種從無到有的
> 過程（當然可以由已有的字作為元件）。「用字方法」是指沒有（或
> 有）書寫形式的語素對已有漢字借用的方法。〔註53〕

張氏強調「造字」必須是有新的漢字產生，亦即漢字的大家族中必須有新的文字字形出現，才可算造字，否則應屬「用字」的範疇，這與傳統「四體二用」說的看法一致。

張氏提出「造字方法」可以分成三大類：繪形表義法、形體分化法、表義擬聲法。

（1）繪形表義法

一個漢字所記錄的大都是一個單音節語素，語素有它的聲音和它的意義。在最初人們創造漢字時使用的方法，大都是繪形表義法，這種方法是通過描繪

〔註52〕以下所述參見張氏《當代中國文字學》298～301頁。

〔註53〕張玉金《當代中國文字學》298頁。

形象化的符號來圖解語素的意義。凡具有以下兩個條件的，都屬於本造字法之列。一是造字的手段是摹形，所描繪的可以是一個或幾個事物的外部形態；可以是事物的客觀形態或假想形態；可以是動態，也可以是靜態；可以是具體形態，也可以是抽象形態。二是造字的目的是表義，所表達的意義一般是語素的意義。例如，要想表示「象」的意義，就畫出象的整體形；要想表示面部，就先畫出「首」形，再用符號指示出面的部位；要想表示昃時，就畫出日照人影傾斜的圖景；要表示「上」，就先畫出一個水準線「一」，再用一短橫指示出這一方位所在；用「人」在「木」上的圖形表示「乘」之義；用「人」在「木」旁表示「休」的意思；在「人」形上突出長髮，表示「長」的意思；畫三橫表示數目「三」等。這種造字法，一般適用於動詞、形容詞和名詞的書寫形式的創造。創造漢字時對於客觀事物的描繪，不是繪畫式的，而是線條式、特徵性和符號性的。這種造字法包括了傳統的「象形」、「指事」、「會意」，但比這三者的涵蓋面要大。

（2）形體分化法

由於語素義的引申變化和漢字形體的假借，造成了一字多詞的情況。為了解決這個矛盾，人們便在已有文字的基礎上進行改造，創造出新的漢字，此種方法即是「形體分化法」。符合下列三條件的，則屬此法：一是造字的原因是為了應付由於語素義的引申變化和漢字形體假借而造成的一字多詞的情況。二是創造的辦法是在原字基礎上改造製作。三是創造的結果使新字以一個詞的書寫形式的身份同原字一樣立於文字之林。這種方法又可以分為幾類。

一是假借分化造字法。這是指造字的原因是由於文字的假借的形體分化法。例如「祿」字在甲骨文、金文中全借用「彔」，戰國璽印文字才在「彔」旁加「示」；「斧」字本來寫作「父」，後來被別的語素借去，一去而不返，便在下邊加「斤」；「乞」本來假用「气」字，後來在「气」上減去一筆畫而成「乞」。

二是引申分化造字法。這是指造字的原因是由於語素義的引申的形體分化法。如「匜」字金文一般用「𦉢」字，這個字像蛇形，有一種器皿像蛇，所以把這種器皿也叫「𦉢」，後來在這個字下加了一個偏旁「皿」；「媾」金文一般用「冓」字，這個字像木材交構之形，木材交構須兩兩相對，與人之兩兩相配類似，所以婚媾的「媾」也寫作「冓」，後來才加「女」旁；「茶」字本來用「荼」

字表示,「荼」是苦菜名,茶葉味也苦,所以用「荼」表示「茶」,後來才在「荼」上減去一筆而成「茶」。

這種造字法是對原字進行改變,文字分化是爲了給語素創造自己的書寫形式,分化的結果則是兩者各以語素書寫形式的身份並存。

（3）表義擬聲法

同時取來兩個漢字,一個用來指示語素的意義,一個用來表達語素的聲音,兩者合而爲一,創造出一個新的漢字來。凡符合下列兩點的,則屬於這種造字法之列:一是文字分成兩部分,一部分和語素的意義相聯繫,一部分和語素的聲音相聯繫。二是這兩個部分原都獨立成字,現在同時組合在一起,這種方法很能產生新字,如「禧」、「禎」、「禛」、「祉」「祺」、「禔」等都是這樣創造出來的。

哲按:張氏之「繪形表義法」包含傳統的象形、指事、會意三類造字法,因爲運用這三類造字方法所造的文字,其字形基本上都沒有表示聲音的部件,就造字者的認知,利用摹形的方式即可達到以形表義（意）的目的。實際上運用這種造字法所造成的文字即是陳夢家所說的「象形字」或裘錫圭所謂之「表意字」。

至於第二種「形體分化法」,實際上即屬於龍師宇純「六書四造二化說」中之「轉注」範疇（說見下章）。張氏將「形體分化法」列入造字法則中的一種類型,頗令人耳目一新,因爲一般學者都將這類型的字依其形體結構之相同特點而歸之於「形聲字」,張氏云:

> 「形聲字」這個術語,過去的文字學家們認爲是一種造字類型,這是不準確的,它應是一種結構類型,指用意符和音符結合而成的形聲字。〔註54〕

「形聲」在傳統文字學理論上本來是指一種造字法,不過從靜態、平面的分析,由於「形聲字」包含意符、聲符兩成分,形體結構顯然可辨,於是轉而被學者運用爲分析文字結構的術語（所謂「形聲結構」）,因此張氏這段文字所言也是不準確的,但是他看出了「結構類型」與「造字類型」的不同質性!

以往學者對於包含了表示語音成分部件的合體字,往往歸之於「形聲字」,但實際上這些「形聲字」若研究其形成原因,卻可發現來源並不相同,有的類

〔註54〕《當代中國文字學》285～286 頁。

別甚至可以「另立門戶」，獨立為另一種造字法則，張氏所舉的二類「形體分化法」，由假借字加注意符的「祿」、「斧」，由於引申後加注意符的「匣」、「媾」字，從結構角度看都是一形一聲的「形聲結構」，與純粹的形聲造字法（即張氏所謂「表義擬聲法」），如江、河、禧、禛之類，在字形結構上雖然相同，但從造字的角度而言卻顯然應屬兩種不同類型！因此張氏將這兩種「形聲結構」文字的來源分屬於不同的造字法是正確的認識！

至於「表義擬聲法」即是傳統的形聲！

在上述三種造字法中，「形體分化法」是很特殊的一型，而且也捉住了現象的本質與真相，可惜後來他卻將該法的獨立地位取消了。

2. 新四書說——表義法、表音法、音義法、記號法

在《漢字學》第五章中，張玉金另外提出了「新四書說」。他先說明漢字都是由字符所構成，字符是指文字所使用的符號，分成形符、意符和音符、記號四種。「研究漢字的造字法，其實就是研究使用字符構成新字的方法。」新四書造字法是：表義法、表音法、音義法、記號法，其中「表義法」即前述三書之「繪形表義法」，「音意法」即三書中的「表義擬聲法」，「記號法」則是三書說中未有的。因此只剩下四書中的「表音法」可以對照三書中的「形體分化法」。但從名稱上看，兩者顯然沒有直接對應的關係。兩處都有的此處不擬再述，先看三書中的「形體分化法」在四書中到哪裡去了？原來「又回到音義法」中去了！

所謂「音義法」：「指使用音符和意符構成新字或使用既表音也表義的字符構成新字的方法。」也就是傳統的「形聲」！為何說「又回到音義法」？因為只要是一形一聲配合的字，傳統都歸入到形聲字中，張氏三書「形體分化法」中的字，除少數如乞、茶被併入四書中的「表義法」第四類「變體表義字」外，其他都「回歸」到「音義法」中去了！

張氏新四書中的「表音法」：「是指用音符構成漢字的方法。」不過由於張氏主張假借是屬於用字之法，因此假借不能歸入這種造字法裡。「表音法」又可以分成以下幾類：

（1）指為了記錄語言中的一個特定的詞，在一個音同或音近的漢字的基礎上，通過筆畫上的細微改變，而造出新字，可稱變體表音字。又有幾種：

甲、減少筆畫構成新字

如「乞」字它是從「气」字中分出來的。气之本義為雲气，被假借為乞

求之意，後在原字減少一筆達到分化目的，不再混用。又如乒乓都是通過減少「兵」的一筆成為新字。

乙、縮短筆畫構成新字

「已」字本不存在，已然之義借用辰巳的「巳」字表示，爲了求區別，就將巳字最後一筆縮短，在左上角留缺口的辦法造出「已」字，專門表已然之義。

丙、變換筆畫造字

例如「刁」字，它是從刀字中分化出來的。「刀」被借來記錄刁斗的刁和姓，也被借來表示狡詐之意。本義和借義原都寫作「刀」。由刀字變換筆畫而成刁。

（2）使用兩個音符構成新字。如「牾」，「牾逆」意原借「午」字表示，後在「午」字上加注音符「吾」，分化出「牾」字，專門表示牾逆之義。

（3）使用兩個音符構成新字，不過兩個字符中，一個表示所要記錄的語素的音節的聲母，另一個表示該音節的韻母和聲調，這種字可稱爲合音字。這種字產生在中古時代，爲翻譯佛經所造字，例如「　」字，他記錄的是讀音爲名夜反的音節。

哲按：張氏以上諸例皆謂之「表音法」，實有可商！當「气」假爲乞求之「乞」時固然爲「表音法」（假借），而後爲使本字、借義有別，乃使用「變其形貌之法」以別義，因此此處所使用的「造字法」實際上就是張氏三書說中所說的「形體分化法」！諸例中眞正屬表音法者乃乒乓、　等字。

由上可知，張氏將「形體分化法」取消，卻代之以說解漏洞叢生的「表音法」殊爲不智！而張氏之「表音法」最大問題還是未將假借列入，假借字正符合它字幾所說的定義：「用音符構成漢字的方法」！不過其造字法第四類「記號法」卻是正確的分析（說見下章）！張氏業師裘錫圭先生雖也曾指出有這一類字，但大概因爲字少，未將他歸入漢字「基本類型」之中！然而就漢字體系的周全性而言，不能因字少遂置之不理，因而張氏將記號法引入其造字法中，是明智之舉！

第三節　文字結構說

一、「結構」的意義

「結構」本來是建築上的用語，晚近也成爲文字學研究時（特別是與「六

書」相關連）的常用術語，〔註55〕但此術語出現於文字學專著中時意義並不專一，需先加以說明。綜合辭書對「結構」一詞的解釋：

1、指屋宇梁柱之連結構架，有構造房屋之意。如杜甫〈李太守登歷下新亭〉詩：「新亭結構罷，隱見清湖陰。」韓愈〈合江亭詩〉：「梁棟宏可愛，結構麗匪過。」

2、屋宇構造的式樣。如《文選》漢王延壽〈魯靈光殿賦〉：「於是詳察其棟宇，觀其結構，……三間四表，八維九隅。」引申指各個部分的配合、組織，如物質結構、工程結構。

3、詩文書畫各部分的組織和佈局。如唐張彥遠《法書要錄·衛夫人筆陣圖》：「又有六種用筆，結構圓備如篆法，飄颺灑落如章草。」王羲之〈題衛夫人筆陣圖後〉：「結構者，謀略也。」

上述三種含意都被引申用在文字學術語「結構」一詞上，而且常和「構造」一詞糾纏不清。倪渝根在〈論漢字的造字法和構字法〉一文中，指出在各家文字學專著中往往「結構」、「構造」、「造字」互用，「在這些專著中，它們簡直成了可以相互替代的同義語。」「查《現代漢語詞典》，『結構』的解釋是『各部分組成的安排』，如『文章的結構』、『語言的結構』、『原子結構』等。『構造』的解釋是『各個組成部分的安排、組織和相互關係』，如『人體構造』、『地層的構造』、『句子的構造』。據此，如果我們說『文字的構造』或『文字的結構』，則應屬構字法（哲按：指「漢字形體結構的規律」範疇。）〔註56〕在文字學術語

〔註55〕現代文字學界關於「結構」的概念，除了中國傳統分析方式外，也引進了西方的學術觀點，石定果《說文會意字研究》：「語言學家索緒爾於本世紀（案：指20世紀）初在語言學研究範疇首先提出了結構主義概念，爾後其他學科紛紛援用，結構主義遂獨立成為專門的哲學理論。進而發展為系統論。……系統論把一切系統分解為元素、結構、功能、環境四方面的要素，其中最關鍵者是結構與功能。元素是系統的基本成分。結構是元素的組織形式，它具有某種穩定性。功能是結構在與外部環境的相互關係中所表現的屬性和所產生的作用。結構是物質形態普遍的存在方式，任何物質即使是最微觀的，都具備結構。」（4頁）

〔註56〕倪氏於文中例舉數家之說，就此三種術語運用時或相互矛盾，或自相矛盾，以證文字學界關於造字法和構字法的問題、觀念混亂之一斑。如唐蘭《古文字學導論》中說：「用三書來解釋中國文字的構造，是最簡便，而且最合理的。」裘錫圭《文字學概要》中說：「六書說是最早的關於漢字構造的系統理論。」陸宗達《說文解字通論》

運用上，「結構」確實如倪氏所言多指文字形體上「各部分組成的安排」；不過「構造」一詞也有動詞、名詞兩種用法，一般言文字的「構造」時實際上多指文字的「製造」（造字）而言，但有時也指文字的形體「結構」。筆者主張基於使用慣例與術語之分工，不宜再繼續以「結構」指文字「製造」，或以文字「構造」指文字「結構」，以避免術語用義之混淆！

「結構」一詞在文字學的運用上，主要以上述辭書解釋之 2 與 3 項之引申用法爲主。不過，必須先辨明的，分析某種事物的「結構」，嚴格而言，本來應該單純就此事物自身的元素來加以分析，例如分析建築物的「結構」，應該是指觀察其「硬體」建設的成分：「三間四表，八維九隅。」（見上引王延壽〈魯靈光殿賦〉文）而不是分析其功能性、機能性的「結構」，如客廳、廚房、臥室等。又如分析「語言的結構」，即應該就語言之元素（語音、詞匯、語法等）爲分析範疇，而不必牽涉不同性質的其他因素（如文字等）！以此而言，說分析文字的「形體結構」，也本應當限定在文字形式、形貌上來分析字形的外貌結構或佈局模式，而不必牽涉到構字元素與語言質素（音、義）的聯繫（即結構的「功能」性）！

但由於文字是記錄語言的符號，字形一定要與語言有一定的聯繫，才能起到作爲語言載體的作用；若只純粹限定文字外貌形體作爲研究範疇，則研究的成果與意義將受到極大的侷限，因此字形結合語言因素的研究（包含整字與構字部

說：「六書指的是漢字字形的構造法則。」又說：「六書是漢字的造字法則。」蔣善國《漢字的組成和性質》說：「關於漢字的構造，過去都從六書說。」又說：「六書是漢人根據小篆歸納的造字條例。」（哲按：倪氏意謂以上諸家誤以『構造』爲『製造（造字）』之意！）楊五銘《文字學》中說：「六書，一般認爲就是分析漢字結構的六書。」「班固明確提出六書是造字之本，後來許多學者即沿襲此說，認爲六書就是六種造字方法，即六種不同的形體結構法則。」「造字講的是文字的形體結構法則。」除了倪氏上舉諸例，茲再舉三例如下：陳秉新、黃德寬《漢語文字學史》：「林澐……使用了以形表義、以形記音、兼及音義三種基本的結構方法。」（334 頁）按：林澐自云其三書是「造字方法」。《語言文字辭典》（學苑出版社）：「到了西漢，學者們把六書解釋爲關於漢字構造的六種基本原則。……傳統的六書說是古人根據漢字的情況總結出來的漢字結構方式。」（144 頁，「六書」條）李圃《甲骨文文字學》：「『結構』有動名二用，如用爲動詞，則『結構類型』或『結構方式』同『造字類型』或『造字方式』的稱說無異。」（121 頁）

件），一直是傳統文字學界研究的主流以及視爲理所當然之事，例如造字法則六
書的研究即不能脱離語言的因素。因而現代一般學者所謂文字「結構」的分析，
〔註57〕實質上即多指與語詞的音或義有聯繫的構字元素（構件、部件）的分析及
其組織方式的分析：「結構是部件及其組織方式。」「部件是字的直接組成單位，
有一定的獨立性，本身包括某種意義或音讀。組織方式是指部件與部件之間的關
係。」〔註58〕所謂部件「本身包括某種意義或音讀」，即指其與語詞具有音或義
的聯繫，這些部件在組合成字時，都個別具有某種「結構功能」（學者或將漢字
構件的結構功能分成四類：表形功能、表義功能、示音功能、標示功能；具有以
上四種功能的構件，稱爲表形構件、表義構件、示音構件、標示構件），〔註59〕
因此一般所謂文字「結構」的分析與目的，其實是結合了「結構——功能」的研
究法，重點在分析文字的構件及其功能，以及部件的構形模式（或稱「結構類型」、
「形體結構類型」），其主要目的乃是在探討字形與字義的關係（所謂因形求義），
〔註60〕或者藉由觀察形體結構而去反推漢字的造字方法，而不是單純的只著眼於

〔註57〕關於文字字形結構分析的有關術語：「漢字形體按常規可分爲三級：整字、部件、
　　　　筆畫。其中，部件是漢字構造的基本單位。……人們通常還稱之爲字根、字素、
　　　　字元、字符、構件等。……並非所有的部件都能單獨成字，有些部件無法孤立使
　　　　用。……我們將可以單獨成字的部件叫成字部件，將不可單獨成字的部件叫非字
　　　　部件。」（石定果《説文會意字研究》）非字部件可以是「指事性符號」和「象形
　　　　性符號」等。（12～14頁）而文字學界傳統上將合體字的各個組成部分稱爲「偏旁」，
　　　　現代學者也稱之爲「字符」。張玉金《漢字學概論》：「文字使用的符號叫字符（也
　　　　叫偏旁）。……（現行漢字體系）字符可以分爲三大類，即意符、音符、記號。」
　　　　（183頁）但傳統所謂「偏旁」並未分析出「記號」一類。
〔註58〕陸錫興〈從劃分標準看文字類型〉，50頁。
〔註59〕王寧《漢字構形學講座》：「構件在構字時都體現一定的構意，構件所承擔的構意
　　　　類別稱爲這個構件的結構功能。……漢字構件的結構功能有以下四類：……。」
　　　　以上參見該書第六講。
〔註60〕詹鄞鑫《漢字説略》：「籠統地説『漢字結構』，既可以從書法佈局的角度來看，又
　　　　可以從造字的角度來看；後者既可以討論古代漢字的造字結構，也可以討論簡化
　　　　字的造字結構。我們所討論的僅限於古文字的造字結構，這是因爲，我們討論漢
　　　　字結構的目的在於探討漢字的字義與字形之間的關係，以及由此探索漢字的產生
　　　　與遠古思維和文化之間的關係。這方面的研究，有助於對傳世文獻的閱讀和出土
　　　　文獻的考釋，是從事古文獻和歷史文化研究的基礎工作。」（151頁）

結構體——字形——的外貌形式表象觀察而已。許慎於《說文解字》中分析個別文字所用的方式（「象某形」、「從某從某」、「從某，某聲」「從某從某，某亦聲」等），實際上也就是「結構——功能」的分析法，而其基本目的乃在於藉形體結構的分析求得文字本義的實質。所以「結構」一詞的用法實際上已由外貌形式的「結構」而擴大其含義了，然而也因為「外形結構」與「結構功能」兩方面都共用「結構」一詞，故而容易讓人產生詞彙意義上的混淆！

　　「結構」一詞運用在文字學上，大約是在二十世紀中葉起才較為普遍，茲舉數例以見當時學者對「結構」一詞的理解。唐蘭是比較早期將「結構」一詞運用在文字學上的學者，在其《中國文字學》（1949）「文字的演化」一節中，有「行款・形式・結構・筆畫」一小節，而此主題所論的皆純粹屬字形本身演化的問題，而不牽涉構件與音、義的聯繫關係。其中在論及「結構」時，云：「行款跟形式是屬於文字的外形的，**結構跟筆畫的變化，則是內在的。結構**的演化是古今文字變異裡很主要的部分。例如：『馬』字從正寫的圖畫形式改為側寫以後，頭部和頭上的耳形，變得像是一個目形，又漸漸把項背間的鬃毛移上去，寫得和目中的橫畫接連起來，變成現在小篆隸書裡馬字的上半。馬字的身體漸漸縮短，兩足跟三歧的尾，漸漸不能分，在漢時已被誤認為四足一尾，到隸書裡更變為四點帶一鉤，和『火』字的變為四點一樣。……我們認為每一個字，都有它本身的一本歷史，主要的就是**結構**的演化。」「許多特殊形式的古文字，原來是整個的圖畫，不能分割的。後世文字，形式上處處要整齊，所以往往把兩個單體中間的關係切斷了，變成各個獨立的。」例如「『企』字本畫一個人，也附帶畫出他的腳，後來轉過來腳趾朝上，並且把腳截下來，成了從人從止了。」唐氏所指的「結構的演化」是指個別文字在字形形式上的變化，是純粹屬於字形外貌的範疇！〔註61〕

　　陳夢家《殷虛卜辭綜述》（1955）在第二章「文字」中敘及許慎《說文解字》所採用的材料多半是戰國、秦、漢的文字，少數是西周晚葉的《史籀篇》，「因此他所分析的個別字形根據了稍晚的在形體上有了簡省譌變的**結構**。」此處所講「結構」應當也是字形形式上的變化。但下文又說：「他（許慎）的六書說，

〔註61〕此外該書在「繪畫・鍥刻・書寫・印刷」一節中曾云：「在同一篇文字裡，筆畫的肥瘦，結構的疏密，轉折的方圓，位置的高下，處處受了拘束，但卻處自然而然地生出一種和諧的美，這就是書法。」此處「結構」是書法佈局上的問題。

指事（上，下）象形（日，月）形聲（江，河）會意（武，信）假借（令，長）是一類，每書雖然舉兩個字例，其實是說『日』是象形，『江』是形聲等等；轉注（考，老）是一類，他所舉的是兩個字例，此兩字是互訓的……。前五書是講單字的結構的，到今天爲止，大致上還是一種可取的說法。」此處所說之「單字的結構」包含了假借字，這與一般認爲假借沒有自己的形體結構看法不同，不過陳氏的文字「基本類型」說中是含有假借的，因而此處「結構」，大概是後來學者所說的「結構類型」中的「表音結構」，陳氏於後文云及「形聲字結構」，即是形符與聲符結合形式的「結構類型」。

　　王力《漢語史稿》（1957 上冊出版）第一章第八節「漢語的文字」中說：「關於字形，應該分爲兩方面來看：第一是字體的變遷；第二是字式的變遷。字體是文字的筆畫姿態，字式是文字的結構方式，二者是不能混爲一談的。」論及「字式」時，「漢字的構成，有兩個類型。第一是單體字（『文』）。單體字又可分爲兩類：（1）刻畫具體事物的簡單輪廓（象形），如人、木等；（2）用簡單的線條表示抽象概念（指事），如一、二、上、下等。有些字不是純粹的單體，而是從單體上加一兩筆，如夭、刃等。那是介乎單體和合體之間的結構方式。第二是合體字（『字』）。合體字又可分爲兩類：（1）用兩個以上的單體字的意義結合成爲一個新的意義（會意），如好、森等；（2）用一個單體字表示意義範疇，另一個單體字表示聲音（形聲），如江、河等。」王氏先將漢字的結構分成「文」與「字」兩大類型（此二分法藉由目視字形外貌即可大致得出），以下再從「結構方式的不同」（指「結構功能」不同的構件的組合）區分爲象形、指事與會意、形聲字四種形體結構類型。後來學者對小篆文字形體結構的分析大致上即沿襲此種方式或有所發展！

　　梁東漢《漢字的結構及其流變》（1959）是「一本講漢字的結構、演變和發展規律的書」，書中「結構」的意義，基本上包含了上述諸家的觀點，此由其文中用語即可知，例如一方面從書法佈局的角度說：「還有一些字，它們的形體特別長，上下所佔的面積特別大，在長方形的小篆裡，這種結構還可以和直行書寫相適應，但是在結構扁平的隸書裡，它們顯然是破壞了行款的整齊。」「初學寫字的人寫起字來往往行款不整齊，筆畫結構很不勻稱」，一方面又說：「六書是前人分析漢字的結構歸納出來的六種條例」等。他在依據六書以分析漢字結

構時，大體上與上述王力的分類相似（梁氏之「轉注」字有兩類，一類是象形的符號加注音符而成，如「考」字；一類是由形聲字改換音符而成的，如頂、顛是一對轉注字。轉注字和形聲字都是採用一形一聲的結構形式，至於假借是借用它字而沒有創製新字。）比較特別的是，梁氏的會意結構形式中包含有少數的「獨體會意字」（了、子、孓等）一類，如此則打破了傳統六書體系中獨體文與合體字兩分的界限！

綜上所述，研究字形的「結構」，〔註62〕大略可以區分爲字形（結構體）與語詞因素有或無聯繫的兩個層面，研究現代漢字的學者或將「偏旁之間的關係」區別爲「外部結構關係」與「內部結構關係」，李大遂《簡明實用漢字學》第五章專論「（現代）漢字的結構」，對於合體字偏旁之間的關係，他說：

> 漢字偏旁間的結構關係比筆畫間的結構關係複雜得多，不僅有形式多樣的外部結構關係，還有隱藏其後的內部結構關係。所謂外部結構關係，指偏旁之間純粹形體上的配合關係，是用眼睛可以看到的。所謂內部結構關係，指偏旁之間在表示字義、字音方面的配合關係，是眼睛無法看到的。

他將偏旁在構字時純粹從形式結構上來看的關係稱爲「外部結構」，偏旁以其表意或表音的功用組合成字的關係則稱爲「內部結構關係」。〔註63〕與「內部結構

〔註62〕 本節所言文字的「結構」，實包含獨體字和合體字而言。按理說合體字或準合體字才可以分析其形體的「結構」（具有兩個或兩個以上的構字部件），獨體的象形字、指事字不可以再拆分出其他部件，因此似乎不當有「結構」可言，但現代學者一般以1（自身）＋0的概念看待其結構方式。王寧《漢字構形學講座》將古文字的獨體象形字按其構形模式，歸爲「全功能零合成字」，「由於獨體字沒有合成對象，我們取語言學的『零』概念來指稱它；也因爲它沒有合成對象，組成它的形素必須既表形義又表音，所以是全功能的。」（58頁）

〔註63〕 又：高家鶯說：「偏旁專用於漢字內部結構分析，要研究它和字音、字義的聯繫，有人叫作『字符』。」（高家鶯《現代漢字學》，引自蘇培成《二十世紀的現代漢字研究》315頁。）所謂「內部結構關係」的內涵，李大遂說：「漢字偏旁中的絕大多數，不僅具有構形作用，同時還有表示字義字音的作用。一般說來，一個偏旁在某個合體字中，除了構形之外，或表義，或表音，或表義兼表音。……漢字偏旁間的內部結構關係，共有三類，可以用公式形式表示如下：（一）表義偏旁＋表義偏旁→會意字（偏旁可多至三四個），如明、休、从、尖……。（二）表義偏旁＋表義兼表音偏旁

關係」有關的研究一直是文字學研究的重點之一，將在下文討論。至於古文字偏旁「外部結構」方面的研究則一直不受重視，研究者寡且成果有限，以下先稍加略述。

二、文字外部結構的研究

關於合體字偏旁之間的「外部結構」，李大遂說：「漢字偏旁都有構形作用，因此偏旁間都存在外部結構關係。由於漢字偏旁間存在外部結構關係，從而形成了漢字外部結構系統。」他將現代漢字偏旁間的外部結構關係概括爲四大類十七小類：〔註64〕

（一）左右結構

1. 左小右大：海、語、體、愉；
2. 左大又小：都、副、引、影；
3. 左右均等：朋、如、林、放；

（二）上下結構

4. 上小下大：室、軍、草、筆；
5. 上大下小：熱、意、盤、壁；
6. 上下均等：男、要、志、尘；
7. 品字形：品、森、淼、磊；

（三）包圍結構

8. 全包圍：國、音、圖、回
9. 上方三面包圍：問、鬧、風、网；
10. 左方三面包圍：匠、匡、匪、匹；
11. 下方三面包圍：凶、函、画、　；
12. 右上兩面包圍：句、旬、匈、島；

→轉注字，如：娶、婚、授、溢……。(三) 表義偏旁＋表音偏旁→形聲字，如江、河、湖、海……。」「表義，或表音，或表義兼表音」即是偏旁的功能。

〔註64〕張玉金將這種「外部結構關係」稱作「結構模式」：「漢字的結構模式是指部件與部件之間的方位關係。現代漢字的結構模式共有17種（左右結構、上下結構、左中右結構、上中下結構等等）。」

13. 左上兩面包圍：慶、居、廈、病；

14. 左下兩面包圍：這、建、旭、趕；

（四）嵌插結構

15. 上下拉開嵌插：衷、哀、裏、器；

16. 左右拉開嵌插：街、辯、班、粥；

17. 框架嵌插，難以用圖形表示：爽、噩、幽、坐。

李氏除了將形式結構分為上述諸類之外，並未有其他任何說明。其實將合體字作相關的分類，古已有之，不過僅用於分析形聲字上，唐人賈公彥於《周禮正義》疏保氏六書下說道：

> 書有六體，形聲實多。若江河之類是左形右聲；鳩鴿之類是右形左聲；草藻之類，是上形下聲；婆娑之類，是上聲下形；圃國之類，是外形內聲；闊闇衡街之類，是外聲內形。〔註65〕

但賈氏也僅僅是客觀地注意到形聲字有這六種不同的形式結構，〔註66〕而形聲字為何有種種不同的結構形式？是否代表什麼特別的意義？賈氏也未置一語。這樣只為形聲字的形式分了類，與文字功能層面的研究全然不發生關聯，即使分類再細密，也是無意義的！而自賈公彥之後，迄於二十世紀上半葉，相關的研究可謂一事無成，幾乎呈現停頓的狀態。其後也僅有少數學者注意到了文字的結構形式問題，例如梁東漢《漢字的結構及其流變》，該書中提出了「漢字結構的內部平衡律」作為文字結構的重要規律（含括獨體與合體字），並注意到「方塊字在筆畫和結構上要求平衡，形聲字於是有所謂『省形』和『省聲』的結構。」但述及「由兩部分以上組成的字，它的結合形式是多種多樣的。」則僅放置在「漢字結構的複雜性」做為證據之一而未加以闡釋。〔註67〕

〔註65〕按：闊、闇二字仍是外形內聲，衡字依《說文》為會意字，即使如段玉裁所說是「金亦聲」的亦聲字，也是外形內聲，賈氏於此三字舉例失當，王筠將此四字改為：聞問闇閨。

〔註66〕實際上形聲字的結構形式還可再加細分，例如有人又分出：左上形右下聲（旂唇屏庑）、左下形右上聲（穎氣雖疆）、右上形左上聲（匍氖題翅）、右下形左上聲（強炭賴勝），合計十類。（參見黃子降〈形聲字類釋〉）

〔註67〕參見梁東漢《漢字的結構及其流變》，69～87頁。

一直到了龍師宇純才對合體字形式結構的研究意義有了突破性的發展，提供了研究的理論基礎與發展方向！〔註 68〕且研究的範疇不僅僅限於形聲字，而是包括了所有的合體字在內：合體會意字、合體象形字、形聲字（含轉注字），「希望深入探討合體字的形式結構，觀察其間有否受到何種原則的支配，期能在研究個別文字時，由形式的瞭解，轉化為對實質認識的助力。」〔註 69〕龍師對一切合體字作了全面的分析，發現都有上下、左右、內外三種不同結構方式，並且都受四個原則的支配：（1）藉位置關係以見意顯形，如「休」必是人在木側，![字]必是![字]在目上。（2）求方正，如從竹必取上下，從口必取內外，從水如江淮河漢，其另一體非左右平列的，必取左右。（3）構成緊密的整體，如凡下端有特出的直筆斜畫的一體，在上下式的字中必處下位，如肇鞏擊掌。（4）別嫌，如棗字不避長，為別於棘，藚字不避寬，為其同於讀。當然也有極少數如羣群、峯峰的字，兩種結構都有。因為我國文字原來採取直行下書，不是過長的字形本無妨礙，其先採羣峯的構形，並不能說全不合原則。有了如上的認識之後，對文字功能層面的研究，便可以產生以下幾種效用：

（一）有助於省形省聲說得失的判斷

我國早期文字產生省體，主要是為求美觀方正，夜字省去亦字的一點，便是明證。因此，凡省形省聲之說，全與講求方正美觀無關的，必是誑語。如弍弎之字，或說弋為戈之省，一戈二戈即一個兩個，當然是不足信的。龍師以為弍字弎字的形成，與次弟字從弋相關。漢語說第一第二與一、二無別，所以有加弋的弍弎。

（二）有助於文字造意的認知

金文是字或作![字]與![字]，學者見異思遷，不以許君從日正之說為然，而異說紛起。龍師以為第一式豎畫本象日光之直射，加之以突顯從日正的造意；為顧及字形的方正緊密，而以正字的橫畫著於此豎畫之上。此字不僅不能見許說之非，適足以明其從日正說之是。至於第二式，則是由第一式同化於禹、禺、萬等字的結果。

〔註 68〕相關論述參見龍師宇純〈從我國文字的結體談起〉，以及《中國文字學》（定本）第三章第三節「論位置的經營」、〈從兩個層面談漢字的形構〉諸文。

〔註 69〕《中國文字學》，216 頁。

（三）有助於同字異構的認知

金文遣小子簋的 　字，容庚以爲《說文》所無，收入〈附錄〉。龍師以爲《說文》𩵋字的中間部分即此字， 　字置於行字之間，字形將太寬，所以移其帀於韋下；單獨成字時，當然非採左右式不可。不僅如此，如果更想到帀與口同意，甲骨文韋字或書作 　，又可以推測　便是圍字，仍然是因爲所從不同，結構上不得不又有變易。

（四）有助於會意形聲的分辨

會意形聲二書，字形上幾乎可以說全無區分。可是如由從行的字看，凡用以表意的，如形聲的術街，會意的 　　，並離析其形體置於字的兩側；用以表音的，如珩胻，其形不變。更有同從一水一行的衍和洐，前者以行表意，後者以行表音，正亦符合上列情況。換句話說，如果衍洐二字都不認識，根據前列情況，推測衍字屬會意，洐字屬形聲，即一者不從行字求音，一者反是；儘管仍然不能由此得到二字的正確讀法，但或大或小的範圍有了，終是離追求的目標，推進了一步。與衍洐情形相同的還有：汩沓、詳善、仙仚、佯羌，每組前一字爲形聲，都合於從水、從言、從人的形聲常態；後一字爲會意，而形構特殊。又有會意字的砳字不作「沰」，因爲作「沰」則必依石聲讀音；其或體的形聲𥒮字即不作「 　」。不啻爲古人知會意形聲之難別，特異其形構暗以告曉。

綜上所述，龍師從觀察字形入手，藉由形式結構上異同的比較對照，發現對於文字功能層面的瞭解，竟是能夠有所助益的，此無異爲研究古文字提供了前人所未見的另一種方法！

三、六書與形體結構分析

文字「形體結構」的分析若純粹從文字外形的結構（依上述，可稱「外部結構」）來分析，則漢字的「形體結構類型」應當只能區分爲獨體字、合體字兩種類型（有些學者則將刃、亦、本、末等類型稱爲「準合體」或「準獨體」）。但現代有不少學者將象形字、指事字、會意字、形聲字視爲漢字的四種不同「形體結構類型」（或即稱「結構類型」），〔註70〕這樣的分類就不全然是從字形外貌

〔註70〕本章第一節曾指出，若承認六書皆造字法，則象形字、指事字、會意字、形聲字、

結構的差異性來加以分類了，因為除了前二者為獨體字、後二者為合體字基本上可以憑字形外貌加以區別之外，不從與語詞內涵（音、義）聯繫的角度來分析（亦即從結構的功能角度），是無法憑眼視字形外貌而分辨出傳統的象形與指事、會意與形聲之間的區別的。換言之，單從「外部結構」的角度，並無法區分漢字形體結構為四類，必須從「內部結構」分析始可再加以細分為四類（或更多類），例如同樣是獨體字，有些字是純粹表形的，有些字則是表意的；同樣是兩個部件組合的合體字，有些字的字符兩者都是表意的，有些字則由意符與聲符組合而成（往昔學者多忽略了從靜態分析，合體字中還有一類字數極少的「兩體皆聲」者，如「辤」字）。因此可以說一般將漢字形體結構分為兩大類時（文、字），是「外部結構」的分析，區分為四類時則是內部結構的分析！

　　文字是訴諸於視覺的書面符號，具有語言所沒有的物質性——形體，文字使用者在長期的目視之下，很容易即可以發現不同的文字在形體結構上有彼此的相同性或相異性，大約在春秋時期，當時人們已經知道運用分析字形結構的方法來解釋字義，文獻中顯示合體性質的「會意結構」（止戈為武、皿蟲為蠱）、「形聲（或亦聲）結構」（政者正也），乃至「變體」類型（反正為乏）都已為當時學者所提及！而這種藉由分析形體結構以解釋字義的方法，在經學盛行，而文字被認為肩負「王政之始」、「經藝之本」重要任務的兩漢時期，成為今、古文經學家競爭學術主導權的重要工具，為此極可能就在西漢時期，由古文派學者從「析形索義」的方法，經理論化、系統化而提升為體系更精密、完備的文字構成法則——六書。造字法與一般所謂文字形體的結構分析法，〔註71〕雖然有密切的關係，但仍然是屬於兩種不同涵蓋面，並非等同關係（說見下），不過近代以來，有許多學者主張六書是漢字形體結構的

　　　轉注字、假借字即依造字法歸類的六種「文字類型」（或稱「結構類型」），而主張四體二用者，則其「文字類型」只有四類（前四書），此時按理亦可稱為四種「結構類型」。但晚近學者所謂「結構類型」一語多指自唐蘭以下文字分類的新說，這類學者往往將假借字視為文字類型之一（表音字）或造字法，而此處所言，學者依六書說（實即多採四體二用說）所分析的「形體結構」只有四類，認為轉注、假借皆非關「形體結構」，因此兩者略有所別。此處或可採用「形體結構類型」一詞，與第一節所謂的「結構類型」區別！

〔註71〕此乃自後人角度而言，先秦至東漢許慎並未有「形體結構分析法」的概念，他們分析字形結構的目的主要是為了因形求義，是從溝通形、義關係的角度來分析字形。

分類，或認爲六書身兼造字之本與形體結構分析法二職等等，這樣的說法與早期六書說的原始性質「造字之本」說似乎有出入，這是本文此處所要加以釐清的概念！且看下列學者之言：

梁東漢：「『六書』是前人分析漢字的結構歸納出來的六種條例。」〔註72〕

趙振鐸：「《說文》的最大貢獻在於它完善了漢字結構分析的理論和方法。……《說文》用六書的理論來分析漢字。……六書是古人分析漢字結構而歸納出來的六種條例。」〔註73〕

姚孝遂：「我們現在完全可以肯定，『六書』的性質不是完全等同的。……有的學者把指事、象形、形聲、會意稱爲『四體』，把轉注、假借稱爲『二用』，是有道理的。指事、象形、形聲、會意，是就文字的形體結構規律來說的；轉注、假借是就文字符號的運用規律來說的。」〔註74〕

李恩江：「在古代，六書被稱爲『造字之本』，那是錯誤的。……六書只不過是對漢字進行靜態分析和動態分析之後得出的條例。所謂靜態分析，即是對漢字的形體結構進行分析，從而探究古人造字的用心或本義，象形、指事、會意、形聲四者即爲此而設。《說文解字》是一部推求造字本義的書，它對每一字的解說都是先出古文字字形，次釋意義，繼而分析字形結構。所以《說文解字》對這四書，大體上是區劃井然的。所謂動態分析，即是對漢字在具體應用中的的變化進行分析，假借和轉注二者即爲此而設。」〔註75〕

王寧：「六書是漢字的結構分析法。」〔註76〕「六書本來是以秦代規範的小篆爲基礎總結出的漢字結構分析模式，它所以能統率漢字構形分析近兩千年，主要是它的『結構──功能』分析法適合表意文字形體結構的特點，傳統六書不應當拋棄，而應當爲漢字構形學的總結提供一種合理的思路。」〔註77〕「六

〔註72〕梁東漢《漢字的結構及其流變》，88頁。

〔註73〕趙振鐸《中國語言學史》，87～88頁。

〔註74〕姚孝遂《許慎與說文解字》，22頁。

〔註75〕李恩江〈對許慎六書的再認識〉，125頁。

〔註76〕王寧〈論章太炎、黃季剛的《說文》學〉，33頁。

〔註77〕王寧《漢字構形學講座》，17 頁。王氏所謂「漢字構形學」的性質與任務是：「漢字構形學的基本方法是對共時平面上的漢字存在的形式加以描寫，所以，它屬於共時的描寫漢字學。它不涉及漢字的諸多複雜現象，只是對有關漢字的基本概念

書是傳統文字學分析漢字構形模式的凡例與法則，但是，六書的前四書雖勉強可以涵蓋《說文》小篆的構形類型，後二書卻與構形沒有直接關係。」〔註78〕

　　王敏：「傳統的關於漢字形體結構的分類，即前人總結歸納出的『六書』。實際上從造字的角度來分析文字的作法，早在先秦時代已經出現了，至於理論上闡釋漢字基本結構並用這種理論來探求文字本義的，應該首推東漢人許慎。……自漢朝以來（特別是宋代以後），凡是分析漢字結構的人，大多從六書入手，此風至今不衰。……象形、指事、會意、形聲四書是孤立地分析每一個漢字得出的不同結構類型，而轉注、假借……是兩種用字法。」〔註79〕「漢代出現的六書說就是對部件組合的歸納和概括。」〔註80〕

　　郭錫良等：「六書只是戰國以後的人根據漢字的形體結構和使用情況，加以分析歸納出來的字體分類。……但是，必須瞭解，實際上漢字的形體結構只有象形、指事、會意、形聲四種。假借只是用字的方法。……轉注字，他的形體都不能超出象形、指事、會意、形聲四種形體的範圍。」〔註81〕

　　鍾如雄：「我們的結論是：『六書』是西漢時期劉歆從漢字的形體結構中分析總結出來的創造漢字的六種基本原則和方法。……『六書』是兩漢語文學家

和描寫漢字構形的基本方法及程序加以說明，所以它屬於基本理論和基本知識這個層面。」（19頁。）趙學清〈六書理論的歷史回顧及其在當代的發展〉評王寧「漢字構形學」說：「在繼承前人的基礎上，又吸收了當代學者的成就，王寧先生提出了自己對『六書』理論的看法及漢字研究的觀點和方法，形成了『漢字構形學』理論。首先，王寧先生肯定《說文》中的前四書是傳統分析和描繪字形的條例，前四書用以分析《說文》小篆的形體，絕大部分是適合的。……但是，用六書分析甲骨文、金文就不太合適，更難以分析後來的漢字。……王寧先生在六書理論基礎上，通過對漢字的本體研究，提出了『漢字構形學』理論。這門學科的任務是『探討漢字的形體依一定的理據構成和演變的規律。包括個體字符的構成方式和漢字構形的總體系統中所包含的規律。……』……王寧先生提出的『漢字構形學』理論是漢字六書理論的昇華與提高，是漢字本體研究在二十世紀的重大發展。這一理論以字形為中心，探討漢字發展的內在規律。……從理論上講，『漢字構形學』吸收了結構主義、信息論、系統論等等的理論與方法。」

〔註78〕王寧〈系統論與漢字構形學的創建〉，16頁。
〔註79〕王敏〈漢字結構與六書理論新辨〉，25～26頁。
〔註80〕王敏〈論漢字的特點及理解〉。
〔註81〕郭錫良主編《古代漢語》，74頁。

從漢字中歸納、總結出來的六種構形原則和方法，……六書則是漢字字形結構的分類。……事實上，我們在將所有的漢字放在同一平面（共時）上分析時，漢字的形體結構只能作或象形結構，或指事結構，或會意結構，或形聲結構等四種切分，不存在轉注結構或假借結構。因此所謂『轉注字』（同時也包括假借字），在實際歸類時應視其平面切分的結果而各歸其類。」〔註82〕

晚近在不少文字學的專著中，論及「漢字的（形體）結構」，也往往就是在講解六書，無怪乎有人說：「近來，文字學家們已公認六書是研究漢字形體結構的學問。」〔註83〕根據上引諸學者之言，可以初步作一些印象式的判斷或質疑：

其一，有人說「六書是古人分析漢字結構而歸納出來的六種條例」，但更多的看法是形體結構類型只有象形、指事、會意、形聲四書，轉注、假借是兩種用字法或者說兩書沒有自己的形體結構特色（此處及以下所言「假借」的「結構」一般依傳統學者的概念，是從「形體」上看的，其實假借字自然是一種「表音字結構」）。這裡的矛盾似乎很容易用「四體二用」的觀點就加以解決了，但問題是，如果古人真是從「分析漢字結構」的觀點來歸納條例，則理當只有「四書」的條例，〔註84〕而不當有「六書」之條目！換言之，唯其從「造字之本」而非從「形體結構」之分析，才能有「六書」說之產生！因此將六書整體當作「形體結構分析法」或「形體結構類別」，似乎是很奇怪的一種命題！但由此即可以初步發現，這類學說其實主要還是依附著四體二用說的！

其二，六書中形體結構的類別有象形、指事、會意、形聲四類，則可以肯定的是，他們分析形體的「結構」，是在從事「內部結構」的分析（下文所言即皆是「內部結構」之分析），而非上下、左右、內外結構之類的「外部結構」分析！〔註85〕因此它們分析「結構」的方式，其實是結合「結構」與「功能」的

〔註82〕鍾如雄《說文解字論綱》，98、132、140頁。

〔註83〕辛介夫〈略談六書的起源、書名即其他〉，132頁。

〔註84〕此從「內部結構」而言，若從「外部結構」分析，則只有「獨體」、「合體」二類型。

〔註85〕現代一般學者言文字的「形體結構」，絕大部分所指的就是「內部結構」，只有少數學者對「結構」仍從「外部結構」的意義來解釋（其實就「結構」一詞的來源，最早的反而是此種解釋，說已見前），例如曹國安就認為「漢字的結構方式應該是

分析法，但如上所言，許慎藉助六書造字法分析個別文字時，所使用的其實也就是「結構功能」的分析方式，如王敏所說：「漢代出現的六書說就是對部件組合的歸納和概括。」果如此，則現代學者所說的形體結構分析似乎應該就包含在傳統造字之本的六書說的範疇之中，兩者有何根本上的不同嗎？爲何要另外提出一種名稱彷彿是一種新理論呢？

按照這派學者的看法，六書中「形體結構類型」實際上只有象形字、指事字、會意字、形聲字四類，至於轉注、假借，大多認爲是用字之法，故而此派學者大多採取「四體二用」之說，所以如同楊愼、戴震一般，他們自認不僅是在重新詮釋「六書」，更是在修訂他們認爲的六書說的缺失——前四書與後二書性質不同的問題！不過戴震、王筠講「四體」之「體」，仍指的是造字法則，後來的學者卻將「體」轉而講成形體之「體」，指四種形體結構，因此他們目光的焦點其實是先放在某字的形體上，再從分析其形體結構去解釋某字的造意或反推造字方法的類別（其結果基本上就是象形、指事、會意、形聲法四種），而這與造字法則之研究爲語詞造字有幾種方法是反向的角度！不過兩者終究是一體兩面的關係（這是從前四書的角度看），古人研究時，其實這兩者都包含在六書的研究範疇之內。由字形結構出發，這類型學者一般只認同前四書是造字法則，且認爲各種造字法所造出的字都有其相應的某種結構特色，因此才可以經由分析而歸納出四種「形體結構類型」，而各形體結構類型也各有其獨特並足以與其他類型相區別的形體特徵（例如指事是獨體、會意是合體等）！

此外，也有學者雖然主張六書皆是造字法則，但又肯定其中只包含了四種結構類型，[註86] 例如孫雍長說：

> 六書說是有關漢字構造的最早理論。許愼著《說文》，他一方面從理
> 論上揭示了漢字初創時是『依類象形』，其後孳衍發展是「形聲相益」

指漢字的各組成部分的搭配和排列方式。」它包括：（1）有多少個組成部分，即獨體的還是合體的，如果是合體的，那麼是二合，還是三合、四合的等；（2）合體字的層次怎麼樣，即一次合成的，還是數次合成的；（3）構成合體字的各部分如何搭配，如何排列，即如何布置，是採上下方式，還是左右方式，還是內外方式等。（參見曹氏〈論表意方式、造字方式和結構方式〉）

〔註86〕此類學者一般認爲「轉注」所造字仍屬「形聲結構」；假借則無獨立的形體結構模式，故就文字結構而言仍分爲四類。

這一總規律，並對爲語詞謀求書寫符號的六種基本法則進行了精闢
論述；另一方面，他依據六書理論，把成千近萬個漢字從形體結構
上歸納爲「象形」、「指事」、「會意、「形聲」四大類型。在他看來，
「畫成其物，隨體詰詘」的「象形」之法所造出來的字便是象形字，
利用「視而可識，察而見意」之法所造出來的字便是「指事字」，以
「比類合誼，以見指撝」的「會意」之法所造出的字便是便是會意
字；而在他的形聲字這一結構類型中，則包括「建類一首，同意相
受」的「轉注」之法所造出的字，和「以事爲名，取譬相成」的「形
聲」之法所造出的字。許慎所說的『轉注』，實即『加注意符』式的
構形模式，而他所說的『形聲』，則相當於『音義合成』式的構形模
式。「假借」是「本無其字，依聲託事」，所謂「其字」的「其」，「依
聲」的聲，「託事」的事，顯然都是針對需要造字的語詞而言，所以
它不失爲一種「造字之本」；但作爲形體結構的分類，自然不可能有
假借字的獨立地位，……許慎力圖把「造字之本」的原理與形體結
構的分類統一起來的學術思想也是值得稱道的。〔註87〕

孫氏認爲六書一方面是文字構成法則的理論，一方面象形、指事、會意、形聲
也是形體結構的四大類型（「轉注」所造字仍屬形聲結構），並且認爲許慎有意
將「『造字之本』的原理與形體結構的分類統一起來」。這等於認爲許慎的六書
說同時兼具了文字構成法則與形體結構法兩種性質，但這實際上是值得商榷的
觀點！

我們認爲許慎的觀念中應該只有「造字之本」的六書說，而沒有「形體結
構分類」的六書說，將六書的性質視爲「形體結構的分類」在漢代（包含許慎）
是沒有根據的！晚近學者所謂「六書」是「漢字結構分析的理論」、是「古人分
析漢字結構歸納出來的六種條例」、是「研究漢字形體結構的學問」云云，其實
講的就是漢字形體結構類型的分類問題，所言之「形體結構」，指的乃是「內部
結構」，而內部結構的歸類在傳統六書（四書）的研究其實也就是造字方法的歸
類（表形結構即象形、獨體的表意結構即指事字、合體的表意結構即會意、合
體的兼表音義結構即形聲等）！由於是內部結構的分析，故而此四類實際上依

上文講「結構類型」時所論，也可以說就是漢字的四種「結構類型」！所以顯然可見，此類學者只是憑藉「形體結構」類型之名，說的就是「四體（二用）」的實質！他們是用「形體結構」的分析去反推造字法！這類學說與造字之本的六書說只是面向不同而已，造字法是從爲語言造字講起，而形體結構則是從「字象」做爲出發點去推求造字法！兩者若有實質上的差別，也僅是涵蓋面寬窄的問題：六書中的象形、指事、會意、形聲造字法，造出來的就是象形字、指事字、會意字、形聲字這四種「結構類型」，而轉注、假借沒有自己獨特的結構類型（此類學者不知「假借」可以視爲「表音類型」字）！綜合而言，這類從字象反推造字法的研究與造字法則研究在傳統文字學中其實都包含在造字之本的六書說研究之中！因此提出所謂六書(四書)是文字形體結構的分析法或條例！其實並沒有什麼新意，對六書說歷史問題的解決也並未見有何助益，反而混淆人耳目罷了！

除了依形體結構先區分漢字爲四大類型之外，各類型之間的區別所在也是它們所關心的議題，而「象形結構」、「指事結構」、「會意結構」、「形聲結構」的個別構形特徵與彼此間的區別，按照現代這些學者比較普遍的看法：象形字和指事字是「獨體字」，會意字、形聲字是「合體字」。所謂獨體字是僅包含一個成字部件，或在這個成字部件中另外包含有非字部件的字（這類文字或分出爲「準合體」類型）；包含兩個或兩個以上的成字部件、且不包含非字部件的字則叫合體字。〔註88〕同樣是獨體字，象形字的構形特色就是「畫成其物，隨體詰詘」，按照事物的形體特徵用線條畫下即成文字；指事字結構方式則一般認爲主要包含四種（特別是前二者）：一是純粹的抽象性符號，即一般所說「純體指事」；一是在象形字的基礎上增加「指事性（標識性）符號」，一般謂之「加體指事」；一是象物式的指事字（大、高）；一是所謂省體、變體指事。同樣是含有兩個或兩個以上成字部件的合體字，會意字中的部件只與整字發生意義上的關係，因此各個部件都是意符；形聲字的部件則有意符，也有標示讀音的聲符；至於「會意兼形聲字」（亦聲字）則一般歸屬於形聲字。石定果說：

〔註88〕 參見石定果《說文會意字研究》，15 頁。此處就其大體作如此區分，個別的學者有不同看法，有的認爲會意字中也可以含有非字部件，甚至認爲會意字也有獨體的（如梁東漢〈漢字的結構及其流變〉，116 頁）等。

> 《説文解字》篆文體系中，象形字、指事字、會意字、形聲字是結
>
> 構類型各異的子系統。作爲標準，概括了本類型内一切個體的共性，
>
> 同時也成爲該類型與其他類型對立的區別性特徵。〔註89〕

既然能夠各自成爲一種獨立的形體結構類型，則各書之類屬字間必然具有某種共同性的結構特徵，使其能被人客觀地歸納爲一類；而各書之間又必須各具區別性的結構特徵，以避免與其他類型混淆。可以說，以前四書作爲文字形體結構條例的觀點，是在石氏上述的這種理論基礎之上才得以建構起來的！而在實際分類時，雖然大體上說，將漢字形體結構區分成象形結構、指事結構、會意結構、形聲結構四大類型似乎是很具概略性且方便的（事實上不完全符合實際情況，説見下），近、現代學者講文字形體結構時也大致接受這樣的看法，但本文研究的重點及看法是：將六書（或其中某幾書）視爲形體結構條例的觀點並不符合六書爲造字之本說的原意，也並非許慎的觀點（指依《説文敘》之六書說）！這樣的看法應該是後人從許慎在《説文解字》中分析文字形體結構的方式與術語而得到的啓發，並進而依附六書說而推衍出來的結果！以下分兩方面申說。

（一）文字形體的「結構法」與「造字法」分屬於不同層面，可以由古代漢字研究的發展歷史與兩者内涵之不同推知。國人對文字的認識可分成兩個階段，在六書說產生前，由春秋至西漢，在漫長的時期中，先民對文字的形體結構產生了興趣，逐漸累積了分析文字結構的經驗與能力，並將之運用到政治、思想甚至文學的實用領域中；而後大約到了西漢末才有造字之本的六書說理論產生。形體結構的分析可視爲造字法則被歸納而誕生前的先期產物，但早期對文字結構的分析，其目的只是在藉由分析字形以求取字音字義，而造字法則卻是一種系統化的理論，可以說是以結構分析層次爲基礎的再提昇（例如假借字就無法藉由形體結構分析而得）！

就兩者的内涵而論，造字法回答的是一個個漢字如何從無到有而被製造產生的，並不是對既有漢字的結構作了分析並歸類則已足（説見下），雖然造字法則的被提出應該是以漢字結構分析爲基礎（指内部結構分析），但二者雖密切相關卻並不等同，造字法則是涵蓋面較廣的理論體系。古人對形體結構的分析，

〔註89〕石定果《説文會意字研究》，17頁。

是由文字的表象作爲出發點，分析其構字的元素或組合方式，目的在進而探索本義，其方法是偏於靜態的分析（把漢字當作一種靜止的狀態加以分析）；今人則或從字象的形體結構去反推其造字法類型。而造字法分析的面向與形體結構的分析是相反的，是從音、義都確定了的語詞作爲出發點，分析如何爲語詞的內涵取象造字，例如分析如何爲語詞中的「月」造字，因月球爲具體可視之物，發現古人即採用「畫成其物，隨體詰詘」之法，將缺月的特徵畫出寫下以代表、紀錄語詞之「月」，後爲此法定名，則名之曰「象形」。再如，分析古人如何爲代表夜晚義的「夕」造字，雖然知道其形即如缺月之形，但因「夕」之義爲抽象的時間概念，故知其字並非依「象形」法而造，乃是運用聯想的方式，因月出時即夜晚之時，因此即以月形兼代表「夕」之語，此爲「表意法」（按王筠之意則爲「指事」）。再如分析如何爲語詞中的「江」（長江）造字，發現雖然江流可睹，但用「象形」方式造字，則難以和其他溪河區別，於是古人採用「水」字做爲代表意義成分的偏旁，配合代表讀音的「工」，所謂「以事爲名，取譬相成」，組合兩偏旁而成「江」字，而此法即名之曰「形聲」。

　　從形體結構分析來詮釋六書，最大的問題還是在轉注、假借的地位問題。照傳統說法，六書的性質起始即被定位爲「造字之本」，而主張六書是分析漢字形體結構條例的學者，一般都必須排除轉注與假借，因爲此二書與形體之結構無關；但如果前四書果眞是文字形體結構的分類，則漢代人何以將兩種不同性質的事物合稱爲六書？更何況漢代（包括許愼）也從未傳聞六書是分析形體結構條例的說法！此外，從現代文字學者的角度來看，形體結構的分析是屬於靜態式的觀察，雖然有學者認爲，歸納漢字字符（形符、意符、音符等）的所有組合類別後，即可以得出全部的造字法則，但這是現代的觀念且只是平面式的靜態分析方式，會使某些造字法被隱藏而看不見，例如「假借」法即是如此（主張四體二用說的學者將「假借」視爲用字之法而不看作是構成表音字或音符字的方法）！還有，以今日某些學者的看法，由文字假借或語義引申後加注意符而形成的分化字，即因爲與形聲字的結構完全相同，遂無法單純藉由靜態分析字符而獨立爲某種造字法則。例如「江」、「箕」二字，從偏旁功能分析，皆屬一形一聲的「形聲結構」，但從造字法角度而言，有些學者即因二字構成的方式不同，稱「江」之造字法爲「形聲」，而「箕」

文字形成方式則爲「轉注」。因此從現代文字學角度看，學者所說的形體結構分析與造字法則的分析雖然在某些情況是可以相配合的，例如象形結構字、會意結構字即象形法、會意法所造。但如「形聲結構」字，從造字法角度看，可以因其來源不同而分屬不同造字法，但靜態的結構分析，則只能歸納爲一種結構類型，由此可見兩者涵蓋面之不同！

造字法其始既與構字法或形體結構分析法有性質及涵蓋面的不同，則作爲「造字之本」的六書其原始性質就不當爲分析漢字形體結構的條例！

（二）許愼的「六書」說由其義界來看，講的是文字的構成法則，他並未刻意將六書視爲分析字形結構的條例，將造字法等同於形體結構原則的觀點，其實是後人對六書體系的曲解，以及對許愼分析文字結構的術語過度地闡釋與發揮所致！

倪渝根在〈論漢字的造字法和構字法〉一文中標舉出「構字法」一說，試圖指出在造字法之外還有一種「構字法」的概念：

> 漢字的造字法和構字法是文字學中兩個具有不同質的規定的範疇。它們雖都以漢字爲研究對象，但各有其不同的研究側面。造字法研究的是漢字從無到有的創製規律；構字法研究的是漢字內部的結構規律。造字法研究的是字源；構字法研究的是字形。人們通過對漢字字形的研究，總結出漢字形體結構的規律，這就是漢字的構字法；在此基礎上，人們更進一步推斷出符合漢字實際的創製規律，這就是漢字的造字法。因此，造字法較之於構字法更具思辨性、抽象性和推原性。漢字的造字法和構字法雖各有其不同內涵和外延，但又相互依存，相互聯系。……

> 但是，縱觀古今，造字構字，混爲一談，觸目皆是。六書既出，注家蜂起，眾說紛紜，莫衷一是。一場官司，打了近兩千年，至今仍未了結，其源蓋出於此。……那麼六書理論屬造字法範疇還是構字法範疇？班固的《漢書・藝文志》中說得很清楚：「造字之本也」，屬造字法範疇。而許愼的《說文解字》卻是通過對漢字字形結構的分析來說解字義的，理當屬構字法範疇。以造字法的六書理論來作屬構字法範疇的《說文解字》的指導思想，那必然是方枘圓鑿，如

果不生出許多難以解釋的現象，那反倒是一樁怪事。我們不必爲前
賢者諱，混淆造字法和構字法，許愼始作俑者。千載迷霧，由是而
生。當然，我們不能苛求古人，問題在於後人仍踵許愼步武，始終
未能跳出將造字法和構字法混爲一談的怪圈。在文字學中，我們必
須建立和界說造字法和構字法這一對矛盾範疇。造字法研究的是漢
字造字的法則，構字法研究的是漢字字形結構的法則。象形、指事、
會意、形聲、轉注和假借，是漢字造字的六種法則；象形、指事、
會意和形聲，是漢字字形結構的四種形式。⋯⋯

造字法和構字法雖有區別，但也有相互對應的規律可循。具體地說，
用象形、指事、會意和形聲造字法創製的字，其字形分別是象形結
構、指事結構、會意結構和形聲結構；用轉注造字法創製的字，其
字形也是形聲結構；用假借造字法創製的字，其字形結構則兼象形、
指事、會意和形聲四者而有之。⋯⋯

將造字構字混爲一談，自許愼始。「六書」是「造字之本」，理應有
六書；《說文解字》正文是對 9353 個漢字形體作結構分析，當然只
有四書。〔註90〕

倪氏指出造字法是在古代人們總結出漢字形體結構的規律後，進一步推斷出的
文字創製規律，因而兩者各有其不同的內涵，「造字法較之於構字法更具思辨
性、抽象性和推原性」，就文字研究歷史的發展來看，倪氏這樣的推論似乎是有
其道理的。不過他所謂的「構字法」，指的是「漢字形體結構的規律」，「研究的
是漢字內部的結構規律」，具體而言，就是字形「內部結構」的組合規律，「構
字法」產生的文字就是象形結構、指事結構、會意結構、形聲結構四種字形結
構形式。但是從這個角度看，與傳統六書所說的經由前四種造字法所造出的字，
即象形字、指事字、會意字、形聲字其實並沒有什麼區別，換言之，四種「構
字法」其實在六書裡就是四種「造字法」！只不過因爲倪氏主張六書皆是造字

────────────────────

〔註90〕 倪渝根〈論漢字的造字法和構字法〉。倪氏主張六書皆造字之法，「轉注是在會意
　　　　和形聲這兩種造字法基礎上發展起來的創製同義字的造字方法。⋯⋯從某種意義
　　　　講，轉注是一種特殊的形聲造字法。⋯⋯從構字法的角度看，轉注字只有形聲結
　　　　構。」（78 頁）

法，但因爲假借並未表現出自己的形體結構特點（借用它形），轉注所造之字則屬「形聲結構」，因此爲了區別六種造字法與四種結構類型之間的矛盾現象，所以別出心裁，創了「構字法」一詞以與「造字法」有所區別罷了！但許慎心中真有「構字法」的概念嗎？或真需要有「構字法」這個概念嗎？

倪氏又指出六書說之所以眾說紛紜、莫衷一是，原因在學者不辨造字法和構字法有別之病！而其始作俑者，倪氏認爲就是許慎。他認爲許慎在〈說文敘〉中講的「六書」是屬造字法範疇，但在《說文解字》中具體地分析 9353 個字的形體結構，則是屬於構字法的範疇，兩處所言、所爲之性質本不同！

按，許慎在〈說文敘〉中對六書的說解誠然屬於造字法的範疇，至於在《說文》中分析個別文字，方式是先釋其義，次析其形。在分析形體結構時，一方面他的主要目的仍然像其他漢代的今古文學者一樣，是爲了探尋字形與本義的關係；但另一方面，由於他具備六書的知識，所以似乎也有意運用分析形構的術語，兼從六書造字法的觀點以指出各字六書類型的歸屬（實僅前四書）！但不論如何，許慎只有「造字法」的概念，並未有如倪氏所言之「構字法」的概念！

雖然許慎在分析文字時，似乎也有意兼從六書造字法的觀點以指出各字六書類型的歸屬。但他在分析文字時的術語卻並沒有完整的一套統一標準（象形、指事、會意之間，會意、形聲之間，在後人看來均有糾葛不清的情形，說又見下），而後人想藉許慎分析的術語來爲形體結構歸類，往往如墜五里霧中，不知如何裁之。具體情況，許慎析形時明確標舉出六書名稱的，除了比較常用「象形」一詞外（但據後人瞭解，講「象形」或「象某形」時未必就是指「象形字」），「指事」一詞只出現兩次（上、下二字），「會意」也僅二見（信、圖二字），其他三書的名稱則皆未出現，後人爲文字分類，若根據許慎分析字形的術語去判別造字六書的類屬，遇到一些術語不清的狀況，自然會加入自己的主觀意見，而古今學者眾多，難免會因此而產生不少糾葛與疑問！但這真能怪罪於許慎嗎？問題的真相恐怕是許慎並未有構字法或構形法的概念，所以在分析形構時並未建立一套統一的說解模式，欲使後人能據其術語而一一指明各字的六書歸屬！因此後人將六書與形體結構分析條例掛勾並不是許慎的原意！

爲何性質本是「造字之本」的六書說，後人卻會體會成形體結構的分析法

或條例？這與《説文》中許愼的話被過度引申有關係。許愼在書中所述，後人
認爲與形體結構有關的文字，主要有兩處：

　　1、《説文解字・敘》：

　　　　倉頡之初作書，蓋依類象形，故謂之「文」。其後形聲相益，即謂之
　　　　「字」。文者物象之本，〔註91〕字者言孳乳而浸多也。

許愼分析文字創造的歷程與繁衍的情況，將文字的製造分成兩大概括性的方法
與階段。倉頡時代，文字草創之初，創製文字的方式僅止於「依類象形」之法，
所創造的文字屬於「文」的性質；倉頡之後，人事益繁，「文」已不足於用，遂
由諸「文」爲基礎，「形聲相益」而孳乳造出「字」，文字因而日漸增多。在這
段文字中，許愼雖然點出了文字的結構可以分成「文」與「字」兩大類型，但
並非文章的重點所在，不過後人卻由此發揮而逐漸建構出漢字形體結構的系
統！他們認爲所謂「依類象形」、「形聲相益」是概括性的說法，並非只造出象
形字與形聲字。唐代張懷瓘《書斷》中對此已有所補充：

　　　　夫文字者總而爲言，包意而名事也。分而爲義，則文者祖父，字者
　　　　子孫，得之自然，備其文理。象形之屬則謂之文，因而滋蔓，母子
　　　　相生：形聲、會意之屬則謂之字，字者言孳乳浸多也。

張氏指出象形字是「文」，形聲字、會意字是「字」，不過並未指出指事字的類
屬。到了南宋，鄭樵依據其六書說，分別將六書與「文」、「字」比附：

　　　　象形、指事，文也；會意、諧聲、轉注，字也；假借，文字俱也。……
　　　　獨體爲文，合體爲字。〔註92〕

鄭樵明確地標舉出：「獨體爲文」、「合體爲字」；象形、指事屬於「文」，會意、
諧聲、轉注屬於「字」，〔註93〕可以見到這是結合了「外部結構」（文與字兩類）

〔註91〕段玉裁《説文解字注》於「文者物象之本」下注云：「各本無此字，依《左傳・宣》
　　　　十五年《正義》補。」

〔註92〕見鄭樵《通志・六書略》。

〔註93〕鄭樵云：「諧聲、轉注一也。」又分轉注爲「建類主義轉注」、「建類主聲轉注」、「互
　　　　體別聲轉注」、「互體別義轉注」四類，各類中字多爲形聲字與形聲字的關係，但
　　　　也有如杲與東、杳，本與末、朱等非形聲字關係。後人以其談轉注語多晦澀、支
　　　　離破碎，故多不取其說。

與內部結構（象形等前四書）爲一體的「形體結構」分類。不過鄭樵的重點還是在作文字的六書分類，但他的分類頗爲混亂，並未對六書各體的內部結構特徵及各書之間的區別有如現代學者一般比較嚴密的劃分！例如後來一般學者以爲是「指事」字的亦、刃、车、一、二、三、上、下等，鄭氏都歸爲「象形」；甚至在「象形」一類中，竟有辵、步、麤、雔、乘、匤、燹、轟、槑、蟲等違反「獨體爲文」體例的合體字出現，實爲自亂其例！更可議的是他爲六書作文字分類時，有所謂「兼生」的類型，如「象形」有「形兼聲」、「形兼意」，「指事」有「事兼聲」、「事兼形」、「事兼意」，「諧聲」中也有「聲兼意」類，這等於是認爲各書間在造字法則或形體結構上的區別往往是模糊的！自鄭樵之後，各代爲六書作文字分類的學者，包括清朝說文四大家中的王筠、朱駿聲都脫離不了鄭氏所謂「兼生」式的分類模式，因此認爲六書中包含了四種明確可辨的「結構類型」實際上是近代以來的看法！

實際上許慎對漢字形體結構的概念僅約略提出「文」與「字」這兩大類型，章季濤云：

> 在《說文》裡，漢字造字法和漢字形體結構是各自獨立的。許慎劃分的漢字形體結構，只有獨體的「文」和合體「字」。使用象形法、指事法創制的漢字，在許慎看來盡爲獨體結構，都屬於「文」；使用會意法、形聲法、轉注法創制的漢字則盡爲合體結構，都屬於「字」。有的人把漢字造字法和漢字形體結構混爲一談，……許慎既沒有把象形字、指事字、會意字、形聲字訂爲四種結構體式，也沒有以此爲準討論漢字的造字法。〔註94〕

陳振寰在〈六書說申許〉一文中說：

> 「文」、「字」兩分是許慎對漢字形體結構唯一明確的分類。……很多學者把六書看作是許慎及其師承的前代學者對漢字形體結構方式的分類，是六類造形法。這實在是一種誤解。許慎確實對漢字形體結構方式作過分類，他在《說文解字後敘》中說「倉頡之初作書，蓋依類象形，故謂之文，其後形聲相益，即謂之字。字者，言孳乳而浸多也。著於竹帛謂之書。」這是許慎提出的關於漢字構造方式

〔註94〕章季濤《怎樣學習說文解字》，46頁。

唯一明確的理論，它還同時涉及了漢字形體發展的基本途徑。……
就構製字形的方式説，可分爲兩大類：單體象形的「文」，象形單體
的組合，「字」。從邏輯上看，分漢字爲單體之文和合體之字兩類正
像分人爲男、女兩類一樣，是最概括、最周延，因而也是最科學的
分類。後人先將「六書」視爲漢字形體結構的分類而對許説加以批
評，然後提出「四體」、「四書」、「三書」乃至十書八書的類分法，
這就好比把人分爲老、幼、黃、白一樣，其實都不是人體結構的分
類。〔註95〕

章、陳二氏都認爲許愼劃分的漢字形體結構，只有獨體的「文」和合體的「字」
二類，許愼既沒有把象形字、指事字、會意字、形聲字訂爲四種形體結構類型，
也沒有將形體結構法與造字法劃上等號，這種看法是符合實際的通達之論！

　　2、許多學者認爲經由許愼在《説文》中對個別文字結構分析的術語，可以
明確地歸納出象形、指事、會意、形聲四大形體結構類型，例如説「從某從某」
的就是會意字，「從某，某聲」的就是形聲字，但實際的情形則不盡如人意，這
是因爲許愼分析形體原本主要是爲了溝通字形與本義的關係（這是《説文》一
書的主旨），並非刻意藉此讓人藉由文字形體的分析就立刻知道各字的六書類屬
（何者屬假借字、轉注字更是幾乎完全無法由許愼分析文字時看出）！先説合
體的會意與形聲，許愼分析文字結構時所用的術語，一般認爲言「從某，從某」
或「從某某」等者是會意字，而「從某，某聲」者則爲形聲字，但如前所述，
許愼的術語中另有一類「從某，從某，某亦聲」的「亦聲字」類型，學者的分
類就頗不一致了，有的學者歸爲會意，有的歸爲形聲，或者採模糊的態度説其
「兩兼」，而這種情形也説明了依照許愼的術語，會意字、形聲字結構的分類是
不明確的！〔註96〕

　　其次，象形與指事在形體結構上的區分，若要從許愼的術語中找到明確的
答案更是不可能，許愼言「象形」或「象某形」的並不一定全是象形字，有些
字後來的學者是歸類爲指事字的（如果將這些字都歸爲象形，則指事字除上、

〔註95〕陳振寰〈六書説申許〉，132～133頁。

〔註96〕現代學者一般依據含有聲符的成分而將「亦聲字」歸入形聲字結構類型，但如「娶」
　　　　字，如果從體會本義的角度爲其選擇「形體結構類型」，則「從取、女」的會意表
　　　　述方式實遠勝於「從女，取聲」的形聲字表述法！

下之外，不知還能剩下幾個？），例如：

「丩，相糾繚也；一曰：瓜瓠結丩起，象形。」

「齊，禾麥吐穗，上平也，象形。」

「宁，辨積物也，象形。」

「叕，綴聯也，象形。」

「予，推予也，象相予之形。」

「入，內也，象從上俱下也。」

「八，別也，象分別相背之形。」

「耑，物初生之題也，上象生形，下象根也。」

在許慎的眼中，象形、指事都只是「文」這樣的形體結構，而兩者作為造字法的類型，許慎並不是由結構形式的特徵來加以區別的！因此試圖由《說文》中分析字形的術語以釐清象形字與指事字也是徒勞無功的！由於許慎在《說文》中並未明確指出哪些是象形、哪些是指事，所以後來的學者對象形字、指事字之間分類的分際也往往頗不一致，前面所提及的鄭樵的分類，竟將許慎「唯二」明確指為「指事」的上、下二字轉歸為象形，就與許慎及大部分的學者觀點不同！再如王筠歸為「指事」類的爪、卂、丩、鬥、卜、爻、予、厶、出、毋、耑、丏、又、夾、凵、矢、夭、交、亦、大、勹、亞、高等字，朱駿聲卻都歸為「象形」類，〔註97〕由此可見象形、指事二書在古代學者間歸類混亂情形之一斑（這當然是因為對象形、指事定義不清的結果，如果確知象形所表必為具體之物，則二者歸屬字便能清楚分別歸類）！

綜合以上所述，我們認為將六書（或前四書）當作形體結構條例的觀點是後人對許慎六書說的誤解，許慎的六書說本是文字構成法則的條例，而並非分析形體結構的條例！至於在解析字形時，他並未刻意要指出各字六書歸屬，分析字形的目的主要還是要有助於本義的瞭解！李萬福在〈六書發生學述評〉一文中指出了晚近「一種奇怪的文字學現樣」，學者「不僅依舊奉六書為造字之本，而且還常常用六書指導漢字形體結構的分析，反倒擴大了適用的範圍。」他不贊成六書是漢字形體結構的條例：

從符號學的角度看，六書的性質更加明確。字是符號，同任何其他符

────────────

〔註97〕參見王筠《說文釋例》卷一與朱駿聲《說文通訓定聲‧說文六書爻列》。

號一樣，由「能指」、「所指」和「指稱關係」三要素構成。「能指」是符號可以直接感到的物質形式，「所指」是可以推知和理解的內容，「指稱關係」是創造並使用符號的社團在能指和所指之間建立的特定稱代關係。……從而符號的研究可以從能指、所指和指稱關係三個方面入手。毫無疑問，字作爲符號，形體是其能指，字所表示的一切內容是其所指。所以文字研究也可以從形體、內容和形體與內容的關係三方面入手。顯然，東漢盛行的析形求義法不僅僅是談形體或說內容的方法，而是根據形體尋求內容的方法。六書是這種方法的條理化和科學化。從字的誕生角度看，它揭示古人造字時怎樣根據所要表示的內容創造形體，故叫造字方法。從字的使用角度看，它引導人們正確、全面地根據字的形體尋求其內容，故叫形義學（當然，意義並不是字所表示的全部內容，這個名稱也不太恰當）。如果把字所表示的內容喻爲此岸，字的形體喻爲彼岸；那麼，六書就是溝通兩岸的橋樑。通過這座橋樑從此岸到達彼岸，可以觀察到古人怎樣創造字形；從彼岸回到此岸，能夠根據字形，求得字的內容。由此看來，認爲《說文解字》是研究漢字本義的著作、六書是分析漢字構造獲得的條例等等均嫌片面。準確說，《說文解字》是據字的形體（能指）尋求內容（所指）的著作；六書不是漢字形體結構條例，而是漢字造字法類型或形義學類型，是揭示漢字指稱關係的理論。

李氏認爲許慎在析形求義時，「六書是這種方法的條理化和科學化。」如前所言，這不一定是正確的觀念！不過藉由辨別「造字法」和「形義學」的不同面向性，進而排除六書是「漢字形體結構條例」，應該是符合六書說的原始性質的，在漢人的觀念裡，六書就是「造字之本」，許慎也從來沒說過六書是漢字形體結構的條例！

　　雖然依附六書名稱來指稱漢字形體結構的模式是一種方便的術語，但是在新的文字分類法被不斷提出後，卻遭遇了強烈的質疑與挑戰。按傳統看法，象形法所造字爲象形結構字，指事法所造字爲指事結構字（其餘類推），似乎某種造字法所造字都具有某種強烈的結構模式可循，而獨體與合體且是楚河漢界，逾越不得！但以龍師宇純之六書說爲例，由於指事、會意皆是以表意之法造字，故龍師將其合併爲一類（會意），是則打破了獨體、合體兩分的界

限。此外，近代許多學者所採用的三書說，多將傳統象形、指事、會意合併爲一類（稱「象形」或「表意」），也使獨體、合體的界限不再！可見就文字製造法則的角度而言，獨體和合體之分是沒有多大意義的！再者，有學者主張「形聲字」是一種形體結構類型，而非「造字類型」的區分，這是因爲看見了「形聲字」的來源不一（其實可以說是造字法則不一的結果）。如果按靜態的結構分析，「形聲字」都是意符、聲符結合的結構，但按造字法分析，可以自形聲區分出不同的造字法則與文字類型，可見在造字法則分類越加明確的今日，「形聲結構」之名稱已越顯其不適用於今日，如果用造字法的角度來區分文字的「結構類型」，恐怕只有再加入其他類型的法則，「會意」、「形聲」之間的「結構」才能夠清楚分類，而清人「會意兼形聲」與「形聲兼會意」之間的爭議與混淆才能徹底解決！

依附六書的術語來分析漢字形體結構爲四類，雖然方便且不可諱言具有相當大程度的概括性，但有些學者認爲這仍然不是很精密的分析法，因此雖然依據六書條例建構漢字形體結構模式的研究方式早已深入文字學界，但仍然有些現代學者嘗試從不同的角度，試圖將字形結構歸納出更爲精密的漢字構形條例（如王寧「構形學」），〔註98〕此或許不失爲另一條發展方向！

第四節　記詞與相關諸說

晚近以來，受西方語言學等學術傳入後逐漸普及的影響，又有學者主張六

〔註98〕王寧的「漢字構形學」先從擺脫六書的術語著手，其「漢字的構形模式」，運用「結構—功能」的理論（構件的結構功能有表形、表義、示音、標示四類），從漢字的實際狀況出發，總結出 11 種構形模式：1.全功能零合成字 2.標形合成字 3.標義合成字 4. 標音合成字 5. 形音合成字 6. 義音合成字 7. 有音綜合合成字 8. 會形合成字 9. 形義合成字 10. 會義合成字 11. 無音綜合合成字。這 11 種構形模式比起使用前四書歸納漢字形體結構類型的分析法是精密了許多，「勉強用前四書分析各類漢字的作法確實有削足適履的弊病。」（參見王寧《漢字構形學講座》，第七、八講）但王氏仍將此 11 類型與四書相對照，所謂「1.全功能零合成字」（所舉例字是甲骨文的羊、网、小篆的水、象），就是六書的「象形」（指獨體象形）；2、3 項即「指事」；4 至 7 象即「形聲」；8 至 11 則爲「會意」。不過，如一、大、高等傳統認爲是指事字的，因其爲獨體，且無標示符號，則按王氏分類似當歸爲六書中之「象形」，若果，則恐怕一般學者是難以接受的！

書（或其修正型）的性質應當是「記詞法」、「寫詞法」、「表詞法」，他們的基本觀點是：文字是記錄語言（實指「語素」或「詞」）[註99]的符號，因此研究文字時應當將文字與語詞聯繫起來！由於當代許多文字學者承襲了「四體二用」的六書觀點，將轉注、假借排除在「造字之本」之列，這就使得六書被分爲兩類性質，不在同一層面上；而指說六書爲「記詞法」、「寫詞法」、「表詞法」的學者，似乎大多有意補救這種「缺陷」！學者從記詞、寫詞、表詞法的角度來看六書，多能將假借與前四書列於同一層面上（「轉注」則視個別學者的觀點而或是或否），這似乎是此種學說的優點之一，但「記詞法」、「寫詞法」、「表詞法」這些晚近才出現的新說是否有其缺點，甚至是否可以或應當成立爲文字學中另一獨立的子科，應該有很大的討論空間！

　　文字是如何記錄、表達語詞的？由於文字是記錄語言的符號系統，就個別文字來說，語言中與它相對應的單位是最小的音義結合體——語素（以下一般稱「語詞」，參註 1）。因此從理論上分析，當漢字這種符號用以記錄、表達語詞時，所要記錄的即是語詞的兩項質素——音與義，因而經由靜態分析，文字記錄語詞時最基本的方法應當有三種：

　　（1）通過表意（義）的方式去記錄語詞的音義，這叫「表意（義）」，字形本身跟所代表的詞的意義有聯繫，而跟詞的語音沒有聯繫的字稱爲「表意字」（當作字符時稱「意符」），傳統的「象形」、「指事」、「會意」字如由記錄語言的方法來分析，都屬表意性質的文字。不過也有許多學者將表示語言中有形之物的文字分出爲「表形字」（象形字）！要通過表形、表意的方式去記錄語詞，當然必須要「造字」，傳統的象形、指事、會意就是由表形、表意等功能歸納出來的造字法。

　　（2）通過記錄語詞的「音」的手段去記錄詞的音義，即將原本表意（或下面所說的兼表音義）的文字當作「音符」，用來記錄尚未有文字而需要記錄的語詞，字形上不必與原字語義有聯繫關係，這叫「表音」（由表音而間接表達新詞

[註99] 語素又稱「詞素」，趙元任在《語言問題》中說：「用一個文字單位寫一個詞素，中國文字是一個典型的最重要的例子。」因爲古代漢語（大約在漢代及其以前）以單音節詞爲主體（它又是由單音節語素所構成），因此一個詞基本上即是一個語素（也基本上即用一個文字單位書寫），因而學者對詞與語素往往不多加區別，本文爲敘述方便，有時即用「詞」或「語詞」代表「語素」。

之「義」），〔註100〕表音的字符叫「表音字」或「音符」。由於古代漢語以單音節詞爲主，同音詞眾多，必須藉文字形體以表現彼此差異，才能區別眾多的同音詞，因而漢字一直保留了以形表意的特色，並未演變爲拼音文字，也因此漢字體系中，一直未製造專職的標音文字。漢字用以單純表音的方式，是借用其他音同或音近的文字，轉化爲「表音文字」來記錄某語詞，這就是六書中的「假借」。表音法將它字化爲音符字使用，看似未增加新字形，但具有造字之實，與文字的構成有關！

（3）同時兼用表意、表音法去記錄詞的音義，傳統的「形聲」就是與此相應的造字法。

以上所說的表詞三類型，只是最基礎的分類，學者往往基於不同的觀點可以再作更細部的分類（例如自表意法中分出表形法），分類的標準和術語也往往會與「六書」相關，甚至有學者主張六書就是六種「表詞法」。例如楊五銘說：「六書可以從表詞的角度把它們統一起來，即六書是前人所歸納的漢字記錄漢語的六種不同的表詞法。」但他又說：

> 造字講的是文字的形體結構法則。在拼音文字裡，用的是單一的拼音法，表詞就是造字。語言中一個新詞出現後，就用字母去拼音表詞。從字形上看，就是造了一個新字。可是在表意文字裡，表詞與造字是既矛盾又統一的。象形、指事、會意和形聲，既是不同的表詞法，又能產生不同的形體構造，即又是不同的造字法。而轉注、假借在表詞方面雖有自己的獨特之處，但其字形構造仍離不開象形、指事、會意和形聲。因而籠統地把六書歸結爲造字之本，是不妥當的。〔註101〕

看來造字法和表詞法之間的關係似乎也有剪不斷，理還亂的情況存在！以下以

〔註100〕語素是音義的結合體，音和義就像紙的正面和反面，不可分離。文字記錄了音也就同時記錄了義，記錄了義也就同時記錄了音，不能說只記音不記義，也不能說只記義不記音（參見許征〈文字學的動態方法〉，78 頁）。但就語言這種符號而言，概念（語義）是它的「所指」，音響形象（語音）是它的「能指」（參見索緒爾《普通語言學教程》，90～92 頁。），故語義是第一性的，語音是第二性。

〔註101〕參見楊五銘《文字學》，52 頁。

彭志雄、王鳳陽、李圃的文章爲例，看看學者是如何表述「記詞法」、「寫詞法」與「表詞法」，以及它們和造字法的關係。

一、彭志雄的六書記詞法說

　　彭志雄在〈「六書」新解〉一文中，認爲前人對六書爲何會出現許多不同的解釋，在很大程度上是由於人們認識角度不當造成的。人們往往只看到六書的表面現象，而沒有透過現象看本質，因而所談的都是六書形式上的東西。如傳統的把六書作爲六種造字法的觀點，就只注意到漢字的結構形式，這樣解釋前四書還可以，但對「轉注」、「假借」就顯然無能爲力了。他也批評「四體二用」之說割裂了六書的同一性，不把六書放在同一層面上當作同一類型的概念，這是曲解了六書提出者的本意，班固、許愼等人之所以把六書各項並列在一起，就意味著是把它們當作同一類型的東西。爲了修正「四體二用」說的不合理處，他主張六書的本質是「六種記詞法」，在這種角度下，六個項目都在一個層面上，是同一類型的概念：

> 六書本質上到底是什麼呢？要解決好這個問題，我們不妨擴大視野，拓展思路。不要再像前人那樣老是從文字到文字地兜圈子，應把它納入一個更大的範疇——語言這個大範疇中去思考，應把它和詞聯繫起來，從文字的性質功用上去考慮。這樣我們就有「山窮水複疑無路，柳暗花明又一村」的感覺，就會在前人的基礎上有所突破，得到新的收穫。

> 當我們把六書納入語言這個大範疇，我們就會發現，六書在本質上並不是對六種造字法進行歸納，而是對六種記詞法所做的概括，即是解釋漢字這種符號體系是怎樣通過不同的方法途徑去記錄漢語詞匯的。關於詞，這個稱呼在古代是沒有的，直到近代馬建忠寫《馬氏文通》時都沒有明確地出現，但詞這個概念卻是客觀存在的，只不過被古人用字這個稱呼代替了而已。他們所謂的造字，實際上是用字去記錄詞——這個被字的外衣掩蓋了的東西。他們分析漢字的形體結構，實際上是通過形體分析說明漢字記詞的方法。至於是用象形字還是用形聲字，是用會意字還是用轉注字，那只是記錄的方法手段不同而已。但不管用哪一種方法手段，都屬於表現形式，都

是爲了達到記詞的目的。……漢字是怎樣通過最佳的方法途徑去記錄漢語中的詞彙呢？總括起來不過以下幾種，實際上也就是許愼等人已歸納出的那個六書。

一、象形：通過表形而記錄詞。……

二、指事和會意：通過表意而記錄詞。……

三、形聲：通過音義兼表而記錄詞。……

四、假借：通過表音而記錄詞。……

五、轉注：通過同義灌注而記錄詞。……

從以上的議論分析中，我們便可以清楚地認識到漢字六書的本質所在，它不是別的，它就是六種記詞法。它的六個項目都是同在一個層面上的。是同一類型的概念。它表面上看來像是造字法，其實是被造字法所掩蓋了的記詞法，是漢字用它特有的形體結構、生成特點去記錄漢語詞彙的方法。它既從表形表意的角度記錄詞，也從表音或音義兼表的角度記錄詞。可以說，它幾乎把文字這種符號體系能與詞聯繫起來的所有方法都利用了，最大限度地與詞掛上了鉤。

〔註102〕

彭氏爲了解釋六書應該是屬於同一個層面、同一類型上的產物，爲了解決「轉注」、「假借」不容易講成造字法的老問題，因而主張「六書在本質上並不是對六種造字法進行歸納，而是對六種記詞法所做的概括，即是解釋漢字這種符號體系是怎樣通過不同的方法途徑去記錄漢語詞彙的。」這樣的觀點雖然突顯出了文字與語言的關連性，也點出了四體二用說的「缺陷」，但因爲不認同六書是造字法則，卻也因而忽略甚至抹殺了「造字法則」的客觀存在性，彭氏說：「他們所謂的造字，實際上是用字去記錄詞」，但我們要反問：所謂「用『字』去記錄詞」，但「字」是從何而來的呢？不是經過「造」出來的嗎？造字是文字產生的原因，有了文字才能有書面的符號去紀錄詞，而傳統上認爲六書的性質正是造字方法的歸納，並不是如其所言用字去記錄詞的方法！

〔註102〕彭志雄〈「六書」新解〉，57 頁。

　　儘管「字」與「詞」的觀念在古人往往混淆不清，但造字實際上就是爲語詞創製文字，而造字的目的當然就是要記錄語詞，也就是要「記詞」、「表詞」，因此學者有「造字表詞」或「造字標詞」之語。試問若六書是「記詞法」，那麼漢字的「造字法」是什麼呢？這仍是彭氏逃避不了的問題！質實而言，造字的目的就是爲了「記詞」，造字也就是記詞的具體落實，因此如果能夠將「轉注、「假借」合理地講成與文字的構成法則有關，則根本就不需要有「記詞法」這種觀點了！正是因爲以往學者不能將轉注、假借合理地說成「造字之本」，彭氏才創了「記詞法」一說以統合六書於一層面！

　　將文字記錄、表達語言的方法稱爲「記詞法」、「表詞法」雖然可以凸顯文字與語言的密切關係，但事實上只是將一事化爲二物，並無實際必要，造字就是記錄語詞的具體化，以上述彭氏之六書記詞說爲例，從造字法的角度豈不是可以如此說：用象形法造字，通過表形方式記錄詞；用指事和會意法造字，通過表意方式記錄詞；用形聲法造字，通過音義兼表方式記錄詞；用假借法「造字」，通過表音方式記錄詞；（彭氏所說的「轉注」記詞法與上面五書之表形法、表意法、音義兼表法、表音法在本質上並不相同，本不該相提並論，故此處暫不論）。這樣豈不是在造字法則的角度下就可以將記詞的方式說明清楚了嗎？因此所謂「記詞法」的新說實際上並無存在的必要，它對理解六書說的歷史真相並無多大好處，只是使漢字系統理論橫生枝節罷了！

二、王鳳陽的寫詞法與造字法說 〔註103〕

　　王氏在《漢字學》第七章「文字體系」中討論「文字體系及其構成」，對各種術語首先立下了定義。「所謂『體系』，就是由有內在聯繫的諸部分所構成的整體。」「構成文字體系的主要部分是該文字的紀錄原則，及由它所決定、派生的寫詞法（或表達法）、造字法、構形法……。〔註104〕文字體系的基礎是記錄原則，其核心部分是體現記錄原則的作爲該體系的基礎的寫詞法（或表

〔註103〕參見王鳳陽《漢字學》，「體系論」七至十五章。

〔註104〕所謂「構形法」，王氏說：「構形法也叫構字法，它是構成具體字形的方法。構形法決定文字的體態，它涉及的是文字利用何種組字材料、通過何種組織形式、賦予字以何種型態的方法。構形法是隸屬於寫詞法、造字法之下的，是文字構成中的又一層次。」（《漢字學》，260 頁）

達法）。」他指出寫詞法、造字法、構形法是不同的概念，其中以寫詞法爲核心。至於「表達法」，依其定義，是屬於史前文字時期的，「史前文字是提示性的，因此只有表達法，沒有寫詞法；有史以來的文字都是記錄語言的，具體說是記錄語言當中的詞的，文字記錄或表達詞的方法就是『寫詞法』。記錄原則體現在寫詞法當中」。由於詞是音、義的結合體，因此文字記錄詞就有多種途徑，文字可以通過描繪詞的內涵去記錄詞，也可以通過記錄詞的音去記錄詞，也可以通過爲詞這個音義結合體制定符號去記錄詞。不同的記錄詞的方法就構成不同的寫詞法。同一文字體系當中可以只有一種寫詞法，也可以兼有幾種寫詞法。

> 造字法是創造字形的方法，是寫詞法的具體化。寫詞法和造字法是相
> 關的，不是相等的，它們不是同一層次上的概念。打個比方說，寫詞
> 法是總綱，造字法是細則，是具體條文。造字法是寫詞法的衍生物；
> 寫詞法是表達詞的方法，造字法是創製具體字形的辦法。比如，在象
> 形文字中，形象寫詞法是通過把詞的內涵畫出來的方法記詞的；可是
> 詞的內涵有各種各樣的區別，因此造字時對不同類的詞往往要採取不
> 同的畫法，這種不同的畫法，就屬於造字法的範疇了。同一種寫詞法，
> 可以只有一種造字法，也可以有幾種造字方法。〔註105〕

在這樣的觀點下，王氏提出了它的寫詞法和造字法說。關於傳統六書的看法，王氏認爲六書是秦漢時代所歸納的篆隸階段漢字的六種寫詞法和造字法，但因他於六書主張「四體二用」，因此只能說有四種造字法。此外就寫詞法角度，他認爲傳統的象形、指事、會意三書應合併爲一種寫詞法：「就象形文字來說，它的紀錄原則是圖寫詞義，即用再現客觀事物的方法製造符號，通過表現詞義的途徑去記錄語言中的詞。六書中的象形、指事固然是圖寫詞義的方法，會意又何嘗不是圖寫詞義的方法呢？它們不過是同一寫詞法中的三種造字法而已。」〔註106〕

王鳳陽認爲漢字的發展經歷或正經歷了以下幾個發展階段：一是圖畫提示階段（夏代以前）；二是象形表意文字階段（夏代至秦）；三是記號表意文字階

〔註105〕王鳳陽《漢字學》，260頁。

〔註106〕同上註，281頁。

段（秦代至今）；四是變革文字的醞釀時期（近現代）。其中第一階段即一般所謂圖畫文字、原始文字時期，只有表達法，沒有寫詞法，因此也就沒有造字法；其第四階段則並未實現，可以不談。因此具有寫詞法和造字法的是第二和第三階段。

在象形表意文字階段，文字的寫詞原則是用圖象符號去區別詞義的。圖寫詞義的副產品是象形符號的表音作用。此階段的寫詞法共有三種，即象形寫詞法、象聲（假借）寫詞法和形聲寫詞法。

（一）象形寫詞法

象形寫詞法的記詞途徑是把詞的內涵、詞所反映的事物畫出來，使人看圖知義，知道所記錄的詞。詞的內涵有很大的區別，爲把不同類型的詞的內涵畫出來，造字者採用了不同的圖形化的方法。不同的圖解方法歸納起來就是不同的造字法。就形象寫詞法的構圖法進行分類，可以大別爲四類：象物、象事、象意、標示。

1. 象物字

象物的象形文字是把詞所概括的有形的、個體的、靜態的「物」，用線條勾勒下來的造字法，它是客觀的物的速寫。這種象物自大體上相當於許慎及唐蘭提出的象形字。不過王氏在象物字所分的小類中有所謂「加符號指示所象之處的象物字」，例字如亦、刃、本、末等。

2. 象事字

象事的象形文字是描繪事物的動態造字法。語言中有些詞反映的是人或動物的行爲、活動，或者自然物的變化、運動歷程，象事造字法就是圖解這些詞的。象事字很少用單獨的圖形，多數是兩個以上的圖形的複合，必須從「圖畫」上看出事物之間的關係，才能使字義顯豁，聯想到他所代表的詞。如古文字中見、聞、祝、企、出、降、盟、集、从、鬥、令、及、牧、逐、飲、射等。象事字寫的都是動詞。

3. 象意字

由象物、象事字所記的詞，其內容屬於看得見、摸得著的客觀實體或行爲、動作；但有的詞反映的意義是抽象的意念，事物的性狀、時空概念、方位概念等。這些詞只能通過迂迴曲折的間接表現法，即通過聯想、象徵等手段去表現。

象物、象事字也是表意的，但就表現方法來說，是直接摹寫外物或物與物的關係的；象意雖然也是就表現方法說的，但它是經過拐彎抹角的方法去間接反映詞義的。如：高、大、小、美、皇、春、夕、寒、甘、林、炎、森等。

4. 標示字

就是六書中所說的「指事」。一、二、三、五、十、入、上、下等。

（二）象聲寫詞法

「象聲寫詞法」是從表達角度命名的，它是利用已有的表形圖象的音去紀錄無法用象形寫詞法造字的音的方法。傳統的六書從字形著眼把它叫「假借」，是「本無其字，依聲託事」的同音詞間的字形借用。從造字的角度看，假借並不產生新字形結構，這種方法沒有自己的造字法。如果從寫詞法著眼，它應該是象形文字中運用量最大的記詞法。此外，就文字學的角度說，假借和「通假」都是同音詞之間字形借用，都是象聲寫詞法，沒有本質的不同！

（三）形聲寫詞法

是利用已有的字組合成新字，用其中一個字表示詞的聲音，另一個字表示詞的意義的方法，這種寫詞法的造字方法就是形聲法。從來源上可以將形聲字分為三類，一是同形（或形近）分化形聲字，即以往所說象形加聲字（雞、鳳、齒）；二是音同（或音近）分化形聲字，由假借字加注意符形成；三是同源分化形聲字。

至於在記號表意文字階段，記號文字的紀錄原則是用與詞的音義都不發生關係的記號去標志詞，字符和詞是通過約定俗成的規定關係連結起來的。記號文字的寫詞法有兩種，即形聲法和會意法，形聲寫詞法是記號文字的主體寫詞法，與此法相應的是形聲造字法，他和上一階段的形聲造字法是一回事。會意寫詞法是記號文字的輔助寫詞法，與此法相應的是會意造字法。記號文字中的會意字和象形文字中的象形字、象事字是兩類性質不同的造字法，因為前者是圖寫詞義的，而後者是拼符造字的，是會合已有的詞符的意義來造新字的（哲按，王氏基本上贊同唐蘭所說「比類合誼，以見指撝」型的會意字，在秦以前的古文字裡簡直就沒有看見過的說法）。

因此，王鳳陽的「寫詞法」有四種：象形寫詞法、象聲寫詞法、形聲寫詞法、會意寫詞法，比較起來，即相當於之前所述文字記錄語詞時最基本的三種

方式（會意寫詞法也是用表意方式記錄語詞）。造字法則有「六書」：象物、象事、象意、標示、形聲、會意。

　　哲按：王氏說：「文字記錄或表達詞的方法就是『寫詞法』」，那麼與上述彭志雄的「記詞法」說基本上應該是相同或相似的理論，不過彭氏完全不討論造字法的問題，王氏則認爲寫詞法和造字法相關，兩者且有互相對應的某種關係。

　　由王氏對寫詞法、造字法的定義上看：「文字體系的基礎是記錄原則，其核心部分是體現記錄原則的作爲該體系的基礎的寫詞法（或表達法）。」「寫詞法是總綱，造字法是細則，是具體條文。造字法是寫詞法的衍生物；寫詞法是表達詞的方法，造字法是創製具體字形的辦法。」由所其言，似乎寫詞法是在上一層次、基礎層次，決定著如何造字；而造字法是在下一層次，是寫詞法的落實！雖然在理論上或許可以如此分析，但卻容易讓人產生誤解，以爲是先有「寫詞法」之產生，然後才有造字法的出現！但分析所謂「寫詞法」的眞實情況反倒應該是：由字形（此由造字法所造）作爲出發點，觀察字形與語詞音與義的聯繫關係，如此才可以具體知道該字是如何運用字形去記錄語詞（即其所言：「文字可以通過描繪詞的内涵去記錄詞，也可以通過記錄詞的音去記錄詞，也可以通過爲詞這個音義結合體制定符號去記錄詞。」）因此寫詞法只是要概括字形用以記錄語詞的方式，並非先於造字法出現，故而寫詞法的定義倒不如這樣說：「寫詞方式指通過已有文字的形體結構的分析，揭示各類文字是運用甚麼樣的方式顯示語素的音與義的。」「造字法是以語素（音與義）爲造字的『出發點』去取象造字的，而寫詞法則是以語素（音與義）爲「歸著點」去憑借字形結構審視其如何顯示語素的。前者是『物化』過程，後者是『物化』回歸過程。」（參考下文李圃對「表詞法」的定義而將「表詞」改爲「寫詞」。）但從這個角度看，「寫詞法」的內容是包含在以往的整個「造字法」理論體系之中的，因此「寫詞法」是否必須獨立爲一個文字學中的子科目是值得商榷的（參見下文李圃表詞法説）！

　　按王氏之說，「寫詞法」與「造字法」在對應關係上，有時是一對一的關係，如形聲、會意；也有只有寫詞法，而無造字法的情況，如象聲（假借）寫詞法。從上面幾種類型看，區分出寫詞法與造字法其實並無太大意義。至於「同一種

寫詞法，可以只有一種造字法，也可以有幾種造字方法。」後者即指「形象寫詞法」而言，由於漢字在早期屬於表意文字的體系，因此以形象（圖形）為主的文字頗為發達，這些文字「寫詞」方式的共同特徵是直接以其圖形符號來表達語言之中「義」的質素，因此有學者直接將這類文字統稱為「表意（義）字」或「象形字」等，當然在這大類別之下可以再按其字形表意特徵細分為數個子類；而若從造字法角度來看，也是同樣道理，可以在表意法這大類別之下細分為數種造字法！因此王氏強調「形象寫詞法」對應四種造字法也並不是什麼新奇之論，更不是必要之舉！如王氏所區分的象物、象事、象意、標示四種造字法，其實只是將傳統的象形、指事、會意三書重新歸類而已，但他在此有意將造字法依語言所表對象的不同性質來分類：「物」、「事」、「意」，因此他將亦、刃、本、末等字歸入「象物字」，這在學者之間是罕見的歸類方式，其實亦、刃、本、末諸字並非運用表形法所造之「象物字」，「亦」字以二點示腋下之意，是表意性質文字（傳統多歸入指事），它並不是直接畫出腋部的形象，不能因為它是名詞遂歸入「象物字」！「刃」字的情況亦相同；「本」、「末」之本義應非專指樹根、樹梢之實體，乃兼賅眾事之「指事字」（依傳統說）。此外，「事」與「意」之間的界限也往往不能明確，[註107] 強加區分只會自陷困境，其實若要將語詞中「義」這質素按其內涵再加以區分，則「表形」與「表意」二分應是較為明確而可行的劃分法！

由於王氏對造字法的觀點是：「創造字形的方法」、「創造具體字形的辦法」，因此就決定了「假借」不會是造字法，這種觀點當然見仁見智。但假借法是記錄語言時的重要的方法，因此必須名列「表詞法」之列，但王氏認為「通假」就借字記音以表詞的角度看，與六書的「假借」性質相同，因此將「通假」與假借同時歸入「象聲寫詞法」，這種觀點從「寫詞法」的角度來看是可以的，若將之排除在寫詞法之外反而不適當了，但這樣一來，就將文字學的範圍往訓詁學方向靠攏了一些！至於「形聲寫詞法」與「形聲造字法」

〔註107〕王夢華〈古漢字的寫詞法與造字法〉是一篇內容與王鳳陽所述寫詞法相近的文章（王鳳陽任教於東北師大，王夢華之文發表於東北師大學報），他所分類的寫詞法與班固六書名稱相同，但又說「象形、象事、象意都沒有越出形象的寫詞方法的範圍。」而他的造字法分類只有三種：象形、象意、形聲，對照王鳳陽之說，實將其「象事」併入「象意」之中！

一與一對應，其實可以再加商榷！王氏既然將象形表意時期「形聲字」的來源區分為三類，表示他知道所謂「形聲字」的形成過程（造字方式）並不一致，由於「寫詞法」只是靜態層面的觀察（表意、表音或兼表音義等），因此「寫詞法」只能歸納為一類，但從造字法的角度，卻可以如「形象寫詞法」對應四種造字法一般，從「形聲造字法」分出適當的其他造字法則類型的！此外，王氏對時代的界限劃分太絕對了，例如將會意造字法歸入記號表意階段（秦代以後），就幾乎抹煞了它已經出現於先秦的事實！

二、李圃的表詞方式說

　　李圃《甲骨文字學》在第七、八章中專論「甲骨文字的表詞方式」，李氏說：「我們所談的甲骨文字的表詞方式同許慎《說文解字·敘》中所歸納的『六書』條例有許多相似乃至相同之處。我們認為，許慎的『六書』條例主要說的是漢字的表詞方式。」〔註108〕

　　開宗明義，李氏先說明其「表詞方式」的定義：

> 本章著重討論甲骨文字的表詞方式，包括單素字和複素字的表詞方式。這裡所說的「表詞方式」，與「顯示語素音義的方式」是同義語。為了稱說方便，統稱「表詞方式」。

> 表詞方式指通過已有甲骨文字的形體結構的分析揭示各類甲骨文字是運用甚麼樣的方式顯示語素的音與義的。這裡所說的形體結構的分析，是指對已經創造出來的甲骨文字的平面結構進行分析歸類，因而屬於靜態的描寫！這種靜態的描寫同造字法的動態描寫在性質上是根本不同的。造字法與表詞法之間的區別主要表現為，造字法是以語素（音與義）為造字的「出發點」去取象造字的，而表詞法則是以語素（音與義）為「歸著點」去憑借字形結構審視其如何顯示語素的。前者是「物化」過程，後者是「物化」回歸過程。

依李氏的定義，「表詞方式」就是「顯示語素音義的方式」，「詞（語素）」包含音、義二質素，因此「表詞」就是要顯示、表達詞的此二要素。李氏主張「表詞方式」是經由文字的平面形體結構的分析去揭示文字運用什麼樣的方式以顯

〔註108〕李圃《甲骨文字學》，162 頁。

示語素的音與義，因而是屬於靜態的描寫！而這種靜態的描寫與造字法的動態
描寫在性質上是不同的！〔註109〕

　　李氏又指出，「自東漢許慎《說文解字》出，後世多沿用許氏的六書說，並
以爲漢字造字之法。千百年來，雖經前賢不斷調整、補充、修正，但均囿於『造
字法』而侷限了視野。唐蘭曾力主破六書，立三書，開始把六書造字法說演進
爲漢字歸類說。此後學術界多將六書中的前四書歸爲漢字的『結構類型』或『結
構方式』。其實，『結構類型』或『結構方式』是作爲漢字表詞方式的載體而存
在的，而決定著結構類型或結構方式的是表詞方式。可見，把問題分析到字形
結構對詞（語素）的表示法，即表詞方式，才算從根本上揭示了問題的實質。」
由此可知，李氏自道表詞方式的載體（文字）的分類其實就是「結構類型」，亦
即將漢字依表詞方式的載體歸爲若干類的「文字類型」（所謂三書、四書、五書、
六書等）！

　　哲按：文字學以文字形體爲研究主體，而所謂「表詞法」，乃是以語詞內容
爲此岸，以文字形體爲彼岸，去分析造字者如何通過字形去標示語言，歸納字
的形體記錄語詞的方法，說明文字形體是以什麼方式去表詞的，因此與上文王
鳳陽的「寫詞法」在實質上並無差異，而它們實質上也即屬於「形義學」的範
疇！〔註110〕這與「造字法」之在探求造字者設計字形的意圖，揭示古人造字時

〔註109〕在該書第三、四章，李氏也專論了「甲骨文的造字方法」，「我們所說的造字法，
　　　　指的是發生學意義上的造字法，即創造新字的方法，換言之，造字法回答的是新
　　　　的漢字是怎樣創造出來的。」「漢字的造字方法是創造漢字諸規則的總結，甲骨文
　　　　造字方法是建立在字的結構要素—字素的性質及其組合關係的基礎之上，對由字
　　　　素構成新字的質變過程進行描寫的，因而是一種動態描寫，這種動態描寫同漢字
　　　　的表詞方式如象形、指事、形意、會意、意音（形聲）、假借等的分析正相反，漢
　　　　字的表詞方式是通過對已有漢字內部結構關係的分析，指出其表詞方式的類別，
　　　　因而只是一種靜態的描寫。」由於李氏不認同六書性質是造字法則，因此獨闢蹊
　　　　徑，從不同角度分析甲骨文的造字方法，根據上述觀點，李氏將甲骨文的造字方
　　　　式分爲八種：獨素造字法、合素造字法、加素造字法、更素造字法、移位造字法、
　　　　省變造字法、綴加造字法和借形造字法。按：李氏所表述的造字方法是屬於「造
　　　　字形」的技術性上的方法與歸類，與傳統所言「造字法則」屬不同概念！
〔註110〕李萬福《漢文字學新論》：「形義學要考察古人爲什麼偏偏要爲某個語言單位設計
　　　　『這樣的』書寫形體，即追究字形的構成理據。或者說尋找字形與語言單位之間

怎樣根據詞的特徵去設計字形，是不同的研究面向！與語言有密切聯繫是造字法與表詞法（寫詞法）兩者在表述時的共同點，文字是記錄語言的符號，造字就是爲語詞製造書寫符號；表詞法是說明文字如何藉由形體去記錄語詞。兩者不同之處是，造字法是從語詞作爲出發點，去爲語詞取象造字；表詞法則是由字形作爲出發點，探討字形如何記錄、表達語詞的內涵，兩者的面向是相反的，但卻是一體之兩面！

至於李氏自言表詞方式的載體（文字）的分類其實就是「結構類型」，「『結構類型』或『結構方式』是作爲漢字表詞方式的載體而存在的，而決定著結構類型或結構方式的是表詞方式。」此話則太過武斷，爲文字分類除了從靜態的結構歸類外，還可以從造字法的角度歸類（動態的分析，如「形聲」字可以分出形聲字與非形聲字），後者學者也稱之爲「結構類型」，如果能夠將兩種概念清楚分開，不使混淆，當然是理想的狀況，亦即爲文字歸類的「文字類型」可以分成「造字類型」與「結構類型（表詞類形）」兩類（或更多類），可惜現代學界似乎仍未有此觀念！

根據甲骨文字形與音、義之間的關係，即形體結構對詞（或語素）的表示法，李圖將甲骨文字的表詞法分爲「象形表詞方式」、「指事表詞方式」、「形意表詞方式」、「會意表詞方式」、「意音（形聲）表詞方式」和「假借表詞方式」六類。而根據我們上面所分析的「文字表達語詞最基本的三種方法」與這六類比較，前四種應當是藉由字形直接表達語詞之「義」的；「意音（形聲）表詞方式」是兼表語詞之音與義的；「假借表詞方式」是表達語詞之音的（由此而間接表意）。茲略述李氏之六類表詞法如下，以見其和一般所謂「造字法」之差異。

（一）象形表詞

象形表詞方式的字簡稱「象形字」。象形表詞方式是以簡括的寫意筆法描繪事物的輪廓，以人或事物之形，表示人或事物之名。例如甲骨文的：人、首、目、口、象、虎、牛、馬、木、鼎、車、爵等字。

ㄅ（人）：勾勒人行走時的側面形象以表示「人」這個詞。

存在的各種關係。」（198 頁）「所謂因形求義，實際上就是根據字的形體求索字所表示的內容。而形義學就是要研究字的形體反映內容的各種方式，以便指導人們有效地、正確地借助字形求索其內容。」

Ψ（牛）：以突出牛的兩隻角這一特徵的勾勒表示「牛」這個詞。

哲按：李氏之「象形字」並非由「象形造字法」所造出的（「象形」僅是「表詞法」），而是由「獨素造字法」所造（參見注9），以下各法類推！此類字與傳統造字法所造的象形字無異，只是「象形表詞方式」著重描述以字形結構（人或事物之形）表達語詞之「義」（人或事物之名之名）！

（二）指事表詞

指事表詞方式是在具體事物形象描摹的基礎上，加添具有區別性特徵的符號（字綴），藉以構形，並以整體的構形表聲或表義。這些具有區別性特徵的符號在表詞中往往發揮著關鍵性的作用，代表著詞義的指向。例如甲骨文的：亦、才、尤、彭、雷、豆、日、月等。

$\dagger$（尤）：ζ是手的象形，加－虛擬疣瘤所在的部位，並以此概指「尤」的詞義。

$\dagger$（亦）：$\dagger$是成年人體的正視形象，加〳〵虛擬人體兩腋之下，並以此概指「亦」的詞義。

哲按：此類「指事字」強調其形體結構包含有區別性符號（字綴），由此構形以表達語詞質素中之「義」！不過若干例字若從造字法角度來看，則頗有可商，如「彭」、「雷」，李氏說二字是「通過加添字綴構形表聲」，甲文「$\,$」，「$\,$是鼓的象形。加添字綴〵〵標示鼓聲嘭嘭。」所謂「表聲」應是「狀聲」之意，彭字雖是狀鼓聲，但其字是用表意之法所造，雷字情況相同。「豆」（$\,$）字李氏說：「該字本可直接象形表詞，作$\,$，但是，古人往往從功能方面著眼表示詞義，所以就在$\,$中加－指$\,$的功用可以成物品，這樣一來，$\,$（豆）變成了這種盛器的專名了。」事實上甲文中亦有不加點畫的豆字，然則不加點畫的歸屬「象形表詞」，加了點畫的則變為「指事表詞」，是極其不合理之事！甲文中添加字綴的字極多，如果都如此「自由心證」，則一字歸於二類的情況恐將不少！「日」、「月」歸為指事表詞更是千古所未聞，李氏認為日加字綴表示太陽是個發光的實體，如此亦可同口（即「圍」）區別開；月加字綴表示月亮是同日相對的光體，而讓不加字綴的夕專表夜晚的「夕」，兩者就區別開了。此說甚為怪異！完全違反古人造字時的意圖，甲文「月」、「夕」同形異字，前者以象形法所造，後者以表意（會意）法所造，加畫僅為使兩者

間有區別，日字之加畫情形或相同，不能僅因形體中有字綴成分（大部分原都可有可無），就扭曲造字時的原意！

（三）形意表詞法

「形意」是李氏新分出來的一類表詞方式。因爲這類字既具有「象形」的一部分特點，又具備「會意」的一部分特點，可是又同「象形」、「會意」有著明顯的差別。形意表詞方式的字大都是單字素，它的突出特點是要求人們憑藉一個獨立的形象去領會一種關係意義。例如甲骨文：（1）不加任何條件的形意字：大、 ϒ 、夭、 ϒ 、 ϒ 。（2）加注必要條件的形意字： ▨ 、 ▨ 、 ▨ 。

　　ϒ（大）：大是成年人體的正視形，與人行走時的側視形
　　ϒ（人）不同字。它的字形雖然也是人體的形象，但卻與「人」這個
　　　　　　詞的音義無涉，而是要人們通過成年人的形象「大」這個字
　　　　　　形產生一種與未成年的幼兒的對比的聯想，又通過聯想去把
　　　　　　握「大」所表示的關係顯示詞義。
　　ϒ（齒的初文）：口中之形象牙齒。如果不外加一個限制性條件「口」，
　　　　　　則讓人無法判斷 ϒ 之所象。

哲按：此類字傳統上將（2）類歸爲「增體象形」，從造字法的角度仍以歸入象形爲是。（1）類字則是傳統依六書歸類時最感困擾之字，或歸入象形，或歸入指事或會意，各有所本亦各有所失，李氏將之分立爲一類，雖不爲無見，但若從字形「表意」的整體觀點，其實仍可與他類合併！

（四）會意表詞

會意表詞方式的字都是由兩個或兩個以上的字素構成的，兩個或兩個以上的字素之間均保持著各自的義類，都處於直接顯示詞義的上位層次，而義類與義類之間則通過一定的思維方式構成一個特定的關係意義。甲骨文字的會意表詞方式在很大程度上反映了先民的思維方式和思維習慣。例如甲骨文：兵、集、步、美、宗、北、安、休、並、牧、析、及、爲、初、男、明、保、涉等字。

　　ϒ（兵）：兩手持斤。會「兵器」。表名詞。
　　ϒ（「得」的初文）：以手持錢貝。會「獲得」意。表動詞。
　　ϒ（明）：日和月的光亮。表形容詞。

哲按：此類以會意結構字形表達語詞質素中之「義」（抽象之義）。

（五）意音（形聲）表詞

意音表詞方式是以一個字的字形結構兼表詞的義和音的表詞方式。從甲骨文字的結構方面觀察，意音表詞方式的字大都由義素和義素兼音素兩個字素構成的，其表層結構關係是義素與義素兼音素的結合。這種表詞方式在所有表詞方式中是一種最爲理想的表詞方式：既同其他表詞方式的字有著明顯的區別性，又能在會意的基礎上兼表字的讀音，將漢字的優點即於一身。

甲骨文中的意音表詞方式的字是由多種造字法創造出來的，有通過加素（加義素或聲素）所造的字，有通過合素所造的字，也有少部分是通過更素所造的字，情況比較複雜。李氏以「義素兼表聲」的字素爲綱領，列出部分意音表詞方式的字，如：正、天、成、般、方、歸、姓、受、杜、牡、唯、鵬、龍、膏、降、春、河、潢、麓等。

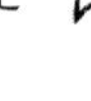

李氏又說：「從前面例字分析中不難看出，這些複素字中的兩個字素均有實義，均以各自的義類結合成一個整體，而且均處於直接顯示字義的上位層面。這與會意表詞方式並無二致，所不同的是，兩個字素中的一個字素兼表字音，並以義與音的結合來共同表詞的。」「還有一種意音表詞方式的字與前面的情形不同，兩個字素中一個字素與字義直接有關，而另一個字素還找不到它同字義的直接關係，只是同字音發生著明晰或模糊的聯繫，在造字的整體結構中同時起到限制或區別字義的作用。」例如：盂、義、磩等字。

哲按：「典型形聲字」（許慎定義之形聲）意符的作用是單純表意，聲符的作用是單純表音的，但甲骨文中一類「義素和義素兼音素兩個字素構成」的字（按傳統當即「會意兼聲」或「形聲兼義」字，即「亦聲字」），因爲形體結構上有表音的字素，在李氏的表詞法類型中都歸入了意音表詞（今按，從造字法則而言，則當爲「轉注」字）。李氏認爲甲骨文中，意音表詞方式的字大都由義素和義素兼音素兩個字素構成，按其意則「亦聲字」是甲骨文「形聲」字的主要類型，但何者爲「亦聲字」是有極爲嚴格的定義的（說已見上）！而在李氏所舉「以義素兼表聲」的例字中，雖有如姓、湄、漁等確是「亦聲字」，但是大部分的例字卻有問題，如「�（正），從止從口（丁，『頂』的初文），口亦兼表聲。」「呆，從大從口（丁），口亦兼表聲。」「牡（牡），從牛從丄（土），丄亦兼表聲。」「鵬（鵬，按：實爲鳳字），從鳳從丷，丷亦兼表聲。」「龍（龍），從辛，從丷，丷亦兼表聲。」等，是誤以形符爲聲符，五字實皆表意

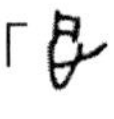

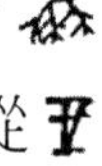

或象形字；「🔣（歸，歸的初文），從帚從🔣，🔣亦兼表聲。」「降，從阜從🔣，🔣亦兼表聲。」等是誤以意符爲兼表聲；「🔣（杜），從木從土，土亦兼表聲。」「🔣（河，河的初文），從水從🔣（可的初文），🔣亦兼表聲。」「潢，從水從黃，黃亦兼表聲。」「麓，從林從鹿，鹿亦兼表聲。」等，是誤以單純聲符爲兼表聲之意符。故其所列字例中，實多爲典型形聲字，其中還混雜了非形聲字的象形、會意字！

　　再者，因爲李氏之「表詞法」屬靜態的結構分析，因此他雖知「甲骨文中的意音表詞方式的字是由多種造字法創造出來」，但就表詞方法相同的角度（兼表音、義），因此只能合爲一類型，這與從造字法的角度，可自「形聲」中分別出其他造字法（轉注）形成方法上的對比，而在此亦可見李氏「表詞法」與「造字法」一靜態、一動態的不同質性！

（六）假借表詞

　　假借表詞方式的字簡稱「假借字」。假借表詞方式指語素（或詞）本無自己的專字表示，而是通過自身的語音形式尋求音同或音近的既有字借用其字形表示自身的音和義的一種表詞方式。這種表詞方式與前五種大不相同。這種表詞方式是另一個平面上的問題，具有幾個特點：從造字的角度來看，所有被借字都是「借形造字法」創造出來的。被借字的字形結構與所表詞自身的意義了無牽涉。如「象」被借來表示方國名，「既」被借來表示祭名，「即」被借來表示人名；「于」、「亦」、「隹」被借來表示有語法意義的虛詞等。

　　哲按：由於李氏的「表詞法」從形體結構的靜態分析出發，而「假借」是借用它體，與其他表詞法所屬字有自己專屬字形的情況不同，因此李氏認爲假借表形方式與其他五種方式不在一個平面上！不過，既然將假借當作一種「表詞方式」，就不應當局限於「本無其字」的範疇之中，上述王鳳陽之寫詞法類型即將「通假」也列入其中！

　　李圃的「表詞法」，如其所言，是屬於「結構類型」的，此類型的特色就是由字形作爲出發點，憑藉字形結構解釋其如何顯示語詞的內容。這既然是與造字法爲不同的面向，爲何李圃卻讓傳統當作造字之法的六書改頭換面呢？在該書中未及論述！如前所言，六書還是應該還它造字法的本來面貌！我國文字既是表意文字的體系，從造字的角度看，爲語詞造字時，造字者主觀上自然就會

製造、選取最能凸顯意義的圖形符號以為記錄語詞的文字，並且自然地形成某種造字規律。規律形成後，自文字字形角度去分析其表詞的方式，兩者自然亦有對應的關係，不能僅因從「彼岸」看到六書可用以表述於「表詞方式」，遂忘其源頭原在「此岸」！由於兩者密切相關，且看李氏在表述個別表詞法時的用語，如：「以簡括的寫意筆法描繪事物的輪廓，以人或事物之形，表示人或事物之名。」所言豈非不是「畫成其物，隨體詰詘」的象形造字法？其他如：「（指事表詞方式是）在具體事物形象描摹的基礎上，加添具有區別性特徵的符號（字綴）。」、「（會意表詞方式的字都是）由兩個或兩個以上的字素構成的。」這都與將傳統六書當作造字法時的表述方式無異，在非彼（表詞法）即此（造字法）的情況下，我們寧取於此！李氏欲以後來才產生的觀點，強佔既有觀念的詞彙名稱，豈非是鳩佔鵲巢？

比較王鳳陽的「寫詞法」與李圃的「表詞法」，王氏的「形象寫詞法」包含了李氏的「象形表詞法」、「指事表詞法」、「形意表詞法」、會意表詞法」；王氏的象聲表詞法（包含「假借」、通假），相當於李氏的「假借表詞法」（但李氏無「通假」部分）；形聲表詞法兩者相同。而王氏的「形象表詞法」對應了四種造字法：象物、象事、象意、標示，其實也可以和李氏的四種表詞法大致相對應，可見所謂「寫詞」、「表詞」法與造字法密切相關到容易令人混淆，因此筆者認為根本不需要有「表詞法」、「寫詞法」這種理論，有之，只是徒炫耳目，滋人困擾而已！寫詞法、表詞法的理論本來就可以含概在造字法的研究之中，理論上，我們說研究「造字法」，其實是說研究為語詞造字的方法（文字必須依附語言才能成立），不是僅僅說明文字形式的製造方法，因此本來就不可與語言脫離關係。分析時的整個過程可以分成兩個層面，第一個層面屬語言層面的分析，分析文字所要記錄的語詞的的內涵（包含音義兩質素），這是文字所要表達的目的物，因此必須先正確掌握語詞的內涵，才能正確分析字形是單純地表達語詞的「義」或單純表其「音」，或者將音、義都表達出來等等。第二層面則從字形著眼，解釋該字形是如何根據語詞的內涵去造出來的。如此說來，其實以往所說的造字法實際上已經將「寫詞法」、「表詞法」都含括在其中了！

「六書」說的性質自漢代以來被視為「造字之本」，二千年來學者所受無非

即此種觀點，因而除非有十足堅強的證據，否則自創新說，強奪舊說地位（實際上也無法取代），這並非合適的治學態度！六書說自有其歷史因緣，不能僅因可能屬於前人說解、詮釋之不當即隨意拋棄或扭曲其原始性質，因此所謂「記詞法」、「寫詞法」、「表詞法」的提出對於漢代六書說眞相的釐清，並無多大意義！

第四章　六書四造二化說

第一節　四造二化說的緣起與內容 [註1]

一、四造二化說的緣起

　　「六書」說，據現今所能見到的文獻資料所示，蓋爲漢代人根據當時所能見到的小篆及一部分先秦古文字，所分析出來的文字學理論。自班固引述劉歆《七略》，指出六書的性質是「立（造）字之本」，一般就將六書視爲文字構成法則的理論，而其具體內容則完全依照一家獨傳的許愼的定義與說解。

　　然而許愼對六書的說解事實上不能完全與「造字之本」說的性質相契合，爲何如此呢？雖然可以爲之解釋：許愼的六書說解自是符合歷史眞相，反而是班固「造字之本」的話有問題！但這種解釋卻引發了更大的疑惑：爲何許愼說解的象形、指事、會意、形聲、假借五書都與文字的形成有關，獨獨轉注一書除外？六書說如果是具有整體性的系統，爲何古人會將性質不同的轉注與其他五書同列爲「六書」呢？爲何當初不就是歸納、定名爲「五書」呢？

　　許愼終究不是六書說的始創者，自六書說始創到許愼將其定義說解筆之於

〔註1〕本節所述，大體依照龍宇純師《中國文字學》第二章第四節〈中國文字的新分類〉、第五節〈六書四造二化說〉，以及龍師〈從兩個層面談漢字的形構〉一文。

《說文解字》，已不知經歷多少時日，即使自傳播者劉歆起算，至少也逾百年，「造字之本」六書說的原意在漫長的時光中是否一直保持其「純度」，或者經一再被傳述而產生過質變？百代之後的我們，終究無法完全一窺全貌！學宗古文經學派且曾校書東觀的許慎撰成《說文解字》，他曾將當時所能見到的古文字一一分析，說解其形、音、義，因此本是當時最有能力與資格詮釋六書說的學者！可是許慎對其「轉注」定義並無法解釋爲文字構成條例而卻能同列於六書竟也未置一詞，不以爲意，是因爲單純接受了師承述而不作，或竟是因加入了自己的理解，而使轉注原意失真？

自明代楊慎提出「四經二緯」說，發覺許慎的轉注說性質獨特，再加上認爲「假借」法並未產生出新字形，因此也不是造字之法，學者開始對六書皆是「造字之本」的性質產生懷疑。到了清代大儒戴震倡「四體二用」說，段玉裁、王筠、朱駿聲等說文大家發揚於後，六書中包含四種造字法、兩種用字法的觀點逐變成六書說的主流之一，影響至鉅，至今未嘗稍歇！

「經緯」與「體用」說的產生背景，是因爲他們認定許慎的轉注、假借定義並不是指造字法則，而從《說文》正文的說解中也發現無一字被許慎明確指出爲轉注字、假借字！但問題是，許慎的說法未必是六書說始創者的原意，有可能僅是其一家之言，不能代表漢代人普遍的觀點！因此如果是許慎講錯了轉注、假借（實際上假借「本無其字，依聲託事」之說未錯，只是學者們理解的角度不同），那麼「造字之本」的六書說豈不是蒙上了不白之冤嗎？就「造字之本」的角度來看，將六書解釋成四體二用的最大問題是，六書不能同時並列在同一個層次上，而這等於否定了六書性質是「造字之本」的最早期說法！

由於資料有限，六書說的性質彷彿是歷史上的一個公案，經緯、體用說雖然給出了一個解釋，但仍然有其缺陷，恐怕並未真正解決六書說的問題！時序進入二十世紀之後，一方面因甲骨文的出土、古文字研究的興盛，進一步提供了學者最早、最真的第一手材料；另一方面，研究方法、觀點的開發，特別是西方語言學的引進，使文字學的研究呈現蓬勃發展的新氣象。而有關文字構成法則的研究，自唐蘭率先擺脫六書說，提出新的「三書」說，其後學者輩出，發展出各式各樣、或同或異的相關學說以務求勝人，花樣之多令人目不暇給！也有學者繼續從造字法則的角度提出新說，或從文字類型的角度重新歸類漢字，或由四體二用說衍生出形體結構分析條例說，甚至提出所

謂「記詞法」、「寫詞法」、「表詞法」等以試圖取代「造字之本」說！但傳統六書說的問題，是否已經被解決了呢？或者是因為新說太多反令六書蒙上陰影呢？前者的答案是否定的，後者的答案則是肯定的！總之，不論是「經緯」說、「體用」說，或是「三書」、「四書」、「五書」等等，以及記詞法等各種新說，實際上都不能範圍所有的中國文字，因此對解決漢代的六書說或者說客觀性的文字構成法則並無突破性的幫助，六書說經兩千年來的傳述、解說，似乎仍然是歷史上的一樁公案！

不過，在眾多的研究者中，龍師宇純之研究「六書」，與上述學者的研究態度是不一樣的，龍師認為六書說的始義究竟如何，雖然已無從證實，但若根本上認為它便是個有缺陷的學說，遂群起而攻之，必欲除之而後快，則態度亦未必可取。當發現六書舊說有不足取的地方，總希望能獲得更合理的解釋。因此龍師並不是要推翻、否定漢代的六書說（許慎的六書說未必全等於漢代始創時的六書說），也並不事先預設了立場想去「修訂」它，更不是要發展出自己的一套理論而要去取代古人的六書說！龍師只是希望將這歷來相傳頗有缺陷的六書說，試探能否提出一個合理的解說，使它有可以存在的空間！

二、四造二化說的內容

由於傳統六書說使用的是歸納法，是由觀察當時已有文字後所作的造字法則或文字類別的分類，其缺點是倘有一字未經分析，即未必能保證其結論絕對可信。然而六書說的始創者是否曾確實一一分析過當時所有的文字，而後知文字形成法則之類別不多不少即此六種，則不能不令人懷疑！而後代學者再研究六書說所使用的方法亦沒有多少變化，再加上必然受到許慎或前輩學者成說的影響，因此所得的新成果自然有所局限！

龍師「有感於過去學者之說六書，是向已有的文字尋求『字象』（文字顯示的主觀現象），用以滿足六書的名義。」〔註2〕為免重蹈覆轍，故為漢字分類，不從已有的文字入手。思考先從情理出發，設想為語言造字，究竟有多少種方法可用？然後再從已有的文字觀察，以瞭解實際出現的種類；必要時並注意分類上有無容許合理調整的空間，俾對六書說之究竟是否適當，求得

〔註2〕見龍師〈從兩個層面談漢字的形構〉。

確切之認知。其具體論述簡敘如下。

　　文字代表的是語言，首先可以從語言設想。語言是音與義兩個質素的結合，而所表對象，區別之不外有形與無形兩端。自語言質素而言，音可憑耳以辨，義可精心而解，於是可以發生兩種文字，一為表音的，一為表意的。對象屬無形的語言，此二者為其表達方式必由之途；對象屬有形的，又因形可由目寓而識，除表音表意兩法外，尚可產生一種表形文字；而表形、表音、表意三者只是製造文字的基本方法，初不必限於獨用，理應可以兼施，於是又有兼表形音、兼表形意、兼表音意甚至兼表形音意四種文字的出現可能。此外，還可以出現一種既不表形、亦不表音、又不表意的文字，完全出於線條的硬性約定，別無道理可言。故純由理論設想，文字的製造，可有上述八法。八種方法不必盡用，但最多不得超過八種。

　　據此八種方法以衡量漢字，觀察其實際出現的情形，則只有七類（兼表形音義未出現）：

（一）純粹表形（簡稱表形）

　　此類用表形法所製文字一般為獨體，如日、月、山、水、鹿、禾、手、舟等。亦有複重的合體字形，如甲骨文星字作◇◇，小篆艸芔二字作艸、芔等。

　　哲按：此類表形字相當於傳統六書說中之「象形」，不過傳統多誤以艸、芔為會意字。

（二）純粹表意（簡稱表意）

此類文字可分為下列幾種：

1、純用不成文字的線條示意。如：一、二、三、二（上）、二（下）。

2、利用現有文字加以增損改易。如：本、末、亦、刃、烏、矢、尢、乏、帀等。

3、利用聯想，以象形字喻與其相關之某意，代表另一語言，字形上全不加變易。如：甲骨文月、夕同形，帚或讀同婦。蓋月出之時為夕，而洒掃之役本婦人所司，故即以月為夕字，以帚為婦字。

4、利用現有的文字，構成畫面而取意。如甲骨文飲字作𣉘，金文藝字作𡎺，籀文棄字作�，小篆春字作𣈣。

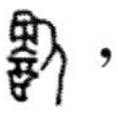

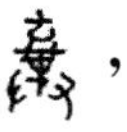

5、利用現有文字，會合起來直取其意。如：合止、戈二字為武，合人、言

二字爲信，合人、毛、匕三字爲老等。

哲案：龍師不贊成傳統之「指事」與「會意」分立，認爲應併爲一類，說已見二章第二節。此類表意字中之 1、2 項相當於傳統六書說中之「指事」；第 5 項則等同於許愼定義之「會意」。而第 4 項只能說相當於傳統之「會意」，其中甲骨文飲字、金文藝字之類圖畫意味更加濃厚的字形，自是《說文》中所無有；至於第 3 項文字多出現於甲骨文、金文時代，更是傳統六書說無法觸及也難以解釋、分類之處。

（三）純粹表音（簡稱表音）

其法是利用音同音近字以書寫語言。譬如《論語》：「君子於其言，無所苟而已矣。」其中「於」本是烏鴉的烏，「其」本是畚箕的箕，「無」本是歌舞的舞，「所」的本義是伐木聲，「苟」的本義是艸名，「而」的本義是頰毛。都與句中意義全然無關，只是當作音標使用，等於拼音文字。

哲按：以上諸例即許愼六書界說：「本無其字，依聲託事。」之「假借」。

（四）兼表形意（簡稱形意）

此類文字基本上是表形法，只爲其形不顯著，或不易與他字分辨等原因，於是通過表意手法，以完成表形的目的。如眉字原作，便是眉的象形，或恐其不易辨認，於是下加一目。又如正字，本義是靶中鵠的，其字原作，「•」自是鵠的的形象，但如僅寫作「•」，必不能識其形，於是下加一止，表示爲矢所止之處。其他如果字、巢字皆屬此類。

哲按：此類文字因爲以表形部件爲全字示意之主體，因此於傳統六書分類，學者稱爲「合體（或加體）象形」，附屬於「象形」之列。

（五）兼表形音（簡稱形音）

此類文字基本上亦用表形之法，且亦因前節所述之原因，而兼用表音法，爲之限制，爲之補救。如：甲骨文除表形之鳳字，又有加注凡聲者。甲骨文純粹表形之齒字後世加了止聲。甲骨文網字後世加上亡聲。甲骨文象形之雞或加奚爲聲。甲骨文星字或加生聲。

哲按：此類文字以獨體象形字爲本，聲符乃其後所加，所形成之新字形，學者依傳統六書歸類時有二種看法，有的認爲加了聲符後的新字形與原字作用相同，並未分化出新字（二字等於異體字），故其聲符實可有可無，因此將之附

屬「象形」之列，稱之為「象形兼聲」、「加聲象形」。另有學者因此類文字具有聲符，遂主張歸屬於「形聲」字。

（六）兼表意音（簡稱意音）

此類文字情形有二：

1、基本上是用表意法製為專字，大抵因為不易辨認而兼用表音法。如金文疑字或作 𧗳，構成「迷途問津」的畫面以取意；或又兼用表音法，加注牛聲作 𡥋。甲骨文耤字作 𡥕，像人耕作之形以取其意，金文加注昔字為聲作 𦬹。甲骨文災字早先作 ∽∽ 或 ⫯⫯，以大水氾濫的圖形見意，其後作 𣲱、𣲱，加注才字為聲。此類兼表意音的文字並不多見。

2、另一類，也是習見的一類，則是結合已有之字二字，一以表意，一以表音，而構成意音文字，如江河、裸娸、玟㻽，後二者為周文王周武王之專名。

哲按：第 1 項仍可比照前述「兼表形音」類文字之例分屬於傳統之「會意」或「形聲」（視學者觀點而定）。第 2 項諸字則傳統上皆歸屬於形聲。

（七）純粹約定（以下簡稱約定）

此類文字字形上全無道理可言，只是一組線條的硬性約定；不一定皆屬不可分析的獨體，但其無理可言則無二致。比如三國時吳王孫休為其四子所造的名與字共八字： 、 、 、 、昷、𩅞、 、 ，分別讀為灣、迄、魟、礦、莽、舉、褒、擁等音，字形與字音的配合，講不出任何道理；視為會意，無可以聯繫的線索。初不過隨意創為名號，其字遂亦出於純粹約定。見於《說文》中者，一般以為合於六書的五、六、七、八、九、十，其實亦屬此類。

哲按：此說為龍師之創見，古今文字學者多將當作數字的五、六、七、八、九、十歸為假借字，如謂五本收繩器象形，六本為入，七本為切，九本為肘等說，但諸說或無徵於字形，或不合於字音，皆不足採信，蓋其字本出於純粹約定的指事符號！此類數字，在甲骨文中，少則一畫，多則二畫，如果說這些計數字都是假借為用，何竟如此巧合，恰巧都有語音相同而字形不出兩畫的文字可供驅遣？龍師又從兩畫組合為字的字形，觀察其筆畫變化之極限，認為不以諸字為純粹約定符號，反而是不合理之事（參見《中國文字學》三章第二節）！

　　至於「兼表形音義」之字，理論上可以有其字，實際則並未出現，如「網」字似乎是兼表形音義之字，但網字的出現，應在其字假借爲無有或誣罔等意義之後，是在罔字的本義爲借義所奪，始有從糸從罔的網字。則網字所從的罔字只有表音作用，意義與漁網無關，所以網字只是兼表意音，而非兼表形音義！經此分析，可以肯定地說，可能產生的八種製字法，在我國文字中，只出現七種。

　　文字的形成雖然可以從情理設想劃分爲如上七類，但由於龍師研究的目的，主要意義是爲了瞭解漢代六書說的可能內涵，在這樣的前提下，可以就此七類再加以移易，其中兼表形意及兼表形音兩類文字，基本上用的是表形法，只爲補救其缺陷，才兼用表意或表音，因此可附屬於表形之下。於是七類文字便可以統合爲表形、表意、表音、意音及約定五類。但這樣分類還可以不是究極的，其中上述「意音」之第一類可依例歸屬表意；其餘意音文字，表面上雖同爲一意符一音符的結合體，從文字實際形成的過程看，卻包含了兩個完全不同的類別。其一類，原只書用其表音的部分，表意部分乃後世所增益，其字係經過兩階段而形成。另一類則是於同一時間內結合表音與表意者二字成字，兩者缺一不可，而以表意之一體爲主；與前一類行徑適相反。實應區分爲二類，給以不同名稱，後者爲「意音」（如江、河），前者應相對改稱「音意」。而此種音意文字，細別之又有兩個不同來源。

1、因語言孳生而兼表意

　　此類文字原是其表音文字之引申義，即其語言本由表音文字之語言孳生，故其先只書用其表音部分，後世爲求彼此之間形體有別，更加表意之一體，於是其原來的母字似退居爲音符，而形成「音」意文字。古書「右」多作「助」之意，引申而言神明之助（《易》：「自天右之。」）後於右字加注示旁而成「祐」字。其他如「娶」婦字，是由「取」（《詩》：「取妻如何」）加注女旁而成。金文文王武王二字或書作玟珷，即於文武二字增注王旁，視爲專名，以別於文武二字之一般用義。此外，「梳」字係由疏字變化而來，可以說是於疏字加注木旁，而又省去了原有的疋旁，也可以說是易疋爲木。

2、因文字假借而兼表意

　　此類文字原用純粹表音法，即利用同音字兼代，後爲別於其字之本義而加注表意之一體，於是形成音意文字。如古書「果」假借爲灌祭及女侍，分別加

注示旁、女旁成「裸」、「媒」。

總結以上，七類文字，經過可合即合，當分則分的觀點，實際爲表形、表意、表音、意音、音意及約定六類。此六者，無可更合，亦無可以更分。而其數恰與漢代六書之數符合，對於瞭解自漢代相傳的六書說內涵，無疑是令人興奮的消息！

依上述分析，我國文字實可以區分爲互不相容的六類。其中屬於約定的文字極少，但不立此一類，此少數字亦即無所歸屬。漢代言文字之製作爲六書，論理應當是不能相容的六類。而以從情理設想分析出的六類與漢代六書比照，可以發現兩者在名義、內容上無不暗合：象形相當於表形，會意相當於表意，假借相當於表音，轉注相當於音意，形聲相當於意音，指事相當於約定。以此而言，六書學說確可爲一完美無瑕的文字分類，損其一則不足，增其一則有餘！可惜自許慎以來的學者，都不能適當地將文字構成法則眞正地講爲六類，實際上是使「六書」殘缺爲「五書」或「四書」！

不過這樣的對照，必須就形聲、轉注、指事三書的名義作進一步說明。

（1）形聲的名義。造字法中既有兼表形音一類，而甲骨文𧆛字，金文𤔔字等正是一形一聲，顧名思義，「形聲」的名稱字是最適合指此類文字。前文因其本質與𦥑、𤉢無異，遂歸於表形的鳳、辟之下。在此當然也可以改與江河之字爲一類，既不影響上述文字之歸爲六類，更能顯示江河之字應名之爲「形聲」的道理。因爲江河所從之水，固然是意符，也可以視爲一切水之共象，正如𧆜、𥄲象一切鳳與齒的形象相同。𧆛、𥄲是形聲，當然江河也是形聲。不僅如此，實際凡象形都是共象，共象便應當認作意符，𠂆字𧰨字莫不皆然。所以兼表意音的字，在六書中名之爲「形」聲，而如紅綠、議論之類根本無形象可言之意音文字，也被歸入形聲之中！

（2）轉注名義。轉注之字最近形聲，如不從其形成過程觀察，但看文字形成以後的表面，並一者表意一者表音，全無區別。然而轉注字實經兩階段而形成，其初僅有「表音」部分爲字之本體，表意部分可有可無。形聲字則不然，起始即結合表意表音者各一字爲字，兩者缺一不可；而以表意部分爲主幹，表音部分只是用以足成其字。意音字（形聲）以形爲主，以聲爲從，音意字（轉注）以音爲主，以形爲從，主從關係正相顛倒。是故轉注與形聲表面看似無別，

內裡適爲相反。徑捷的說，形聲字是以聲注形，轉注字則是以形注聲，兩者翻轉爲注，故其一謂之形聲，其另一則相對而謂之轉注。且江河松柏之類與𩁹比𠦚之字最近；祐娶裸媒之類，則是在其表音部分通行、兼代既久之後，轉而將表意符號注釋於表音者之上，自當以江河松柏一類者謂之形聲，後者謂之轉注。是故兩者雖是相對稱謂，卻亦不得名稱互易。

（3）指事名義。先秦古籍中指字本有硬性約定之意。如《莊子・其物論》說「物謂之而然」，又說「天地一指也，萬物一馬也。」《荀子・正名》說「名無固宜，約之以命」，又說「知者爲之分別制名以指實。」《公孫龍子》說「物莫非指，而指非指。」「指」的意思是硬性約定之意，這樣看待指事，便正好相當於六類中的純粹約定。

哲按：把指事講成約定，也許有人會提出六書說形成之前，有無此種字見疑。實際即使無此種字，亦不妨說六書中有指事，是預爲可能出現此種文字而設，如吳王孫休時所造八字，如非有指事之名，則不得爲中國字矣！

此外，龍師還對轉注與假借的內容增加了「補充條例」，使少數看似特殊的文字在六書中也得以有所歸屬。

轉注字據上文所述，主要有兩種類型：

（1）因語言孳生而加注意符變化而成專字的轉注字。「亦聲字」的產生也是因語言孳生而後加注意符而形成的（參見二章第二節），因此實際上就是這類型的轉注字。

（2）因文字假借而加注意符變化而成專字的轉注字。

除了這兩大主要類型之外，尚有二種字數較少的轉注類型，它們雖然不是經由加注意符而形成，但都以本體字爲聲，而經由變化形貌以別義，與祐娶裸媒之字不異，故同爲轉注字：

（3）因文字引申或假借而變化形貌以別義的轉注字。

猷、朞二字分別從猶字期字分化，前者專言謀猷，以別於猶之言猶豫、猶如，後者專言朞年，以別於期之言期會、週期，讀音且與期字別，形成兩個絕不相同的文字。此種情況雖未增加意符，似與轉注條件不盡相合。然以猶期爲本體，通過「指事（約定）」手法，變其形貌以別義，與加意符之作用並無不同，故仍當爲轉注。此法行之甚早，如甲骨文百字諸形，凡上有橫畫的，原是一百二字合書，即迻讀百字；與千字原是一千合書的情況相同，本

假白爲百，或變 △ 形爲 △ 爲 △ ，或又改引其兩側與橫畫相接而爲 ㅂ 爲 ㅂ ，並變其形貌以別義，形成轉注的專字「百」。又如金文本借不爲「丕」，或約定強以下加橫畫或書二不字者爲丕字，是亦變其形貌以別義，使成專字。後世文字，如自陳、句、刀、余、荼轉化爲陣、勾、釖、茶，情形不異，並於六書爲轉注。

（4）在假借字上加注音符而成的轉注專字。

如「才」字本義不詳，甲、金文假借爲「在」，金文加士聲別義，以爲「在」的專字，加士聲亦爲達到別義的作用，與加意符者實同，故是才之轉注字。〔註3〕

此外，值得注意的是「表音字」不等於「假借字」所謂假借相當於表音，只是說假借屬於表音文字，非謂表音文字即是假借。表音方式原不止一端，以已有文字兼代的假借法，不過表音方式之一而已。西人拼音文字，即爲另一方式。此外佛教傳入我國，爲翻譯經咒所製如 、 等字，所表分別爲名夜切、亭夜切之音，又別爲一法。此等字亦得視爲漢字，但以自漢代相傳的六書說爲之歸類，便顯然無所屬，而於新的文字分類，則分明屬「表音」，以見假借與表音固自有別，新的文字分類中表音一名，亦較六書假借之名爲長。〔註4〕

三、「四造二化」的意義

綜上所述，經由情理設想分析出來的「六書」學說，確然爲我國文字規劃了六個互不相容無可增減的類別；每一名目下，有其名實相符的內容。如許愼《說文·敘》之言，固然缺失重重；承受許說而來的四經二緯或四體二用說，明白揭示轉注、假借與文字之形成無關，更與實情不合。然而象形、指事、會意、形聲與轉注、假借之間，不謂全無區別，亦爲不爭之實，何者？假借雖等於造爲表音文字，究竟形體不異，字數未增，不過變化現有文字以供使用，與造字必增字數實有不同。只是視假借僅爲用字，不承認其等於製造表音文字之本質，然後乃爲可議。轉注之字，因語言孳生及文字假借，增加或改易意符，使其原先的母字或表音字轉化爲專字，其意符的增加改易行爲，不僅非絕對必要，或且是潛意識活動的結果，非有意的運作，然則轉注字出於化成，非由造作，情形是十分清楚的。可見六書名稱，籠統說其意謂

〔註3〕參見《中國文字學》159～160頁。

〔註4〕《中國文字學》，151頁。

中國文字之製作有六法，確有語病。認眞清晰的說法：六書合而言之，當謂中國文字之形成，分別有六個途徑；分析而言，則爲四造二化，即四個造成文字之方（象形、指事、會意、形聲），及兩個化成文字之途（假借、轉注）。

　　龍師又將新的文字分類與舊日六書的對應關係列爲一表，仿造許愼說解六書之法，依今音做爲韻語，定其界說。並按四造二化及獨體在前合體在後的順序列表如下：

六書名	今類名	界　　說	例　　字
象形	表形	據物寫形，目寓可明	日、月、山、水
指事	約定	形意音三，無所取焉	五、六、七、八
會意	表意	表事達意，心會乃悉	上、下、武、信
形聲	意音	依意造字，取譬成事	江、河、議、論
假借	表音	有語無字，依音標識	「苟且」、「然而」
轉注	音意	音爲本體，增文別誼	祐、娶、裸、媒

第二節　四造二化說的精義

　　漢代的六書說是漢人歸納當時古文字所得的文字構成條例，由於班固、鄭眾都只有傳下六書名稱，沒有具體內容，因此我們現在對六書說具體內涵的瞭解，只有透過許愼的定義和他在《說文解字》中的說解而建構其大概。不過受限於許愼六書定義說解的簡潔及《說文》中術語的不明確性，當然還有許愼說得不明白甚至說錯了等原因，後人將文字依傳統六書定義歸類時常常感覺無所適從，原因是在於各書之間的界限常常不夠明確，例如象形、指事、會意之間，會意、形聲之間就往往糾葛不清！此外如轉注、假借是否爲造字法則的問題更是古今學者爭論的焦點之一！而龍師宇純的六書四造二化說先從情理出發，設想爲語言造字究竟有多少種方法可用，然後再據分析所得的六類文字以認識漢代六書說，由於這六類可以包含所有已發生的漢字在內，因此可以證實六書說確爲十分完美的學說！更由於分析的方法是由理論著手，從情理設想，因此各書之間就不再有歸字時糾葛不清的問題，並且合理地將轉注、假借留在「造字之本」的體系中，與其他四書可以並列於同一層次！茲將六書四造二化說之精義闡述如下：

（一）釐清象形、指事、會意間之糾葛

1、傳統六書中象形與指事間之糾葛

許慎對象形的定義：「畫成其物，隨體詰詘，日月是也。」界說本相當明確，日、月之例字更有助於瞭解象形字所表對象爲自然界中有形之物的名稱。但由於許慎對指事字的定義：「視而可識，察而見意，上下是也。」意義並不明確，且在《說文》中明確標示「指事」的就只有上、下兩字！而後許多學者爲象形、指事作區別時，認爲許慎說解爲「象形」或「象某之形」的，其中有許多其實是指事字！事情真相究竟如何，恐怕非許慎復生仍不得清楚！此外有學者所指稱爲象形字的（如大、高、齊等字），其語言所表對象都爲抽象的概念意義，與象形截然不同（象形有二項基本條件：一必須爲具體實物，二是據物畫形，二者缺一則非象形字），不能因爲與象形都是獨體字，或都像某物之形，而遂將其字歸爲象形！龍師宇純將傳統指事字因其表意的特質而與傳統「會意」合併爲一類，如此就與「象形」涇渭分明，不容再有混淆！

2、傳統六書指事與會意間之糾葛

由於許慎對指事字的定義不明確，學者從上下與武信兩類字之間觀察，於是對於二書的辨別，大多從獨體（指事）、合體（會意）的形式去加以區別、分類，甚至有無標示性符號也成爲區別指事與會意的重要依據，在第二章第二節中，曾舉開、葬、置爲例，文字多一畫、三畫則爲指事，無增筆畫者則爲會意，更加突顯了欲從形式區分兩者是極不合理的！在古文字時期，我國文字的書寫形式變化多端，筆畫略別的異體字繁多，若多出了某些筆畫，就使同一字有些歸指事，有些歸會意，那麼文字的歸類有何意義呢？自語言實質而言，上下與武信都是抽象的概念意義，而自可能產生的八種造字法看，兩類字也都是由表達語言的「義」爲手段而造成的文字，因此同屬表意的範疇，自不應於六書之中分列兩席。過去學者不能超越文字而言六書，在指事、會意分類時遂犯下如許錯誤。龍師之六書，將傳統的指事、會意合併爲一類，仍稱「會意」（表意），而以指事字稱「約定字」，遂使兩者間不再有糾葛不清的情況！

3、「象形字」是否獨立爲一類的問題

傳統六書說中，象形字是六書中獨立的一類，但近人所倡之「三書說」往

往將傳統象形、指事、會意合併爲一書，合併的憑據是此三類都具有某種「共性」，即三類都是以文字的形體來代表、紀錄語言中的「義」的質素，都是欲令人因其形而可以索其義的，而所繪所寫之形，或實形或虛形，或單純或複雜，要之「形」是其特色，所以遂統合三者而歸爲一類（稱爲「象形」或其他）。又這三者的字形中，其初並不需要有代表聲音的成分（如象形兼聲者，聲符是後加），因此都可以看做屬於「表意」性質的文字（稱之爲表意字、表義字等）。但我們自其異處著眼，三者雖同表語言質素中之「義」，但「義」大抵可以區分爲表具體實物之名的，與表抽象概念意義的，因此造爲文字，實可加以區分爲象形、會意（表意）二類，如此與傳統六書說（代表古人看法）也能有所聯繫！

雖然自早期文字（甲、金文）而觀，最初產生的會意字，可以說就是廣義的「象形字」，兩者都像圖畫之形，都是源自於原始圖繪，如前文所舉「耤」即象耕作之形，「飲」即象飲酒之形等等，但彼此之間仍有語義虛實之分，且實象圖畫的產生總應在意象圖畫之前，形成文字後，象形字又爲會意字的構形基礎，因此「象形」實可自己獨立爲一類造字法則！

（二）純粹約定字（指事）之必要性

龍師從情理上設想，發現早期古漢字中有一類從字形與語詞聯繫角度看，既不表意，也不表音的一小群字，如五六七八九十等字，它們只是一組線條的硬性規定，在字形上全無道理可言，而由於先秦古籍中，「指」字有「約定」之意，此類字正能夠配合「指事」之名與實！雖然這類字不多，但卻不能視而不見，若不設立「指事」一類，則此等字將無所歸屬，而「六書」即不能總括所有漢字的形成規律！文字類型的分析，當然越完備越好，故當獨立歸爲一類！

雖然也有少數幾位學者注意到了這種字，例如裘錫圭認爲在原始文字產生之前，人們還曾使用過跟所表示的對象沒有內在聯繫的硬性規定的符號，把這種符號用作所有權的標記，或是用來表示數量或其他意義。這種符號裘氏借用一個現成的詞——「記號」，做爲它們的名稱，並認爲在文字形成過程剛開始的時候，通常會有少量流行的記號被吸收成爲文字符號。例如古漢字裡五六七八這幾個數字的前身，很可能就是原始社會階段用來記數的記號。〔註

〔註 5〕參見裘錫圭《文字學概要》，4 頁。

₅〕汪寧生也認爲我國文字中有一些筆畫簡單其意不明的字，均有可能來源於符號記事。〔註6〕不過，龍師乃從情理設想、從理論出發，並結合實際出現的情形，認爲文字中當有此一類；而二位學者則都是從人類文字發展歷史的推測、從「字象」來推論某些字爲「記號」，兩者在方法上有所不同，而前者因具有理論與實證基礎，其可信度自然是比較高！

（三）釐清亦聲字的歸類問題

許愼在《說文解字》中標舉出了二百餘字的「亦聲字」（實際上符合亦聲字現象的不僅此數），後來學者或稱此類字爲「會意兼形聲」，或稱「形聲兼會意」，在爲文字分類時，此類字或歸會意，或歸形聲，或認爲兩者皆可！

然而從理論上來說，這種在歸類時「左右逢源」的現象是個大問題，因爲會意、形聲在六書中既是相互排斥的兩類，便不當出現兼跨二書的文字。苟有出現兼跨二書且其現象相當普遍的情況，應該就是文字的分類法仍未盡完善，應當再予合理的調整！

其實所謂「亦聲字」就是龍師所說因爲語言孳生而加注意符的「轉注字」！由於語義的引申，形成了語言的分化，把這種現象表現在文字上，便是亦聲字的「化成」！這種字既不屬於六書中的會意，也不屬於形聲，只是轉注中的一個部分！知道了「亦聲字」形成的眞相，則爲其字歸類，就不必再在會意或形聲兩者之間左右爲難了！

（四）轉注在文字構成層面有其實位

轉注問題困擾學者最鉅，緣於許愼的轉注定義是指稱「同部互訓」，而根本不是講造字法則的！千餘年來，學者欲將轉注講成文字構成法則既不可得，遂連同假借也被定位爲用字之法。

不過，與龍師轉注說相同或相近的說法在古代也並非無有，只是在體例上未有如龍師般精審者。例如鄭樵的轉注說雖然駁雜（他將轉注分爲「建類主義」、「建類主聲」、「互體別聲」、「互體別義」四類），但其〈六書略〉中所云：「諧聲轉注一也，諧聲別出爲轉注。」又說：「諧聲轉注一也，役它爲諧聲，役己爲轉注。轉注也者，正其大而轉其小，正其正而轉其偏者也。」以與龍師所說相較，「諧聲轉注一也，諧聲別出爲轉注」，與龍師於形聲中別出

〔註6〕參見汪寧生〈從原始記事到文字發明〉，40頁。

一類爲轉注字相同。所謂「役它」、「役己」，蓋本《說文》以事爲名，取譬相成」爲說，「相成」猶言「成之」，許君以聲配「形」者爲形聲，故鄭氏以形爲它，以聲爲己，役它即以聲役於形，役己即以形役於聲。前者爲形聲，後者爲轉注，亦與龍師「形聲字以聲注形，轉注字以形注聲」之說相合。至於「正其大而轉其小，正其正而轉其偏」，正與大可指字義之普泛者言，偏與小相反，指字義之較狹隘者而言。如文武與玟珷，前者施用範圍較廣，故爲正爲大；以王字轉注之後，其義已局限於一端，只適用於文王武王的稱謂，故爲偏爲小，亦正合於龍師所說。〔註7〕不過鄭樵之說語多晦澀，故歷來並不爲學者所注意。

到了清末時期，我們更已經發現有學者（鄭珍、饒炯）將因文字假借或引申而後加注意符的字稱爲「轉注」，只不過二家轉注說對文字學界的影響力也似乎不大。民國以來，隨著古文字學的興盛發展，學者對文字的動態發展演變情形更加能夠掌握（許慎所掌握的古文字主要只是小篆），於是逐漸發現所謂「形聲字」，其實來源不一，其中有兩類原是以其表音的部件爲母體，意符則是後來所加，但不論是因文字假借或引申關係而後加注意符，這些文字形成的方式是一樣的，於是有一些學者不約而同地分別將此二類字以及「亦聲字」稱爲「轉注」。〔註8〕

龍師的轉注說是經由分析「形聲字」的類別而獲得啓發（參見二章第二節），由於它是由母字或表音字加注意符而成，其所代表的語言其先已有代表的文字，只是爲求專字專用遂增添相關意義的意符而成，論本質與前四書仍有所別：「轉注字出於化成，而非造作」，因此與假借同屬於「化成文字之途」！不過經化出來的轉注字，後來多已專職專用，與母字實已分爲二字（「取物」不能作「娶物」），而文字數量，也已增多一字，此又與假借有差異！

儘管許慎未能將轉注講成文字構成法則，但因爲漢代三家的「轉注」名稱是一樣的，因此如果有學者宣稱某類型造字法就是「轉注」，則其首要基本條件是要能使其內容與「轉注」之名稱相配合（名實相符）。其次，一般學者所說的

〔註7〕參見《中國文字學》，153～154 頁。

〔註8〕參見黃沛榮教授〈當代轉注說的一個趨向〉，該文列舉近代 12 家的說法，其中評龍師的轉注說：「於諸家之中，最爲完備。」「從本質上說，此說應該就是轉注的定論。」不過該文漏收龍師「亦聲」型的轉注字。

轉注字與形聲字在表面結構上是無法分別的，因此如果能讓「形聲」與「轉注」兩者的名稱在意義上有密切關連，更能突顯出兩者之特性。而眾多相同、相似的轉注說中，惟有龍師的轉注名義能符合上述兩項條件：「形聲字是以聲注形，轉注字則是以形注聲，兩者翻轉為注，故其一謂之形聲，其另一則相對而謂之轉注。」而其他的學者則或是避而不談，或仍沿用許慎「建類一首，同意相受」的舊解而加以曲說（例如前引鄭珍對轉注名義的解說即是一例）！

在各種造字法之中，學者認為「形聲」是最便捷之一種，要為語詞造一個字，只要取一意義類別相當的字做為意符，另取一語音相當的字做為聲符，兩個字符結合即成為形聲字。但形聲法在諸造字法中是較晚才被發明與大量運用的，原因是此法之完成，非有「聲符」之發現不為功，而「聲符」之發現，則非有轉注意符之法亦不易突破。因此在整個六書體系之中，轉注實居最重要關鍵地位。雖然表面上轉注字與形聲字都是一意一音，無法分別，但二者之形成過程絕不相同。言中國文字之製作，若忽略二者的差異，僅從平面講「五書」，則象形至形聲間的系統發展，或將無以貫聯！所以龍師「轉注」說解不僅是為其名目提出新的詮釋，同時更突顯此一名目在中國文字構成上有必不可少的重要性！

此外，過去學者多認為漢字中以形聲字為最多，實際上這是錯誤的觀念，因為傳統所謂的「形聲字」中包含了大量的轉注字，雖然無實際統計數字可資佐證，但轉注字的數量應該是多於形聲字的！例如今人多以為「氫」、「氧」之類新造字為形聲字，實則此二字可仿許慎析形模式為：氫，「從气、從輕省，輕亦聲。」氧，「從气、從養省，養亦聲。」實際上二字均為轉注字（亦聲字）！

（五）假借字在文字構成層面亦有其實位

假借以其不產生新字的特性，爭議亦多，以往許多學者認為假借僅是用字之法，與文字的形成、構成無關！但晚近在西方語言學、符號學傳入後，學者或從異於以往的角度去思考假借的價值。

漢字是為記錄漢語而存在的，通過記錄漢語而獲得自身存在的價值，瑞士語言學家索緒爾曾明確地說：「語言和文字是兩種不同的符號系統，後者唯一的存在理由是在於表現前者。」〔註9〕就文字這種符號系統而言，字形是它的「所

〔註9〕索緒爾《普通語言學教程》，35頁。

指」，語素就是它的「能指」，〔註10〕既然「能指」有了代表它的專屬「所指」，即使只是借用過來的，都已經達到了代表它的目的，從這個角度看，在記錄語言的功用上，「假借」可以與其他造字法位列同一層次！如果否定了「假借」的地位，在造字法或文字類型上不給予它適當的地位，那麼就文字存在的意義——「記錄語言」而言，這個文字體系恐怕會有重大的缺憾！因此有些學者遂逕視「假借」也是造字法的一種。例如鄭祖同說：

> 我們說假借還不失為一種造字法，因為所謂造字，就是給表達語言的詞製造存在於書面上的符號形體，不管這個符號形狀如何，也不管它是以語音為線索去記錄詞，還是以語意為線索去記錄詞，只要是憑藉一個符號寄託了某個詞的音和義（指得到社會認可的符號），就應該認為是給某個詞造了字。〔註11〕

在第二章第二節中筆者也引用了數家對假借性質觀點互異的說法，可以看出，贊成的學者多是從假借字也是記錄語言的符號的角度，認同假借是一種造字法。至於不贊同假借是造字法的學者，主要的觀點當然仍是假借法沒有造出新字，而這似乎成為假借難以翻身的致命傷！

　　龍師的六書四造二化說卻能從同一文字形成的角度將假借納入六書之中，雖然假借確實與前四書有所不同，它沒有造出文字，但假借將已有的文字化作音標使用，只是字音相同近，意義則全不相干，因此也等於造了「表音字」，在中國文字的類型中，如果獨缺表音字，則這體系如何能完整記錄語言呢？因此從「變化」現有文字以供使用的角度，「假借」的性質是「化成文字之途」，得與其他諸書同列於中國文字形成的六個途徑之中！這種觀點，使「假借」合理地保留在文字構成法則的體系之中，從而建構了體系的完整性與完善性，一方面也能化解「記詞說」與「體用說」截然不同觀點之間的矛盾，是最理想的解決之道！

〔註10〕文字和語言都屬於符號，因而有些學者借用索緒爾語言學上「所指」、「能指」的理論，運用到文字符號學。

〔註11〕鄭祖同〈試論許慎的文字觀〉，91頁。

第三節　四造二化說的學術意義

六書說被提出迄今已近兩千年，自東漢三家中的許慎作《說文解字》，並在〈敘〉寫下了六書的定義，宣告了中國文字學這一學科正式成立，而在整個古代文字學中，「六書學」又佔了其中最重要的地位之一！二千年來，有許多學者投入六書的研究，成就了許多文字學專家，但到今日，六書中的許多問題竟然仍未能成為定論！究其原因，端在許慎的六書定義本身就存在著某些問題，其中有些是因許慎沒說清楚而引發的紛爭，也有些是因許慎自始就講錯了而使後人也跟著走錯路，因而迷失在六書的迷宮中之中達二千年之久！

龍師宇純提出六書四造二化說，目的是為了為漢代六書說提供合理的解說，使其可以有存在的空間，而並非刻意要提出一個新說以取代舊日的六書說，但以六書四造二化說與傳統六書說以及近代各家相關學說互較，突顯出了幾點學術意義與價值：

（一）理論、實際兼重，具邏輯思辨之周延性

六書說是漢代人根據當時所能見到的古文字歸納出來的造字法則或文字分類，採用的是歸納式的分析法，其缺點是必須一一審視過所有文字，否則不能保證結論一定正確，而且若一開始所持觀點即不正確，析理或不精審，則更不可能得出正確的結果，觀一代大儒許慎在其六書說的定義中猶然留下有許多問題，即可知用歸納法為漢字分類，確實是件繁瑣而困難的事，而漢代所能見到的古文字在字形上迭經演變，有許多早已經訛誤，更增添了分析的困難度與準確度！而後一般學者重新歸納、研究造字法則，採取的方式，往往是從各種成說中披沙簡金，挑選自認為合理的部分，或再加上自己觀點，而後形成自己認知的體系。這樣雖然能綜合各家的優點，卻也易受他家錯誤信息的影響！龍師六書說則異於此，他先從理論著手，從情理、邏輯上設想文字形成方法的可能種類，提供了周密而嚴謹的理論。在理論精審、分析詳密的前提下，再配合文字實際出現的狀況，所分析出的六書說確實能範圍所有古今漢字而不致遺漏（說見下）！

（二）從文字代表語言的觀點為文字分類

我國學者自古以來對語言的觀念即較為不足，因此講造字法則，往往在文字形式上斤斤計較，例如指事、會意分類的問題即擾攘不休！龍師設想製造文

字的方法，並不先從文字形體的觀察入手。由於文字代表的是語言，語言的質素就是文字所要表達的內容，至於採取什麼形式以表達內容，是由內容來決定的，因此從文字代表語言的觀點來為文字分類，就能擺脫文字形式上的困擾問題！此外，由於有「表音字」的觀念，遂能讓「假借字」繼續在六書中維持其重要地位，使我國文字的「結構類型」得以保持完整性！

（三）提供「六書」說十分完善的「造字之本」理論

漢代相傳的造字之本六書說，在當時的許慎就已經無法完全說得清楚或正確了，因此後來有了四經二緯說，有了四體二用說，目的都是為了修正六書說，但經緯、體用說也製造出了新問題，在他們的闡釋下，六書分成兩類性質，並不能列於同一層次，這就違反了六書是「造字之本」的歷史成說！

近代以來，學者更陸續提出許多新說，有的從文字類型的角度入手，重新為文字歸類，而提出三書、四書、新六書、七書等等名目，但基本觀點都是從否定（或部分否定）六書說為出發點，這樣對於我們瞭解漢代六書說的實質並無助益！另一方面，則有學者嘗試為解決六書不能列在同一平面的問題，而提出六書不是（或不全是）造字法，而是「記詞法」、「寫詞法」、「表詞法」的新說，雖然解決了部分問題（例如能將假借與前四書並列同層次），但有時則更扭曲了六書為文字構成法則的本質！他們強將自己觀點附會於六書，或者是將本來為一整體的造字法則體系割裂為兩部分，這對於六書說真相的瞭解只有更增加迷障！

龍師宇純則將六書看成是個歷史上的問題，許慎的六書說因為有一些缺陷，導致後來許多學者不相信它，甚至拋棄它，但六書說是否可以丟棄或仍有存在的價值？不論是贊成或反對總要有充分的理由，因此仍然必須要經過審慎的研究！龍師乃從情理上去設想文字構成法的可能種類，先由理論上推求出八類，經驗證實際出現情況得出七類，因此本可就此說明文字的製字法有七種，或文字的分類實有七類，但為了瞭解漢代的六書說，看能否在某種角度下將「六書」講成一種完整的體系，因此透過當分則分、可合則合的方式，進而得出了與漢代六書說名義暗合的「六書」！龍師的六書四造二化說不僅提供了完密的理論，也為六書說帶來了部分新解，使之成為無瑕的整體。「我不敢說這便是六書說的原意，但唯有此解，始能從同一文字形成的角度分為六類，而彼此互不

相容；亦唯有此解，然後我國文字無論爲說文解字的九千餘字，或爲康熙字典的四萬餘字，都可以一一得其歸處而略無遺憾。」〔註12〕

因爲時代久遠，資料有限，六書說的原意究竟如何，實際上是無法再加以驗證的了！龍師所提出之四造二化說，在名義、內容上都與漢代六書說若合符節，雖然無法說這便是漢代六書說的原意，但同樣也無法說這絕不得爲六書說的原意！如果更從學術的角度來思考，既然四造二化說補足了傳統六書說的缺陷，使中國文字的形成規律絕不得逸出此六者，則「六書」說自然有了可以繼續存活的理由。相形之下，三書、四書、五書等等新說既然都無法範圍所有文字，則六書說將更彰顯其「不廢江河萬古流」的歷史地位！

（四）四造二化說能範圍一切古今文字

先說古文字。舊日六書說所研究的文字資料是以小篆爲主，但小篆上距甲骨、金文已千餘年，其間字體、字形的演變不可謂不巨，故而有些學者斷言漢代發展出來的六書說並不適用於分析各類型、各時代的古文字，因此紛紛提出各種分類新說。例如唐蘭以甲骨文、金文爲主要材料，提出三書說，陳夢家的三書說則更限定於甲骨文的範疇。而龍師的「四造二化」說既然本是爲理解漢代「造字之本」的六書說而提出的，則是否會和漢代六書說一樣陷於遭受質疑的困境呢？或者該說確實能夠範圍所有類型的古文字而突顯其價值呢？

漢代六書說是運用歸納法整理出的六種條例，但由於小篆可謂是規整化到極致的「末代」古文字，與甲骨文及早期金文之較具「原始性」形構有所不同，因此如果以六書說分別分析小篆和甲金文，在文字構成法則的分類上如果兩者間有一些差異，似乎是可以令人理解而合理之事！例如唐蘭主張先秦只有「象意」而無「會意」，按其說，則漢代六書的「會意」（按許慎「比類合誼，以見指撝」的定義）就不適用於甲骨文、金文，換句話說，漢代的六書說就不能範圍所有的古文字了。

相對地，四造二化說並非由歸納法建構而成，乃是經由情理去設想造字方法的可能種類，因此只要分析精審嚴密而無遺漏，則理論上應當就不會有不能歸類的古文字；就某一時期的古文字而言，分析其構成規律，可以是六書俱全，也可能少了一兩類，但無論如何終究不會逸出此六類之外！即使是如甲骨文中

加了凡聲、奚聲、生聲的鳳、雞、星諸字，由於觀點不同，有的學者視爲「象形字」（加聲象形），有的學者視爲「形聲字」，雖各有理據，但不論是象形或形聲，都在「六書」之內，並未逸出其外而成爲不能範圍的文字類型！

更看上述「會意」、「象意」的爭議，甲金文中埶、飲、鬥等字的歸類，在傳統六書說是不易解決的問題，但四造二化說中，由於「會意」（今類名爲「表意」，或者說「會意」可以理解爲「領會其意」之義）並不限定於「比類合誼，以見指撝」的狹隘範圍，凡以其字形表語言之「義」的，都是「會意」字（但「畫成其物，隨體詰詘」的象形應獨立於外），因此就不會有「會意」（指四造二化說）不適用於分析甲骨文、金文的問題了！

說四造二化說能範圍所有古文字，因而優於許慎六書說或其他諸家說，「約定」（指事）字一類的提出是重要的特色，傳統上文字學家幾乎都忽視了有「硬性約定」這一類型文字的存在，然而將五、六、七、八、九、十等字視爲約定字自是較視爲假借字、會意字來得可信（說已見上），而這項分類的優點延續至「今文字」的文字構成法則分析時仍然是很顯明的！

古文字構成法則分析的文字對象，當然是指仍保有構字理據可言的古文字而論（約定字本即無理據可說，故不在此限），但若字形經過訛變而結構上已經破壞了造字理據者，其字就不適用於研究文字的構成法則了！不過些古文字即使是經過演變（或人爲改造），看似產生過訛變，但在字形上仍有某種理據可言者，則仍可按其時代別分別爲之歸類！

以甲骨文及小篆（或金文）的「美」字爲例，甲文美字字形主要分爲兩種形式，其第一形字數稍多，作 𦱱、𦱶，象人首上加羽毛之類飾物爲飾，以其整體圖形表示「美」之意；第二形作 𦱷、𦱸，人形之上象羊字，解者或謂象人首上加羊首，古人以此爲美。按，戴羊首而以爲美雖非不可能，但終究不如言戴羽毛類飾物以爲美來得切意！甲文「美」字當以第一形戴羽毛者爲原始形構，後因形近而逐漸爲「羊」字所同化（第二形），金文「美」單字皆從羊，至小篆，許慎曰：「𦍋，甘也。從羊從大。羊在六畜主給膳也，美與善同意。」以味甘爲美，從其原始形構而言則實爲引申義！然其字變爲從羊後，因文化之演變，在許慎時（甚至在金文時已如此）已經認爲味甘爲美就是本義（猶如春秋人以止戈爲武字之本義）！從傳統六書說爲美字甲骨文第一形歸類，因其字爲整體

圖形之象，並非「比類合誼」，因此有些學者將之歸爲「象形」，有些學者仍歸爲「會意」（甲骨文之第二形演變至小篆，則爲典型「會意」）！但自六書四造二化說，「美」之語爲抽象概念，自不得爲「象形」，其字皆當歸入表意類（「會意」）！細分之，甲文第一形爲龍師表意字（「會意」）中「利用現有的文字，構成畫面而取意」類，至於小篆則是「會意」中「利用現有文字，會合起來直取其意」類，雖在小類不同，但都可同歸爲會意字！

以往學者分析古文字構成法則時往往遺漏了一種類型的文字，就是由都是音符的兩個偏旁組成的字，因爲將此類字稱爲「形聲」（陳夢家如此）似乎不恰當，因此有些學者稱之爲「兩聲字」（裘錫圭）或「聲聲字」（趙誠）。例如「牾」，《說文》認爲是從「午」、「吾」聲的形聲字，其實就可以看作「兩聲字」，此字在先秦文獻曾假借「午」字來表示牾逆的「牾」，而「牾」字乃是在假借字「午」上加注音符而成，形成了兩個偏旁都是聲符的奇特文字類型。

這類「兩聲字」在傳統六書說中並無其地位，裘錫圭將之歸入「不能納入三書的文字」之中（例字另有 　、　），實際上也沒有給予應有的地位，有些現代學者則將之歸爲「表音字」，但這是從靜態的形構分析所得出的結果，如果由文字動態的演進變化過程來看，它們形成的過程都是經過兩階段變化而成的，先是以假借字的身份出現，後再加注音符以區別所借字，就文字演化過程而觀，龍師將這種字列爲「轉注字」的一種特殊類型（由假借字加注音符以達別義目的，與加注意符者作用實同，故亦爲轉注字。參見上節轉注字四類型之四。）這種字的數量應不多，另一著名例字即在三章第二節中陳夢家指出的甲骨文以「𤰔」假借翌日之「翌」，後增加「立」爲聲符作「𡗓」之例，後者實際上即是「轉注」字。

至於趙誠在《甲骨文字學綱要》中所提出的「聲聲字」，其字例是甲文「　」爲鳳的象形字，用作風爲假借字，在發展中，爲了區別，用作風者增加聲符「凡」變成　，「人們因爲　本是一個形符，因而稱　爲形聲字，其實是一個誤會。表示風的　，所從的凡的確是聲符，所從的　本來用作風就是所謂的假借字。怎麼到了　裡就成了形符呢？嚴格講來　中的　並非形符，實質上仍是一個聲符，只不過是一個舊有的聲符而已。可見，以　（風）爲形聲字並不科學，合理的稱呼應是『聲聲字』。」

　　按趙氏之意甲骨文　（鳳）字假借爲「風」用，後爲了區別於本字，遂加凡聲以專表「風」字，「鳳」和「凡」在字中都是聲符，所以稱爲「聲聲字」。但是加凡聲的　字是否與鳳字有區別，在甲骨文辭例中並不能確知（兩者都當作「風」用），一般學者也都將未將兩字視爲區別字（由篆文「鳳」仍從「凡」聲，兩字似乎並未徹底分化過）！而趙氏所言若果是，則當以　字爲轉注字；若並未分化，則　字是前人所謂之「象形加聲」字，歸入象形或形聲即可（視個人觀點），因此所謂「兩聲字」、「聲聲字」仍然可以在六書的系統中加以合理地歸類。

　　假借字是借字以表另一語詞的音義，只要字形達到表音的作用即可，字形的選用，其初多只是約定俗成的。因此從理論而言，只要有一個表音成分就足夠了，而之所以會再加上另一個音同音近的音符，目的是爲了與表本義的原字有所區別，並不是要讓人識得兩字符之音而後才得以認識此字！因此就增字符以達別義目的而論，與其他類型的「轉注」字無異，龍師將此類字歸爲轉注一方面從理論上是適合的，一方面就不必因此爲此類極爲罕見、少數的字另立「兩聲字」、「聲聲字」的名義！

　　綜上而論，龍師之「四造二化說」由於是從情理推斷造字方法的可能總類，因此從理論上言，應該可以範圍所有有理據的古文字，而這是目前一般言造字法或文字類型的學者所無法做到的事！

　　再論「今文字」。此處所謂「今文字」指隸、楷書階段之後的文字。漢代的六書說是以小篆及一部分籀文、「古文」爲材料，所建構起來的文字構成法則體系，所以在文字學研究上一般即都用六書來分析古文字。況且在字體演變的過程中，隸、楷書破壞篆體的結構往往非常劇烈，使得構字理據破壞或喪失有時非常嚴重，若單持隸楷書來分析文字構成法則，不免會發生「馬頭人爲長」、「人持十爲斗」之類悖離文字實情的笑話！

　　可是在一般習慣上，六書說其實也還是往往被用來分析今文字，例如見到楷書日、馬、象、車、人、水等，仍會指稱其爲象形字，其實這等字早已變得不象形了！〔註13〕然而一般還是會從回溯該字歷史的角度，從原始形構來指稱

〔註13〕裘錫圭指稱這種字爲「記號」，「在漢字發展的過程裡，由於字形和語音、字義等方面的變化，卻有很多意符和音符失去了表意和表音的作用，變成了記號。」（《文

它的文字類型。不過象形造字法自西周之後即已幾近於冬眠，因此象形字的數量在今文字中幾乎也沒有增加，所以影響並不大！

相對於象形字，今文字新產生的會意（表意）字數量稍微多些，而且往往是有理據可言的，〔註14〕例如蘇醒之「蘇」或作「甦」，從「更、生」會意；邊棱之「棱」的異體「楞」，由「四、方、木」三字會意；拿從「合、手」會意；掰從兩「手」從「分」會意；灶從「火」從「土」會意；笔從「竹」從「毛」會意等，這類字可說是最符合許慎會意定義「比類合誼，以見指撝」的一群字！

指事（約定）字在古文字階段數量稀少，在今文字中雖然也不多，但如吳王孫休為其子所造的名與字共八字（說見上），若無「指事」類以範圍其字，則亦將無法歸類，因此在分析今文字的構成法則時，「指事」仍然是不可或缺的一類！

假借字在漢代以後，大約受「字樣」、正字運動的影響，所使用的多是沿襲古代的常用假借字，因此新假借字的形成大致上也被控制了！而在隸楷階段新形成的漢字，絕大多數還是屬於轉注字和形聲字，由於經過長期規範化，漢字偏旁、字符的穩定性相當高，因此在構成新字時，只要依據語詞的意義和語音，大致上都能迅速、準確地找到構字元素，故而後來的新字幾乎都屬於轉注字或形聲字了！

根據上述，四造二化說基本上仍適用於分析今文字中有理據的文字，以下則以一些學者所指出的特殊類型的文字為例，試觀其在四造二化說中可否找到合適的歸類：

1、「變體表音字」

裘錫圭認為有時候人們稍微改變一下某個字的字形，造出新字來表示跟那個字本來讀音相近的音，這樣造成的字，是「變體表音字」，如稍變「兵」字字形而成的「乒乓」。有些跟母字僅有筆畫上細微差別的分化字，如由「刀」分化

字學概要》，17 頁）如日字即由表意字變成了記號字。

〔註14〕有理據相對於無理據而言，所謂無理據是指字形經過訛變或隨意簡化後，已不能運用造字法則理論去解釋之字。不過漢字中本自有一種無理據的文字而能用四造二化說加以解釋，即「約定」（指事）字！

出來的「刁」，似乎也可歸入此類。〔註15〕

哲按：此類「變體表音字」，裘氏是置於「不能納入三書的文字」之中，由於裘錫圭等人的三書說都是針對六書說而作修訂的，因此受到傳統觀點的影響，其「表音字」類型主要是關注於「假借字」，實際上假借字只是「表音字」的範疇之一，裘氏云：「假借字使用音符，也可以稱爲表音字或音符字。」此處「乒乓」既是「變體表音字」，若裘氏的三書說不是用「假借」之名，而是以「表音字」標名，則此類字就可堂而皇之地歸入「表音字」之中了（四造二化說即可將之納入「表音字」）。

至於「刀」假借爲姓氏或狡詐義而後變化形體分化出「刁」字，其變化字形的作用並非在「表音」，而在「別義」，因此自四體二化說而觀，其字是由「刀」分化而成的「轉注字」！與此相類的字，如乞字是從「气」字因假借後，在原字變其形貌（減筆）以別義而形成的「轉注字」；已然字本借辰巳的「巳」字，爲求區別，就將巳字最後一筆縮短，在左上角留缺口造出「已」字，專門表已然之義，此亦是在原字變其形貌以別義的「轉注字」！

2、合音字

就是讀音由用作偏旁的兩個字反切而成的字。如中古時代佛教徒爲了翻譯梵音經咒所造的合音字，如 （亭夜反）、 （亭夜反）。又現代漢字裡表示「不用」的合音詞「甭」，表示吳方言中「勿要」的合音詞「 」等，都既是會意字，又是合音字（以上本裘錫圭說，見其「不能納入三書的文字」）。

哲按：此類字皆漢代六書說形成以後才造之字，但又可分兩類型，翻譯梵音經咒所造的「合音字」，其語言本非屬漢語，造爲漢字只是爲了表其梵音，故在四造二化說中可歸爲「表音字」（今類名）！其餘「甭」、「 」之類「合音字」，只是因語言之濃縮（類似所謂「急言之」），而亦將二字濃縮寫成一字，但若欲分析其文字，仍當將此拼合之字拆開來一一論其六書歸屬，因而「不」、「用」、「勿」、「要」四字在此皆是「假借字」（表音字）！

3、簡化字

從理論而言，任何一時期的古文字，都必有一個或超過一個（指文字異體而言）不離四造或二化的「標準形體」，其餘則無非爲繁省訛變的寫法，而都應

〔註15〕參見裘錫圭《文字學概要》，131 頁。

還原到標準形體始能論其六書所屬。至於今日使用之楷字，自然也都要還原到其先的形體方可論六書。而民間流行的簡體字或大陸使用的簡化字，本不可講六書（應當分析爲「合於六書」的簡體字），必欲言之，則其新字之形成必然也不能離開造、化二途！合於「造」者，如阴（陰）、阳（陽）、体（體）、尘（塵）、泪（淚）、队（隊）、灶（竈）、帘（簾）等之爲「會意」。运（運）、钟（鐘）、坟（墳）、灯（燈）、让（讓）、亿（億）、吓（嚇）、进（進）、惊（驚）等之爲「形聲」。合於「化」者，如「肖」之爲蕭，「谷」之爲穀，「斗」之爲鬥，「丑」之爲醜，「后」之爲後，「出」之爲齣，「姜」之爲薑，「沈」之爲瀋，「杰」之爲傑，「干」之爲乾，「几」之爲幾等，自是合於六書中之「假借」！

此外簡化字中還有一類用純粹的符號來代替筆畫多的偏旁者，如汉（漢）、欢（歡）、观（觀）、权（權）、劝（勸）、戏（戲）、仅（僅）、叹（嘆）、邓（鄧）等字，皆用「又」（視爲符號）以硬性約定的方式，強制代替某種筆畫繁多的偏旁，此類簡化字由於破壞、混淆了形聲字的聲符系統，故每爲此間學者所詬病！若論其字之形成，則在傳統六書或三書等新說之中皆無法歸類！其他類似此類的字，如风（風）、凤（鳳）、赵（趙）、这（這）、区（區）等以「乂」符號代替諸不同部件；办（辦）、伞（傘）、丧（喪）、苏（蘇）、枣（棗）等以二點代替諸不同部件等，在各家文字分類中亦皆無法歸類！

但從四造二化說而觀，其文字形成之法最近於變化形貌以分化出新字的「轉注」（參見上文所述龍師轉注四類型之三），如「叢」的簡化字「丛」，其字之形成可以分析爲：先以「从」爲「叢」的表音字，而後約定強於字下加一橫畫變其形貌以別於「从」字（別嫌作用），使成專字，〔註16〕與金文借不爲「丕」，而後有約定強以下加橫畫者爲丕字專字，情況相同！其他汉、欢、风、赵、办、伞諸簡化字之形成，亦與上文所述自陳、句、刀、余、茶轉化爲陣、勾、佘、茶諸字，通過「指事（約定）」手法，變其形貌以別義的方法相似，故此類簡化字在四造二化說中實亦可視爲「轉注字」之一種特殊類型！雖然諸簡字並未經過文字假借或語義引申，但因爲都是由強改字形，經過兩階段而成字，文字形成的手法與上述諸轉注字相類，故自可視爲轉注「變例」而附屬於「轉注」之內，猶如眉、　字，本是「兼表形意」之字，但六書中

〔註16〕但「从」字也可能就是「屮」的化變，則只是省叢而變的「轉注」。

既無「形意」一類，故傳統上就將之歸入「象形」（合體象形），以爲象形字之附庸！

況且在龍師的轉注字類型中，本也有屬於「變例」的一類，即在假借字上加注音符而成的轉注專字（如金文在才字加士聲以爲「在」的專字），故爲了避免分類繁瑣，在情況相似的情形下，可以採取能合則合的變通方式（當然不能勉強），這是合理且古已行之的分類方式！

總合上述，六書四造二化說確實能範圍古今一切文字，任何文字的形成皆不能脫離四造二化中之法則，而這是許慎的六書說以及歷代以來的各種舊說、新說所無法比擬的，究其原因，最主要者乃是因爲四造二化說是由嚴謹的理論推演，加上實例的驗證而得到的分類成果！

第五章　結　論

　　大約在西漢末年，我國就已經出現了研究造字法則的文字學理論——「六書」說。六書說體系之建構完成，許慎居功厥偉，地位無人能及，傳統文字學界對文字構成法則的知識，其實就是植基於班固的六書是「造字之本」說，與許慎對「六書」的定義兩者之下，認爲六書是造字法則的條例，而具體內容則依照許慎所述的界說！

　　但是許慎的六書說由於定義過於簡略，後人依其六書界說爲漢字分類時，往往覺得條例不清而窒礙難行，特別是轉注、假借二書更是問題重重！許慎對「轉注」的定義與例字明明是說明兩字之間的關係，怎麼會是造字之法呢？「本無其字，依聲託事」的「假借」則一方面有「引申」算不算假借的問題外，另一方面依假借之法並未造出新字（形），也可以算是造字法則嗎？凡此種種，在唯許獨尊的古代，沒有人敢認眞提出疑問，一直到明代楊愼提出「四經二緯」說，六書中的各書是否可以同列一個平面的問題才受到質疑，到了清代「四體二用說」興起，更成爲一支顯學，但六書的完整性也被割裂爲二，而六書說是因此而眞相大白或蒙受不白之冤？往往因爲學者各有堅持而形成各說各話的局面！筆者認爲班固（實爲劉歆）所云六書是「造字之本」並非虛語，往昔有些學者利用顏師古注《漢書》所引班固語而作「立字之本」的版本，來質疑「造字之本」一詞之不恰當，但從兩漢之交「立字」常用爲「造字」之意，以及漢

代確實是造字法則被誕生的溫床等因素來看，六書始創時的性質應該就字「造字（立字）之本」！

一直到二十世紀上半葉的後期以後，由於甲骨文、金文等古文字研究的成果日益有成，加上研究觀點、研究方法的轉變、進步，甚至西方相關學術思潮的引進，使得六書說在四體二用說的夾攻下更受到懷疑，不再定於一尊！學者紛紛提出疑問，有針對許慎而發者，認爲許慎既不能將六書都講成造字法則（如「轉注」），則其六書說僅是一家之言，且未必能符合創爲此說者的原意，因此是否要再將許慎的六書說當成金科玉律，是值得考慮的！更多的質疑則是針對六書說本身，由於許慎分析文字所用的材料僅是小篆及部分籀文與戰國的「古文」，上距漢字的起源時期已不知凡幾千百年，然而用後來的文字材料分析出的「六書」說，可以適用於早期的文字如甲骨文、金文嗎？於是有許多學者嘗試提出新的文字分類法（「基本類型」、「結構類型」）與造字法則新說，目的不外修正許慎的六書說甚至欲以新說取而代之！但由於各家觀點不同，因此從「二書」說到超過「六書」的新說紛紛出籠，諸說同中有異、異中有同，分類的標準也不一致，往往是各有所長也各有所蔽，至今仍沒有一說可以完全取代許慎的六書說！

例如，將六書看成是分析文字結構的條例，或是將六書解釋爲「記詞法」、「寫詞法」、「表詞法」等等，這與六書說被提出時即定位爲「造字之本」的說法似乎是相違的！新說的產生儘管使學術研究呈現新氣象與新風貌，但其說能否成立則必須被嚴格檢視，否則六書說將徒增許多兼職與負擔，進而使其眞實面貌被模糊化、被扭曲化！根據筆者的看法，將六書視爲文字結構分析法或條例的說法，僅是依附四體二用說的「新說」，所謂「形體結構」的分析即是「內部結構」的分析（與語詞的音義有聯繫的字符組合方式之分析），是從「字象」的結構來反推造字法的，這樣的分析其實本來就包含在傳統六書說的分析法之中的，因此本無什麼新意！

至於記詞法、寫詞法、表詞法的提出，主要是有見於文字與語言的密切性，他們強調文字與語言的聯繫與密切性，而文字是表達、記錄語言的符號，因此研究文字不能離開語言，有些學者見到，從文字記錄語言的角度，六書可以同時放置於同一個平面上，因此就可以解決四體二用說的缺失，遂自創爲新說！

此類新說雖也有其優點，但其實是可以涵蓋在造字法則的研究之下的，所謂「造字」就是爲語詞創造（或設置）符號，講造字本就離不開語言，「造字法則」的內涵，實際上可以含括所謂「記詞法」、「寫詞法」、「表詞法」，實無另立新說的必要！，因此實不必要自創爲新「法」新說，否則徒炫人耳目，反令六書說更加蒙塵！

在眾多「新說」之中，龍師宇純提出「六書四造二化說」則是抱持著異於一般學者的觀念，他將六書說看成是歷史上的問題，研究的目的是爲了從歷史的角度探討漢代六書說的可能情況！許慎之六書說固然有缺失（轉注無法講成文字構成法則），但不能根本上就認爲六書說絕不可取！龍師希望經由研究將這歷來相傳頗有缺陷的六書說，試探能否提出一個合理的解說，使它有可以存在的空間！

因此龍師從情理上設想爲語言造字的方法有八種開始，經過該分則分，可併則併，從理論上得出「造字法則」恰好也有六類，其分析經過大致如下表：

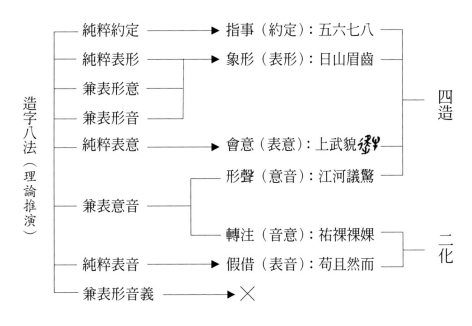

經過分析得出的六類，再加以印證漢代六書說，其名稱、內容兩者無不暗合！由於四造二化說是從理論上去推演造字法的可能種類，確實可以範圍所有古今文字（包含「今文字」階段的簡、俗體字），因此證成了六書說確實可以是一種完美無無瑕的文字構成理論！而且各書之間壁壘分明，不會再有歸類時模稜兩可的情況，傳統六書說在運用時的缺陷，如象形、指事、會意之間的糾葛，

會意、形聲之間的糾纏都可以迎刃而解！更可貴的是爲失傳近兩千年的「轉注」找到最佳的詮釋，因而使六書都能在文字形成的層面上同佔地位，都是文字的「造字之本」！往昔主四體二用說者，因見「假借」未造出新字，而不認同它是造字之本，而晚近強調文字代表、記錄語言的學者，又因「假借」對記錄語言之重要性而贊成假借是造字法則，彼此之間如隔鴻溝、難以對話，而龍師的「六書四造二化說」卻能適當地夠溝通兩造之間的歧異，象形、指事、會意、形聲固然是造字法（「指事」指純粹約定的方法，這是一般學者所沒有注意到的一種造字法），而「假借」雖然沒有造出新字形，但爲需造字的語詞設置了專門代表它的符號（變化現有文字以供使用），等於製造了表音文字，因此遂可以與其他諸書並列！

雖然因年代久遠，文獻無足明徵，四造二化說是否便是漢代六書說的原意已無以證明！但經過龍師的解釋，六個名目可以不多不少地成爲完美無瑕的學說，足以說明由古至今一切漢字的形成，因而不必再對「六書說」存任何懷疑，亦無待有任何新說的提出以取代其地位！唯一需要考慮更動的，是將「假借」更名爲「表音」，如此可以使其範圍擴充，容納更多種不同類型的表音字。但漢代時除假借方式之外，既無其他表音方法，漢儒稱之爲「假借」，就其時而言，固無任何不妥不適之處！

文字學之所以是重要的基礎學科，是因爲今日有許多新發現或尚未解讀出來的古文字需要一些專門知識去破解，而六書說無論說得多好，可用於文字考釋方面的實在不多，因此對於六書，只宜把它當作一個歷史問題去解釋，則有如龍師四造二化之說，既可以讓六書說站得住腳，相信亦不可能再有更好的學說出現，因此不用再去懷疑六書，甚至廢棄它，這是我們正確對待六書說的態度！

參考及引用書目

一、古籍之屬

1. 王弼等，《十三經注疏》，台北：大化書局，1989 年。

2. 許慎，《說文解字》，北京：中華書局，1990 年。

3. 劉勰，《文心雕龍》，所用本爲王久烈等譯註《語譯詳註文心雕龍》，台北：天龍出版社，1981 年。

4. 荀悅，《漢紀》，台北：鼎文書局，1977 年。

5. 張懷瓘，《書斷》（收入《叢書集成初編》之《法書要錄》）。北京：中華書局，1985 年。

6. 瞿曇悉達，《開元占經》，鄭州：中州古籍出版社，1994 年。

7. 釋慧琳，《一切經音義》，年台北：大通書局，1985 年。

8. 李昉等，《太平御覽》，北京：中華書局，1992 年。

9. 陳彭年等，《校正宋本廣韻》，台北：藝文印書館，1981 年。

10. 鄭樵，《通志》，台北：台灣商務印書館，1987 年。

11. 戴震，《戴震集》，台北：里仁書局，1980 年。

12. 段玉裁，《說文解字注》，台北：漢京文化事業，1983 年。

13. 王筠，《說文釋例》，北京：中華書局，1983 年。

14. 朱駿聲，《說文通訓定聲》，台北：藝文印書館，1971 年。

15. 丁福保，《說文解字詁林》，台北：鼎文書局，1994 年。

二、期刊論文及研究專著（著者按中文筆畫排列，一律不加敬稱；出版年月一律以西元紀年）

二畫　丁

1. 丁喜霞：1997 年，〈古漢語假借字的「造字」解釋〉。《洛陽師專學報》第 16 卷第 3 期。

三畫　弓、于

1. 弓英德：1966 年，《六書辨正》。台北：台灣商務印書館，1995 年版。

2. 于省吾：1979 年，〈釋古文字中附劃因聲指事字的一例〉，收於《甲骨文字釋林》。

3. 于省吾：1996 年，《甲骨文字詁林》。北京：中華書局。

四畫　卞、毛、孔、石、王

1. 卞偉光：1997 年，〈漢字「六書」之說析疑〉。《漢字文化》第 3 期。

2. 孔仲溫：1994 年，〈論假借義的意義與特質〉。《國立中山大學人文學報》第 2 期。

3. 石定果：1996 年，《說文會意字研究》。北京：北京語言學院出版社。

4. 王兵：1995 年，〈「轉注」探旨〉。《江蘇教育學院學報》第 4 期。

5. 王敏：1998 年，〈論漢字的特點及理解〉。《南昌高專學報》第 4 期。

6. 王敏：2000 年，〈漢字結構與「六書」理論新辨〉。《繼續教育研究》第 4 期。

7. 王寧：2002 年，《漢字構形學講座》。上海：上海教育出版社。

8. 王寧、鄒曉麗：1999 年，《漢字》。香港：和平圖書・海峰出版社。

9. 王立：1998 年，〈談「六書」〉。《外交學院學報》第 2 期。

10. 王玉鼎：2000 年，〈轉注假借新說〉。《延安大學學報》第 22 卷第 3 期。

11. 王蘊智：1988 年，〈試論商代文字的造字方式〉。《許昌師專學報》第 2 期。

12. 王永福：2001 年，〈從「六書」到「三書」——漢字類型理論淺談〉。《綏化師專學報》第 21 卷第 3 期。

13. 王禮賢：1997 年，〈聲符對字義的衍繹〉。《上海師範大學學報》第 4 期。

14. 王貴元：1999 年，〈漢字構形系統及其發展階段〉。《中國人民大學學報》第 1 期。

15. 王初慶：1980 年，《中國文字結構析論》。台北：文史哲出版社。

16. 王初慶：1985 年，〈再論轉注與假借〉。《輔大國文學報》第 1 集。

17. 王初慶：1999 年，〈談指事界說及分類之異同〉。《輔仁國文學報》第 15 期。

五畫　古、史

1. 古敬恆：1995 年，〈「六書三耦」說與漢字的形體分析〉。《徐州師範學院學報》第 4 期。

2. 史建偉：1998 年，〈象形字的「聲化」及孳乳能力淺析〉。《中國語文通訊》第 45 期。

六畫　江、向、朱、任

1. 江舉謙：1983 年，《六書原理》。台中：東海大學。

2. 江舉謙：1987 年，〈六書形聲研究〉。《東海學報》第 28 期。

3. 江學旺：2000 年，〈《說文解字》形聲字甲骨文源字考——論形聲字的形成途徑〉。《古漢語研究》第 2 期。

4. 江中柱：1993 年，〈戴震「四體二用說」研究〉。《湖北大學學報》第 4 期。

5. 向光忠：1995 年，〈審文字之增殖，究轉注之真諦〉。《南開學報》第 2 期。

6. 朱春梅：1996 年，〈「轉注」略論〉。《天中學刊》第 11 卷第 2 期。

7. 朱歧祥：2000 年，〈論甲骨文造字方法〉。《靜宜人文學報》，89 年，3 月。

8. 任勝國：1994 年，〈《說文亦聲字說略》〉。《煙台師範學院學報》第 1 期。

七畫　杜、李、呂、何、沈、宋、吳

1. 杜學知：1981 年，〈六書之新研究〉。收於中央研究院主辦《國際漢學會議論文集》。

2. 李圃：1995 年，《甲骨文文字學》。上海：學林出版社。

3. 李萬福：1989 年，〈六書發生學術評〉。《武漢教育學院學報（哲社版）》第 2 期。

4. 李萬福：1991 年，〈關於漢字特徵的觀點評述〉。《寧夏教育學院，銀川師專學報》第 1 期。

5. 李萬福：1997 年，〈傳統形義學說精華述評〉。《漢字文化》第 3 期。

6. 李萬福：1999 年，〈漢字史斷代研究成果綜述〉。《重慶教育學院學報》第 1 期。

7. 李萬福：2001 年，《漢文字學新論》。重慶：重慶出版社。

8. 李萬福：〈論漢字的造字方法〉。《古漢語研究》第 2 期。

9. 李遠明：1996 年，〈「轉注」新說〉。《漢字文化》第 2 期。

10. 李恩江：1995 年，〈六書新論〉。《湖北大學學報》第 4 期。

11. 李法信：1989 年，〈論形聲字聲中有義的範圍和右文說的局限〉。《山東師大學報》第 1 期。

12. 李代祥：1998 年，〈六書闡要——重讀《說文解字·序》〉。《漢字文化》第 4 期。

13. 李添富：1996 年，〈『三書說』商榷〉。《輔仁國文學報》第 12 集。

14. 李泰章：1988 年，〈「轉注」者何〉。《北方論叢》第 5 期。

15. 李國英：1996 年，〈論漢字形聲字的義符系統〉。《中國社會科學》第 3 期。

16. 李海霞：1999 年，〈形聲字造字類型的消長——從甲骨文到《說文》小篆〉。《古漢語研究》第 1 期。

17. 李杰群：2002 年，〈六書和新六書〉。《北京廣播電視大學學報》第 1 期。

18. 李孝定：1968 年，〈從六書的觀點看甲骨文字〉。《南洋大學學報》第 2 期。

19. 李曉東：1992 年，〈「六書」與古埃及象形文字構字法〉。《內蒙古民族師院學報》第 1 期。

20. 李先華：1989 年，〈清代以前《說文》流傳與研究述略〉。《安徽師大學報》第 2

期。

21. 李振中：2001 年，〈也談「轉注」〉。《華南理工大學學報》第 3 卷第 3 期。

22. 李傳書：1997 年，〈段玉裁的轉注論及其運用〉。《長沙電力學院社會科學學報》第 3 期。

23. 李淑霞：2001 年，〈簡論形聲字產生的來源及形成方法〉。《黑龍江農墾師專學報》第 3 期。

24. 李仁安：2001 年，〈六書札記〉。《玉溪師範學院學報》第 17 卷第 2 期。

25. 李思維：1996 年，《漢字形音學》。湖北：華中師範大學出版社。

26. 李威雄：1988 年，《中國經學發展史論》。台北：文史哲出版社。

27. 呂朋林：2000 年，〈《說文解字注》中的「引伸假借」〉。《松遼學刊》第 3 期。

28. 呂慧如：1999 年，〈《說文解字》亦聲說之檢討〉。《東吳中文研究集刊》第 6 期。

29. 沈兼士：1927 年，〈從古器款識上推尋六書以前之文字畫〉。收入《沈兼士學術論文集》，北京：中華書局，1986 年。

30. 沈兼士：〈文字形義學〉。收入同上書。

31. 何立總主編：1999 年，《語言文字詞典》。北京：學苑出版社。

32. 何九盈：2000 年，《漢字文化學》。瀋陽：遼寧人民出版社。

33. 宋耀良：1993 年，〈中國岩畫與甲骨文、金文〉。《歷史月刊》第 63 期。

34. 汪寧生：1981 年，〈從原始記事到文字發明〉。《考古學報》第 1 期。

35. 吳璵：1993 年，〈轉注與假借〉。《中國語文通訊》第 27 期。

36. 吳振武：2000 年，〈古文字中的「注音形聲字」〉。收於《古文字與商周文明（第三屆國際漢學會議論文集文字學組)》。台北：中央研究院，2002 年出版。

八畫　孟、林、和、周、尚

1. 孟廣道：1995 年，〈試談六書與華夏精神文明〉。《漢字文化》第 3 期。

2. 孟廣道：2000 年，〈聲符累增現象初探〉。《古漢語研究》第 2 期。

3. 林尹：1971 年，《文字學概說》。台北：正中書局。

4. 林澐：1986 年，《古文字研究簡論》。吉林：吉林大學出版社。

5. 林志強：2001a，〈鄭樵的漢字生成理論〉。《古漢語研究》第 1 期。

6. 林志強：2001b，〈20 世紀漢字結構類型理論的新發展——以「三書說」和「新六書說」為例〉。《福建師範大學學報》第 3 期。

7. 和品正：1990 年，〈崖畫與古文字的關係〉。《雲南社會科學》第 5 期。

8. 河南省文物考古研究所：1999 年，《武陽賈湖》。北京：科學出版社。

9. 周有光：1997 年，《世界文字發展史》。上海教育出版社。

10. 周法高：1960 年，《顏氏家訓彙注》。台北：台聯國風出版社。

11. 周法高：1979 年，〈讀河野六郎「論轉注」〉。《大陸雜誌》第 59 卷第 2 期。

12. 周同科：1996 年，〈六書「形聲」異說〉。《南京大學學報》第 2 期。

13. 周良平：1999 年，〈從漢字的發展過程看造字法〉。《安徽大學學報》第 23 卷第 3 期。

14. 周兆道：1993 年，〈談談會意字辨析〉。《西北師大學報》第 4 期。

九畫　胡、洪、侯、姜、姚

1. 胡厚宣：1991 年，〈從甲骨文看漢字的特點〉。《漢字文化》第 3 期。

2. 洪波：1999 年，〈關於《說文》諧聲字的幾個問題〉。《古漢語研究》第 3 期。

3. 侯強：2000 年，〈指事與會意──漢字的分解與組合談片〉。《文史雜誌》第 2 期。

4. 侯占虎：1995 年，〈漢字的原始圖象義與所寫詞義辯證〉。《聊城師範學院學報》第 3 期。

5. 侯學書：2000 年，〈甲骨文字形「反正或倒正無別」規律試探〉。《徐州師範大學學報》第 26 卷第 3 期。

6. 姜寶昌：1982 年，〈嚴密的系統，科學的方法──慶賀唐立庵先生《古文字學導論》正式出版〉。《中國語文研究》第 4 期。

7. 姚孝遂：1980 年，〈古漢字的形體結構及其發展階段〉。收入《古文字研究第四輯》，北京：中華書局。

8. 姚孝遂：1983 年，《許慎與說文解字》。北京：中華書局。

十畫　馬、唐、倪、高、索、孫、殷、袁

1. 馬文熙：1995 年，〈形訓界說辨正〉。《古漢語研究》第 3 期。

2. 馬育良：1987 年，〈淺析記號表意文字體系確立于戰國、秦、漢之際的社會客觀原因〉。《固原師專學報》第 1 期。

3. 馬育良：1999 年，〈關於漢字早期形聲化現象的再認識〉。《安徽大學學報》第 23 卷第 6 期。

4. 馬海江：1996 年，〈試論象意造字法的構形特點〉。《東北師大學報》第 4 期。

5. 馬恒君：1987 年，〈許慎轉注原意述〉。《河北師院學報》第 3 期。

6. 馬恒君：1990 年，〈「假借」析論〉。《河北師院學報》第 3 期。

7. 唐蘭：1935 年，《古文字學導論》。台北：洪氏出版社，1978 年再版。

8. 唐蘭：1949 年，《中國文字學》。台北：台灣開明書店，1988 年臺七版。

9. 唐生周、楊庭碩：2001 年，〈利用共時性造字符碼破譯古文字〉。《吉首大學學報》第 1 期。

10. 唐松波：2001 年，〈漢字體系與漢字統一的問題──紀念《說文解字》成書 1880 年〉。《漢字文化》第 4 期。

11. 倪渝根：1990 年，〈論漢字的造字法和構字法〉。《古漢語研究》第 3 期。

12. 高婉瑜：2001 年，〈試論黃季剛說文條例〉。《大陸雜誌》第 102 卷第 3 期。

13. 高玉花：1995 年，〈假借為造字法再探〉。《河南師範大學學報》第 22 卷第 1 期。

14. 高樂田：1997 年，〈《說文解字》中的符號學思想初探〉。《湖北大學學報》第 2 期。

15. 高開貴：1988 年，〈假借的演變與漢字的發展〉。《華中師範大學學報》第 4 期。

16. 索緒爾：《普通語言學教程》（譯者不詳）。台北：弘文館出版社，1985 年。

17. 孫鳳華：2001 年，〈王筠「分別文」、「累增字」及「重文遞加字」淺議〉。《古漢語研究》第 2 期。

18. 孫常敘：1959 年，〈從圖畫文字的性質和發展試論漢字體係的起源和建立——兼評唐蘭、梁東漢、高本漢三先生的『圖畫文字』〉。《吉林師大學報》第 4 期，本文引用者收於《孫常敘古文字學論集》，東北師範大學出版社，1998 年。

19. 孫常敘：1983 年，〈假借形聲和先秦文字的性質〉。收於《古文字研究》第十輯。本文引用者收於《孫常敘古文字學論集》，東北師範大學出版社，1998 年。

20. 殷寄明：2000 年，〈「六書」的語源學透視〉。《復旦學報》第 2 期。

21. 袁慶德：1988 年，〈「會意」造字方法新探〉。《天津師大學報》第 3 期。

十一畫　梅、梁、陸、戚、許、張、章、莊、陳、常、商、曹

1. 梅凌：1991 年，〈對許慎的「六書」解說的幾點思考〉。《江漢大學學報》第 2 期。

2. 梁東漢：1959 年，《漢字的結構及其流變》。上海：上海教育出版社。

3. 梁光華：2001 年，〈漢字造字理論新說〉。《黔南民族師範學院學報》第 1 期。

4. 梁宗奎、王一全、胡法倫：2000 年，〈漢字「六書」與「三書」新議〉。《臨沂師範學院學報》第 22 卷第 2 期。

5. 陸錫興：1986 年，〈假借轉注再研究〉。《語言研究》第 1 期。

6. 陸錫興：1998 年，〈從劃分標準看文字類型〉。《語言文字學刊（第一輯）》（華東師範大學中文系）。

7. 陸中發：1994 年，〈《說文解字》的同源詞研究〉。《古漢語研究》第 3 期。

8. 戚桂宴：1982 年，〈什麼是六書〉。《山西大學學報》第 4 期。

9. 〈再談什麼是六書〉。《山西大學學報》第 2 期。

10. 戚桂宴：1991 年，〈許慎的六書「假借」說〉。《山西大學學報》第 14 卷第 2 期。

11. 許進：1990 年，〈漢字的比喻造字法〉。《山東師大學報》第 1 期。

12. 許征：1999 年，〈文字學的動態方法〉。《新疆師範大學學報》第 20 卷第 3 期。

13. 許錟輝：1974 年，〈形聲釋例〉。《國文學報》第 3 期。

14. 許錟輝：1979 年，〈形聲字形符之形成及其演化〉。收於《第二屆國際漢學會議論文集》。台北：中央研究院編印。

15. 許錟輝：1981 年，〈形聲釋例（中）〉。《國文學報》第 10 期。

16. 許錟輝：1995 年，〈《說文》形聲字聲符不諧音析論〉。《東吳中文學報》第 1 期。

17. 張標：1997 年，〈論鄭樵的《六書略》〉。《古漢語研究》第 2 期。

18. 張斌等：1993 年，《中國古代語言學資料匯纂》。福州：福建人民出版社。

19. 張麗花：1997 年，《甲骨文字四書說研究》。台灣師範大學國文研究所碩士論文。

20. 張其昀：1998 年，《說文學源流考》。貴陽：貴州人民出版社。

21. 張希峰：1995 年，〈分化字的類型研究〉。《語言教學與研究》第 1 期。

22. 張正烺：1948 年，〈六書古義〉。《中央研究院歷史語言研究所集刊》第 10 冊。

23. 張日昇：1979 年，〈從假借形聲論漢字體系性質〉。收於《第二屆國際漢學會議論文集》。台北：中央研究院編印。

24. 張再興：2002 年，〈西周金文構字元素的形體變化及其影響〉。《瓊州大學學報》第 9 卷第 1 期。

25. 張恩普：2002 年，〈「六書」新解〉。《東北師大學報》第 1 期。

26. 張文國：2000 年，〈「轉注」新說〉。《聊城師範學院學報》第 4 期。

27. 張玉金：1991 年，〈對近百年來漢字學研究的歷史反思〉。《遼寧師範大學學報》第 3 期。

28. 張玉金：1996 年，〈漢字結構的發展方向〉。《語文建設》第 5 期。

29. 張玉金：1999 年，〈漢字造字法新探〉。《古漢語研究》第 4 期。

30. 張玉金：2001a，〈二十世紀殷代語音研究的回顧暨展望〉。《古漢語研究》第 4 期。

31. 張玉金：2001b，〈論漢字的性質〉。《遼寧師範大學學報》第 24 卷第 5 期。

32. 張月明：1993 年，〈假借新論〉。《古漢語研究》第 3 期。

33. 章季濤：1991 年，《怎樣學習說文解字》。台北：群玉堂出版事業。

34. 章瓊：2000 年，〈談漢字單字歷時認同的形體傳承原則〉。《四川大學學報》第 5 期。

35. 莊關通：1998 年，〈略談多意符漢字的演變〉。《語文建設通訊》第 55 期。

36. 莊舒卉：2000 年，《「說文解字」形聲考辨》。成功大學中文研究所碩士論文。

37. 陳五云：1992 年，〈論形聲字的結構、功能及相關問題〉。《上海師範大學學報》第 1 期。

38. 陳五云：1995 年，〈漢代「六書」三家說申論〉。《古漢語研究》第 3 期。

39. 陳偉武：1997 年，〈同符合體字探微〉。《中山大學學報》第 4 期。

40. 陳玉冬：1992 年，〈讀《殷商音系初探》〉。《古漢語研究》第 3 期。

41. 陳夢家：1955 年，《殷虛卜辭綜述》。北京：中華書局，1988 年第一版。

42. 陳光政：1984 年，〈指事標誌類釋〉。《高雄師院學報》第 12 期。

43. 陳光政：1985 年，《指事篇》。高雄：復文出版社。

44. 陳光政：1995 年，〈六書學紛爭論試辨舉隅〉。《第六屆中國文字學全國學術研討會論文集》。

45. 陳建初：1991 年，〈漢字形體在漢語語源研究中的地位〉。《湖南師範大學社會科學學報》第 5 期。

46. 陳新雄：1992 年，〈章太炎先生轉注假借說一文之體會〉。《國文學報》第 21 期。

47. 陳新雄：〈章太炎轉注說之真諦與漢字統合之關聯〉。《中國國學》第 20 期。

48. 陳振寰：1991 年，〈六書說申許〉。《國際關係學院學報》第 4 期。

49. 陳昭容：1986 年，〈從陶文探索漢字起源問題的總檢討〉。《中央研究院歷史語言研究所集刊》第 57 本第 4 分。

50. 陳淑梅：2001 年，〈試論王筠對漢字學的貢獻——讀王筠《說文釋例》〉。《古漢語研究》第 1 期。

51. 陳宗明：2001 年，《漢字符號學》。江蘇教育出版社。

52. 常宗豪：1992 年，〈唐蘭三書說的反思〉。香港：《中國文化研究所學報》。

53. 商中：2001a，〈指事字之結構類型〉。《平原大學學報》第 18 卷第 1 期。

54. 商中：2001b，〈「指事字」之界說〉。《周口師範高等專科學校學報》第 18 卷第 3 期。

55. 商中：2001c，〈聲符所寓於被諧字中之意類管窺〉。《河南機電高等專科學校學報》第 9 卷第 1 期。

56. 曹念明：1998 年，〈漢字造字法的歷史演進〉。《漢字文化》第 4 期。

57. 曹國安：1994 年，〈論表意方式、造字方式和結構方式——兼評「六書」〉。《湖南師範大學社會科學學報》第 4 期。

58. 曹國安：2002 年，〈論「六書」的本義〉。《惠州學院學報》第 22 卷第 1 期。

十二畫　彭、富、湯、勞、黃、嵇、曾、游

1. 彭志雄：1995 年，〈「六書」新解〉。《貴州教育學院學報》第 3 期。

2. 富金壁：1995 年，〈何謂「以事為名，取譬相成」〉。《北方論叢》第 3 期。

3. 湯可敬：1997 年，《說文解字今釋》。長沙：湖南省新華書店。

4. 勞榦：1971 年，〈六書條例中的幾個問題〉。台北：《中央研究院歷史語言研究所集刊》第 43 本第 3 分。

5. 黃宇鴻：1995 年，〈試論《說文中的「聲兼義」現象》〉。《廣西師範大學學報》第 1 期。

6. 黃沛榮：1992 年，〈從漢賦的流傳看漢字的孳乳〉。收入《第三屆中國文字學國際學術研討會論文集》。

7. 黃德寬：1989 年，〈古漢字形聲結構聲符初探〉。《安徽大學學報》第 3 期。

8. 黃德寬：1994 年，〈漢字理論研究的重要進展——評孫雍長《轉注論》〉。《語文建設》第 7 期。

9. 黃海波：2000 年，〈《說文》轉注含義之探析〉。《學術論壇》第 6 期。

10. 黃金貴：1997 年，〈《說文》「形聲」定義辨正〉。《杭州大學學報》第 27 卷第 3 期。

11. 黃巽齋：1996 年，〈「聲旁有通假」申說〉。《古漢語研究》第 3 期。

12. 黃子降：1996 年，〈形聲字類釋〉。《大仁學報》第 14 期。

13. 黃亞平、孟華：2001 年，《漢字符號學》。上海：上海古籍出版社。

14. 嵇山：1996 年，〈漢字創造中的思維〉。《學術月刊》第 11 期。

15. 曾永成：1998 年，〈漢字中三合一同體會意字的表現性構形意向試析〉。《漢字文化》第 4 期。

16. 曾昭聰：1999 年，〈形聲字聲符的示源功能及其研究意義〉。《汕頭大學學報》第 15 卷第 5 期。

17. 曾昭聰：2000 年，〈王力先生有關形聲字聲符示源功能的研究述評〉。《中國語文通訊》第 55 期。

18. 曾昭聰：2001 年，〈楊樹達先生有關「形聲字聲中有義」研究述評〉。《中國語文通訊》第 58 期。

19. 曾世竹：1995 年，〈形聲字聲符兼義規律之探微〉。《遼寧師範大學學報》第 6 期。

20. 游順釗：1983 年，〈中國古文字的結構程序〉。《中國語文》第 4 期。

十三畫　董、裴、詹、鄒、楊、葉、萬、溫

1. 董同龢：1954 年，〈文字的演進與「六書」〉。《學術季刊》第 2 卷第 4 期。

2. 裘錫圭：1989 年，〈40 年來文字學研究的回顧〉。《語文建設》第 3 期。

3. 裘錫圭：1994 年，《文字學概要》。台北：萬卷樓圖書。

4. 詹鄞鑫：1991 年，《漢字說略》。瀋陽：遼寧出版社。

5. 鄒曉麗：2000 年，〈從文化學的角度看漢字構形的史料性〉。《北京師範大學學報》第 2 期。

6. 楊陽：2000 年，〈漢代「六書」三家說申論〉。《古漢語研究》第 3 期。

7. 楊薇：2000 年，〈淺議假借造字兼及「三書說」〉。《古漢語研究》第 3 期。

8. 楊訒：1990 年，〈漢字結構的語義關係試析〉。《上海大學學報》第 1 期。

9. 楊靜：1987 年，〈形聲字淺說〉。《武漢教育學院學報》第 2 期。

10. 楊加柱：1987 年，〈從「結構——功能」看漢字的性質〉。《昭通師專學報》第 2 期。

11. 楊靜剛：1997 年，〈許慎《說文》「轉注」解〉。《語文建設通訊》第 53 期。

12. 楊信川：1990 年，〈「六書」的性質和作用質疑〉。《廣西大學學報》第 5 期。

13. 葉斌：2000 年，〈《說文解字的形訓理論》〉。《古漢語研究》第 3 期。

14. 萬業馨：1996 年，〈形聲化——漢字結構方式的簡化〉。《語文建設》第 11 期。

15. 萬獻初：1995 年，〈論章太炎轉注假借理論的實質〉。《咸寧師專學報》第 15 卷第 2 期。

16. 溫端政：1991 年，〈試論安子介先生的「聲旁有義說」〉。《漢字文化》第 4 期。

十四畫　趙、臧

1. 趙誠：1993 年，《甲骨文字學綱要》。北京：商務印書館。

2. 趙友培：1981 年，〈六書精蘊新探〉。收於中央研究院主辦《國際漢學會議論文集》。

3. 趙伯義：2002 年，〈《說文解字》象形發微〉。《河北師範大學學報》第 25 卷第 3 期。

4. 趙平安：1988 年，〈形聲字的歷史類型及其特點〉。《河北大學學報》第 1 期。

5. 趙學清：1998 年，〈「六書」理論的歷史回顧及其在當代的發展〉。《聊城師範學院學報》第 3 期。

6. 趙學清：2001 年，〈戰國東方五國文字的構形系統〉。《聊城師範學院學報》第 5 期。

7. 趙振鐸：2000 《中國語言學史》。河北教育出版社。

8. 臧克和：1999 年，〈古漢字結構的取象類型原始移情考略〉。《學術研究》第 5 期。

十五畫　劉、蔣、鄭、蔡

1. 劉翔等：1989 年，《商周古文字讀本》。北京：語文出版社。

2. 劉雅芬：1998 年，《說文形聲字構造理論研究》。成大中文研究所碩士論文。

3. 劉又辛：1957 年，〈從漢字演變的歷史看文字改革〉。收入《文字訓詁論集》，北京：中華書局，1993 年。

4. 劉又辛：1981 年，〈論假借〉。收入同上書。

5. 劉又辛：1993 年，〈納西文字、漢字的形聲字比較〉。《中央民族學院學報》第 1 期。

6. 劉又辛：1998a，〈關於漢字發展史的幾個問題（上）〉。《語文建設》第 11 期。

7. 劉又辛：1998b，〈關於漢字發展史的幾個問題（下）〉。《語文建設》第 12 期。

8. 劉寧生：1990 年，〈論字符的同音替代及其意義〉。《南京師大學報》第 4 期。

9. 劉志基：1995 年，〈試論漢字表意字素的意義變異〉。《華東師範大學學報》第 2 期。

10. 劉春卉：2001 年，〈轉注述評〉。《貴州教育學院學報》第 6 期。

11. 蔣伯潛：《文字學纂要》。台北：正中書局，1946 年臺初版。

12. 鄭知同：《說文淺說》。收入《叢書集成續編》。台北：新文豐出版公司，1989 年版。

13. 鄭賢章：1998 年，〈論段玉裁在《說文解字注》中的假借觀〉。《古漢語研究》第 2 期。

14. 鄭振峰：1999 年，〈從甲骨文看上古漢語中的假借現象〉。《河北師範大學學報》第 22 卷第 4 期。

15. 鄭振峰：2001 年，〈論甲骨卜辭中的假借現象〉。《廣西師範大學學報》第 37 卷第 3 期。

16. 蔡英杰：1996 年，〈說「轉注」〉。《南都學壇》第 2 期。

十六畫　龍、蕭

1. 龍宇純：1958 年，〈造字時有通借證辨惑〉。《幼獅學報》第 1 卷第 1 期。

2. 龍宇純：1964 年，〈論周官六書〉。《慶祝李濟先生七十歲論文集》，台北：清華學報社。

3. 龍宇純：1972 年，《中國文字學》（增定本）。台北：學生書局。

4. 龍宇純：1992 年，〈說文讀記之一〉。《東海學報》第 33 卷。

5. 龍宇純：1994 年，《中國文字學》（定本）。台北：五四書店。

6. 龍宇純：1997 年，〈有關古書假借的幾點淺見〉。《第一屆國際暨第三屆全國訓詁學學術研討會論文》。

7. 龍宇純：〈從兩個層面談漢字的形構〉。收於《古文字與商周文明（第三屆國際漢學會議論文集文字學組)》。台北：中央研究院，2002 年出版。

8. 蕭甫春：1995 年，〈六書新證〉。《宜春師專學報》第 6 期。

9. 〈六書新證（續)〉。《宜春師專學報》第 1 期。

十七畫　韓、簡、謝、鍾

1. 韓偉：1995 年，〈「六書」中前「四書」之比較研究〉。《信陽師範學院學報》第 15 卷第 3 期。

2. 韓偉：1997a，〈指示的內涵及其次第論〉。《雲夢學刊》第 2 期。

3. 韓偉：1997b，〈指示符號是「指事」的根本標誌〉。《信陽師範學院學報》第 17 卷第 4 期。

4. 韓偉：2000a，《六書研究史稿》。北京：中國文聯出版社。

5. 韓偉：2000b，〈合體象形質疑〉。《中州大學學報》第 4 期。

6. 韓偉：2001a，〈再辨「象意」與「會意」〉。《信陽師範學院學報》第 21 卷第 1 期。

7. 韓偉：2001b，〈王筠的六書研究特點淺析〉。《黃河科技大學學報》第 3 卷第 2 期。

8. 韓偉：2001c，〈漢字形體結構研究論〉。《社會科學家》第 16 卷第 4 期。

9. 韓連武、張軍：1998 年，〈「六書」系統圖式及說明〉。《南都學壇》第 4 期。

10. 簡宗梧：1977　〈漢賦瑋字源流考〉，《國立政治大學學報》第 36 期。

11. 謝一民：1985 年，〈六書形聲義例〉。收於《國立台灣師範大學校友學術論文集》。台北：水牛圖書。

12. 謝一民：1994 年，〈析論黃侃先生說文條例：「凡形聲字之正例，必兼會意。」〉。《成功大學中文學報》第 2 期。

13. 謝雲飛：1991 年，〈六書假借的新觀點〉。收於中國文字學會、高雄師範大學國文所系聯合主辦《第二屆翁國文字學國際學術研討會論文集》。

14. 鍾明立：2002 年，〈段玉裁轉注理論試析〉。《古漢語研究》第 1 期。

15. 鍾肇鵬：1994 年，《讖緯論略》。台北：洪葉文化。

16. 鍾肇鵬：2000 年，〈《漢書·藝文志》釋疑〉。《國學研究》（北京大學出版社）第七卷。

17. 鍾如雄：2000 年，《說文解字論綱》。成都：四川人民出版社。

十八畫　戴

1. 戴建華：1990 年，〈漢字的聲符為什麼有義？〉。《漢字文化》第 1 期。

2. 戴君仁：1927 年，〈轉注說〉。《國立第一中山大學語言歷史學研究所週刊》第一集

第 5 期。

3. 戴君仁：1963 年，〈同形異字〉。台灣大學《文史哲學報》，第 12 期。

二十畫　黨

1. 黨懷興：2001 年，〈《六書故》運用鐘鼎文字考釋文字評議〉。《中央民族大學學報》第 4 期。

二十一畫　饒

1. 饒宗頤：1998 年，〈陶符、圖案與初文〉，收於《符號・初文與字母——漢字樹》。香港：商務印書館。

2. 饒宗頤：2000 年，〈論賈湖刻符及相關問題〉，收於《古文字與商周文明（第三屆國際漢學會議論文集文字學組)》。台北：中央研究院，2002 年出版。

二十二畫　龔

1. 龔敏：2000 年，〈陶文、圖騰與文字的起源〉。《攀枝花大學學報》第 17 卷第 4 期。

後　記
——兼辨戴君仁先生與龍宇純教授之文字構成體系並無傳承關係

　　1990 年，筆者考入東海大學中國文學研究所碩士班，當時在校長梅可望博士支持下，所長楊承祖教授大力禮聘多位大師在中文系所任教，特別是語言文字學門，方師鐸、周法高、李孝定、龍宇純等諸位教授名師雲集。

　　一年級選讀龍宇純師的「古籍訓解與討論」，是個令人震撼而開眼界的課程，先由諸生自行選擇閱讀古籍時有疑惑之處，蒐集、判讀資料、做結論，而後輪流於課堂上報告、接受同學提問與相互討論，最後由老師總結講評。在龍師綜合運用文字、聲韻、訓詁學的分析下，諸生原先預作的結論，幾乎都被老師推翻而另外提供更可信的解答，由是諸生皆深深折服於老師的國學功力，以得明師教導爲幸！

　　一年下必須選擇研究論文主題與指導老師，正在徬徨之際，屢次在李孝定師「古文字學專題」課程上聽聞其讚譽龍師，說是當今少數能兼通「小學」諸領域的學者，若有意走「小學」方向，是最適宜指導教授人選，因此乃鼓起勇氣投師，並幸蒙龍師首肯，陸續指導文字學領域的碩、博士論文。

　　不知是否是曾讀過一年台大哲學系的緣故，宇純師治學之邏輯思考特別縝密，能於不疑處而有疑；不盲從亦不務發異論，自創新說則必力求周全，預先排除各種可能的矛盾與疑慮，其文字學之「六書說」即爲一例，自 1968 年出版

《中國文字學》（初本），至 1994 年之「定本」，其間數易其稿，甚至放棄初衷而另闢新徑，始完成「六書四造二化」說。

本論文在檢討過去有關文字構造法則（六書）之種種說法後，因其皆有不足或誤謬之處，故於第四章特別推闡龍師創獲之「六書四造二化」說，認為從學理、漢字發展歷史而言，此說可謂是最圓滿周全的理論系統，確然為我國文字規劃了六個互不相容、無可增減的類別！

晚近，曾琬淳女士著有《龍宇純先生文字學研究—以龍著《中國文字學》為例》（2011 年 6 月，碩士論文），該書雖對龍師之學術成就稱譽備至，但因受限篇幅，例舉不多，因而並未完整、深入地呈現龍師之學術精髓。且其論點亦有明顯誤解與錯誤之處，於此擇要加以說明與澄清。

該書第三章第三節論「六書四造二化說」溯源，從師承關係及「在方法論上，龍氏與戴氏皆自創新法，並將新理論與舊六書相對照」，因而謂龍師「六書四造二化說」之建構，可能是受戴君仁先生《中國文字構造論》之影響，曾氏云：

> 民國三十七年（西元 1948 年）戴君仁先生至台灣大學任教，當時講授文字學等課程；龍宇純先生在此期間就讀台灣大學中文系，民國四十二年（西元 1953 年）畢業於臺灣大學，二人有師承關係，龍氏對於文字的認知理解可能受其影響。對比兩人的六書理論，戴氏的構字法則於龍氏四造二化說可見蹤跡。（頁 104～105）

誠然，戴先生乃宇純師之老師，吾輩晚生每能於龍師文章及課堂上感受龍師對戴先生之敬重推崇。而曾氏所提疑問，筆者當年上課時實亦曾「斗膽」提問，宇純師回以當時他們上戴先生的文字學課，先生並未以《中國文字構造論》之內容授課，故對戴先生此說一無所知，龍師對戴先生何以如此，之後亦感納悶！曾氏論文完成，筆者閱後，曾致電請教與宇純師為大學同班同學的師母杜其容教授，師母亦證實當時戴先生教授文字學，乃以王筠《文字蒙求》一類做為教材，確實未曾教授《中國文字構造論》一書之內容！而此種說法在曾書中實亦引有旁證可資證實，該書 91 頁，注 161，云：

> 戴氏門生阮廷瑜云：「三十七年……先生也離開師院而轉任臺灣大學中文系教授，開的是文字學和詩選。」阮氏又云：「中國文字構造論

民國二十三年，世界書局出版。這本書講文字的構造法，是打破六書的，觀點頗新穎。但先生講授文字學，逾二十年，一直遵守六書，不肯隨便用自己的意見。」（原注：阮廷瑜《戴君仁靜山先生年譜及學術思想之流變》（臺北：國立編譯館，2008 年），初版，頁 597）

1950 年代前後，國共易幟不久，民生尚且困苦，百業蕭條，戴先生《中國文字構造論》並未在臺出版（按：世界書局於 1976 年始於臺灣出版），做為學生，戴先生若未教授，實無由得知其說！

按龍師之「轉注」說，與戴先生《中國文字構造論》中之新說雖頗有異曲同工之妙（戴氏以為轉注字是由語根增加義符而產生，亦即所謂「亦聲」或「形聲兼義」、「會意兼聲」的字，而龍師轉注說可參見本書第四章第一節，內涵更為周全），然戴氏既未授此說於諸生，則龍師之新說何由得之？原來龍師於 1962 年至香港中文大學崇基書院教授中國文字學，初教學時之自編講義僅稍變舊說。1965 年發表〈文字學論稿初輯〉（載於《崇基學報》5 卷 1 期），其中有「論形聲、假借先後」與「轉注說平議」二節，1968 年著《中國文字學》（初本）時，即採用杜師母之意，以為轉注字實即「論形聲、假借先後」一文就形聲字所區別的乙丙兩類文字（「數語同源，加『形』或變『形』以為之別」、「由假借而加『形』，以與本字區別」），此為龍師「轉注說」之根源（參見龍師《中國文字學》（初本）自序），與戴先生之說原不相關，絕非如曾文所云：「龍宇純先生承襲戴君仁先生的論點，六書『四造二化說』亦將亦聲字歸入『音意』，對應至六書為『轉注』」（頁 75）！

至於謂「戴氏的構字法則於龍氏四造二化說可見蹤跡」更屬無稽，且先不論龍師創獲之以「純粹約定」字為指事字乃戴先生所無有，從時間點而言，龍師於 1975 年就於《中國雜誌》發表〈中國文字的構造〉一文，提出新的文字分類說，從情理上設想可能出現造字方法的種類入手，而不直接從已有的文字攀附漢儒相傳的「六書」說，此即為 1982 年「再訂本」中「中國文字的新分類」（第二章第四節）之「原型」（參見龍師「再訂本」自序），其後於更於 1994 年「定本」推衍為「六書四造二化說」。而戴先生之《中國文字構造論》則在龍師發表〈中國文字的構造〉後之隔年始由台北世界書局在臺復版，龍說自無參考戴說之可能！

　　昔時，因大環境因素，資訊流通不若今時發達，不同時地的學者之間不相合謀而竟有相似的看法，並非不可能，只是龍師恰好為戴先生之學生，因此學者想當然耳，遂以為戴君仁先生與龍宇純教授之文字構成理論有其必然之「傳承」關係，然就上所分析，更細究兩者在建構理論之方式與名詞定義之使用等方面，也並非亦步亦趨，更可見指出兩位學者之體系有傳承關係，實屬誤解與不確。此「公案」關係到學術研究發展之真相與學者之榮譽，不可不辨、不可不察！

　　此外，曾書中評論龍師之「『意音』與其他造字理論同列，衍生出的問題」（頁84），例舉裘錫圭先生所提出形聲字產生的途徑：「把表意字字形的一部份改換成音符」（如原象人負荷一物之表意古文字「何」字，之後人形改為人旁，所荷之物改為形近的可聲；曾文另舉「羞」字，狀況相同）和「改換形聲字偏旁」（如由振起的「振」字，引申有賑濟之義，後將「振」字手旁改成貝旁，分化出「賑」字）二類文字，曾文云：「單就裘氏所舉出的這二類兼具形符與聲符的文字，於龍氏的六書說無容身之地」。按：此說尤為謬誤，前者「何」古字與後來之「何」字，兩者關係屬於字形演變的結果（兩字為異體字），若從文字化成而言，古字「何」自屬表意字（會意），後來之「何」字則等同於另用形聲造字法造為新字。後者「振」變為「賑」之例，則龍師即以轉注字視之（如《中國文字學（定本）》頁123：「梳字由疏變化而來，可以說是於疏字增注木旁，而又省去了原有的疋旁，也可以說是易疋為木」）所舉二例俱非曾氏所云「於龍氏的六書說無容身之地」！曾氏對於龍師文字學體系其餘誤解之處，限於篇幅，此處無法一一列舉，另待來日再為文說明！